Rendez-vous

Esther Verhoef

Rendez-vous

Anthos | Amsterdam

ISBN 90 414 1025 2

Omslagontwerp Roald Triebels, Amsterdam
Omslagillustratie Millennium/Hollandse Hoogte
Foto auteur Mark Kohn

Verspreiding voor België:
Veen Bosch & Keuning uitgevers n.v., Wommelgem

Welcome to the other side

DEEL I

■

Ik leg mijn onderarmen op de stalen toiletpot. Mijn maag trekt zich samen en de pijn die dat veroorzaakt is onbeschrijflijk. Er volgt geen opluchting. Alleen maar meer pijn, die de misselijkheid en totale ontreddering voor even naar de achtergrond verdringt.

Alle organen in me voelen rauw, alsof mijn lichaam een groot biologisch alarmsysteem is dat op hol is geslagen. Alsof ik doodga.

Ik duw me van het toilet weg en ga op het bed zitten. Verdwaasd staar ik naar de muur, institutioneel groene betonverf, die vol zit met onduidelijke krassen en spreuken. Ingekerfde kreten, laatste boodschappen, hersenspinsels, stille getuigen van mensen die me voor gingen.

De zenuwen gieren door me heen. Ik hijg. Zuig lucht naar binnen, maar het is niet genoeg. Een paniekaanval. Ik heb er vaker een gehad, de afgelopen maanden. Maar nooit zo extreem.

Niet hyperventileren, Simone, niet hyperventileren.

Ik vouw mijn handen over mijn mond en probeer me te concentreren, zo rustig mogelijk adem te halen. Tellen, tel tot drie. Uitademen. Inademen. Eén, twee, drie. Uitademen. En nog eens.

Gebonk op de deur. Het dringt nauwelijks tot mijn overspannen zintuigen door. Het luikje wordt opengedaan. '*Madame*?'

'*J'arrive*,' zeg ik, zoals ik in het afgelopen jaar gewend was, als de bakker of de postbode, of wie dan ook, iets kwam brengen en ik niet snel genoeg bij de deur kon zijn. 'Ik kom eraan.'

Tegelijkertijd dringt het tot me door hoe misplaatst mijn kreet is. Ik heb nog net de tegenwoordigheid van geest een vochtige lok haar achter mijn oor te stoppen. Mijn handen trillen ongecontroleerd.

Het slot gaat van de deur en in de opening verschijnt een politieman, donker haar, een jaar of vijfentwintig. Hij kauwt ergens op. Aan zijn leren gordel hangen een holster met een pistool, handboeien en een walkietalkie.

Hij kijkt me aan met een blik die het midden houdt tussen afkeuring en plezier.

Ik ga staan, en ril na van walging. Hou me op de been door met één hand tegen de muur te steunen.

De politieman loopt naar binnen. Het is alsof hij zweeft, alsof hij onmenselijk is, niet echt, evenals mijn rol in deze setting. Een nare droom, waaruit ik niet wakker word.

Dit kan niet waar zijn, dit zou mij nooit gebeuren. Niet míj.

Ik kijk op en lees in zijn ogen wat hij ziet. Geen moeder van twee kinderen, voormalig voorleesmoeder, eigenaresse van een prestigieuze *chambres d'hôtes*. Hij ziet een vrouw met verward en plakkerig haar, rode vlekken in het gezicht, een T-shirt dat aan haar lichaam kleeft. Hij ruikt mijn paniek.

Ik zou willen wegkruipen van schaamte. Ik heb mijn leven vergooid, schiet het door me heen. Volledig. Het is over en uit. Ik ben vierendertig, ik had alles, en heb dat alles vergooid. Mijn leven, dat van Eric, en dat van mijn kinderen. En voor wat?

Of beter: voor wie?

■

I

Ik heb iets met oude gebouwen. Afgebrokkelde muren, ingestorte daken, skeletten van hout en steen, zonder ramen en deuren. Ze beroeren me. Kaal en naakt, zonder pretenties.

Terwijl ik rondloop glijdt de sfeer langs me af. Ik zou graag gaan liggen, plat op mijn rug, armen gespreid. Als een kind dat in het warme zomerzand een vlinder maakt. Inhaleren. Absorberen.

Ik doe het niet.

Waarom doen we nooit wat we écht willen?

De stuclaag op de buitenmuren had dezelfde kleur als het wolkendek, dat loom en zwaar op de heuveltoppen leunde. Het cement stond bol van het vocht en de alg en vertoonde scheuren. Op sommige plekken was het cement weggeslagen, zodat de onderliggende geelrode veldstenen blootlagen. Donkere rechthoeken, tochtgaten zonder glas of kozijnen, markeerden de plaatsen waar ramen en deuren gezeten hadden. Stengels wilde klimop en purperwinde slingerden zich onbelemmerd van buiten naar binnen en weer terug.

Ik liep via de stenen trappen naar een gat in de voorgevel, tussen brandnetels en onkruid door dat in de voegen wortel had geschoten en plaatselijk tot mijn schouders reikte. Mijn gympen waren doorweekt.

Binnen was het kouder dan buiten. Het eerste wat op me afkwam was de geur van nat steen en rottend hout. Op de vloer lagen houten planken. De muur bedekt met afbladderende olijfgroene verf en bruin uitgeslagen behang dat hier en daar los was gekomen.

De grote hal was donker, met een brede houten trap die naar een balustrade op de eerste verdieping leidde. Het was duidelijk dat het huis statig moest zijn geweest. Vroeger had hierboven waarschijnlijk een kroonluchter gehangen, die een zacht, fonkelend licht verspreidde. Zonder veel inspanning kon ik de mensen die hier lang geleden gewoond hadden horen praten, gedempt. Pianomuziek, getinkel van glazen.

Ik huiverde en trok mijn jas strakker om me heen, hield de revers vast met één hand en keek omhoog. Op de nok, twee verdiepingen boven me, lag een dak van leisteen. Regendruppels gleden door de openingen. Ze vielen over de rand en kwamen neer voor mijn voeten.

Ik herinnerde me dit huis anders.

Misschien had ik het mooier gemaakt in mijn gedachten, sinds we het voor het eerst – en voor het laatst – gezien hadden in mei, bijna vier maanden geleden, en het in een opwelling kochten van een Engelse makelaar.

> TE RENOVEREN CHARMANT EN STIJLVOL ENSEMBLE OP HEUVELRUG, GEBOUWD IN DE XVIIIE EEUW. TOTAAL TE REALISEREN BEWOONBAAR OPPERVLAK VAN 500 M^2. HOOFDWONING (PLM. 300 M^2) MET ORIGINELE ELEMENTEN (CHEMINEE, EIKEN VLOEREN), WIJNKELDER EN TOREN. EIGEN BRON, PUT EN DIVERSE BIJGEBOUWEN WAARONDER EEN PIGEONNIER, GRAANSCHUUR EN TE RENOVEREN STENEN HUISJE VAN 60 M^2. MAAR LIEFST 8 HECTARE EIGEN GROND WAARVAN 3,5 BOS, EN KLEINE VISVIJVER. PANORAMISCH UITZICHT OVER HEUVELS. GEÏSOLEERD GELEGEN (DICHTSTBIJZIJNDE BUREN 1 KM) MET VEEL PRIVACY, OP 20 AUTOMINUTEN VAN ALLE VOORZIENINGEN EN GEZELLIGE STAD. ENSEMBLE BIEDT VEEL MOGELIJKHEDEN! ZEER GESCHIKT VOOR RUSTZOEKERS OF REALISERING VAN GÎTES, CHAMBRES D'HÔTES OF HOTEL.

In mei hadden de bomen en velden nog in bloei gestaan. Witte bloesems van perenbomen, uitbundig lila van verwilderde seringen en velden vol gele koolzaadplanten. De zon stond aan een strakblauwe hemel. Geen spoor van wolken. Je kon tot aan de horizon kijken naar een zee van heuveltoppen in alle schakeringen zacht paars en blauw. Zwermen zwaluwen doken langs het huis en schoten weer omhoog, op zoek naar insecten of een plaats om te nestelen. Krekels tsjirpten in het hoge gras. De geur van kruiden en bloemen, zoet en overweldigend, aangevoerd door de zachte wind en begeleid door het gekwaak van kikkers in het lager gelegen meertje, in het dal bij het bos.

Eric had een fles rode bordeaux opengetrokken, die we tot op de laatste druppel op de overwoekerde binnenplaats leeg hadden gedronken.

We gedroegen ons zoals mensen zich behoren te gedragen in een dergelijke situatie. We waren dronken van geluk, in een roes. Dit was het paradijs, een plaats waar sprookjes ontstonden. En deze plek werd ons nieuwe leven.

'Ik weet wat je denkt,' hoorde ik Eric naast me zeggen. Hij streek met zijn vingers over de muur en wreef met zijn duim over de groenbruine substantie die aan zijn vingertoppen bleef kleven. 'Maar het komt goed, echt. Het wordt fantastisch, Simone. Echt super.'

Ik wist niet goed wat ik moest zeggen. Zoveel gedachten dwarrelden door mijn hoofd.

Zwijgend liepen we door de hal. Onze voetstappen op de eiken planken werden overstemd door het gerommel van onweer in de verte. Eric liep de linkervleugel in. Ik bleef staan tot ik hem niet meer zag.

Recht onder de balustrade, rechts van de trap, was een geel betegelde ruimte. Er stond een oud wit keukenblok met een geiser erboven, en een wirwar van loden leidingen, wit geoxideerd door het vocht, was schots en scheef tegen de bruin uitgeslagen muren aangebracht. Op de tegelvloer lagen plassen water. Ik zonk op mijn knieën en speelde met mijn vingers door het laagje vocht. Koud en glibberig.

Een gedachte uit vele die zich aan me opdrongen probeerde ik weg te duwen, maar het lukte niet. Ik zag mijn moeder naast me staan. Haar ondoorgrondelijke blik gericht op de beschimmelde muren, vervolgens op de gaten in het dak, en de rommelige waterleidingen. Met haar hooggehakte schoenen ontweek ze de plassen angstvallig, haar rok met één hand vasthoudend, uit angst dat het tere textiel besmet zou raken door de talloze vuilbronnen in dit huis. Ze zei niets, mijn moeder. Helemaal niets. Ze zei nooit iets als ze het niet met me eens was. En dat was ze maar al te vaak. Ik luisterde naar haar zwijgen en heb de diverse vormen van stilte leren interpreteren.

Ik zag haar naast me staan en de optelsom maken van alle onvolkomenheden in dit huis, waarvan de uitkomst te lezen was op haar gezicht.

Ze was op comfort gesteld, mijn moeder. Comfort dat zij had moeten ontberen en dat ze zo graag voor haar enige dochter wilde. Ze hees me in jurken waarin ik me ongemakkelijk voelde, en sleepte me mee naar tennisclubs en naar hockeyvelden, waar ze belangrijke mensen vermoedde met zoons van mijn leeftijd. Zwijgend mokken, een stille afkeuring, die in frequentie en lengte toenam naarmate ik puber werd, lange stille dagen in mijn adolescentenjaren die voorafgingen aan mijn huwelijk met Eric, die geen arts, geen prins of onroerendgoedhandelaar was, maar een HEAO-student op kamers, met een oude fiets, een oorbel en een studieschuld. Pas een jaar voor we trouwden begreep ze dat ik precies dat deed wat zij van me verlangde. Net op tijd. Net voor ze stierf.

Mijn vingers woelden nog steeds door het laagje water. 'Je zou het vreselijk vinden, mam,' fluisterde ik. 'Je zou het niet begrijpen.'

Begreep ik het zelf eigenlijk wel?

Eric was onderweg naar de keuken. Ik hoorde zijn voetstappen op de planken in de hal en ging snel rechtop staan, propte mijn natte handen in de zakken van mijn trenchcoat.

Ik draaide me naar hem om.

'Ik vraag me af,' zei hij, 'of we Ellen niet beter kunnen vragen de kinderen nog een paar weken bij zich te houden.'

Ellen was Erics oudste zus. Onze kinderen logeerden deze week bij haar en haar man Ben, zodat wij onze handen vrij hadden om de eerste voorzieningen te treffen.

'Dit huis is over een paar maanden nog niet bewoonbaar,' hoorde ik mezelf antwoorden. 'Om ze hier nog langer weg te houden zet dan ook geen zoden aan de dijk. Bovendien begint het schooljaar al over anderhalve week... Weet je, ik denk dat ze het hier geweldig vinden. De lange gangen, al die kamers, een spannende kelder, het torenkamertje en het meer met de kikkers... Dit moet voor hen een kasteel zijn, een avontuur. Ze kunnen elke dag op ontdekkingsreis.'

'Dan moeten we toch eerst een caravan regelen. Ik geloof niet dat ik hier een droge ruimte ben tegengekomen. Het hele dak moet vernieuwd.'

'We kunnen een hotel nemen.'

'Simone, doe me een plezier, het duurt zeker een halfjaar. Ik koop een caravan waarin je niet eens merkt dat het een caravan ís, zo groot.'

2

Zes meter lang, twee en een halve meter breed. Crèmekleurig met groene strepen over de flanken, die voorbij het laatste raampje in een flauwe hoek een stijgende lijn vormden. Vanbinnen een U-vormig bankje met een tafeltje, een kabouterdouche met gemarmerd zeil op de grond en tegen de wanden. Een chemisch toilet waarvan het slot kapot was, een spoelbak, twee gaspitjes en vier slaapplaatsen. De satellietschotel op een paal ernaast completeerde het geheel.

Mammaloe.

Hij stond naar me te grijnzen vanuit zijn rookkleurige ramen van plastic. Lelijk tot op het chassis. Hij lachte me uit, met zijn dunne kraantjes en smalle bedjes. Schuddebuikend van de pret stond hij boven op het geplette onkruid, achter de hoofdwoning. Het was tijdelijk, dat gaf mijn ratio me in, en ik wilde vooral niet *moeilijk doen*. Zeker niet nu de zon het liet afweten en de aanhoudende regen me duidelijk wilde maken dat het pad dat we hadden ingeslagen langdurig was, verre van geplaveid, en dat we elke vorm van positieve stimulans, hoe klein ook, hard nodig zouden hebben om hier als gezin ongeschonden door te komen.

Eric rolde een lange elektriciteitsdraad uit die hij aansloot op onze tijdelijke woning; eindelijk stroom. Een aftakking van het centrale bovengrondse kabelnetwerk leidde naar de uiterste buitenhoek van ons huis die het dichtst bij de weg lag, en verdween in een geheimzinnig uitziende rechthoekige grijze kast van kunststof. Als ik de lichtschakelaars in de hal en in de keuken omzette, ging het licht aan. Ons huis was verzekerd en we hadden een vaste telefoonaansluiting. Voor aan de straat, aan het einde van het vierhonderd meter lange karrenspoor dat onze oprit was, stond een brievenbus met onze naam erop. En we hadden het allemaal zelf geregeld.

'Het regent,' zei Eric, en hij keek er verwonderd bij, met zijn gezicht schuin omhoog, alsof het nu pas tot hem doordrong.

'Ja, het regent. Alweer. Of nog steeds.'

Eric keek op zijn horloge. 'Hoe laat zouden ze eigenlijk aankomen?'

'Tussen vijf en zes uur, schatte Ellen.'

'Hoe laat zijn ze vertrokken?'

'Rond achten.'

'Tel er dan maar gerust twee uur bij op.'

Ben was zestig, vijftien jaar ouder dan mijn schoonzus Ellen. Hij had zijn hele leven met en tussen allerlei soorten machines gewerkt. Ben had een eigenaardigheid, een van de vele die hem typeerden. Mijn zwager hoefde niet op metertjes te kijken om te weten wanneer een machine optimaal draaide. Daar had hij een gehoor voor ontwikkeld. De optimale snelheid van Ben en Ellens Toyota was negentig kilometer per uur. En dus reed Ben negentig kilometer per uur. Overal.

'Dan kunnen we zo nog wat gaan eten in het dorp,' hoorde ik Eric zeggen. 'En nog eens rondvragen voor werklui. Ik ga hier echt niet alleen aan beginnen. Het is onbegonnen werk. Sommige balken van de dakconstructie zijn volgens mij ook rot, trouwens.'

Ik rechtte mijn rug. 'Kunnen we niet beter een werkploeg uit Nederland laten komen? Misschien zijn die twee Poolse broers beschikbaar die vorig jaar bij Henk en Marga hun dakkapel hebben gemaakt. Dat was ze goed bevallen. Misschien hebben ze...'

Hij schudde zijn hoofd. 'Geen Polen. Het werkt hier anders. Andere maten, andere materialen. Plaatselijke werklui weten wat er te koop is en wat ze nodig hebben, dus dan schiet het gewoon beter op. Bovendien kweekt het goodwill als je met Fransen werkt. Als je buitenlanders over laat komen om hier hun werk te doen, dan zijn ze daar niet blij mee. Ik was van plan om iets op te bouwen, niet af te breken.'

'Eric, het huis is niet eens zichtbaar vanaf de weg, er komt hier niemand.' De wanhoop klonk door in mijn stem. 'Over drie maanden is het winter. Ik moet er niet aan denken dat we dan nog in die caravan zitten.'

'Reken daar maar wel op, want al werk je met tien man dag en nacht, dan nog is het niet klaar voor februari. Ik had niet voorzien dat het huis zo slecht was. Het dak, de spanten, de balken, de vloeren, het hele elektriciteitscircuit, de leidingen... Het is heel oud, en het staat al dertig jaar leeg. Dat knap je niet even in een paar maanden op. Laat die stress los, schat. We zien wel hoe het loopt.'

'Maar,' zei ik, wat minder strijdbaar, 'als je mensen over laat komen dan *gebeurt* er tenminste iets. We zijn hier nu al een week en we hebben alleen een caravan, een satellietschotel en stroom. Ik realiseer me echt wel dat het langer kan gaan duren dan we in eerste instantie dachten, en ik wil ook niet moeilijk doen, maar als er nu maar vast een beginnetje gemaakt wordt, dan is dat toch al iets. Al zouden ze het dak alvast doen, en ramen in het rechtergedeelte zetten, en een voordeur, dan kunnen we er tenminste in... En onze spullen uitpakken.'

Ik doelde op de witte zeecontainer die rechts van de oprit in de regen stond. Onze huisraad was erin opgeslagen. Ik maakte me lichtelijk zorgen over schimmel in de Perzische tapijten en onze winterkleding, en vroeg me af of de computer en de stereo-installatie niet gingen roesten. Ik durfde niet eens te gaan kijken of het metalen gevaarte wel waterdicht was.

Erics gezichtsuitdrukking maakte duidelijk dat er wat hem betrof geen onderhandeling mogelijk was. 'Simone, we zijn hier pas een week. Wat wil je nou helemaal?'

Ik wreef met mijn handen over mijn gezicht. 'Sorry. Het is de spanning. Ik ben moe. Zoveel nieuwe indrukken, het afscheid... Het gaat wel over.'

Eric sloeg zijn armen om me heen. 'Hoor je de kikkers?' fluisterde hij. 'Kijk eens, daar in de verte, die witte kerktoren. Dit is toch schitterend? Wat maken die extra maanden nou uit, op de rest van ons leven? Dit is een moordplek, Simone. Heb een beetje geduld. Het komt goed, heus.'

In de afgelopen dagen had Eric verwoede pogingen gedaan om een aannemer te vinden of op de een of andere manier een werkploeg samen te stellen. Want ons huis, ons landgoed dat zou worden omgebouwd tot een luxe *chambres d'hôtes*, was nog maar het begin. De renovatie van dit paradijs in wording moest een kweekvijver worden voor talent dat Eric de komende jaren aan zijn Franse nog op te richten bedrijf zou binden. Eric wilde niet gaan genieten van de natuur, de bordeauxwijnen en het milde klimaat. Hij wilde een vakantiepark realiseren. Dat was zijn doel in ons paradijs. De *chambres d'hôtes* zouden onder mijn verantwoording gaan vallen en in mei was me dat nog voorgekomen als een droom die uitkwam.

Erics enthousiasme en kennis van de taal ten spijt vlotte het tot nu toe niet bepaald. Honderden kilometers legden we af, over geasfalteerde slingerweggetjes door de heuvels, naar geïsoleerd liggende gehuchten met onuitspreekbare namen (waar nooit iemand kwam, behalve de inwoners zelf en de postbode). Op zoek naar de neef van Monsieur Deneuville, die nog bij zijn moeder woonde en septic tanks aanlegde. Van daar weer naar een vriend van de zoon van de burgemeester, die een aannemersbedrijf runde vanuit een voormalige wijngaard. Bossen, velden, akkers, grasland met drijfnatte limousinrunderen, nog meer bos en stapels met boomstammen. Van gehucht naar gehucht. Zonder resultaat.

'Wat denk je,' hoorde ik Eric zeggen, grinnikend. 'Zullen we de druk een beetje van de ketel halen? Die werkelijk schitterende caravan maar eens uitgebreid gaan inwijden voor de lunch?'

'Denk je niet dat dat al gebeurd is? Een keer of... tig.'

'Sst. Het kan de laatste keer zijn, voorlopig. Als de kids er eenmaal zijn, is het over met de pret.'

Daar had ik nog niet bij stilgestaan. Caravan. De kinderen.

Geen privacy meer.

Eric zat tegenover me aan een tafel in het dorpsrestaurant. De fles rosé die tussen ons in stond was al bijna leeg en het eten moest nog komen.

Erics gsm lag naast de beduimelde *Pages Jaunes* van vorig jaar, die hij gekregen had van de serveerster. Hij belde zes aannemers en klusjesmensen. Ja, ze wilden graag werk, maar nee, dit jaar ging dat niet meer lukken, geen project van zo'n omvang. Op zijn vroegst waren we volgend jaar juni aan de beurt.

'Fout één,' dacht ik, hardop. 'Dit hadden we kunnen voorzien, we hadden het al moeten regelen toen we nog in Ne – '

'Onzin. Je weet net zo goed als ik dat je vanuit Nederland geen enkele invloed hebt op wat hier gebeurt, dat had geen verschil gemaakt. En we hebben er simpelweg geen tijd voor gehad.' Even leek het of er ook wat barstjes kwamen in Erics pantser van enthousiasme.

Ik was de eerste die toegaf dat we onze overstap niet bepaald grondig hadden voorbereid. Dat er niet echt sprake was geweest van een emigratieplan. Of überhaupt een plan. Natuurlijk was daar een reden voor. Overal was een reden voor.

We hadden maar vier maanden de tijd gehad. En vier maanden, zo bleek, was gewoonweg te kort om dingen goed af te sluiten en ons gedegen voor te bereiden op wat de grootste stap was die we ooit hadden gemaakt. Niet in praktische zin, laat staan in geestelijke zin.

Voor we naar Frankrijk vertrokken was Eric zo druk geweest met het afsluiten van lopende projecten en het inwerken van zijn opvolger dat hij 's avonds zelden voor tien uur thuis was. En ik was in de laatste maanden bijna alleen nog maar bezig met pakken. Ongelooflijk hoeveel spullen een mens in zijn leven kon verzamelen en vooral hoeveel je daar dagelijks toch steeds van nodig bleek te hebben. Hoe vaak ik de muur van keurig opgestapelde dozen met glaswerk en winterkleding in de bijkeuken voor de zoveelste keer te lijf was gegaan, op zoek naar die ene drinkbeker van Mickey Mouse die Isabelle per se mee wilde nemen op een schoolreisje, of naar de jas van Bastian omdat het toch wel erg koud was voor begin juli, ik wist het niet meer. Abonnementen moesten worden opgezegd, verhuisberichten verstuurd, de doorstuurservice van de post geactiveerd. Tussendoor kwamen e-mails en telefoontjes van Nederlandse en Franse makelaars en notarissen, en bezichtigingen voor ons oude huis, dat ondanks al die opgestapelde dozen in alle kamers op de valreep kon worden verkocht. Kennissen en vrienden die afscheid wilden nemen, en ineens de deur bij ons plat liepen omdat ze beseften dat wij binnenkort uit hun leven gingen verdwijnen. Erics broers en zijn zus, hun echtgenoten en kinderen, onze ouders, ooms en tantes, ze waren allemaal op de surpriseparty die Miranda had georganiseerd. De leraren van Bastian en Isabelle hadden op school een Frankrijk-dag gehouden met aansluitend een afscheidsavond. De leerlingen hadden in het geheim een tekening gemaakt en een brief geschreven; de juf van Isabelle had ze in twee afzonderlijke plakboeken geplakt met een gekopieerde klassenfoto van Bastian en Isabelle op de kaft.

De buren, de postbode, de caissière van de DEEN-supermarkt in het dorp, zelfs mensen die we maar vaag kenden, werkelijk iedereen hield me aan. Pas in de laatste weken in Nederland ging ik beseffen hoeveel mensen we achter ons lieten, zoveel vrienden, familie en kennissen op wie we altijd hadden kunnen terugvallen.

In ons nieuwe leven moesten we alles zelf gaan doen. We kenden werkelijk niemand, zelfs niet oppervlakkig, binnen een straal van duizend kilometer rondom onze nieuwe woonplek. Ik heb geprobeerd er niet al te veel bij stil te staan. Het leek me het beste me te richten op wat voor ons lag, ons nieuwe leven. Ons *betere* leven.

In de periode die tussen de koop en de eigenlijke verhuizing in zat, had ik niet eens de tijd gehad om werkelijk na te denken. Het ging gewoon te snel. We hadden gedaan wat we menselijkerwijs konden doen, en we waren vertrokken.

Eric schonk het laatste restje rosé in mijn glas. Een mager meisje met een bleek gezicht en piekerig haar bracht ons plakjes gerookte eend met een randje vet, warme geitenkaas en taaie sla.

Ik prikte er lusteloos in en keek naar buiten. Regen. 'Welkom in Zuid-Frankrijk,' liet ik me ontvallen.

'Het is hier niet voor niets zo groen. In de Gers vorig jaar was alles geel, weet je nog? Toen vond jij het nog zo dor.'

'Ja, ik weet het nog. Maar ik haat regen. Het mag van mij nu wel ophouden.' Ik keek op om Erics reactie te peilen maar hij was alweer in beslag genomen door de *Pages Jaunes* en zat aantekeningen te maken op de achterkant van een folder.

Ik schoof het laatste restje eend op mijn vork en at het op terwijl ik naar buiten keek, naar de *boulangerie* aan de overkant van de weg. Een oude vrouw met een poedel verliet de bakkerswinkel. Uit haar boodschappentas stak een stokbrood. Ze schuifelde over het trottoir en het hondje liep op stramme pootjes met haar mee.

'Zet die zorgen nou eens van je af, Simone,' drong Erics stem tot mijn binnenwereld door. 'We zitten in Fránkrijk, verdorie. *Laissez-faire.* Waarom heb je zo weinig vertrouwen in me? Heb ik de dingen niet altijd dingen goed ingeschat?'

Ik knikte alleen maar en dronk het bodempje rosé op.

Hij meende het. Eric geloofde erin, dat moest ik hem nageven. Hij joeg geen droom na, hij geloofde er werkelijk in.

En ik ging er volledig in mee. Waarom? Ik weet het niet. Vriendinnen noemden me moedig dat ik deze stap dúrfde te nemen. Dat waren de woorden die ze gebruikten: lef, moed, durf. Ik voelde me niet zo heldhaftig. Eigenlijk had ik amper nagedacht. Een onbezonnen beslissing genomen op de duizelingwekkende basis van een warme meizon, geserveerd op een bedje van gras en bloemen, en afgeblust met een halve fles goede bordeaux.

Nagedacht? Nee. Moedig? Al helemaal niet. Ik volgde uit lafheid, misschien zelfs uit luiheid. Het huwelijk kon buitengewoon praktisch zijn voor vrouwen zoals ik.

Eric was er voor het denkwerk, een rol waarin hij gegroeid was. Hij had bovendien de perfecte hersen-tongcoördinatie. Hij sprak vier talen vloeiend. Bovenal was hij liefdevol. Sociaal, vriendelijk en optimistisch. En dat waren nog lang niet alle positieve karaktertrekken die op hem van toepassing waren. Eric grossierde erin.

Ik kon me niet herinneren iets actiefs in deze relatie te hebben ingebracht, iets wezenlijks, dat uit mezelf kwam en verschil maakte. Misschien stabiliteit. Saaiheid.

Eric kwam alle eer toe.

3

Isabelles schouderlange haar zat in twee staartjes die waren uitgezakt. Bastian moest nodig weer naar de kapper. Zijn donkere haar piekte over zijn oren, zag ik nu.

Ik had verwacht dat ze zich aan me zouden vastklampen, ze misschien onder de indruk zouden zijn van ons nieuwe huis, van de plek en de ruimte, maar dat was een misrekening. Eenmaal bevrijd uit hun autogordels stoven ze joelend door de gangen. Bastian maakte spookgeluiden en Isabelle slaakte gilletjes. Ze waren helemaal door het dolle heen.

'We zijn in Frankrijk!' hoorde ik Isabelle schreeuwen. 'Frankrijk, Frankrijk, Frankrijk!'

'Vet cool.'

'Dit wordt mijn kamer!'

'Nee, de mijne!'

'Waar is het zwembad?'

'Dat is er nog niet, dombo. Dat moet papa nog maken.'

Ben, mijn onvolprezen zwager met het uiterlijk van een gepensioneerde conciërge, stond zich op zijn kalende achterhoofd te krabben en liet zich voor de dertigste keer ontvallen: 'Nou, nou, hier ben je nog wel even zoet mee, Eric.' Hij draaide zich naar mij om. 'En jij ook, Simone. Dapper hoor. Ik was hier niet aan begonnen.'

Ellen stond naast hem. Ze zag er afgetobd uit. De reis had bijna dertien uur geduurd in plaats van tien, omdat Ben al ergens in België een verkeerde afslag had genomen en dat honderd kilometer verderop pas had toegegeven. Vervolgens waren ze in Parijs zelf beland in plaats van op de rondweg, omdat een deel ervan afgesloten was wegens werkzaamheden. Het verkeer in het stadscentrum had muurvast gestaan. Het was kortom geen voorspoedige reis geweest.

'Het is hier wel mooi, hè,' merkte Ellen op. 'Met al die natuur, en zo. Maar het was wel moeilijk om te vinden. Alle wegen hier lijken op elkaar. Ze zetten ook nergens borden neer.'

'Weet je zeker dat je geen koffie meer wilt?' vroeg ik.

'O, nee, Simone, echt niet,' reageerde Ben. 'We laten jullie lekker alleen. Ik heb een hotelletje gezien op de weg hierheen, bij de stad, daar gaan we nu naartoe. Morgenvroeg rijden we terug en dan wil ik echt uitgerust achter het stuur zitten.'

We liepen met hen mee naar het erf. Zachte regendruppels vielen om ons heen op het onkruid en de beige gravel.

'Maar wát een mooi huis,' liet Ellen zich nog ontvallen, terwijl ze voor de vorm nog even naar ons huis keek. 'Echt prachtig hoor, met die stenen en die trap, en zo. En die toren, werkelijk prachtig, we komen echt terug volgend jaar als het klaar is, maar...'

'...Je bent er nog wel even zoet mee,' viel Ben haar bij.

Ik perste er een glimlach uit.

Nog geen uur nadat ze waren gearriveerd, zwaaiden we Ben en Ellen en hun groene Toyota alweer uit totdat ze het karrenspoor opreden dat naar de openbare weg leidde en uit het zicht verdwenen.

De schemer was ingevallen. De hemel kleurde oranjerood en het geluid van tsjirpende krekels kwam van alle kanten. Overweldigend.

Vanuit het huis kwamen kinderstemmen, opgetogen gilletjes. Bastian en Isabelle kwamen naar buiten gehold, baldadig en vol energie.

'Kom hier,' zei ik, terwijl ik op mijn hurken ging zitten en aan elke kant een kind fijnkneep. 'Hebben jullie het naar je zin gehad bij ome Ben en tante Ellen?'

'Ja hoor,' antwoordde Bastian. 'We mochten zelf weten wat we wilden eten.'

'En wanneer we naar bed wilden!'

'En wat hebben jullie gegeten?' vroeg ik.

'Pannenkoeken met jam, friet...'

'Chocolade!' viel Isabelle bij.

'Ben je blij dat je weer bij ons bent?'

'Ja, natuurlijk,' zei Bastian, ineens serieus. Hij keek naar het huis en ik volgde zijn blik. Het gebouw, met zijn hoge toren aan de rechterzijde, stak immens groot en donker af tegen de nu purperen hemel.

Het leek of de krekels even stilhielden.

'Blijven we hier wonen, mama?' vroeg Isabelle bedeesd.

'Ja, lieverd. Hier blijven we wonen. Dit is ons nieuwe huis. Vind je het niet mooi? Net een kasteel, hè?'

Isabelle luisterde niet. 'Moeten we nou Frans gaan praten? Zo van *fleur* en zo, en *so-leil*?'

'Frans is stom,' zei Bastian.

'Ja, schat, we gaan Frans praten. Maar in huis hoeft dat niet hoor, we blijven thuis lekker Nederlands praten, zoals we gewend zijn. Papa heeft ook een schotel neergezet, zodat jullie gewoon Nederlandse tv kunnen kijken. *Zoop*, en *SpongeBob*.'

'Wanneer moeten we naar school?'

'Donderdag, over vijf nachtjes slapen.'

'Dán al?' riep Bastian.

'En praten ze daar allemaal… niet zoals wij?' vroeg Isabelle.

'Op school praten ze allemaal Frans. De andere kindjes, en de juffrouw ook. Maar dat gaan jullie ook heel snel leren, en dan kunnen jullie nog voor de kerst al beter Frans praten dan papa en mama. Dat gaat echt heel snel, geloof me maar.' Ik hoorde mezelf praten. Op internetforums opgedane wijsheid.

Isabelle zocht mijn hand en drukte zich tegen me aan.

Ik voelde een brok in mijn keel.

■

'*Madame*?' zegt de politieman nog eens, alsof hij twijfelt of ik hem wel zie staan, hem wel hoor spreken.

Ik kijk verward in zijn ogen in de hoop warmte te vinden, misschien verbondenheid, of in elk geval menselijkheid. Hij staart terug met een routinematige blik. Zijn binnenpretje, of wat het ook was, is geheel uit zijn gezichtsuitdrukking verdwenen. Geen medeleven, geen warmte.

'Ik wil mijn man bellen,' zeg ik. 'Laat me alsjeblieft mijn man bellen.'

Eric moet dodelijk ongerust zijn. Hij heeft me vanochtend afgevoerd zien worden. Geboeid over de binnenplaats, geflankeerd door twee gewapende agenten. Terwijl de politieauto naar het pad hobbelde en ik in de achterruit een wanhopige blik op Eric wierp, die alleen achterbleef op de binnenplaats, zag ik de verbijstering over zijn gezicht trekken.

Goddank lagen Isabelle en Bastian nog in bed.

'Dat gaat niet,' reageert hij. 'U mag drie dagen geen contact hebben met de buitenwereld. Dat zijn de regels.'

Ik knijp mijn ogen dicht. Open ze weer. Probeer rustig te blijven.

'Maar mijn man...'

'*Je suis désolé* – het spijt me. Ik kan u niet helpen.'

Een advocaat, schiet het door me heen. Een vertrouwensman, met wie ik kan praten en die wel vrij in en uit kan lopen. Iemand die ik kan vragen om Eric gerust te stellen, over te brengen dat ik van hem hou, en van de kinderen.

Ik kijk op. 'Ik wil een advocaat.' Het klinkt wanhopig, precies zoals ik me voel.

De politieman schudt zijn hoofd. 'Dat kan pas na het verhoor, *madame*.'

■

4

Ik kijk vaak naar de hemel. Overdag, als er vliegtuigen doorheen kruisen, er wolken langs jagen. Maar liever nog 's nachts, als de talloze lichtjes daarboven aanflitsen, ongrijpbaar, onbereikbaar. Ik stel me voor dat ik er deel van uitmaak. Opstijgen, omarmen, absorberen en in miljoenen stukjes opgaan. Het is een onmogelijke wens, een verlangen.

Alles stelt teleur als je verwachtingen te hoog gespannen zijn.

Het lichtpuntje was dat het afscheid op de eerste schooldag niet ontaardde in een huilbui van de kinderen. Dapper zwaaiden ze naar me, terwijl ze de school in liepen waar de volwassenen en de kinderen een taal spraken die ze niet meester waren.

Het absolute dieptepunt van die dag was mijn eigen huilbui in de auto, op de terugweg naar huis. Ik wist niet waarom ik precies moest huilen. Was ik zo trots op ze, had ik met hen te doen, of was het een combinatie van beide?

De eerste schoolweek kon ik geen rust vinden. Vrijwel elke minuut van de dag dacht ik aan ze. Isabelle en Bastian, in een vreemde klas, met een voor hen onbekende juf en kinderen die hen als een bezienswaardigheid beschouwden. Ze konden geen woord verstaan van wat er gezegd werd, en moesten zich onzeker en angstig voelen. Die gedachte bleef me steeds bij, en ik kon me niet ontspannen, geen moment. Ik wilde in de buurt van de telefoon blijven voor het geval het schoolhoofd zou bellen. Maar een telefoontje bleef uit. Bastian en Isabelle weerden zich goed. Wel had Bastian gisteren toen ik hem instopte gezegd dat hij zijn vriendjes enorm miste en dat hij dacht dat hij nooit zo zou leren praten als de kinderen op school. Ze hadden in de pauze gevoetbald op het schoolplein, iets wat op de oude school in Nederland niet was toegestaan, en dat ervoer hij als positief. Ook had hij meegedaan met hagedisjes vangen, die talrijk aanwezig waren op de schoolmuren.

Isabelle leek griezelig makkelijk met de nieuwe situatie om te gaan. Ze hadden precies de goede kleurpotloden op school, zei ze, en werkjes waarbij je dingen moest omcirkelen. Er was zelfs een computer. En ze begreep ongeveer wel wat de juffrouw van haar wilde. Ze deed gewoon wat de andere kinderen deden.

Het eten tijdens het overblijven op school was vies, daar waren ze het over eens. Gepureerde warme groenten waren erg raar, net een soort babyhapjes, en de spaghetti was aan elkaar geplakt, zonder ketchup. Mama kon beter koken dan de schoolkok.

Ze hadden vooral nog moeite met de lange Franse schooldagen, van negen tot half vijf, met alleen een vrije woensdagmiddag.

Eric was nu dagelijks in het huis bezig. Ik zag hem onwennig in de weer met kabels en hout. Hij had geen flauw idee wat hij ermee aanmoest. Ik had mijn best gedaan mee te denken, mee te helpen zelfs, maar ik had er net als Eric geen notie van hoe ik een raamkozijn moest opmeten of hoe we de balken die zo hoog bij de nok van de ene naar de andere kant van het huis liepen, moesten vervangen. En we durfden geen van beiden het dak op om de dakpannen goed te leggen.

We konden het niet samen. We deden ons uiterste best, maar het werkte gewoon niet.

Ik deed wat ik kon. Ik had geprobeerd de caravan een beetje leuk in te richten, gezellig te maken. We hadden de diepvrieskist en de koelkast vanuit de zeecontainer naar de droge helft van de keuken op de begane grond gesjouwd. Eric had een vierpitsgasstel gekocht met een metalen klep, en dat stond nu op een oude tafel die we in de kelder gevonden hadden. Een groene, zware gasfles stond ernaast op de grond, met een slang eraan die naar het gasstel leidde. Schuin ertegenover stond de wasmachine, ernaast de droogtrommel. Water, dat hier sterk rook naar chloor en zo kalkrijk was dat het waarschuwingslampje van het koffiezetapparaat om de dag knipperde, haalde ik uit de kraan aan de andere kant van de ruimte. Daar was een diepe spoelbak met het formaat van een klein zitbad, waarin ik de afwas deed.

In de badkamer, die op de eerste verdieping lag, kwamen we nauwelijks. Warm water was er nog niet. Er stond een boiler in de kelder, maar Eric durfde hem niet in werking te stellen. Een man die hij vanochtend bij de bakker had gesproken kende een monteur die handig was met cv-ketels. Die zou hij bij ons langs sturen om te zien of onze boiler een tikkende tijdbom was – zoals wij vermoedden – of een bruikbaar apparaat.

Ik snakte werkelijk naar een bad, of in elk geval een douche. Het was warm, de eerste week van september, en ik voelde me plakkerig en zweterig.

En ik begon me steeds meer af te vragen wat ik hier deed, of ik geen masochistische trekjes begon te ontwikkelen.

5

De sfeer in huis was omgeslagen. Gisteren was Eric een man tegen het lijf gelopen in een grote supermarkt in de stad. Een Belg, Peter, die zeven jaar geleden zijn geboorteland vaarwel had gezegd en hier in de buurt was komen wonen. Net als wij had hij zich aangetrokken gevoeld door de natuur, de ruimte, de betaalbare landhuizen en het klimaat, en net als wij was hij gestuit op een muur van desinteresse of overvolle werkagenda's.

Peter had het gat in de markt gezien en vulde het nu alweer een jaar of vijf op. Niet zonder succes, volgens Eric. Peter had veertig mensen in dienst, die niets anders deden dan boerderijen, landhuizen en kastelen opknappen voor buitenlanders zoals wij. Belgen, een enkele Duitser en heel veel Britten en Nederlanders met een droom en twee linkerhanden.

Hij reed nu in een vrijwel nieuwe Landrover en woonde op een prachtige stek, had hij Eric verteld, twintig kilometer verderop, met zijn vriendin.

Morgen zou Peter langskomen. Hij dacht dat hij binnenkort wel wat mensen vrij kon maken om alvast een begin te maken, zodat we in elk geval snel in ons huis konden wonen.

Het was een prettig gevoel om te weten dat er iets ging gebeuren, dat ons huis straks niet alleen maar ons probleem was, maar een gedeeld probleem. Ik keek reikhalzend uit naar deze Peter.

Omdat de boiler nog steeds niet werkte waren we gisteravond gaan douchen bij een pompstation langs de snelweg. Voor een paar euro kon je minutenlang onder de warme stralen blijven staan.

Iedereen was ervan opgeknapt.

Bij terugkomst was de kennis van de klant bij de bakker er.

Een blauwe Peugeot 407 stond voor de toog geparkeerd. Na een uur rommelen had de man onze boiler aan de praat gekregen. Ontploffingen bleven uit. Het apparaat maakte lawaai. Het rommelde, en er stond een leeg soepblik naast om water dat overliep op te vangen. Maar we hoefden in elk geval niet meer naar het pompstation. We konden in de oude badkamer op de eerste etage gaan douchen.

Door deze meevallers zag alles er beter uit.

Ik liep door de hal naar buiten en rekte me uit. Een septemberzon was doorgebroken en verwarmde het vochtige land. Het onkruid op de binnenplaats was door Eric afgemaaid, en hier en daar stonden jonge grassprieten die hun kans waarnamen. Ik hoorde alleen de vogels en de krekels. Verder was het stil. Vredig.

Ik liep naar de toog, een boogconstructie van grote, beige kalkstenen aan het begin van de binnenplaats. Hagedissen klampten zich vast aan het ruwe oppervlak en warmden zich met opgeheven kopjes in de zon. Ze schoten weg in de scheuren in de muur toen ik onder de toog door liep.

Het mooiste deel van ons huis was niet eens het huis zelf. Het was dat wat in het makelaarskrantje werd aangeprezen als *une vue panoramique*. Er waren meer heuveltoppen dan ik kon tellen. Ze strekten zich voor me uit zodra ik van de binnenplaats in de richting van het meertje liep. Als verstilde golven, de ene na de andere, en ze gaven me het gevoel dat ik op het dak van de wereld stond. Ergens in de verte dook een witte kerktoren op uit het groen. Nog verder weg zag ik vaag de contouren van een kasteel. Hoog boven me gleden grote roofvogels door de lucht.

Ik draaide me om naar het huis. Het zag er vriendelijker uit, zo in de zon. Ik probeerde me voor te stellen hoe het eruit kon zien als er ramen in zaten met fleurige blauwe luiken. Bloembakken eronder, vol met hanggeraniums in roze en rood. De binnenplaats, niet hobbelig en bedekt met gras en onkruid, zoals nu, maar strakgetrokken, met verschillende niveaus en brede trappen, beige gravel, blauw gelakte potten met bloemen, en een fontein of een drinkplaats. Een stenen bank waar de gasten op konden gaan zitten, om uit te kijken over de heuvels en hier in de stilte hun stress weg te laten vloeien.

Voor het eerst sinds mei kon ik me er opnieuw een beeld bij vormen.

Begon het huis voor me te leven.

6

Er wordt van de bewoners van Corsica gezegd dat als ze een pad willen maken, ze een ezel voorop laten lopen. De boer kuiert achter zijn lastdier aan, met de handen in zijn broekzakken. De route die de ezel kiest, wordt het pad. Nee, sterker nog: is het pad geworden. Het is een weinig complimenteus verhaal, dat de vermeende luiheid en passiviteit van de Corsicanen verbeeldt.

Hij heette Peter Vandamme, was welbespraakt en hij leek op het eerste gezicht een jaar of veertig, maar was bij nader inzien een stuk ouder. Hij had bruine ogen, net als Eric, en licht krullend, grijzend haar dat kortgeknipt was. Een ovaal gezicht met krachtige trekken. Peter lardeerde zijn monologen met Franse uitdrukkingen, knipoogde en gebaarde veel, en maakte de indruk van iemand die zich overal op zijn gemak voelde en behoorlijk goed was ingeburgerd in het Franse.

Peter was mijn reddende engel, de *oermensch* waarop ik zat te wachten. Iemand met verstand van hout, stenen en cement.

Ons huis bleek in een prima staat te zijn.

'Een huis met charme,' zei hij steeds. 'Veel charme. Je hebt er een goede koop mee gedaan. Dit soort huizen zijn schaars en ze worden alsmaar schaarser.'

Hij liep samen met ons door het huis en krabbelde van alles en nog wat op een omgeslagen blocnote. Een boodschappenlijstje voor de plaatselijke bouwmarkt en de zandleverancier. Peter liet het aan Eric over om de spullen te bestellen. Steigers en ander materiaal om mee te werken zou hij zelf meebrengen. En werklui, een man of zes, zeven, dacht hij.

'We beginnen maandag,' zei Peter. 'We werken door tot acht uur. Tussen twaalf en twee wordt er niet gewerkt.' Hij wendde zich tot mij. 'Kun je koken?'

Ik stamelde iets bevestigends.

'Mijn jongens zijn gewend aan goed eten. Daar sta ik op. Gevarieerd, gezond, met eiwitten en vooral koolhydraten. Ze werken hard. Ze hebben het nodig en ze verdienen het.'

Ik wist even niet wat ik moest zeggen. Hier had ik niet op gerekend. Simone de keukenprinses was nooit echt uitontwikkeld, dat was een ontwikkeling die ik nog wilde gaan doormaken, als ik straks alle tijd van de wereld zou hebben. En een luxe keuken.

Ik voelde een lichte paniek opkomen. Begon te tellen. Acht hongerige mannen, met Eric en mij erbij tien volwassen mensen. Eén vierpitsgasstel, één tafelmodel koelkast en een vriezer.

Ik moest inkopen doen. Een plan maken. Recepten verzamelen.

Vóór maandag nog.

'Voor de winter zitten jullie dicht,' zei Peter, die zich weer tot Eric wendde. 'Twee maanden, drie hooguit. Dan kun je erin.'

'En het hotelgedeelte?' hoorde ik Eric vragen.

'Dat is nog het minste werk. Eerst het dak, die balken, vloeren, elektriciteit en waterleidingen op orde brengen. Daarna is de rest zo gebeurd. De ramen en binnenmuren, dat stelt echt niets voor.'

Zoals Peter sprak, leek het zo makkelijk. Peter zei dingen die mensen graag wilden horen, viel me op. Dat was waarschijnlijk zijn kracht. En misschien had hij gelijk en was het echt heel eenvoudig allemaal.

We zwaaiden hem uit toen hij wegreed in zijn donkergroene Landrover. Eric stond naast me, zijn hand op mijn schouder. 'Zie je,' zei hij. 'Ik zei je toch dat het goed zou komen? Gek hè, kom je zo iemand gewoon tegen bij de kaasafdeling van de supermarkt.'

Terwijl Eric naar het huis liep, keek ik omhoog. De lucht was blauw en wolkeloos. Een vliegtuig doorkruiste het luchtruim. Ik kon het niet horen, alleen maar zien. Een zilveren, glanzende stip met daarachter een witte, kaarsrechte staart die naarmate het vliegtuig vorderde in zijn tocht, langzaam opbrak en in het niets oploste. Ik wilde gaan liggen. Plat op de grond, op mijn rug in het gras. Alleen maar staren naar die witte staart in de lucht, mijn armen spreiden en een vlinder maken in het onkruid.

In plaats daarvan liep ik achter Eric aan.

Eigenlijk deed ik precies dat wat ik in de afgelopen dertien jaar had gedaan. De veilige weg volgen, die Eric voor me uitstippelde.

Eric was mijn ezel.

7

Maandagochtend, half tien. Ik had de kinderen naar school gebracht en stapte uit de auto. Net voorbij de toog stonden drie witte bestelbusjes op de binnenplaats geparkeerd. Ze zaten vol krassen en deuken. De schuifdeuren aan de zijkant stonden open en boden zicht op de inhoud: gereedschap, touwen en kisten met materiaal. Overal liepen mensen. Ze droegen werkkleding, T-shirts met reclamekreten, verwassen jeans en trainingsbroeken met gaten. Om hun heupen hingen leren gordels met hamers, schroevendraaiers en meetlinten. Er speelde een radio, die zijn best deed om boven het rumoer en de herrie uit te komen. Er werden steigers opgebouwd, buiten en binnen, die bijna tot aan het dak reikten.

Peter gaf aanwijzingen. Het gaf me een goed gevoel dat er nu werkelijk iets ondernomen werd, en de voortvarendheid waarmee Peter zijn mannen aanstuurde, de snelheid waarmee ze op zijn aanwijzingen reageerden, schiep vertrouwen. Ik zag Eric overleggen met Peter, en wijzen naar het dak.

Ik besloot dat ik hier verder niets kon doen en me nuttiger kon maken door verse stokbroden en sla in te kopen. Ik stapte in de Volvo, controleerde of ik mijn portemonnee bij me had en deed mijn gordel om.

Toen ik de auto wilde starten schrok ik van een harde bonk. Eric. Hij stond naast de auto en had met zijn hand een klap op het dak gegeven.

Ik opende het portierraam.

'Simone, dit kan niet.'

'Wat kan niet?'

'Wegsluipen zonder jezelf voorgesteld te hebben.'

Wegsluipen?

'Ik sluip niet weg, ik ga inkopen doen.'

'Die jongens vroegen me net waar mijn vrouw was. Ik zei dat ik je aan ze zou voorstellen als je terugkwam uit het dorp. Uit mijn ooghoeken zie ik je aan komen rijden en meteen weer weggaan. Doe sociaal, stel je normaal voor.'

Ik keek langs Eric naar de binnenplaats. Een paar mannen stonden nieuwsgierig naar ons te kijken.

'O. Sorry.'

Ik stapte uit en liep met Eric naar de binnenplaats. De mannen kwamen van alle kanten op ons af gelopen. Hun leeftijden varieerden. De oudsten begonnen al een beetje grijs te worden, anderen waren jong, rond de twintig, vijfentwintig. Ze glimlachten vriendelijk.

Ik gaf hun een hand, stelde me voor en voelde me belachelijk omdat ik steeds opnieuw hetzelfde zei, en opgelaten omdat ik de enige vrouw was tussen zoveel mannen.

Ik werkte het rijtje af. Een man met aan één hand slechts drie vingers, en een gegroefd gezicht, die Louis heette. Een blonde jongen van een jaar of twintig met een wenkbrauwpiercing en een tatoeage op zijn rechterschouder, Bruno. Antoine, rond de vijfendertig, met donkere pretoogjes en vrouwelijke gelaatstrekken en bewegingen. Arnaud, die er het oudst uitzag, kalend, met grijzend haar, een snor en eeltige handen. Ik was nooit goed geweest in namen onthouden, het ging te snel en ik hoopte maar dat ik ze in de loop van de tijd allemaal uit mijn hoofd zou kennen. Pierre-Antoine was nummer vijf. Heel donker was hij, een getinte huid en gitzwart haar, als een Spanjaard.

De laatste was iets langer dan ik en hij droeg een versleten trainingsbroek die zo ver was afgezakt dat de rand van zijn slip erbovenuit kwam. Platte buik, jonge strakke huid, brede schouders. Op het moment dat ik hem een hand gaf en hem aankeek, werd ik gevangen door een broeierige oogopslag die zich dwars door me heen leek te boren. Ik werd me ineens bewust van zijn lichaam dat zo dicht bij me stond, ongegeneerd in al zijn mannelijkheid, zonder T-shirt. Hij stelde zich voor als Michel.

Er viel een stilte, een vacuüm.

Een van de mannen brak de spanning door hardop te lachen en Michel een vriendschappelijke por te geven. Hij liet mijn hand los, reageerde vlot met iets wat ik niet verstond en kreeg bijval van zijn vrienden. Een paar van hen grinnikten.

Peter kwam aangelopen. Voor ik het doorhad, boog hij naar voren en kuste me op beide wangen. Kneep me in mijn schouder en maakte vervolgens een gebaar waardoor de mannen weer naar hun werkplek terugkeerden. Hij kwam me even voor als een dompteur in het circus, de mannen vlogen voor hem. Ze waren duidelijk goed op elkaar ingespeeld, Peter en zijn ploeg. Een hechte groep.

'Dit zijn je kostgangers,' zei Peter, breed glimlachend, maar met een belerende ondertoon die me niet ontging. 'Simone, meid, niet vergeten, iedereen zoekt arbeidskrachten hier en we hebben de neiging daar te gaan werken waar het eten en de sfeer het beste zijn.'

Ik probeerde te glimlachen en mompelde: 'Kunnen jullie... Ik bedoel, is dat eten echt zo belangrijk?'

Peter grijnsde zijn tanden bloot. 'Dit is Frankrijk, niet Nederland. Er wordt hard gewerkt maar ook genoten van het leven. Een uitgebreide maaltijd, tijd vrijmaken voor een goed gesprek, dat hoort er niet alleen bij, dat is zelfs noodzakelijk.' Peter knikte in de richting van zijn mensen. 'Vergeet ze niet elke dag een hand te geven, 's ochtends, maar ook 's avonds als ze weer weggaan. Hoffelijkheid wordt hier erg op prijs gesteld. Toon interesse, geef ze fatsoenlijk eten. Dat waarderen ze. Ik ook, trouwens. Iedereen hier. Als Nederlandse heb je je nationaliteit al tegen. Lomp, onbeleefd, te direct, luidruchtig, cultureel en culinair gehandicapt. Als je het tegendeel kunt bewijzen, red je het hier wel. Dan dragen ze je binnen een week op handen.'

Ik staarde hem aan en het drong tot me door dat ik nu iets moest zeggen. Iets intelligents. Er schoot me niets te binnen.

Peter knikte nog eens ten afscheid en liep het huis in.

Ik keek om me heen maar zag Eric nergens. Ik wilde nu alleen nog maar weg, naar de auto.

In het voorbijgaan zag ik Michel op een steiger staan. Zijn lichaam was op een natuurlijke manier gespierd en licht gebruind door de zon. Een uithangbord voor mannelijke seksualiteit.

Ongekend mooi.

Hij keek me recht aan. Ik knikte kort, perste er een glimlach uit en liep snel door, in de hoop dat mijn binnenwereld niet al te zichtbaar naar buiten was getreden.

8

Mensen leren op exact dezelfde manier als dieren. Het basisprincipe is eenvoudig, erg simpel eigenlijk. Alle handelingen die een goed gevoel geven, worden herhaald, gecontinueerd of zelfs versterkt. Andersom werkt het al net zo: alles wat je een rotgevoel geeft, zul je gaan ontwijken, je houdt ermee op, je zwakt het af.

Met mijn theoretische kennis is niets mis.

‘Bevalt het je daar?’ Miranda had een man met een buikje, twee kinderen en een altijd opgeruimd huis.

Ik hoorde haar stem alsof ze naast me stond.

‘Het is nog wennen,’ zei ik, terwijl ik in de pan met pasta roerde, de hoorn tussen mijn oor en schouder geklemd. ‘We kunnen nog niet in het huis wonen. Maar de omgeving is erg mooi.’

‘Ik heb een nieuwtje voor je,’ onderbrak ze me snel. ‘Hannah heeft besloten van haar man af te gaan. Ze heeft hem ingeruild voor een kerel met een sokkenwinkel. Els vertelde het vanochtend, bij school. Ze laat haar kinderen bij Fred en nu heeft hij een probleem, want hij zal toch naar zijn werk moeten. Echt, iedereen heeft het erover.’

Ik deed een poging een sliert uit het kokende water te halen. Hij gleed steeds van de vork.

‘...en hij kwam om drie uur ’s nachts thuis. Nou, je begrijpt dus wel wat zij toen heeft gedaan...’

Geschreeuw op de achtergrond. Het klonk dwingend. Miranda’s kinderen, een jongen van vijf en een meisje van zeven, waren in een kleine oorlog verwikkeld. Heel even zag ik Miranda’s woonkamer voor me. Doorzonwoning in een VINEX-wijk met nog onvolgroeide bomen in de brede straat met opritten links en rechts. Meubelen uit de Wehkampgids, omdat het op afbetaling kon. Kindertekeningen met magneten op de koelkast geplakt. Op de salontafel een verse bos bloemen, de weekaanbieding van de Edah.

Nog niet zo lang geleden zag mijn wereld er ongeveer ook zo uit.

Ik keek vanuit de keuken door de hal naar buiten, waar de zon fel scheen en werklui heen en weer liepen, en besefte hoe anders mijn dagelijks leven nu was, alleen maar omdat we in een ander land waren gaan wonen. Uit de linkervleugel van het huis kwam een oorverdovend gebonk en geboor. Ik hoorde de radio schetteren. Franse popnummers, soul ballads, rock. Iemand zong uit volle borst mee.

'...dus toen zei ik tegen haar dat ze beter Jan kon bellen. Dat heeft ze gedaan. En raad eens wat hij toen zei? Let op, hij zei...'

Het lukte! Ik wikkelde een sliert pasta om een vork. Blies op het uiteinde en proefde. Perfect. Net iets zachter dan *al dente*.

'Ik moet je hangen,' onderbrak ik Miranda's monoloog. 'Ik bel je nog.'

Koken voor een grote groep mensen was nog veel lastiger dan ik dacht.

Ik goot de pasta af in een vergiet in de buitenmaatse spoelbak, deed er wat grof zeezout bij en schudde de vergiet nog eens, zodat het zout zich kon verdelen. Een schaal met salade – eikenbladsla, veldsla, kerstomaatjes en gesnipperde sjalotjes, met een dressing van olijfolie, azijn en basilicum – stond al klaar in de koelkast. Ik liet de glibberige pastaslierten in twee aardewerken kommen glijden en sprenkelde er olijfolie over. Verdeelde er vervolgens een pond uitgebakken spekjes, wat geknipte basilicumblaadjes en geroosterde pijnboompitten over.

Op het tafelblad naast het gasstel lagen stokbroden die ik had gekocht bij de plaatselijke bakker. Ik nam een Port Salut, een camembert en een pakje boter met zeezout uit de koelkast, en legde ze op een apart blad.

Warme pasta, gezonde salade, kaas en brood. Het zag er feestelijk uit. Hopelijk was het zo voldoende.

De jongens, zoals Eric hen was gaan noemen, waren nu vier dagen aan het werk en er waren al bergen verzet. Michel was er zowel gisteren als vandaag niet bij. Vreemd genoeg gaf dat een dubbel gevoel. Teleurstelling en opluchting tegelijkertijd. Zijn afwezigheid gaf me de ruimte om te ademen, omdat het me in de afgelopen dagen pijnlijk duidelijk was geworden dat ik me met hem in de buurt slechts met moeite naturel kon gedragen.

Michel leek je altijd recht aan te kijken. De broeierigheid die in zijn oogopslag besloten lag, dat mooie hoofd van hem en het gebeeldhouwde lichaam dat dat hoofd zo trots en zonder enige inspanning droeg, werkten me op de zenuwen. Dertien jaar geleden, voor ik met Eric trouwde, zou dat heel prettig en welkom zijn geweest, een spanningsveld dat vroeg om verdieping, ontdekking. Maar nu, in deze situatie, werkte het verstorend. Te confronterend. Dus was het prima dat hij er vandaag niet was, en zou het voor iedereen beter zijn als hij helemaal niet meer op zou komen dagen.

Ik zette de borden op een blad, legde er messen en vorken bij en liep naar buiten.

De zon stond te branden aan de hemel en de warmte viel als een deken over me heen. Net buiten de poort, ver van het slagveld dat ons huis nu was, een plaats waar stenen zomaar naar beneden konden vallen en enorm veel stof rond dwarrelde, hadden Eric en Peter een tafel neergezet. De jongens hadden hem gemaakt van hout dat uit het huis kwam, twee en een halve meter lang en anderhalve meter breed. Eromheen stonden onze tuinstoelen, zes teakhouten klapstoelen en simpele stapelstoeltjes van donkergroen plastic.

Ik zette de borden op hun plaats, legde het bestek ernaast en liep weer terug naar de keuken om het brood, de kaas en de glazen te halen.

Ik had nog moeite met de routine, of het gebrek daaraan. Toen Peter me afgelopen maandag zei dat er goed gegeten moest worden protesteerde alles in me, maar omdat het huis nu zo opschoot en iedereen erg aardig was, begon ik er steeds meer lol in te krijgen hen een beetje te verwennen. Niet voor Peter, maar gewoon voor het goede gevoel dat het me gaf; de jongens waren erg complimenteus geweest de afgelopen dagen. Het was bovendien een mooie test voor volgend jaar, als er gasten zouden zijn.

Terwijl ik de kaas, het brood en de glazen naar de eettafel bracht, schoot ineens het telefoongesprek met Miranda door me heen. Ik had de verbinding midden in een zin verbroken. Dat had ik niet met opzet gedaan, maar desondanks zou Miranda me voorlopig wel niet meer bellen, was ik bang.

Of misschien was ik daar juist niet bang voor, waarschijnlijk wilde ik dat eigenlijk. Dat ze niet meer belde.

■

'Wat wilt u eten?' vraagt de politieman.

Eten. Ik voel gal omhoogkomen, het kruipt op in mijn rauwe slokdarm en brandt in mijn keel. Ik hef mijn kin en trek een gekweld gezicht. Ineens moet ik gapen. Ik sla mijn handen voor mijn mond en walg van de ranzige geur die uit mijn mond ontsnapt. Gal, maagzuur.

'Ik heb geen honger,' zeg ik uiteindelijk, en ik probeer te slikken. 'Ik hoef echt niets. Ik wil alleen mijn man spreken.'

De politieman blijft me onverstoorbaar aankijken. Hij heeft het allemaal al eens eerder gezien, zegt die blik, de honderden arrestanten die me voor zijn gegaan. En hij weet dat er na mij nog veel meer zullen komen. Er komt nooit een einde aan, een onafgebroken rij mensen die door de aanzuigende werking van criminaliteit in deze justitiële afvoerput terechtkomt. In deze cel, op dit bed waar ik nu zit. Mannen, vrouwen, oud en jong, schuldig en onschuldig, jammerend en stilzwijgend. Sommigen kerfden hun grieven en gedachten in de muren van deze cel. De ondiepe kerven fluisteren me toe dat ik niet uniek ben. Al heb ik altijd gedacht van wel.

'U moet het zelf weten,' dringt hij aan. 'U heeft recht op voedsel.'

Ik kijk naar hem op. Het is geen medeleven dat hij toont. Geen oprechte bezorgdheid over mijn gezondheid of eetpatroon. Het is simpelweg routine. Dit is zijn baan, ik ben zijn werk. Niets meer, niets minder. Nee, ik ben niet uniek. Ik ben niet eens een mens, maar een radertje in het systeem dat hapert, een product met een foutje.

'Het wordt voor u gehaald. U kunt kiezen uit pizza, spaghetti, McDonald's... of een andere afhaalmaaltijd. Wat u wilt.'

Ik maak een afwerend gebaar. 'Nee, merci… Ik… ik wil echt graag mijn man bellen.'

'*Je suis désolé, madame.*'

Met een knik verlaat hij de cel en sluit de deur achter zich. Ik huiver bij het knarsen van het slot. Ik kruip op het bed tegen de muur, trek mijn knieën op en sluit me af.

■

9

Negen uur in de avond. Ik had de kinderen in 'bed' gelegd in de caravan, maar niet voordat ik ruim een halfuur bezig was geweest om Kanijn van Isabelle te zoeken (die lag onder de caravan, tussen het onkruid), en een goed gesprek had gevoerd met Bastian, tot wie het ineens was doorgedrongen dat dit avontuur blijvend was. Hij miste zijn oude kamer, zijn PlayStation 2 waarvoor in de caravan geen plaats was, en zijn oude school, waar hij niet zijn hersenen hoefde te pijnigen over elke opmerking die hij wilde maken. Maar bovenal miste hij zijn vriendjes, in het bijzonder onze oude buurjongen, die dezelfde leeftijd had en met wie hij vrijwel dagelijks optrok.

Hier waren geen kinderen om mee te spelen.

Alleen heel veel ruimte, die ook steeds verder ingeperkt werd. Het huis was door Eric tot verboden gebied verklaard omdat er te veel steigers stonden, te veel kabels lagen en er gereedschap rondslingerende. Het was kortom te gevaarlijk om er kinderen van acht en vijf zonder toezicht rond te laten lopen.

Ik besloot hen morgen na school mee te nemen naar de kleine ruïne bij het meer, waar ze van mij niet alleen naartoe mochten. Ik was er dagelijks, meestal 's ochtends vroeg even, nadat ik de kinderen had weggebracht, en soms ook tegen de avond, als ik de kinderen op bed had gelegd en Eric nog bezig was met de voorbereidingen voor de volgende dag en voor niets anders oog had dan zijn blocnote en calculator.

Hij was mijlenver weg. Onbereikbaar.

En dat stak. Juist nu. Omdat ik zo twijfelde, aan alles. Bastians huilbui van zojuist had me diep geraakt. En de vrouw achter het loket van de Préfecture in de stad, die me vanmiddag afbekte omdat ik niet de juiste formulieren had om onze auto op een Frans kenteken over te schrijven, had meer invloed op mijn humeur gehad dan ik wilde toegeven.

En vreemd genoeg miste ik Michel. Hij was hier nu een week niet geweest.

Peter had me vanmiddag tijdens het eten verteld waarom Michel er niet bij was: hij had hem nodig bij een ander karwei, bij Nederlanders die aan de andere kant van de stad woonden. Peter was aan dat karwei twee mannen kwijtgeraakt die nu met rugklachten thuis zaten. Michel was sterk, jong, hij kon wat meer hebben dan de dertigplussers. Dus werkte Michel nu bij landgenoten die ik niet kende.

Ergens was ik jaloers op die mensen. En eigenlijk wilde ik er alles over weten, tot in de kleinste details. Maar ik deed of het me niet interesseerde. Te bang dat mijn interesse te veel zou opvallen.

Eric was dat ontgaan. Hij was zo bezig met het huis, met de voortgang van de bouw, de plannen, de gesprekken met Peter – met wie hij het erg goed kon vinden – dat ik soms het idee kreeg dat hij het pas zou merken als ik er niet meer was op het moment dat hij 's middags ging zitten en zijn eten niet voor zijn neus geschoven kreeg.

En misschien was het niet meer dan normaal, dat dat wat me bezighield Eric compleet ontging. Ook in Nederland nam ik niet de volledige dag met hem door als hij thuiskwam van zijn werk. Het meeste was de moeite van een gesprek niet waard en bepaalde dingen hield ik nu eenmaal voor me. Eric kende een deel van mijn binnenmens. Niet elk deel, een klein deel maar. Alleen datgene wat hij prettig vond om te weten en wat ik prettig vond om prijs te geven. Niet alles. Dat zou het voor hem moeilijker maken met mij een verbond te voelen, en juist dat gevoel is belangrijk in een huwelijk.

Dus had ik dat altijd zo gelaten.

Maar nu was ik bereid een diep gesprek met hem te voeren en een behoorlijk ingrijpende openheid van zaken te geven als het betekende dat hij voor even een arm om me heen zou slaan. Een geruststellend woord. Een kus. Of meer. Aandacht. Liefde.

Ik liep om het huis heen, schuin over de binnenplaats naar de trappen bij de deur. Het huis was veranderd vanbinnen. Behalve dat er overal spullen stonden en rondslingerden (gereedschap, geplette bierblikjes en lege waterflessen, brokken steen) rook het ook anders dan toen we hier aankwamen. Frisser. Er hing de geur van vers gezaagd hout.

Ik vond Eric in de linkervleugel. Hij stond op een ladder en hij trok met een dik potlood verticale strepen op de muur.

'Eric?'

'Hmm?'

'Wat ben je aan het doen?'

'Ik teken vast af waar de balken van het plafond moeten komen, dan kunnen Arnaud en Pierre-Antoine morgen meteen aan de slag hier.'

'Vind je het zo onderhand niet welletjes geweest? Het is na negenen.'

Eric keek niet op of om, kwam de ladder af, verzette hem een meter en klom weer naar boven. Hij gebruikte een rolmaat om de afstand te meten en tekende weer wat af op de muur.

'Dit wil ik klaar hebben,' zei hij kortaf.

'Duurt het nog lang?'

'Een kwartiertje of zo... Ik moet zo meteen ook nog even naar de bouwmarkt.'

De bouwmarkt lag aan de rand van de stad en op twintig minuten rijden van ons huis. Ik kwam er regelmatig om spullen te halen en het zag er altijd zwart van de mensen, alsof alles te geef was. Het was de goedkoopste bouwmarkt in de verre omtrek en de openingstijden waren flexibel; van zeven uur 's ochtends tot tien uur 's avonds. Elke dag, behalve op zondag.

'Nú nog? Ga je om negen uur nog naar de stad?'

Hij keek verstoord naar beneden. 'Simone, wat wil je nou? In je huis wonen of volgend jaar nog in die caravan zitten? Ik moet de jongens aan het werk houden, anders staan ze morgenvroeg uit hun neus te eten omdat er geen materiaal is.'

'Kun je niet gewoon een avond bij mij zijn?'

'Ik ben er toch.'

'Ik bedoel, sámen zijn... Ik heb zin om een wijntje open te trekken.'

'Dan doe je dat alvast. Ik ben rond half elf terug, dan drinken we samen de rest op. Oké?'

'Het is al donker,' zei ik.

'Ik moet dit echt doen, Simone. Het werk gaat nu even voor.'

Als de zon helemaal onder was koelde het heel snel af buiten. Het werd dan ook ineens vochtig, alles wat je aanpakte voelde glad en klam. Bovendien was ik niet zo'n held in het donker. Om bij de caravan te gaan zitten, met alleen een paar waxinelichtjes op het campingtafeltje en de volstrekte, alles opslokkende duisternis om me heen, trok me niet bepaald. Zodra de zon onder was, wilde ik binnen zijn, in de caravan. En daar kon het licht niet aan, want dan werden de kinderen wakker.

'Ik wil gewoon even met je praten,' probeerde ik nog eens. 'Bastian huilde net. Hij mist Niels.'

'Dat was te verwachten.' Eric verzette de ladder weer een stukje. 'Maar dat ebt wel weg als hij hier vriendjes krijgt.'

'Dat is het nou juist, hij kan niemand verstaan, en de kinderen op school verstaan hem niet, dus hoe moet hij nou vriendjes maken?'

Eric trok weer een streep. De punt van het potlood brak en hij haalde een mes uit zijn gordel om het bij te punten. Hij begon steeds meer te lijken op de werklui. Een metamorfose, want voor we hier terechtkwamen, had hij nauwelijks een stuk gereedschap aangeraakt. De huid op zijn handen was ruw geworden en zat vol met kleine snijwondjes.

'Dat komt wel als hij eenmaal Frans spreekt,' mompelde hij. 'Een paar maanden nog, dan ziet het er anders uit voor hem... Het is voor iedereen nu even zwaar, voor jou, voor mij en voor hen ook. Misschien moet je die Franse lessen nog eens met ze doornemen, dan leert hij het sneller.'

Het einde van de muur kwam in zicht. Nog twee streepjes.

'Ik ben vandaag bij de Préfecture geweest,' vertelde ik tegen Erics achterhoofd. 'Ze werkten niet bepaald mee daar. Ik had die papieren meegenomen die ik aangevraagd had bij de RDW, maar daar hadden ze niets aan. Ik moest papieren opvragen bij de Franse importeur van Volvo.'

'Dan moet je dat maar doen. Hoe sneller die auto een Frans kenteken krijgt, hoe sneller we af zijn van de wegenbelasting. Anders bel je ze morgen even.'

Eric kwam de ladder af. Hij sloeg een arm om me heen en gaf me een vluchtige kus op mijn wang. 'Lieverd, ik ben er even vandoor. Trek vast een wijntje open en pak wat camembert uit de koelkast. Die lust ik straks ook nog wel... Ik ben over anderhalf uur terug.'

'Is goed,' hoorde ik mezelf zeggen.

Terwijl ik de Volvo hoorde wegrijden liep ik naar het keukentje om een fles wijn en een camembert te pakken. Mijn hand bleef boven de kaasverpakking hangen. Ik twijfelde. Ik ging echt niet buiten op Eric zitten wachten, anderhalf uur lang. Daar kwam bij dat hij zijn belofte waarschijnlijk toch al vergeten was als hij straks weer thuiskwam. Hij zou als een blok in slaap vallen.

Ik sloot de koelkastdeur, deed het licht in de keuken uit en liep terug naar de caravan. Misschien kon ik maar beter proberen te gaan slapen.

10

Het schijnt dat in wilde konijnenkolonies perioden voorkomen waarin de balzakken van de gevestigde mannetjes verschrompelen. En soms komt er dan, bij toeval, een vreemd mannetjeskonijn voorbij. Een jong mannetje, in de kracht van zijn leven, dat nog geen eigen plek heeft. Omdat de mannetjes binnen de kolonie niet meer bezig zijn met voortplanten, merken ze dat nieuwe mannetje niet eens op. Op deze manier kan een vreemd mannetjesdier, precies op het juiste moment, onopgemerkt de kolonie binnendringen.

En zich voortplanten.

Het was nog vroeg in de ochtend. Ik had de kinderen naar school gebracht, beleefdheden uitgewisseld met de burgemeester en met een paar mensen van het gemeentehuis die ik op de terugweg naar de auto tegenkwam, en was vervolgens bij de bakker geweest voor de vaste, dagelijkse bestelling van vier stokbroden. Thuis had ik de vuile kleding van Isabelle en Bastian in de caravan verzameld, het steengruis uit T-shirts en broeken van Eric geklopt en alles in de wasmachine gedaan. Dat was het dan. Mijn nieuwe, spannende, enerverende leven in het diepe zuiden van Frankrijk.

Er viel verder weinig te doen tot elf uur. Met vierentwintig graden in oktober, een stralende zon en prachtige witte stapelwolken aan de hemel wilde ik eigenlijk alleen maar ergens in het gras gaan liggen, een boek lezen, even rusten en nieuwe energie opdoen.

De ploeg was aan het werk. Een radio schetterde, de jongens zongen uit volle borst mee met een rapnummer, maar ze werden overstemd door de decibellen van het getimmer en gezaag.

Ik nam een boek uit het kastje van de caravan en slenterde de heuvel af, door het hoge gras waarin zich zo langzamerhand een onduidelijk pad aan het aftekenen was, gevormd door mijn dagelijkse gang naar ons meertje.

Het lag achter de ruïne, die tegen de bosrand waarschijnlijk al langer dan tweehonderd jaar standhield. Het was een huisje geweest, smal en hoog, met twee verdiepingen. Dat kon je nog wel zien, als je goed keek. Het enige wat er nog stond waren de muren, waarvan twee zijden voor een deel waren afgebrokkeld. De ramen en deuren waren, net als het dak, gewoon verdwenen. In het niets opgelost, door de tijd weggevaagd. Verrot, of nog veel waarschijnlijker: geresorbeerd door de natuur, door talloze hout etende insecten. Isabelle en Bastian noemden dit het 'heksenhuisje', en ik moest toegeven dat als heksen, feeën en elfen bestonden, ze vermoedelijk precies hier op deze plek zouden willen wonen.

Een eindje verder kwam ik langs de restanten van een *pigeonnier*, een duiventil. Het was oorspronkelijk een ronde toren geweest met een puntdakje en invlieggaten, maar nu was er alleen nog een stenen cirkel van grote keien over, waarvan het hoogste punt nog net tot boven mijn heup kwam, deels overwoekerd door klimplanten; Hedera die zich om de stenen slingerde, en allerlei lichtgroene stengels waar paarse, kelkvormige bloemen uit ontsproten.

Het water was glashelder. Kleine insecten hingen in dichte groepen boven het stille wateroppervlak, als grijze, diffuse wolkjes die steeds van vorm veranderden. Een hommel kwam zoemend voorbij. De krekels tsjirpten onafgebroken.

Ik ademde diep in. De hele atmosfeer was zoet vanochtend, dik en zoet van de talloze heerlijke geuren, alsof het zomer was, of lente zelfs, in plaats van het begin van de herfst.

Je kon de bouwgeluiden uit het huis hier nog horen, heel zwak, en ze werkten geruststellend.

Onwillekeurig dacht ik aan het gesprek met Eric gisteren. Ik vroeg me af wat er gebeurd was, waarom hij zo in beslag genomen werd door het huis en niet kon of wilde begrijpen dat ik juist nu, in deze verwarrende, nieuwe situatie, iemand nodig had die me steunde. Ik was degene die Isabelle en Bastian opving, die de gang maakte naar de Préfecture, die de sociale contacten aanging in het dorp, die kookte voor de ploeg. Ik had de administratie op me genomen. Ik las de in ingewikkeld Frans geschreven en volstrekt onbegrijpelijke brieven die we kregen, en beantwoordde ze met behulp van een woordenboek. De kinderbijslag, ziektekostenverzekering, telefoonrekening, elektriciteit, bankzaken, het abonnement van de mobiele telefoons. Er kwam veel op me af, elke dag opnieuw, zonder dat iemand meekeek over mijn schouder om te zien of ik fouten maakte, of me hielp ze te voorkomen.

En er was geen moment van rust. Niet 's ochtends om zeven uur als ik opstond om de kinderen aan te kleden, hen mee het huis in te nemen en hen te wassen en hun haar te doen; niet als ik hen naar school bracht, zes kilometer verderop, en bij school tientallen mensen tegenkwam die al jaren een band samen hadden, terwijl ik me steeds moest afvragen wie ik de hand moest schudden om niet lomp of stuurs over te komen. En rust was er al zeker niet rondom het middaguur, mijn spitsuur, als ik geacht werd een volledige, voedzame en met liefde bereide maaltijd voor de ploeg te maken, de tafel te dekken, het eten te serveren, en twee uur lang deel te nemen aan gesprekken die in zulk rap Frans werden gevoerd – naar ik aannam deels in dialect – dat alleen de strekking tot me doordrong. Na de middag was het opruimen en afwassen, administratie, telefoontjes plegen en soms in de bouwmarkt eenvoudige dingen halen die Eric en Peter nodig hadden. De volgende taak diende zich aan in de vorm van het ophalen en vervolgens bezighouden van de kinderen: Bastian helpen met zijn huiswerk, hun beiden nieuwe woorden leren of met hen gaan wandelen, om er zodoende voor te zorgen dat ze bij het huis wegbleven. Zodra de ploeg rond achten vertrok kon ik het avondeten gaan maken en aten we gezamenlijk aan de grote buitentafel. Dan waste ik de kinderen, bracht hen naar bed en legde hun kleren voor de volgende dag klaar. Na zo'n overvolle dag was ik gewoon moe. Een uurtje of wat kon ik nog mijn ogen openhouden, maar daarna viel ik van vermoeidheid en ondanks de afwezigheid van enig comfort in onze caravan, meteen in slaap.

Dit alles zonder een woord van betekenis met Eric gewisseld te hebben. Er was vrijwel nergens een rustpunt in dat overvolle schema, dat zich als een voortrazende trein ontpopte zodra ik 's ochtends mijn ogen opendeed.

Behalve hier. Dat ene uur in de ochtend, en soms dat halfuurtje 's avonds, dat ik hard nodig had om tot mezelf te komen. Ik eigende het mezelf toe, ik stal die momenten, zonder enig schuldgevoel, omdat ik wist dat als ik het niet zou doen, ik binnen twee weken in zou storten.

Ik kon mezelf er niet toe zetten te gaan lezen. Ik legde het boek naast me neer en ging plat op mijn rug liggen. Ademde diep in, spreidde mijn armen. Rook de zoete geur van kruiden en bloemen om me heen. Ik keek naar de witte staarten van de vliegtuigen, hoog boven me in de lucht. Naar de roofvogels, die geluidloos een niveau lager rondcirkelden, naar de wolken, die allerlei vormen hadden en waarin ik steeds weer andere figuren herkende.

Mensen zeggen wel eens dat je snel aan dingen gewend raakt, en je bepaalde mooie of minder mooie dingen in je omgeving op een gegeven moment niet meer opmerkt.

Dat ging voor mij niet op.

Ik bleef me er dagelijks over verbazen dat ik hier nu woonde, duizend kilometer van 'huis', en dat deze overrompelende, duizelingwekkend mooie natuur om me heen *onze* tuin was. Misschien dat ik er eens aan zou gaan wennen. Op dat punt was ik nog lang niet aanbeland.

Ik maakte een wijde vlinderbeweging met mijn armen, net zoals vroeger, op het strand, toen ik nog een kind was en zulke bewegingen nog acceptabel werden gevonden. Ik glimlachte en bleef glimlachen. Gelukzalig, terwijl ik langzaam met mijn armen door het gras streek en de zachte halmen voelde kriebelen langs mijn huid. Ik sloot mijn ogen.

Sommige mensen denken dat je de aanwezigheid van iemand zou kunnen voelen. Het zou worden geregistreerd door een zintuig, dat niets te maken heeft met zicht, gehoor en reuk. Dit volstrekt onmeetbare en nog onbekende zintuig signaleert de nabijheid van een mens, en het waarschuwt je als iemand je observeert. In een tram, thuis als je alleen bent, en buiten. Overal.

Wetenschappers hebben dit fenomeen bestudeerd en in hun oneindige wijsheid de conclusie getrokken dat het niet mogelijk kan zijn.

Ik deed mijn ogen open. Kwam een beetje omhoog, ongelovig nog, omdat ik aan mezelf twijfelde.

Michel stond naar me te kijken. Zijn handen in de zakken van zijn afgetrapte trainingsbroek, waar de rand van een grijze boxershort bovenuit stak. Daarboven geen T-shirt, geen hemd. Alleen huid. Hij leek er al even gestaan te hebben en deed geen moeite om dat te verbergen. Een geamuseerde glimlach verdween langzaam van zijn gezicht. Hij absorbeerde me met zijn ogen.

'Het is mooi hier,' zei hij.

'Eh... ja,' reageerde ik.

Daarna zei hij iets, heel zacht, wat ik niet goed verstond. Ik dácht dat hij zei: Jij ook. Jij bent ook mooi. Maar zeker was ik er niet van en ik wilde hem niet vragen om het te herhalen, omdat ik me zo al opgelaten genoeg voelde, me geneerde omdat hij me gezien had tijdens een nogal persoonlijk moment van ontspanning, waarvan zelfs Eric niet wist dat ik dat wel eens deed.

Het volgende moment draaide hij zich om, zonder te groeten of nog iets te zeggen, en liep terug, heuvelopwaarts, in de richting van het huis. Soepel, zonder enige zichtbare moeite. Ik bleef hem met mijn ogen volgen, tot hij als een vage stip achter de heuvel verdween.

Michel was terug.

11

'Mama, ik heb het warm.' Bastian keek me ongelukkig aan, zijn wangen kleurden een beetje.

Isabelle en Bastian hadden vrij van school; de leraren staakten en waren nu ergens in de stad aan het demonstreren. Het was me ontgaan waar het specifiek om ging, meer vrije uren, meer salaris, of beide.

Ik had de kinderen papier en stiften gegeven en was nu het vijfde konijntje aan het tekenen voor Isabelle en de derde auto voor Bastian. Ze kleurden ze steeds slordiger in en ik wist dat ik hen niet lang meer rustig kon houden. Ze wilden naar buiten, iets gaan doen, ze werden ongedurig, maar de helft van de mannen zat nu op het dak en er viel zonder enige waarschuwing regelmatig een stuk steen of een dakpan naar beneden. Het was te gevaarlijk bij het huis. Misschien moest ik Bastian en Isabelle zo maar eens meenemen naar de stad, boodschappen gaan doen.

Ik keek op mijn horloge. Dat ging ik niet meer redden. Het was elf uur, bijna spitsuur, dus we konden pas na de lunch weg. Even bekroop me een licht gevoel van paniek. Hoe kon ik in 's hemelsnaam de kinderen van het huis weghouden als ik tegelijkertijd een volledige maaltijd op tafel moest zetten?

'Ik wil naar het meer,' zei Isabelle.

'Ja,' zei Bastian. 'Zwemmen!'

'Voor zwemmen is het nu te koud,' reageerde ik.

'Het is helemaal niet koud!'

'Nee, maar toch is het geen zomer meer, en we kunnen vandaag niet zwemmen.'

Bastian kraste over de tekening met een groene stift. 'Wanneer gaan we weer naar Nederland?'

'Als het huis klaar is.'

Twee paar ogen keken me verschrikt aan. 'Dat duurt nog honderd jaar!'

Ik glimlachte en stopte een lok haar bij Isabelle achter haar oor. 'Nee hoor, veel eerder. Ik denk dat we met de kerst al naar Nederland gaan. Dan kunnen we bij opa en oma logeren. Leuk hè?'

Bastian zei even niets. Isabelle bleef me recht aankijken. 'Ik vind het hier helemaal niet leuk, mama. Ik wil terug naar huis.'

Haar klacht sneed dwars door mijn hart. Ik mocht er niets van laten merken. Voor Eric was het een groot, spannend Frankrijkavontuur, hij deed waar hij al jaren van droomde. Mijn droom moest nog uitkomen, als het huis en de gastenkamers klaar waren. Maar voor Isabelle en Bastian was deze *move* werkelijk een hel. Daar was ik me terdege van bewust, en tegelijkertijd wist ik dat ik er niet in moest meegaan, want als ik mijn twijfels uitte, het medelijden dat ik zo sterk voelde ook daadwerkelijk aan hen toonde, dan was het hek van de dam. Ik moest positief blijven tegenover de kinderen, ongeacht wat ik zelf voelde. Of dacht.

'Dit is ons huis, schat. Hier wonen we. En het wordt echt heel leuk, geloof me maar. Jullie krijgen straks weer een eigen kamer, en een hele grote speelkamer. Met een eigen televisie en een dvd-speler, en een kast met boeken.'

'Mama,' zei Bastian ineens, op verwijtende toon, 'jij en papa hebben gezegd dat er een zwembad zou zijn, en dat we een hond kregen en dat hier altijd de zon scheen... En dat ís helemaal niet zo!'

Dit ging de verkeerde kant op. 'Mama moet nu even eten maken voor ons allemaal, en daarna gaan we naar de stad. Dan gaan we ook even langs de Gifi, dan kunnen jullie een klein cadeautje uitzoeken.'

Ja, cadeautjes... je kinderen kopen. Hoe diep kun je zinken, Simone.

'Voor hoeveel euro?' was Bastians reactie.

'Vier.'

'Kun je daar een auto van kopen?'

'Bij de Gifi denk ik wel.'

'En een Action Man?'

'Nee, dat denk ik niet. Maar een auto gaat wel lukken.'

Daar was hij tevreden mee. Voorlopig.

'Willen jullie hier alsjeblieft blijven, in de caravan, als mama het eten maakt?'

'Maar het is hier wárm!' zei Isabelle.

Ik zette een van de klapraampjes verder open, en vervolgens nog eentje zodat de lucht beter kon circuleren. Het werkte allemaal niet echt vlot en ik moest behoorlijk doorduwen, terwijl ik met één knie op het bed van Isabelle steunde. Die caravan en ik, dat kwam nooit meer goed. Ik kon al die mensen niet begrijpen, die voor hun plezier de vakantie in een caravan doorbrachten.

'Nu is het niet meer warm.' Ik keek hen allebei indringend aan. 'Kan ik ervan op aan dat jullie in de caravan blijven?'

Ze knikten gedwee, maar ik was niet overtuigd.

'Je mag echt niet naar het huis komen, daar is het nu te gevaarlijk, er kunnen stenen naar beneden vallen.'

'Papa en zijn vrienden zijn er ook,' protesteerde Bastian.

'Die zijn groot, jullie zijn nog klein. Jullie moeten het me echt beloven.'

'Mag ik dan een Action Man?'

Ik zuchtte. 'We zien wel als we in de stad zijn.'

Ik liep de caravan uit en om het huis heen en was er weinig gerust op dat ze inderdaad in de caravan bleven. Dit werkte zo niet, dit werkte voor geen meter. Ik kon mezelf niet in tweeën splitsen. Drieën zelfs: de telefoon ging in de keuken en niemand nam op. Ik besloot het ding te laten gaan en vanavond aan Eric te vragen of het mogelijk was om een kabel door te trekken naar de caravan.

Op de binnenplaats botste ik bijna tegen de steiger op. Bruno, de jongen met de piercing, stak zijn hand op. '*Bonjour*, Simone.'

'*Bonjour*, Bruno.'

De namen van de jongens zaten er inmiddels goed in. Ik had hen beter leren kennen tijdens de gesprekken tussen twaalf en twee. Ik sprak vooral met Antoine, die de moeite nam rustig te praten, het dialect en het verwarrende *verlan* (waarbij woorden achterstevoren worden uitgesproken, mateloos populair bij onze ploeg) achterwege liet, en me regelmatig verbeterde, zodat ik steeds meer begon te wennen aan de taal en tegelijkertijd ook meer woorden leerde.

Ik legde mijn hoofd in mijn nek. Arnaud en Pierre-Antoine zaten boven op het dak. Achter hen, ik zag net een beetje van zijn warrige blonde haar, zat Eric. Het zag er levensgevaarlijk uit, op die hoogte. De rest van de ploeg was nergens te bekennen.

Ik liep naar de keuken en deed de diepvrieskist open. Koos voor een zak ingevroren broccoliroosjes van twee kilo. Schudde driekwart van de inhoud in een pan, deed er water bij, wat boter en zout, en zette de pan met deksel op het vuur. Vandaag kwam er iets op tafel wat indruiste tegen alle vormen van culinaire genoegens: gehaktballen. Ik had ze gistermiddag al gedraaid en gebakken toen ik hoorde dat de kinderen vandaag vrij zouden zijn en hoefde ze alleen nog maar even op te warmen. Terwijl ik me omdraaide om het gehakt naast het gasstel te zetten, verscheen Michel in de deuropening.

Ik liet de schaal bijna vallen.

Isabelle zat op zijn schouders. Ze hield met twee handen zijn voorhoofd vast en keek even schuldbewust als Bastian, die er bedremmeld bij stond en zijn vingers in Michels trainingsbroek gehaakt hield.

Michel grijnsde. 'Ze liepen op de binnenplaats.'

Hij bracht zijn handen naar boven, zocht Isabelle en zette haar voor zich op de grond. Door de beweging ving ik een vleug op van het wasmiddel dat hij gebruikte, of wat het ook was, het was een geur die bij hem paste en die een verpletterend effect had op mijn biologische systeem.

Ik probeerde Michel verder te negeren en richtte me op de kinderen. Dat lukte maar half.

Bastian maakte zich op voor een confrontatie, hij ging beschermend voor zijn zusje staan. 'Het is te warm in de caravan, en Isabelle zit steeds op mijn tekening te krassen.'

'Niet! Jij bij mij!'

'Jij begon!'

'Jongens, rustig nu.' Ik nam Bastian bij de arm om hem te kalmeren. 'We hadden samen iets afgesproken, jullie zouden in de caravan blijven en dat hebben jullie niet gedaan.'

Bastian trok zich los. 'We willen helemaal niet binnen blijven, we willen zwémmen!'

Ik keek omhoog, in een impuls, om steun te zoeken en dat had ik beter niet kunnen doen. Michel hing tegen de deurpost, een hand op zijn bovenarm, een geamuseerde grijns op zijn gezicht. 'Kan ik iets doen?'

Ik keek van de kinderen naar Michel en weer terug. 'Eh... nee, dank je, ik red het wel.'

De broccoli kookte. Ik schoof de deksel een stukje opzij zodat de stoom weg kon.

'Blijven jullie dan wel hier in de keuken?' vroeg ik.

'We vervelen ons, mama.'

Ik keek langs Isabelle naar de deuropening. Michel was verdwenen.

'Ik begrijp heel goed dat jullie je vervelen, maar ik moet nu koken. En jullie kunnen hier niet rond gaan lopen, want dat is echt gevaarlijk. Zal ik zo de tv aanzetten? Met een koekje en wat drinken?'

Dat had effect.

Ik zette het vuur lager, trok een pak koekjes uit een kastje, nam Isabelle aan de hand en liep met een boog om het huis terug naar de caravan. Ik liet mijn kinderen over aan de zorg van Nickelodeon en een pak koekjes, en ik wist nu al dat ik hun vanmiddag toch een cadeautje zou geven om mijn schuldgevoel af te kopen. *Super nanny* zou hier hebben ingegrepen, resoluut. Ik wist het allemaal wel, in theorie. Maar theorie en praktijk zijn twee verschillende dingen.

Aan tafel kwam een gesprek op gang waar ik niet aan deelnam. Het ging snel, ik volgde er maar een paar woorden van, net genoeg om te begrijpen waar ze het over hadden. De voortgang van de bouw, natuurlijk, vervolgens iets over president Chirac, het verenigd Europa of het gebrek daaraan, en bekende mensen die ik niet kende.

Michel keek naar me. Kleine lachrimpels tekenden zich af om zijn ogen als hij mijn blik ving. Ik deed mijn uiterste best een beleefde, afstandelijke glimlach te faken. Hoe sterker ik de indruk wilde wekken dat er werkelijk helemaal niets aan de hand was, hoe minder dat scheen te lukken. Een martelgang.

Werktuiglijk schepte ik wat voor mezelf op. Een beetje broccoli en wat friet, geen vlees en geen saus. Ik proefde niets, het smaakte allemaal hetzelfde en het kostte me moeite het op te eten. Mijn mond was gortdroog en mijn maag had zich samengeknepen.

Eric was druk in gesprek met Peter, nu in het Nederlands. Het ging over zaken waar ik niet over mee kon praten (de voor- en nadelen van bepaalde metaalsoorten en koppelstukken). Ik besloot me te richten op Isabelle en Bastian, maar was me bij elke beweging die ik maakte en elk woord dat ik uitsprak bewust van Michels aanwezigheid.

'Hé, Simone, hoor eens wat Peter te vertellen heeft.'

Ik draaide mijn hoofd om naar Eric en Peter.

Peter haalde zijn hand door zijn krullende haar. 'We liggen voor op schema. Als alles mee zit, dan slapen jullie met een week of drie in het huis.'

Dat was goed nieuws. Herstel: dat was geweldig nieuws.

'Het ziet er nu nog niet zo uit,' ging hij door, 'maar het dak is eind deze week klaar. Dan gaan we de balken erin leggen. De vloeren zijn nog een dag of twee werk en dan kan het afwerken boven beginnen.'

'Het zichtwerk,' verduidelijkte Eric. 'Behangen, schilderen, stuken.'

'We hebben net afgesproken dat we eerst drie slaapkamers in orde maken voor jullie.'

'Provisorisch,' viel Eric hem bij. 'We slapen zolang in de linkervleugel en gaan verder aan de benedenverdieping. Dan kunnen we die op ons gemak aanpakken en écht mooi maken. En als dat klaar is, gaan we ons woongedeelte doen.'

De rechterzijde van het huis, met de toren, werd ons woonhuis. Er was nog nauwelijks aan gewerkt. Het werk had zich toegespitst op de linkervleugel en het dak.

'Fijn,' zei ik. 'Dus we hoeven deze winter niet in de caravan?'

'We moeten nog wel wat regelen voor de verwarming. Volgens Peter kan het hier 's winters tien graden vriezen, dus verwarming is geen overbodige luxe.'

De zon scheen over de gedekte tafel, verwarmde mijn rug en wierp langgerekte schaduwen van de werklui over de borden en schalen. Winter leek me iets abstracts, als iets uit een andere wereld.

‘Tien graden vorst?’ vroeg ik.

‘Afgelopen jaar wel,’ zei Peter. ‘We hebben het toen behoorlijk druk gehad met geknapte waterleidingen, heel wat mensen zijn in de problemen gekomen. Het is al die tijd dat ik hier woon nog niet zo koud geweest.’

‘Dus, lieverd,’ resumeerde Eric, ‘nog een week of drie doorbijten en we slapen weer in ons eigen bed.’

‘Geweldig.’ Ik keek om naar het huis. Steigers tegen de gevel, overal puin, hout, gereedschap, kledingstukken die her en der waren uitgetrokken en neergegooid naarmate de dag vorderde en de zon feller was gaan schijnen.

‘En ramen en deuren?’ merkte ik op.

‘Da’s een dag werk,’ antwoordde Peter. ‘We hebben ze al op maat besteld. Het is een kwestie van erin zetten. Jullie hebben geluk, de basis van het huis is goed. Bij oude huizen weet je nooit wat je tegenkomt, dus ik was voorzichtig met de planning, maar het schiet lekker op.’

■

Ik schrik op uit mijn lethargische toestand. Even weet ik niet meer waar ik ben, tot ik de muur tegenover me zie. Groen. Met spreuken, krassen. *Fuck the police*, staat er boven de stalen toiletpot gekerfd.

Ik moet zijn ingedommeld. Hoe laat het is, weet ik niet. Mijn horloge heb ik af moeten geven, vanochtend, bij binnenkomst. Een agente heeft me gefouilleerd. Mijn horloge, kassabonnetjes die nog in mijn jaszak zaten, de huisdeursleutel en parkeermunten werden meteen in een aparte zak gedaan en gelabeld. Ik moest mijn schoenen uitdoen. De agente peuterde de veters eruit, stopte ze bij de rest van mijn bezittingen en gaf de veterloze gympen aan me terug. Ik moest een formulier ondertekenen. Een andere agent zette er een stempel op. Half en half had ik verwacht dat ze me een overall zouden geven. Oranje, zoals je wel eens ziet in Amerikaanse films. Maar ik draag nog steeds mijn eigen kleren: een T-shirt van Esprit, een lange, wijde katoenen rok. En veterloze gympen.

De voetstappen komen dichterbij. Ergens diep in me flakkert het rond in mijn bewustzijn: de ondervraging. Ze komen me halen voor het verhoor. Ik begin sneller te ademen.

Wat moet ik zeggen? Of moet ik juist helemaal niets zeggen? Alles wat ik denk te weten van dit soort situaties heb ik opgedaan uit Amerikaanse tv-series: *You have the right to remain silent. Everything you say, can and will be used against you in the court of law.*

Zeiden ze zoiets vanochtend, bij de arrestatie, in het Frans? Ik kan het me niet meer herinneren, alleen Erics blik, zijn verbijstering, is me bijgebleven.

Zijn vrouw, verdacht van moord.

■

12

Een jaar voor ze stierf vertrouwde mijn oudtante me haar grootste wens toe. Ze wilde rolschaatsen, als een kind. Buiten, langs de huizen op het trottoir, pirouettes draaien, op één voet.

Ze vertelde het, alleen aan mij.

Ze deed het niet.

In plaats daarvan trok ze wandelschoenen aan en ging met de hond lopen.

'Simone?'

Ik liet de vaat van het ontbijt voor wat hij was en liep naar buiten.

Eric, Peter, Antoine en Michel stonden op de binnenplaats. Het was warm, het moest zeker vijfentwintig graden zijn, terwijl het al oktober was. De voordelen van de emigratie naar een zuidelijk land begonnen zich nu geleidelijk te ontvouwen.

'Ja?'

'Ben je druk bezig?'

'Niet echt.'

'Zou jij dan misschien naar Biganos willen rijden, om die koppelingen en buizen te halen voor de cv-ketel en de kachel? Peter heeft vanochtend naar Gérard Millechamps gebeld en het spul ligt klaar, zeiden ze.'

'Biganos? Waar is dat?'

'Ten zuidwesten van Bordeaux,' antwoordde Peter, alsof me dat iets zei. 'Richting zee,' voegde hij eraan toe. 'Het is heel gemakkelijk, het ligt langs de A66, als je Arcachon aanhoudt op de snelweg bij Bordeaux, kom je vanzelf een bord Biganos tegen.'

Ik was nooit verder geweest dan de ringweg Bordeaux, en dan

alleen nog met Eric achter het stuur.

'Het is anderhalf uur rijden,' zei Eric. 'Misschien iets verder. Ik had ze graag zelf gehaald maar ik wil vanochtend eigenlijk liever verder met die balken, dan kunnen we morgen de nieuwe erin leggen en misschien een begin maken met de vloeren. Als jij die koppelingen nou haalt, dan kunnen we daar vanmiddag mee verder. Michel heeft net aangeboden met je mee te rijden om de spullen te controleren, ze zijn er schijnbaar nogal slordig.'

Ik bleef als aan de grond genageld staan.

Michel vermeed oogcontact en verplaatste zijn gewicht van zijn ene naar zijn andere voet. Uiteindelijk kreeg ik er iets uitgeperst. 'Moet... Michel niet gewoon werken?'

'Hij heeft last van zijn knie, dus we hebben toch niet veel aan hem,' antwoordde Peter.

Antoine en Peter liepen weg, naar een van de bestelbusjes.

'Vergeet je je chequeboek niet?' zei Eric, terwijl hij hen volgde. 'Michel weet waar het is, hij is er vaker geweest.'

'Eric?'

Hij draaide zich om, op één been. 'Ja?'

'Kan Michel niet alleen gaan? Ik kan dat bedrijf bellen om te vragen wat het kost, en hem een uitgeschreven cheque meegeven.'

Eric kwam teruggelopen. Hij boog zich naar me toe. 'Ik wil niet uitsluiten dat een deel van de spullen niet in orde is. Michel kan dat controleren. En dan staat die jongen daar met een cheque waar een te hoog bedrag op staat.' Hij keek me een seconde onderzoekend aan. 'Doe nou even niet zo moeilijk, Simone. Het is een rechte weg volgens Peter, bijna allemaal snelweg, heel makkelijk.'

Eric dacht dat ik ertegen opzag om te moeten rijden. Alles wat ik nu nog tegen zou werpen, zou gaan opvallen.

Ik knikte onwillekeurig en liep weg, om het huis heen naar de caravan.

Naar Biganos, anderhalf uur rijden (of langer), met Michel naast me, om koppelingen en buizen te halen. Natuurlijk. Niets aan de hand. In de beslotenheid van de caravan dook ik weg in het douchehokje en keek in de spiegel, controleerde of er geen zwarte vegen mascara onder mijn ogen zaten en of mijn haar goed zat. Vervolgens borstelde ik obsessief mijn weerspannige haar en vroeg me af of deze persoonlijke verzorging midden op de dag verkeerd kon worden uitgelegd. Ik keek naar de tandenborstels en besloot dat een keer extra poetsen geen kwaad kon.

Mijn hart bonsde in mijn keel. Van alle mannen die hier rondliepen, moest uitgerekend Michel mee naar *Biga...* Hoe heette het ook alweer?

Ik haalde het chequeboek uit het laatje, pakte mijn tas en liep naar de auto.

Michel stond er al naast. Ik vroeg me af wat er in hem omging. Een fractie van een seconde keek hij me aan, en ik wist genoeg.

Gérard Millechamps s.a.r.l. lag op een industrieterrein net buiten Biganos en bestond uit wit damwandprofiel met een groot hek eromheen. Dat hek was gesloten en de parkeerplaats was leeg.

Ik stopte de auto net voor het hek. Michel stapte uit en liep naar de intercom, keek vervolgens op een plastic bordje dat ernaast hing. Ik zag aan zijn houding dat hij geïrriteerd was. Hij kwam terug en stapte in. 'Gesloten.'

'Geslóten?'

Hij haalde een schouder op. 'Het is vijf over twaalf. Ze zijn lunchen tot half drie.'

'O, nee...'

'Als we geen file hadden gehad bij Bordeaux, hadden we het makkelijk gehaald. Domme pech.'

'Is er niemand die ons even kan helpen? Ik bedoel... kun je niet iemand bellen, of zo? Dat kunnen ze toch niet maken? We hebben twee uur gereden.'

'Heeft geen zin, er is niemand. Vergeet het maar.'

Wat nu? Terug naar huis? Dat was bijna twee uur rijden. En dan moesten we weer terug. Zinloos.

'Laten we gaan lunchen,' hoorde ik Michel zeggen. 'Ik lust wel iets.'

Toen ik zichtbaar twijfelde, voegde hij eraan toe: 'Rij maar door, naar Arcachon.'

Automatisch zocht ik mijn gsm en toetste ons vaste telefoonnummer in om Eric te laten weten dat we oponthoud hadden. Ik liet de telefoon tien keer overgaan, elf keer, twaalf keer. Niets. Erics mobiel bellen had geen zin. Ik had hem net nog op de oplader zien liggen in de caravan.

'Bel je naar huis?'

Ik knikte.

'Die telefoon horen ze toch niet, ze zijn boven bezig met de balken.'

Ik probeerde het nog eens. Geen gehoor.

Ik startte de auto. 'Ik probeer het later nog eens.'

We vonden een vrij tafeltje onder een blauw met witte luifel van een restaurant dat Le Pirate heette en uitzicht bood over de promenade, het strand en het water. Het menu was een allegaartje. Pizza, gekookte mosselen, pannenkoeken, hamburgers, salade met exotische vruchten en mozzarella.

Het zat behoorlijk vol voor oktober, voornamelijk met *Bordelais*, dacht Michel uit de tongval van de medegasten af te leiden: mensen uit Bordeaux voor wie Arcachon aan de Atlantische Oceaan was als Deauville voor de Parijzenaren.

Michel kon het weten, hij was hier in de buurt geboren en opgegroeid. Ik wilde graag meer weten maar hij dirigeerde het gesprek op zaken die me in het normale leven nauwelijks boeiden (Franse dialecten, die schijnbaar niet zo sterk van elkaar afweken als de dialecten in Nederland; Fransen konden elkaar door het hele land heen verstaan), maar me nu mateloos fascineerden omdat de informatie uit zijn mond kwam. Michel had een prachtige stem. Een rollende r, een diepe a die steevast eindigde in een soort kreun. Hij sprak een beetje hees, en ook een beetje langzaam en hij zocht naar eenvoudige woorden omdat hij wist dat ik hem anders niet kon volgen. Ik dronk zijn woorden naar binnen, net als de sangria van het huis die de serveerster bij wijze van welkomstdrankje op ons tafelblad had gezet.

'Het accent uit Marseille herken je zo, ze verlengen elk woord aan het einde van een zin. Dus bij een woord dat eindigt op een f krijg je bijvoorbeeld *effe*.'

'Ik ken de taal nog niet zo goed om dat verschil te kunnen horen.'

'Als je het eenmaal weet, hoor jij het ook, geloof me.'

'Ik zal erop letten, voortaan.' Ik nam nog een slok van mijn sangria en kauwde op een klein stukje appel dat met de slok meekwam.

Het prettige aan deze situatie was dat ik Michel ongegeneerd kon bekijken; als je met iemand praat is het gebruikelijk dat je hem aankijkt, of je tenminste op zijn gezicht focust. Er waren bovendien geen bekenden bij. Niemand die de interesse die we in elkaar toonden zou kunnen opvallen.

Ik kon niets aan hem ontdekken wat me niet aanstond. Hij was mooi, mannelijk, zat lekker in zijn vel, zijn spieren had hij niet van een sportschool, en hij liep er bovendien niet mee te koop. Ik kreeg niet het idee dat hij ijdel was. Je kon van werklui niet verwachten dat ze hun beste kleren droegen op karwei, maar vaak hadden ze iets aan wat ze op een vroeger moment mooi hadden gevonden, en dus kon je door die werkkleding toch meer over hen te weten komen. Zo bestond Erics werkbovenkleding uit twee verwassen roze polo's van Lacoste en een Gaastra-trui met een ritssluiting die kapot was, die de periode markeerden waarin hij zich aan golf had gewaagd om ook recreatief met zijn klanten te zijn.

Michel droeg een vaal zwart shirt en een grijze trainingsbroek, niet bepaald couture, en ik had hem ook eerder niet kunnen betrappen op speciale merkkleding die zijn lichaam accentueerde. Dat deze verwassen kleding dat toch deed, was onbedoeld en waarschijnlijk te wijten aan mijn gekleurde perceptie.

'Waar jullie wonen,' zei hij, 'daar maken ze een lange e van alles wat eindigt op ai. Dus *je sais*, ik weet, wordt *je séé*, niet *je sè*. Dat hoor je heel goed aan Arnaud, die komt uit Bergerac.'

'Vind je dat interessant, taal?' vroeg ik, omdat het me ergens wel verbaasde dat dit hem schijnbaar bezighield.

Hij haalde verontschuldigend zijn schouder op. 'Niet in het bijzonder, het is gewoon zo.'

Het gesprek werd onderbroken door de serveerster die de bestelling op kwam nemen. Na een korte blik op de menukaart koos Michel voor een hamburger met friet. Ik nam een salade omdat ik bang was dat mijn maag niets vets kon verdragen.

'Je kunt goed opschieten met Bruno, toch?' vroeg ik, toen de serveerster het restaurant in liep.

'Bruno is als een broer voor me. We wonen in hetzelfde huis.'

'Wonen jullie samen?'

'Nee, hij woont op de begane grond en ik op de eerste etage. Het is een voormalig ziekenhuis waarin ze kamers verhuren. Sinds de komst van de universiteit in de stad zijn er heel veel oude gebouwen op die manier opgeknapt en bewoonbaar gemaakt.'

'Dus wonen er veel studenten bij jou in huis?'

Hij lachte. 'Studenten, werklozen, drugsverslaafden, illegalen, van alles en nog wat. Het voordeel is dat als je wat nodig hebt, maakt niet uit wat, je altijd wel ergens kunt aankloppen.'

Ons gesprek deed onnatuurlijk aan. Het was misschien voor iemand die oppervlakkig naar ons keek niet zichtbaar, maar er lag een onderbewuste nervositeit in, een spanning, alsof we het allebei niet echt interessant vonden wat we bespraken, maar eerder bang waren dat een stilte de onderliggende motieven bloot zou leggen.

Mijn blik gleed van zijn gezicht naar zijn borst, zijn schouders, bovenarmen, handen, die kundig een shagje draaiden, en weer terug.

Onder de tafel stootten onze knieën zo nu en dan tegen elkaar aan, en dat sorteerde een verontschuldigende glimlach van Michel en een nerveus gegiechel van mijn kant – waar ik me mateloos aan ergerde omdat ik voelde dat ik mijn verstand aan het verliezen was.

'Heb je het naar je zin, zo, met het werk dat je doet?'

Hij trok een schouder op en hield zijn hoofd scheef om zijn shagje aan te steken. 'Het gaat. Het is hard werken, zeker in de zomer, als het warm is. Vorig jaar hadden we twee weken boven de veertig graden, als je dan buiten op een steiger staat te hakken in een gevel, dan is dat zwaar. Maar ach. Ik heb een baan, te eten, een dak boven mijn hoofd, een paar goede vrienden. Het is een fijn team, en Peter en zijn vrouw zijn heel fijne mensen, dus ik klaag niet.'

Ik vroeg me af of hij over twintig jaar nog steeds dit werk zou doen, zoals Arnaud. Michel leek me er te intelligent voor. Maar ik wist niets van het Franse schoolsysteem en ik kon hem dan wel vragen naar zijn opleiding, het antwoord zou ik toch niet begrijpen.

Er werden twee borden op tafel gezet, een mandje met warme harde broodjes en een fles water.

'Kan ik u nog twee sangria's brengen?' vroeg de serveerster, terwijl ze de lege glazen weghaalde. Voor ik kon protesteren had Michel al ja geknikt en was ze weer verdwenen.

'Ik moet nog rijden,' siste ik.

Hij keek op zijn horloge. 'Pas over anderhalf uur. Je eet nu wat, het is straks wel gezakt.'

Ik prikte in de salade en besloot alles op te eten. Niets te laten staan. Vanochtend had ik weinig gegeten. Snel een kant-en-klaar broodje naar binnen gewerkt, een soort cakeje eigenlijk, met jam erin. Twee koffie, een jus d'orange, dat was het. Ik werd aanhalig van drank, lichtjes ongeremd, en de combinatie Michel en drank was dus zoiets als problemen actief opzoeken.

De salade zou me normaal gesproken geweldig gesmaakt hebben maar deed me nu niet veel. Het leek of mijn maag was dichtgeknepen, al mijn smaakpapillen waren verdoofd. Dat was al een poosje zo. 's Avonds, als de jongens naar huis waren, kon ik prima eten en er ook echt van genieten. Met Michel in de buurt lukte het gewoonweg niet. Mijn weegschaal stond nog ingepakt in een doos in de container, maar ik had het idee dat ik een paar kilo kwijt was geraakt.

Michel sprak niet meer. Met zijn eetlust was niets mis. Hij scheurde een van de broodjes in tweeën en reikte me een helft aan.

Het was een klein gebaar, maar het typeerde de intimiteit die in het afgelopen halfuur was gegroeid. Die er misschien altijd al was geweest, vanaf het moment dat we elkaar voor het eerst zagen, een 'klik' die op een lager, onbewust niveau had plaatsgevonden.

Ik duwde die gedachte weg. De sangria steeg me naar het hoofd. Misschien kon ik nu beter wat water drinken.

Michel schonk een glas water in en zette het naast mijn bord.

Nu kon hij ook al mijn gedachten lezen.

Ons gesprek viel stil. Michels bord was leeg, en het mijne ook, op wat blaadjes sla en te harde olijven na.

Hij keek me aan. 'Koffie?'

'Goed.'

De serveerster van Le Pirate, een vrouw van rond de vijftig, was een natuurtalent. Ze verscheen meteen en werkte de glazen en borden in een rap tempo weg, behalve de glazen met water. Ze moest gewend zijn aan werken onder druk, als het hier in het zomerseizoen wemelde van de toeristen en dagjesmensen, en de klanten snel moesten worden geholpen zodat er plaats vrijkwam voor de volgende ronde.

Ze bracht twee kopjes espresso en de rekening. Ik legde mijn creditcard erop. Michel trok zijn portefeuille (eentje van canvas met een klittenbandsluiting) en legde er drie euro bij. De serveerster kwam terug met een pen en een bonnetje. Ik tekende.

Het minuscule kopje koffie was met drie slokken weggewerkt en ik liet het chocolaatje dat erbij geserveerd werd voor wat het was.

Daarna dronk ik mijn glas water leeg om de sterke smaak weg te spoelen en zag dat Michel hetzelfde deed.

Ergens diep vanbinnen, heel diep weggestopt, misschien iets wat getypeerd wordt als een dierlijk niveau, voelde ik aan waarom. En op een wat hoger niveau, dat deel dat een mens tot een mens maakt en dat nu aan de verliezende hand was, wist ik dat ik nu op een punt was aangekomen waarop ik een keuze moest maken. En welke ik ook maakte, ze hadden allebei hun consequenties waarvan ik de strekking niet kon overzien.

Michel stond op. Ik schoof mijn stoel naar achteren en merkte toen mijn benen me weer moesten dragen dat ik wat licht in mijn hoofd was.

Michel stak de promenade over en zocht het strand. Ik liep achter hem aan.

Arcachon lag aan een inham van de zee, in de verte zag ik een donkere strook land. De zon scheen nog steeds, maar een flinke bries gaf verkoeling. Links van ons, aan de kant waar het water van de Atlantische Oceaan deze baai instroomde, ver weg van de kust, stapelden donkere wolken zich op.

Bijna bij de waterlijn stopte ik om mijn schoenen en sokken uit te trekken. Het witte zand schuurde. Ik deed mijn sokken in mijn schoenen en hield ze aan de veters in één hand vast. Michel deed hetzelfde.

We hielden de zee links van ons en slenterden verder, vlak langs het water, waarbij we afdrukken maakten in het vochtige zand, koel en knisperend onder mijn blote voeten. Ik voelde me nog steeds licht in het hoofd.

Zonder iets te zeggen bleven we lopen, zonder enige haast, in de richting van een pier. Die liep vanaf de promenade boven het strand door in zee, gesteund door grote, witte pijlers. Aan het einde van de pier lagen boten aangemeerd, waarschijnlijk rondvaartboten, met veel glas en een groot achterdek met zitjes. De wind sloeg onder mijn haar en trok het alle kanten op. Ik draaide me om, hield mijn haar uit mijn gezicht met mijn hand en onderarm en keek naar de voetafdrukken die we in het zand hadden achtergelaten. Ze slingerden langs de kustlijn en voerden verder terug dan mijn zicht reikte.

Ik richtte mijn hoofd op. Een immense, dreigende wolkenmassa, donker en massief, kroop langzaam vanuit de Atlantische Oceaan in de richting van de kust, en vormde een onwerelds contrast met de lieflijke pasteltinten van de promenade, de statige witte balustrade die het strand van de weg scheidde, en de exotisch ogende bomen met hun glinsterend blad dat ritselde aan de twijgen door de aanwakkerende wind. De sfeer hier was totaal anders dan die ik vanochtend achter me had gelaten.

Adembenemend.

Onwillekeurig moest ik glimlachen. Het leek wel vakantie om hier te lopen, een dagje uit. Geen getimmer, geboor, stof en stenen, afwassen en koken, maar frisse zeelucht, prachtige huizen in pasteltinten, een breed zandstrand.

En Michel, die vlak achter me stond.

Toen zijn armen om me heen gleden en ik zijn borst tegen mijn rug voelde, vergat ik te ademen. Ik stond letterlijk te trillen op mijn benen. Mijn schoenen vielen in het zand. Hij kuste mijn hals en ik huiverde. Mijn huid trok samen onder zijn handen, die prachtige sterke handen van hem, getekend door het zware werk, die onder mijn shirt gleden, over mijn buik. Voorzichtige, aftastende aanrakingen, die tintelingen teweegbrachten in alle cellen in mijn lichaam en zich samenbalden in mijn onderbuik.

Ik draaide me om en keek hem aan.

'Je bent mooi,' zei hij, aangedaan. Ernstig bijna, terwijl hij mijn haar naar achteren streek. 'Heel mooi.'

Ik kon geen woord uitbrengen. Het was surreëel. Als in een droom, een film, ik was niet ik, maar iemand anders.

Ik vergat alles om me heen.

Mijn vingers gleden door zijn haar, over zijn hals, zijn gezicht. Ik wilde hem aanraken, overal, en ik wilde nog veel meer dan dat. Op het moment dat onze lippen elkaar raakten vielen de eerste regendruppels. Dikke, zware druppels, die verkoeling boden aan mijn huid. Ik proefde zijn tong, die snel was en glad. Nadenken ging niet meer, wilde ik niet meer. Ik klampte me aan hem vast. Wat overbleef was voelen, ondergaan, leven voor het moment. Existeren, en alleen maar genieten van dat heerlijke, jonge, sterke mannenlijf dat zich tegen me aan drukte, en de elektrisch geladen kettingreactie die door mijn lichaam schoot.

Mijn handen gleden onder zijn T-shirt en voelden de krachtige spieren onder zijn huid, de diepe gleuf van zijn ruggengraat, de welving van zijn rug. De regendruppels vielen om ons heen, ze sloten ons in, vloeiden in onze kleding. Zijn hand gleed onder mijn rok, greep mijn billen. Hij drukte zijn onderlijf tegen me aan. Ik hapte naar adem en kreunde, ongegeneerd. Mijn benen werden vloeibaar, ze konden me nog amper dragen.

We werden opgeschrikt door een bliksemflits, een immense knal, een loeiharde, krakende explosie die echode en resoneerde, en de hemelboog openscheurde. De grond onder ons dreunde en trilde.

Van schrik liet ik hem los. Keek paniekerig om me heen. De regenvlagen benamen me vrijwel het zicht op de promenade, de lucht om ons heen lichtte groen fluorescerend op. Een volgende bliksemflits verlichtte de kustlijn spookachtig. De promenade was verlaten, de restaurants hadden hun luifels opgehaald. We waren de enige mensen op het strand, de enige mensen die nog buiten waren. Waar was iedereen? De bomen langs de promenade wiegden heen en weer, bogen door onder de regenvlagen, als vage schimmen.

Haastig graaiden we naar onze schoenen en renden naar de promenade. Op het plaveisel lag een laagje water, waarop miljoenen regendruppels insloegen. Blootsvoets renden we langs de terrassen, de restaurants, de tuinen en de cafés, naar de smalle zijstraat waar de Volvo geparkeerd stond.

Terwijl een nieuwe donderslag de Franse zuidwestkust deed beven, liet ik me trillend en hijgend op de bestuurdersstoel vallen en trok het zware portier naast me dicht. Sloot de wereld buiten. Michel dook naast me. De regen roffelde op het dak, stroomde over de voorruit. De ramen raakten meteen beslagen.

Ik had minutenlang nodig om bij te komen. Ik sloot mijn ogen en snakte naar adem. Legde mijn hoofd in mijn nek om meer lucht te krijgen. Michel boog zich naar me toe en schoof zijn hand onder mijn rok, tussen mijn benen. Een elektrische schok schoot door me heen. Mijn bekken bewoog omhoog, als vanzelf. Hij begroef zijn gezicht in mijn hals, kreunde, terwijl zijn hand over het dunne katoen van mijn slip wreef, kneedde, streelde. We ademden snel, gehaast, oppervlakkig. Hij rook fantastisch, bedwelmend, hij bewoog perfect, zijn mond smaakte goddelijk.

Ik liet mijn hand over zijn buik glijden. Het shirt was drijfnat en plakte aan zijn buik, als een tweede huid. Mijn hand gleed verder naar beneden. De gladde, doorweekte stof van zijn trainingsbroek liet weinig te raden over. Mijn god, ik wilde hem, wat wilde ik hem. In een reactie op mijn aanraking trok hij zijn hand terug en haalde zijn broekband een stuk naar beneden.

Er liepen mensen op het trottoir, vlak langs de auto. Ik zag hen vanuit mijn ooghoeken. Het was een stel met een kinderwagen, ze liepen gehaast. De man keek me even recht in de ogen, dwars door de diffuse condenslaag op de portierraam. Ik wendde mijn hoofd gegeneerd af. Mijn oog viel op een autootje van Bastian op de achterbank, een rood metalen schaalmodel van een Ferrari waarvan een wieltje ontbrak. Michels nog blote voeten verfrommelden een tekening die Isabelle afgelopen week van school had meegenomen en die ik vergeten was uit de auto te halen.

Ik trok mijn hand weg, week terug.

'Nee,' zei ik, buiten adem. 'Nee, niet...'

Michel was niet overtuigd en drong aan. Ik kon mezelf niet meer vertrouwen, als hij hiermee doorging dan kon ik nergens meer voor instaan, dan liet ik me hier ter plekke nemen in een geparkeerde auto midden in een dorp. Niet zomaar een auto: onze *gezinsauto.* Op de bestuurdersstoel, waar Eric altijd zat, tussen de spullen van Isabelle en Bastian.

Mijn hart bonkte wild in mijn borstkas. Dit moest stoppen, dit moest nu stoppen. Ik raakte in paniek. Ik greep zijn hand vast. 'Nee,' hijgde ik, 'vergeet het, vergeet het.'

'Wat?' Hij keek me ongelovig aan. Zijn ogen waren al net zo donker als de onweersbui, hij ademde snel en zag er onweerstaanbaar uit.

'Nee,' zei ik nog eens, nu krachtiger. Ik hijgde nog steeds. 'Niet doen. Echt niet. Het kan niet. Stop.'

Hij keek me onderzoekend aan en toen het tot hem doordrong dat ik het meende, zakte hij terug op de stoel naast me. Trok de broekband van zijn trainingsbroek omhoog, legde zijn achterhoofd tegen de hoofdsteun en keek somber naar de voorruit, waarop de regendruppels uiteenspatten. Hij duwde met de muis van zijn hand tegen zijn kruis en trok er een moeilijk gezicht bij.

'*Bon*,' hoorde ik hem zeggen, eerder tegen zichzelf dan tegen mij. 'Goed.'

Ik schikte mijn rok, die om mijn benen kleefde. Alles was drijfnat en ik huiverde.

Tien minuten later reden we een regenachtig Arcachon uit.

Binnen een halfuur hadden we de koppelingen, buizen en andere spullen achter in de auto liggen. Ik had een cheque uitgeschreven, negenhonderd euro, terwijl Michel de spullen had ingeladen.

Het personeel had opmerkingen gemaakt over onze drijfnatte kleding en mijn druipende haar. Over het weer, de hoosbui. Misschien straalden we iets uit, iets ondefinieerbaars, wat door anderen feilloos werd opgepikt, want de ene plagerige toespeling volgde op de andere. De hele tijd bleef ik vriendelijk glimlachen en doen alsof er niets aan de hand was, alsof mijn wereld niet totaal, maar dan ook volledig op zijn kop stond. Daarna stapten we weer in en reden de doorgaande weg op, in de richting van Bordeaux. Michel had geen woord meer gezegd sinds we uit Arcachon waren weggereden en ik liet het zo.

Ik schrok op uit mijn gedachten van een geluid en een trilling. Het duurde even tot het tot me doordrong dat het getril in mijn jaszak mijn gsm was.

Ik haalde hem uit mijn zak. 'Hallo?'

'Simone?'

Mijn god, van iedereen en alles die me zou kunnen bellen was het de stem van mijn geweten.

Zou hij iets gevóéld hebben? Kon dat? Konden mensen op lange afstand voelen dat er iets niet in de haak was?

'Eh... ja.' Ik keek nerveus op mijn horloge. Het was bijna half vier.

'Waar ben je?'

'We zijn onderweg naar huis. Toen we aankwamen was die zaak dicht, verdorie. En ze gingen pas om half drie open, dus we hebben...' Ik keek paniekerig naar Michel. Hij draaide een shagje en keek me vragend aan. '...gelijk maar wat gegeten.'

Wat voelt dit rot.

Vreselijk.

'Had je dat niet even kunnen laten weten?'

'Ik... ik heb je gebeld, maar je nam niet op.'

'Wanneer dan?'

'Eh... meteen al. Net na twaalven...'

'Waar ben je nu?'

Ik keek om me heen. Vroeg het uiteindelijk aan Michel, omdat ik geen flauw idee had waar we ergens reden.

'Net voorbij Bordeaux,' antwoordde Michel.

'Bij Bordeaux,' kopieerde ik.

'Dan ben je op zijn vroegst over een uur hier. De kinderen halen red je natuurlijk niet meer?'

Dat was een retorische vraag. De school ging om half vijf uit. Met geen mogelijkheid kon ik binnen een uur bij de school zijn.

'Kun jij een auto lenen van de jongens en de kinderen halen?' vroeg ik.

De irritatie in Erics stem nam toe. 'Is goed. We kunnen hier toch niet verder zonder die koppelingen.' Ik hoorde hem bijna denken aan de andere kant van de lijn. Geboor en getimmer op de achtergrond. 'Nou ja, er zijn nog genoeg andere dingen te doen, dan gaan we er morgen maar mee aan de gang. Rij je voorzichtig?'

'Ja, komt goed.'

'Zie ik je straks.'

Eric verbrak de verbinding.

Ik hield de gsm in mijn hand geklemd, op mijn schoot, en staarde voor me uit.

'Was dat Eric?' vroeg Michel.

Ik knikte.

Het scheen Michel niet in het minst te storen.

Ik begon te rillen. Ik kreeg het ineens koud. De hele situatie drong nu tot me door, nu pas. Dat niet alleen: de paniek sloeg in volle hevigheid toe. Het dikke katoen van mijn jas had zich volgezogen met regenwater. Mijn jas, mijn rok, T-shirt, sokken, alles was doorweekt. Het enige wat ik nu wilde was zo snel mogelijk droog worden, alle sporen uitwissen. Alle sporen van wat ik zojuist had gedaan, had laten gebeuren. Ik kon Eric niet onder ogen komen, Isabelle niet, Bastian niet, níémand, met kleding die zelfs nog maar een beetje vochtig was van de regen.

'We moeten onze kleren drogen,' zei ik. 'We kunnen zo niet terug.'

'Waarom niet?'

'Waaróm niet? Hoe kun je dit verklaren?' Ik hief mijn arm bij wijze van demonstratie. Het katoen plakte aan mijn huid. 'We zijn doorweekt. Je raakt niet zo doorweekt van een spurt van een restaurant naar de auto.'

Dat kan alleen maar komen van een innig samenzijn op een verlaten strand, terwijl het regent dat het giet, en dan alleen nog omdat je door je geluksdronken toestand niet eens in de gaten had dat het regende; alleen daarvan kun je zo doorweekt raken. Eric zal het zien, iedereen zal het zien, ze zullen naar je kijken, naar je kleding, je natte haar, de zilte zeelucht ruiken, bij jou, bij Michel, en ze zullen het wéten. De beelden die zich in jouw hoofd genesteld hebben, zullen zich als een film afspelen, helder en duidelijk zichtbaar, voor iedereen die naar je kijkt.

Hij haalde zijn schouder op. Een gebaar dat zo bij hem paste; iedereen trok twee schouders op. Hij één.

'We zijn droog voor we thuis zijn.'

'Nee,' zei ik, scherp. 'Daar wil ik niet van uitgaan. Stel dat het niet zo is? Wat dan?'

Terwijl hij zijn sigaret aanstak hoorde ik hem mompelen: 'We kunnen wel even langs Libourne. Daar woont iemand die ik ken. Ze heeft een droogtrommel.'

Het idee om samen met Michel, doorweekt tot op het bot, naar een vrouw te gaan die een wasdroger had, me ten opzichte van iemand die ik helemaal niet kende te moeten verontschuldigen, me uit te moeten kleden in een onbekend huis en te wachten tot die vrouw mijn kleding in haar wasdroger had gedroogd, kwam me surrealistisch voor.

Alle afgelopen uren kwamen me surrealistisch voor.

Ik streek mijn natte haar naar achteren. 'Libourne, goed. Prima,' hoorde ik mezelf zeggen. 'Libourne is prima.'

De vrouw die Michel kende heette Jeanette. Ze was van mijn leeftijd of misschien iets ouder. Een warm, vriendelijk gezicht, met dik, donkerbruin krullend haar dat ze verstopte onder een brede haarband. Jeanette had een mooi, voluptueus figuur met zwaaiende heupen, ze maakte de indruk een soort zigeunerin te zijn. Ze was in elk geval kettingrookster. En misschien dronk ze ook wel. Onder de salontafel lagen drie lege wijnflessen. Haar huis grensde meteen aan het smalle trottoir. Elke vrachtauto die voorbijkwam veroorzaakte een trilling die de kopjes op de salontafel deed dansen.

Jeanette had vast een zwaar leven.

Ze deed alsof het de normaalste zaak van de wereld was, alsof het regelmatig voorkwam dat Michel natgeregend voor haar deur stond met een vreemde vrouw en gebruik wilde maken van haar wasdroger.

Mijn god, wat voelde ik me opgelaten, zoals ik in een veel te grote duster en een stel roze slippers op haar bank thee zat te drinken.

Ik vroeg me af waar ze elkaar van kenden. Het werd me niet duidelijk.

Michel zat naast me, te spelen met Jeanettes hond. Een jong beest, slungelig en ondeugend, een sledehondachtig uiterlijk met één blauw oog.

Jeanette vond de hond beduidend minder leuk dan Michel hem vond. Ik hoorde haar klagen over het beest, dat volgens haar veel te veel energie had. Ze had een verkeerde keus gemaakt, ze had een *caniche*, een poedel, moeten aanschaffen, maar deze hond had haar als pup zo lief aan zitten kijken vanuit de etalage van de dierenwinkel, dat ze geen weerstand had kunnen bieden.

'Dat heb ik altijd,' zei ze, verontschuldigend glimlachend. 'Medelijden. Ik kan geen nee zeggen.' Ze drukte een peuk uit in de asbak en graaide een pakje sigaretten tussen een plant en een paar poezenbeeldjes vandaan.

Bleu lag languit op Michels schoot, met zijn achterpoten wijd, rolde zich vervolgens om, kroop naar zijn nek, legde twee poten op zijn schouders en begon zijn gezicht enthousiast af te likken. Zijn dikke, grijze staart zwaaide fanatiek heen en weer.

'Ik zou willen dat ik iemand voor hem wist,' hoorde ik Jeanette zeggen. 'Want ik wil hem niet naar het asiel brengen. Dan laten ze hem misschien inslapen. En het is een lief dier, alleen die energie, hè? Hij hoort niet in een stad. Hij zou naar iemand toe moeten die *à la campagne* woont, waar hij de ruimte heeft om te rennen. Dat zou ideaal zijn.'

Michel keek me aan. 'Hoor je dat?'

Ik knikte.

De snelweg glooide mee door de vallei waar we reden. Hectares en nog meer hectares wijngaarden, zo ver je kon kijken. Hier en daar was op een heuveltop een kasteel te zien, of een landhuis. Het regende niet meer, maar de hemel was betrokken.

Bleu piepte op de achterbank. Hij was duidelijk niet gewend aan autorijden. Het piepen ging over in zacht janken.

'Misschien moet hij plassen,' zei Michel. Zijn stem klonk gespannen.

Even verderop was een parkeerplaats. Ik reed door tot halverwege en zette de motor af.

Michel stapte uit. Hij opende het achterportier, riep Bleu en liep een eindje over het gras, in de richting van een bos. Ik zag hem tegen de hond praten. Bleu spitste zijn oren, keek schuin naar hem op, vol vertrouwen, zijn tong uit zijn bek. Zijn staart, een bijna gesloten ring van uitstaand haar, schommelde vrolijk over zijn rug heen en weer.

Verderop stond een auto met een caravan erachter. Ik zag een vrouw gebogen boven de achterbank van de auto staan, druk doende met haar kind. Ze gaf een wit pakketje achter zich langs aan haar man, die ermee naar een vuilnisbak liep.

Michel en Bleu leken zich prima te vermaken. De hond sprong tegen hem op, daagde hem uit, Michel stoeide met hem en maakte schijnbewegingen. Een warm gevoel welde in me op. Terwijl ik naar het tweetal keek drong het angstaanjagende besef zich aan me op dat het niet alleen lichamelijke aantrekkingskracht was dat ik voelde. Niet alleen maar lust.

Het was meer dan dat.

We reden kilometer na kilometer, in een stilte die ondraaglijk was, pijnlijk, maar ik had geen idee wat ik moest zeggen. De suggesties die me werden ingefluisterd kwamen me te beladen voor, of gewoon heel erg fout. We hadden een taalprobleem dat het alleen maar lastiger maakte, want ik wist niet of wat ik wilde zeggen, bij hem over zou komen. En ik was me er steeds meer van bewust dat ik deze situatie zelf had gecreëerd, of toch minstens had laten gebeuren, alsof ik aan niets en niemand verantwoording hoefde af te leggen.

'Hier moet je eraf,' zei Michel.

Ik stuurde de Volvo achter een grote vrachtwagen en zette mijn knipperlicht naar rechts aan. Bijna vijf minuten later reden we op de weg waaraan onze oprit lag.

Bijna thuis.

Mijn maag kromp samen.

'Ik wil je nog eens zien,' zei Michel ineens.

Ik schudde mijn hoofd. 'Zolang je bij ons werkt zul je me elke dag zien.'

'Je weet wat ik bedoel.'

Nog vijfhonderd meter.

In een opwelling parkeerde ik de auto in de berm, draaide de contactsleutel terug en begon te praten, zonder hem aan te kijken. 'Ik heb kinderen, Michel. Ik geef heel veel om ze. Ik ben getrouwd. Wat vanmiddag gebeurd is, dat...'

Hij boog zich naar me toe, sneller dan ik kon reageren, legde zijn hand in mijn nek, achter mijn hoofd, en kuste me vol op mijn mond.

'Ik wil je nog eens zien,' herhaalde hij en liet me los.

Ik sloot mijn ogen een moment en wachtte tot ik enigszins gekalmeerd was voor ik de motor startte.

13

De stilering en cultivering van de buitenmens vereisen continu onderhoud, essentieel ter voorkoming van sociale afwijzing.

Kunstuitingen zoals literatuur zouden de honger van de binnenmens moeten stillen, maar na lezing wordt duidelijk dat er geen tweede, identieke binnenmens bestaat, wat me sterkt in het gevoel dat elk mens in zijn diepste wezen alleen is en dat de schijn dat het niet zo is, is gefundeerd op gecultiveerde laklagen en oppervlakkige persoonlijkheidsschetsen.

Hokjes en vakjes, kaartenbakken, persoonskenmerken. Huidskleur, geslacht, haardracht, werk, kinderen of niet, leeftijd, muzieksmaak, klasse, geloof – niet in die volgorde.

Wat zou betekenen dat vrijwel alle vormen van verbond zijn gebaseerd op buitenkanten. Triest, maar misschien wel zo veilig.

Geruststellend.

Schuldgevoel.

Een vreselijk schuldgevoel.

Eric had niets in de gaten.

Ik was zeven, acht uur van huis geweest en het leken wel zeven maanden.

Michel toog meteen naar Peter en verdween vervolgens ergens in de linkervleugel van het huis. Peter en Bruno namen de spullen uit de auto en sorteerden ze. Na een korte onderbreking ging het werk gewoon door.

Isabelle en Bastian ontvingen Bleu met zoveel enthousiasme dat hij bijna werd fijngeknepen. Isabelle duwde haar gezichtje in zijn dikke, zachte vacht en ze glunderde. Bastian vond hem 'stoer'.

Eric had gefronst. Ik had het als volgt verklaard: we waren in Arcachon een kennis van Michel tegen het lijf gelopen die Bleu bij zich had, en ik had het meteen een leuk beest gevonden. De rest van het verhaal liet ik ongewijzigd, hoewel ik het wel een beetje had aangedikt.

'Wat kon ik doen?' had ik gezegd. 'Ze wilde hem naar het asiel brengen. Daar hadden ze hem misschien wel laten inslapen.'

'Ik vind het niet verstandig,' was Erics reactie, met een intonatie in zijn stem die hij normaal gesproken alleen maar gebruikte als Isabelle of Bastian onredelijk waren. 'We hebben het hartstikke druk, je had ook kunnen wachten tot de bouw achter de rug was. Zoiets beslis je samen, Simone, je zet me op deze manier voor het blok.'

'Denk nou eens even niet alleen maar aan jezelf,' had ik gereageerd, verbazingwekkend scherp en helder, terwijl ik naar de kinderen wees. 'We slepen ze mee naar een ander land, halen ze weg bij hun vrienden, bij hun familie, bij alles wat ze kennen, om ze hier helemaal opnieuw te laten beginnen, in een caravan te laten slapen, en op een school te zetten waar ze niemand verstaan en waar niemand hen verstaat. Zíj hebben er niet om gevraagd.' Toen, zachter: 'Je weet hoe graag ze altijd al een hond wilden hebben. Kijk nou eens naar ze, Eric.'

Het moet gezegd worden: de kinderen en Bleu vormden een prachtig plaatje, als in een film, of een televisiereclame. Bleu gedroeg zich alsof hij nooit ergens anders had gewoond. Hij rende rondjes met Isabelle en Bastian, liet zich liefkozen, deed pogingen een stok terug te brengen die Bastian voor hem had weggegooid. De kinderen waren overduidelijk dolblij met hun hond, hun nieuwe huisdier, en Eric ging overstag – zoals het hoort.

Eigenlijk ging alles gewoon door, alsof er niets aan de hand was, er niets was gebeurd, en ik niet gloeide en straalde door de belevenissen van de afgelopen dag. Het knagende schuldgevoel drukte ik resoluut weg.

Rond achten ging de ploeg naar huis, maar niet voor ze me stuk voor stuk een hand hadden gegeven, op het binnenplein bij de trappen. Michel benaderde me als laatste. Ik ontweek zijn blik. Onzichtbaar voor de anderen bewoog hij zijn middelvinger plagend in mijn handpalm en liet het daar gelukkig bij, want ik voelde hoe mijn lichaam op het punt stond me te verraden. Vroeger, op school, kleurde ik heel snel. Later werd dat minder maar het gevoel dat voorafging aan een rood hoofd herkende ik nog steeds en het had niet veel gescheeld.

Ik vluchtte naar binnen om het avondeten klaar te maken. Uit gewoonte liet ik alvast een pan vollopen met water en begon aardappels te schillen. Eric kwam de keuken in en trok een fles wijn open. Schonk twee glazen in en leunde tegen het tafeltje waar het gasstel op stond. Hij reikte me een glas aan.

Nu gaat hij het zeggen, dacht ik. Hij had het juiste moment afgewacht. Nu was het rustig, iedereen was weg, de kinderen waren tv aan het kijken. Nu zou hij me gaan confronteren met wat hij vermoedde. Of misschien vermoedde hij het niet alleen, misschien voelde hij het, róók hij het.

'Ik heb vandaag veel met Peter samengewerkt,' zei hij. 'En met hem gepraat. Het is echt een bijzondere kerel.' Hij nam een slok van de wijn en keek door het gat waar de voordeur moest komen, in de richting van de binnenplaats. 'Hij vertelde me vandaag over de achtergrond van Michel.'

Nu zou het komen. Ik bleef schillen. De ene na de andere aardappel. Zette de kraan uit. Nam een nieuwe aardappel.

'Die jongen heeft een behoorlijk slechte start gehad. Peter en zijn vrouw hebben zich min of meer over hem ontfermd, hij was bijna ontspoord, wist je dat?'

Ik schudde mijn hoofd. 'Nee.'

'Zijn moeder was zwemster.'

Dat verklaarde zijn figuur.

Niet aan denken, niet aan zijn lichaam denken, nergens aan denken.

Schillen, schillen.

'Een wedstrijdzwemster, op behoorlijk hoog niveau. Ze vertrok naar Amerika om voor het Amerikaanse team te zwemmen en daar kwam ze een getrouwde vent tegen van wie ze zwanger raakte. Die kerel wilde er niets van weten. Dus die vrouw, of meisje eigenlijk nog, kwam terug naar Frankrijk. Ze was nog hartstikke jong toen, pas twintig. Haar ouders wilden dat ze het weg liet halen, maar dat wilde zij niet. Een en ander mondde uit in een grote ruzie en ze ging bij een nichtje wonen, in Les Landes, onder Arcachon.'

Ik kon die plaatsnaam, die prachtige plaatsnaam, niet aanhoren zonder meteen beelden voorbij te zien flitsen. Beelden, kleuren, geuren. Emoties.

'In de laatste maanden van haar zwangerschap heeft ze schijnbaar problemen gekregen met lopen. Ze kwam in een rolstoel terecht en Michel is uiteindelijk met de keizersnede geboren. Zijn moeder heeft nog een hele poos in een rolstoel gezeten, met een gigantische postnatale depressie. Tegen de tijd dat ze weer op de been was, kon ze niet meer zwemmen en slikte ze medicijnen. Toen liep ze een nieuwe vriend tegen het lijf en die was drugsverslaafd. Heroine, dacht Peter, dat was in die tijd schijnbaar in.'

Ik mompelde iets en bleef aardappels schillen. Maakte er blokjes van.

'Michel heeft Peter wel eens toevertrouwd dat hij wist dat zijn moeder gewoon dóód wilde. Ze zei dat ook regelmatig, tegen iedereen die het horen wilde, ook tegen die jongen... Erg hè? Dat je zoiets moet meemaken als je nog zo jong bent? Een vader die je niet wil kennen en een suïcidale moeder?'

Ik knikte weer. 'Vreselijk.'

Eric keek me recht aan. Ik wilde nog veel meer horen over Michel, ik brandde van nieuwsgierigheid. Maar het voelde tegelijkertijd zo ongelooflijk fout. Ergens vond ik dat ik dit helemaal niet hoorde te weten en dat Peter zulke intieme details uit iemands leven niet zonder meer aan Eric, of aan wie dan ook, had mogen vertellen.

Maar de nieuwsgierigheid won het. 'Heeft Peter nog meer verteld?'

'Ja. Die jongen is weggehaald bij zijn moeder en naar een kindertehuis gebracht, toen hij dertien was of zo. Een paar jaar geleden heeft Peter hem leren kennen via Bruno. Peter heeft zich als een soort vader opgeworpen en hij stimuleert hem nu om te gaan studeren. Erg goed, wat Peter doet, echt bijzonder.'

Ik voelde aan dat ik nu nog een vraag moest stellen, of in elk geval interesse moest tonen. Maar ik wist gewoonweg niet wat ik moest vragen, of beter gezegd wat ik gevraagd zou hebben als Michel gewoon een van de werklui zou zijn geweest, en niet iemand met wie ik nog die middag midden in een hoosbui op het strand van Arcachon had staan zoenen als een verliefde tiener. En in wiens broek ik mijn hand had gestoken.

'Ben je er wel helemaal bij?' vroeg Eric.

Ik keek geschrokken op. 'Sorry, ik luisterde maar half.' Aansluitend loog ik: 'Ik ben moe. Het was een lange dag, ik ben niet gewend aan lange stukken autorijden en... en dan nog de hele dag Frans praten. Ik heb het gewoon even gehad, geloof ik.'

■

De deur gaat open en ik druk mezelf tegen de muur. Het is te vroeg, veel te vroeg, schiet het door me heen.

Als ze me nu gaan ondervragen dan sla ik door, dan vertel ik alles.

Dat moet ik niet doen. Ze mogen niets weten. Niets.

Wat weten ze al?

Dezelfde agent staat voor het bed. Hij zet een slap plastic bekertje voor me op de grond. '*Voici, madame.*'

Ik staar naar het bekertje. Het eerste drinken van vandaag. Ik merk dat ik dorst heb, de weerzinwekkende smaak in mijn mond wil wegspoelen. Mijn keel voelt rauw.

'Ik kan nu nog wat te eten voor u laten halen,' zegt hij. 'Het is half twee.'

Ik kijk op. 'Wanneer is de... ondervraging?'

De agent haalt zijn schouders op. 'Daar ga ik niet over, mevrouw.'

'Wat is normaal?' vraag ik, en ik schraap mijn keel. De binnenkant van mijn wangen is gezwollen en schuurt pijnlijk langs mijn kiezen als ik praat.

'Ik verwacht in de middag.'

Er klinkt rumoer op de gang. Iemand bonkt op een celdeur en schreeuwt. De politieman kijkt op.

'Dus u eet niets?'

Ik schud mijn hoofd.

Zonder te groeten draait hij zich om en sluit de celdeur achter zich.

Ik ben weer alleen.

■

14

'Volgende week zaterdagavond vrijhouden,' zei Peter.

'Wat gaat er gebeuren?'

'Ons bedrijf bestaat vijf jaar, dus we geven een feest, bij mij thuis. Een écht feest, met een liveband, eten, drinken, alles. Er komt een man of vijftig. Ik zou het fijn vinden als jullie er ook zijn. Claudia wil jullie erg graag ontmoeten. We verwachten, als ik me niet vergis, sowieso nog vier Nederlandse stellen uit de regio. Op die manier leer je toch wat meer mensen kennen.'

'Een feest, lijkt me leuk,' zei ik. En dat meende ik. We waren nog geen avond uit geweest sinds we hier woonden. Onze wereld was erg klein geworden. Nieuwe mensen ontmoeten, livemuziek en dansen leek me geweldig, op zijn minst gezond.

Eric, die naast me aan de eettafel zat, bromde instemmend met een mond vol spaghetti bolognese.

'O, wacht, het gaat niet,' bedacht ik hardop. 'De kinderen. We hebben geen oppas.'

'Da's geen enkel punt. Er komen meer mensen met kinderen. Ik heb een televisiekamer, met computerspelletjes en zo. Die kinderen zullen zich best vermaken. Heerlijke saus, trouwens.'

Ik glimlachte en nam nog wat salade, omdat de spaghetti letterlijk de pan uit vloog en ik misschien te weinig had voor ons allemaal.

De saus had ik zojuist in elkaar geflanst met olijfolie, gesnipperde uitjes, verse knoflook, ontvelde pomodori-tomaten, verse basilicum, zout en suiker. Een persoonlijke revolutie op culinair gebied had zich voltrokken. Een serieuze prestatie voor iemand die kort geleden nog tevergeefs de schappen in de meest uitgebreide supermarkt in de stad had doorzocht naar pakjes spaghettimix, en teleurgesteld thuiskwam omdat ze dacht dat het onmogelijk was om een smakelijke spaghetti te maken zonder de hulp van fluorescerend oranje instantpoeder.

Ik begon er steeds meer lol in te krijgen, in het koken zelf, en vooral in het combineren van niet voor de hand liggende smaken en het ontwijken van kant-en-klare producten. Dat ik dit in me had, er aanleg voor bleek te hebben, was nieuw voor me en ik genoot van elke kleine triomf op die paar vierkante meter in de oude keuken. De gasten die hier volgend jaar zouden komen, konden gerust zijn. Het zou hun aan niets ontbreken.

Bleu zat bij de mannen, tussen Bruno en Peter in, verwachtingsvol te kijken met zijn blauwe en bruine oog. Zijn zachte oren gespitst. Je wist maar nooit natuurlijk, of iemand wat van tafel liet vallen. Of het je zomaar toestopte.

Michel zat recht tegenover me. Hij brak een stuk stokbrood af en haalde het door de overgebleven saus op zijn bord. Zo nu en dan zond hij me een subtiele blik toe als de rest diep in gesprek was en niemand op hem of mij lette. Ik vermoedde dat ik de blikken beantwoordde. Sinds onze escapade in Arcachon was de spanning niet verminderd, eerder heviger geworden, omdat we niet meer de kans gekregen hadden om dingen uit te spreken. 's Ochtends kwam hij uit Bruno's auto, een oude Peugeot vol deuken, of als die het weer eens niet deed, uit een van Peters witte busjes, en toog aan het werk. 's Avonds om acht uur stapte hij weer in, en weg was hij.

Ik probeerde mezelf in te prenten dat dat goed was, dat ik volstrekt onbezonnen bezig was geweest, dat ik die dag aan de Atlantische kust was opgestapt in een sneltrein die regelrecht naar de hel voerde, enkele reis vagevuur, en ik er op de een na laatste halte, net op tijd, uit had kunnen springen. Alles wat ik kon mobiliseren dat maar enigszins op gezond verstand, ratio, grijze cellen leek, zei me geen acht meer op hem te slaan, maar de verraadster die mijn lichaam was, reageerde zo hevig op alleen al het idee dat hij in de buurt was, dat het onmogelijk viel te negeren.

Daar kwam nog wat bij.

Vanochtend waren de jongens begonnen met kussen.

Geen hand meer, want ze waren hier nu elke dag. Een hand was voor vreemden, buren, mensen die je oppervlakkig kende en die je regelmatig tegenkwam. Ik kookte voor de ploeg en Eric werkte zo goed en zo kwaad als het ging met hen mee. Hij hoorde hun verhalen aan, vertelde hun over ons leven, wat we gedaan hadden in Nederland.

We waren *presque famille*, had Peter gezegd. Bijna familie.

En dus werd er nu gekust.

Daardoor had het *bonjour* en *au revoir* een heel andere lading gekregen. Ik was bang dat het voor iedereen zichtbaar was dat Michel en ik elkaar al eens eerder hadden gekust, dat ik hem te enthousiast kuste. Of juist een onnatuurlijk afstandelijke houding aannam, om elke verdenking te voorkomen, terwijl iedereen wist dat je juist daaraan in gezelschap de minnaars kon herkennen. Kortom, dat hele gekus was een regelrechte ramp.

Binnen ging de telefoon.

'Lekker laten gaan,' was Erics reactie. 'We zitten te eten. Als het belangrijk is dan bellen ze straks wel terug.'

Dat kon ik niet, de kinderen waren vandaag op schoolreisje. Er kon wel wat gebeurd zijn.

Ik haastte me naar binnen.

'Met Simone?'

'Hallo Simone, met pa. Kun je misschien Eric voor me roepen? Ik wil hem even spreken.'

Mijn schoonvader was nooit eerder zo kortaf geweest. Hij was een van de sociaalste spraakwaters die ik kende: hij maakte altijd grapjes en kon het met werkelijk iedereen vinden. Toen hij nog werkte als vertegenwoordiger in tl-buizen waren die eigenschappen voor hem een zegen gebleken. Eric had zijn sociale vaardigheden niet van een vreemde.

'Ik haal hem even.' Ik liep terug naar buiten, waar, als ik het goed had, een conversatie gaande was over honden en welke rassen aan de wieg van Bleu gestaan moesten hebben.

'Eric, je vader aan de telefoon.'

Eric stond op en liep naar binnen. Ik nam weer plaats en schraapte wat eten op mijn vork. Ik hoopte dat er niets ergs was. Mijn schoonouders waren beiden in de zeventig, en nog heel actief. Erics moeder zat op een toneelvereniging waar ze vaak rollen kreeg toebedeeld van betweterige types en die speelde ze met verve en veel plezier. Schoonpa deed de kas van de atletiekvereniging en ging wekelijks kaarten in het dorpscafé. Ze kookten veel samen. Hun huis was een thuis waar iedereen, hoe vroeg of laat het ook was, werd onthaald met attenties en koffie.

Die twee mensen hadden een speciale plaats in mijn hart, ze waren een schoolvoorbeeld van een getrouwd stel dat op een prettige, harmonische manier samen oud werd. Zeldzaam.

De jongens waren klaar met eten. De pakjes shag en sigaretten werden tevoorschijn gehaald. Als voorgeprogrammeerd begon ik de tafel af te ruimen en liep naar binnen om koffie te zetten.

Eric stond nog steeds in de keuken. Hij keek ernstig, geschrokken.

Ik zette het blad met glazen en schalen neer. 'Wat is er?'

'Mijn moeder… Ze ligt in het ziekenhuis. Ze heeft een hersenbloeding gehad.'

Ik sloeg mijn handen voor mijn mond. 'Shit.'

'Ze kan moeilijk praten, bijna niet eigenlijk, zei pa. Ze is nog heel verward. Haar linkerzijde is helemaal verlamd. Het ene moment zaten ze samen te kaarten, het andere moment zag pa de linkerkant van haar gezicht zakken en was het mis.'

Ik sloeg mijn armen om Eric heen en voelde tranen opwellen. 'O, Eric, wat erg.'

Hij legde zijn kin op mijn hoofd. 'Ik wil ernaartoe. Morgen.'

Ik beet op mijn onderlip. Op dit moment mocht ik aan niets anders meer denken dan aan mijn schoonmoeder, het arme mens, verdorie, en mijn schoonvader: die moest volledig overstuur zijn nu. Volledig ontredderd zonder zijn levensmaatje. Maar het idee om zonder Eric in de caravan te moeten slapen, met de donkere nacht om ons heen, en het geritsel en gekraak van de bomen, joeg me angst aan. Natuurlijk, we hadden Bleu, maar die was zo speels, zo'n allemansvriend, dat ik me geen illusies maakte over zijn kwaliteiten als waakhond. Ik kón dat nu niet zeggen. Dat was zinloos. Ik kon de kinderen niet van school houden, ze begonnen net een beetje te wennen en het waren al zulke buitenbeentjes. En ik mocht Eric niet nog zwaarder belasten.

We zouden het wel redden. Niet moeilijk doen, nu.

'Het werk moet doorgaan,' hoorde ik Eric zeggen, terwijl hij me losliet en over zijn gezicht wreef. 'Dat moet wel... Ik heb het er zo wel met Peter over.'

'Geen punt, Eric, we kennen de weg hier,' was Peters reactie. 'Nood breekt wet.'

Vervolgens sprak hij in rap Frans de werklui toe, die allemaal, zonder uitzondering, een serieus gezicht trokken en Eric en mij sterkte wensten.

'Wanneer denk je dat je weer terug bent?' vroeg ik aan Eric.

'Ik weet het niet. Het is sowieso twee dagen heen en weer, ik ga uit van een dag of drie, vier. Dus dan ben ik zondagavond weer thuis. Als er verder niets gebeurt... Als het echt mis is, dan...'

'Niet aan denken, Eric,' zei ik. 'Ik red het wel, maak je niet druk over ons.'

Peter luisterde aandachtig. 'We nemen anders wel zelf eten mee. We moeten het niet moeilijker maken dan het al is voor jullie.'

'Dat hoeft niet,' reageerde ik. 'De kinderen zitten morgen en vrijdag de hele dag op school, en in het weekend zijn jullie er niet. Die twee dagen koken tussen de middag is echt geen punt.'

'Je zit dan wel zonder auto hier,' zei Eric. 'Als er iets met de kinderen is, kun je geen kant op.'

'Hoe moet ik ze dan naar school brengen?'

Eric keek me verrast aan. 'Verrek... Je hebt de auto sowieso nodig. Daar sta ik niet eens bij stil.'

Hij veerde op uit zijn stoel en liep naar binnen. Ik schonk nog eens koffie in voor iedereen.

'Dit is een van die vervelende dingen van emigreren,' zei Peter, nadat er een stilte was gevallen. 'Familie. Er is niets aan de hand als iedereen gezond is, maar ze hebben niet het eeuwige leven en dan kom je er dus achter dat duizend kilometer best ver is.'

Ik knikte. Er viel weer een stilte. Bruno duwde een oortje in zijn oor en zette zijn MP3-speler aan. Bleu was nergens te bekennen.

Uiteindelijk begonnen Arnaud en Pierre-Antoine een gesprek met Louis en viel de rest hen bij. Ik luisterde niet. Mijn ogen zochten Michel, die mijn blik beantwoordde, vanonder zijn wimpers. Ik kon niet goed inschatten wat hij dacht. Hij snoof en greep naar zijn shag.

Ik speelde met het lepeltje in mijn mok. Als ik eerlijk was, zou ik nu toegeven dat ik aan het eind van mijn Latijn was. Moe. Meer dan moe. En in plaats van dat het rustiger werd, werd het juist alsmaar chaotischer. Veel had ik niet aan Eric gehad, maar hij was er tenminste, en het idee om drie nachten alleen met de kinderen in de caravan te moeten slapen, de verantwoordelijkheid voor hen alleen te dragen, zonder Eric, maakte me nerveus. Wat als er iets gebeurde, zodat hij langer moest blijven? Dan zat ik hier, en niemand die me kon helpen. Ik had alleen het telefoonnummer van Peter. Van niemand hier aan tafel, hoewel *presque famille*, had ik een adres. Tot zover onze sociale contacten. Het maakte me duidelijk hoe belangrijk het feest voor ons zou zijn, dat Peter ging geven. We konden er nieuwe mensen leren kennen, het kon een uitgangspunt zijn om een sociaal vangnet op te bouwen.

Op school was iedereen wel aardig, maar nog niemand had ons uitgenodigd, en ik kon hun ook al niet vragen bij ons langs te komen, omdat we geen accommodatie hadden om iemand fatsoenlijk te ontvangen.

In Nederland hadden we keus gehad uit wel tien mensen die graag wilden oppassen, die ons ergens naartoe wilden rijden als er iets aan de hand was, wat dan ook. Hier hadden we nog geen avond of dag samen door kunnen brengen, sterker nog, ik had nog geen dag iets voor mezelf kunnen doen. Doordeweeks werd de dag gebroken door het koken en in het weekend waren de kinderen thuis.

'Alles geregeld,' hoorde ik achter me.

Eric kwam weer aan tafel zitten. 'Je brengt me vanavond naar Bordeaux, Mérignac, Gerard pikt me in Amsterdam op. Dan heb jij hier de auto. Gerard en Erica rijden vrijdagochtend hierheen, dan ben je niet alleen.'

Ik keek hem aan. 'Gerard en Erica?'

Erica was een goede vriendin van me. Ik had verschrikkelijk veel lol met haar gehad op de middelbare school en we waren elkaar sindsdien niet uit het oog verloren. Ze was een van de weinige vrouwen die ik kende die bijna op het botte af eerlijk kon zijn. Ze zei exact wat ze dacht, ongeacht wie ze tegenover zich had, en die karaktertrek trok me enorm in haar aan. Het drong nu pas tot me door dat ik haar niet meer had gebeld sinds we hier waren.

Fijne vriendin was ik. Uit het oog, uit het hart.

'Je weet toch dat Gerard en Erica een stacaravan hebben in St. Hilaire, in dat nieuwe vakantiepark?' reageerde Eric. 'Erica bood meteen aan om hiernaartoe te komen. Uit zichzelf. Ze waren eigenlijk van plan pas volgende week naar het zuiden af te zakken, maar aangezien ze momenteel bijna wegregenen in Nederland vond ze het geen straf om eerder te komen. Probleem opgelost. Je kan met hen mee naar de camping, als je wilt, dus dan zit je in het weekend niet alleen. Ze komen vrijdagavond aan.'

15

De hele ochtend was ik in de weer geweest. Ik kon geen rust vinden. Een paar keer had ik Eric gebeld, zowel gisteren als vandaag, die me vertelde dat zijn moeder als een hoopje ellende tussen de ziekenhuislakens lag en amper kon praten. Haar ogen stonden helder, had hij gezegd, maar ze sprak wartaal en gaf de indruk dat ze dat zelf ook wel besefte, want ze was opstandig en boos. Volgens de verpleegster die hij had gesproken was dat goed, ze had veel vechtlust, en nu was het een kwestie van afwachten in hoeverre haar lichaam kon herstellen van de beschadiging die het had opgelopen.

De aardappels stonden op het vuur. Ik waste veldsla en sneed kerstomaatjes doormidden. Het koken, me concentreren op het snijden, hakken en schillen, bracht me een beetje tot rust. Het prettige van uitgebreid koken is dat je je hoofd er steeds bij moet houden. Je kunt niet aan iets anders denken of even wat anders gaan doen. Koken werkte prima voor me. Ik had al wekenlang geen boter meer gebruikt om in te bakken, alleen nog maar olijfolie. Volgens Antoine, die veel wist van de Franse keuken en me enorm stimuleerde en opbouwende kritiek had, kon je een lijn trekken door Europa, ter hoogte van de Bourgogne. Dat was volgens hem de botergrens. Daarboven, dus in Noord-Frankrijk, België en Nederland, bakten mensen met boter. Daaronder met olie.

De twee dagen zonder Eric waren vrij tam geweest. De telefoon was amper gegaan. De jongens deden hun werk en lieten me zoveel mogelijk met rust. Michel leek me te ontzien, hij hield me 's ochtends en 's avonds zijn wang voor en dat was het. Ondanks dat bleef dat gekus confronterend. Wat onderhuids broeide nam niet af, het werd alleen maar afgedekt door een doof gevoel dat ik er nu alleen voor stond, in een vreemd land, en dat mijn schoonmoeder van wie ik zoveel hield in een ziekenhuisbed op duizend kilometer afstand lag te vechten om beter te worden.

De kinderen waren onder de indruk. Oma was ziek, en dat vonden ze een eng idee.

'Gaat ze dóód?' had Bastian gevraagd.

'Nee,' had ik geantwoord, 'ze gaat niet dood, maar ze is erg ziek. Ze kan voorlopig niet meer lopen en niet zo goed praten, maar ze kan beter worden.'

De kinderen hadden woensdagavond op de valreep nog ieder een tekening voor haar gemaakt, die Eric in zijn koffer had gestoken en die nu boven mijn schoonmoeders ziekenhuisbed hingen.

Peter had zich een beetje over me ontfermd. Nu er geen man in huis was, leek hij die rol op zich te willen nemen. Hij vroeg me regelmatig of ik hulp nodig had, gaf me complimenten, betrok me bij de bouw. Ik raakte steeds meer op hem gesteld.

Ik goot de aardappels af en liet ze afkoelen. Deed wat olijfolie-met-citroen in de bakpan en gesnipperde uitjes en knoflook. Verdeelde daarna stukjes kipfilet over de pan en roerde alles om totdat het vlees overal dezelfde lichte kleur had. Kneep in water gewelde rozijnen en abrikozen wat uit en deed ze erbij. Roerde alles nogmaals om, strooide er een beetje zeezout over en deed er sinaasappelsap bij. Het siste. Ik zette het vuur wat lager en begon de stomende aardappels in plakjes te snijden.

Vanavond, misschien al eerder, zouden Gerard en Erica aankomen. Dat was een geruststelling. Ik was doodmoe. Een beetje steun was meer dan welkom. Ik vroeg me wel af hoe het praktisch gezien allemaal in zijn werk moest gaan, want wat ik had onthouden van Erica's enthousiaste verhalen over hun stacaravan in St. Hilaire was dat die maar twee slaapkamers had. Eén met een tweepersoonsbed en één met een eenpersoonsbed. Ik kon natuurlijk altijd Isabelle en Bastian in het eenpersoonsbed laten slapen en zelf op een bank gaan liggen. Of op een luchtbed. Bleef over wat te doen met Bleu. Op veel campings waren honden helemaal niet welkom.

De voorbije nachten had ik moeite gehad om in slaap te komen. Ik had liggen luisteren naar de geluiden buiten, maar Bleus aanwezigheid had me gerustgesteld. Als een vreemd geluid hem niet alarmeerde, dan moest het wel in de omgeving passen. Overdag zwierf Bleu een beetje rond over het terrein. Ik was hem verschillende keren gaan zoeken en maakte me meer dan eens zorgen dat hij de benen had genomen, maar hij dook steeds weer op, kwispelend, tong uit de bek en met pretlichtjes in zijn ogen. Tussen de middag was hij steevast bij de eettafel te vinden, omdat hij altijd wat toegestopt kreeg. In de namiddag wist hij dat ik de kinderen ging halen en stond hij ons al op te wachten aan het einde van de oprit. Bleu was helemaal op zijn plaats bij ons.

'Honden zijn verboden op de camping,' zei Erica. 'Verdorie, wat rot nou...'

We zaten aan de grote tafel buiten, de zon scheen en we dronken koffie.

Gerard aaide Bleu over zijn kop. 'Kun je die hond niet gewoon hier laten?'

'Nee,' zei ik. 'In het huis zitten nog geen deuren en de caravan is veel te klein.'

'Goh,' zei Erica, terwijl ze haar kopje terugzette op tafel. 'Ik sta er eigenlijk van te kijken dat jullie een hond hebben.'

'We hebben hem nog niet zo lang.' Ik dacht onwillekeurig terug aan de veel te grote duster van Jeanette in Libourne. De gedachte alleen al deed me een beetje kleuren, ik voelde het, maar niemand sloeg er acht op.

'En je hebt hier, in jullie eigen caravan, geen extra slaapplaatsen? Zodat wij hier kunnen slapen?'

'We hebben een twijfelaar en een stapelbedje,' reageerde ik. 'Eventueel kan ik bovenin gaan liggen, jullie in ons bed en Isabelle en Bastian bij elkaar in het onderste bed.'

Bastian hoorde het. Hij zat met een autootje te spelen onder de tafel. 'Ik ga echt niet bij Isabelle in bed liggen,' was zijn protest.

Vanuit het huis klonk een oorverdovend kabaal. De radio stond op zijn hardst en kraste.

Erica keek langs me heen naar het huis. 'Gaat dit elke dag zo?'

Ik knikte. 'Van 's ochtends vroeg tot 's avonds een uur of acht.'

'Ook in het weekend?'

'Nee, van maandag tot en met vrijdag.'

'Zijn Eric en jij wel eens een avond weg geweest, eigenlijk? Ik bedoel, zonder de kinderen?'

'Nee. Nooit. Dat gaat ook niet, we hebben geen oppas. Nog niet. Maar dat komt allemaal nog wel.'

'Ik heb een ander idee, Simone.' Erica keek nog eens naar het huis en ze wisselde een blik van verstandhouding met Gerard. Hij knikte instemmend. 'Als we de kinderen nou eens meenemen naar St. Hilaire, dan heb jij ook eens een paar dagen vrijaf. Om een beetje tot jezelf te komen.'

'Nee, joh, ben je gek. Dat hoeft niet. Het gaat prima.'

'Kom, Simone, je hoeft jezelf niet stoerder voor te doen dan je bent. Kijk eens naar jezelf. Je ziet eruit als een lijk, verdorie. We nemen Bastian en Isabelle lekker mee naar de camping, we houden ze daar wel bezig. Dan kunnen ze lekker zwemmen en crêpes bakken en dan heb jij ook een paar dagen rust.'

Bastian kwam onder de tafel vandaan en keek me verwachtingsvol aan. 'Ah, mam, mág het? Bij Erica en Gerard is een zwembad, wist je dat? En we willen zwemmen! Van jou mag dat nooit!'

Bastian zocht steun bij Isabelle. 'Isabelle, wil jij ook zwemmen?'

Ze knikte opgetogen, lichtjes verschenen in haar ogen. Daarna trok er een schaduw over haar gezichtje. 'Maar dat mag toch niet van mama.'

Uiteindelijk stemde ik toe. Wat moest ik anders?

Ik liep naar de caravan om twee tasjes te halen en zocht hun zwemspullen bij elkaar, extra kleding, Kanijn en een paar autootjes. Toen ik terugkwam op de binnenplaats zaten Isabelle en Bastian al achter in de Opel. Gerard was bezig hun gordels vast te gespen.

'Je hebt ons mobiele nummer, toch?' vroeg Erica, terwijl ze de tassen aannam.

'Ja, dat heb ik.'

Ze kuste me ten afscheid en kneep in mijn schouder. 'Als je zin hebt om langs te komen morgen, dan ben je van harte uitgenodigd hoor, maar ik denk dat het beter is als je het even rustig aan doet. Neem die tijd voor jezelf, meid.' Ze keek om zich heen. 'Jezus, als je dit de hele dag om je heen hebt, die herrie en die drukte, tot acht uur 's avonds, dan ben je wel even toe aan een paar dagen volstrekte stilte. Heb je boeken?'

'Ja, genoeg.'

'We komen de kinderen zondag in de loop van de dag weer terugbrengen. Maak je nergens zorgen over, we houden ze wel bezig. En als je ze eerder wilt zien, bel je gewoon even, dan leg ik wel uit hoe je moet rijden.'

'Is goed,' hoorde ik mezelf zeggen.

Terwijl de Opel luid toeterend naar het pad reed en ik hen uitzwaaide, zag ik Michel. Hij zat een shagje te draaien tegen de muur van de schuur en keek me recht aan.

'Rijk voor je alleen?' vroeg hij. 'Gaan ze logeren?'

Ik knikte en bleef staan. Zijn ogen gleden over me heen. Ik vergat te ademen. De manier waarop hij naar me keek – ik kon zijn blik fysiek voelen, die boorde zich dwars door me heen.

Ja, ik was alleen vanavond. De eerste avond sinds we in Frankrijk waren komen wonen.

En Michel wist het.

Ik slikte. Bleef nog even staan, wist niet wat te zeggen.

Michel hield zijn hoofd scheef om zijn shagje aan te steken. Nam toen een trek en legde zijn hoofd tegen de stenen muur, terwijl hij zijn ogen geen moment van me af had gehouden. 'Zal ik langskomen?' vroeg hij, uiteindelijk.

Mijn hart maakte een vrije val en klopte nu in mijn onderbuik. Wilde ik dat hij lángskwam vanavond? Hij vroeg het me. Het was een keus. Nu ineens was het een keus. Niet iets wat je overkwam, in de *flow* van de gebeurtenissen, het was nu ja, of nee.

Alarmbellen snerpten door mijn hoofd. Ik dacht aan Isabelle, aan Bastian. Aan mijn schoonouders, aan alle verworven zekerheden en de sociale ankerpunten die we hadden verzameld in de afgelopen jaren, de dertien jaar dat Eric en ik getrouwd waren, en die me zo dierbaar waren. Ik hield echt van Eric, ondanks zijn nukken, zijn afstandelijke perioden, ondanks ons toch al zieltogende seksleven dat sinds de geboorte van Bastian eigenlijk nooit meer op het oude peil terug was gekomen. Maar in de basis was seks niet het belangrijkste in een relatie. Dat léék alleen maar zo, omdat het je werd aangepraat. Verliefde gevoelens zwakten nu eenmaal af, en wat overbleef was – als je geluk had – een vaste basis, een hechte band, zoals bij de ouders van Eric.

Ik keek naar Michel. Misschien was dit juist wel een goed moment, was vanavond juist hét moment, om orde op zaken te stellen. Om met beide benen op de grond terecht te komen. Michel, en alles waar hij voor stond, ging mijn dagen beheersen, mijn leven. En dat was niet goed. Het leidde nergens toe, alleen tot ellende.

Vanavond was ik alleen. Ik hoefde niet op mijn hoede te zijn. We zouden rustig kunnen praten, ik zou zijn hand kunnen vasthouden, het kunnen overbrengen zoals ik het wilde.

Ter plaatse, terwijl Michel me onbewogen bleef aankijken, wachtend op mijn antwoord, nam ik de beslissing. Ja, Michel mocht langskomen vanavond. Maar niet voor hetgeen hij nu dacht. Ik zou hem vertellen hoeveel ik voor mijn gezin voelde, en dat ik dat niet in gevaar wilde brengen door iets onbezonnens te doen, iets wat van voorbijgaande aard was en wat geen toekomst had. De gebeurtenissen van de afgelopen dagen hadden mijn realiteitszin behoorlijk gesterkt.

'Ja,' zei ik. 'Kom maar langs.'

■

Door het dikke draadglasraampje, hoog tegen het plafond en niet veel groter dan een schoenendoos, sijpelt oranje licht van de ondergaande zon mijn cel in. Ik ben dankbaar voor het kleine raam. Het is mijn enige houvast terwijl de tijd verstrijkt en ik indommel en weer wakker word, en de gedachten door me heen razen.

Ongelooflijk hoe ik iedereen heb kunnen voorliegen, hoe natuurlijk en vlot me dat afging. Mijn leven lang heb ik dat zo intens gehaat, dat gekonkel, gedraai en gelieg. Vrouwen die hun mannen bedriegen met hun beste vriend, mannen die zeggen dat ze moeten overwerken en in werkelijkheid met hun secretaresse aan de rol zijn – dit soort clichés zijn niet voor niets clichés; ze komen veel te veel voor, de wereld lijkt ervan aan elkaar te hangen. In onze oude woonplaats bleven ze nooit lang geheim, de amoureuze uitspattingen. Ik hoorde de verhalen aan, ergerde me aan het gebrek aan diepgang en het gemak waarmee mensen die alles met elkaar zouden moeten delen, elkaar keer op keer besodemieterden. Mensen die getrouwd waren, van elkaar hoorden te houden, samen kinderen grootbrachten, samen oud zouden worden.

Zulke dingen overkomen je niet, je zoekt ze actief op, bewúst, omdat je iets mist in je huwelijk, iets essentieels, zoals waardering, bevestiging, bijvoorbeeld omdat je het beu bent steeds te horen dat je moet gaan lijnen, je haar te kort is, of te lang, of dat je rimpels krijgt en tekortschiet in bed. Of misschien wel alles tegelijk, verpakt in 'grapjes' van manlief, die hij vooral uit op verjaardagen en familiefeesten, en plein public, als hij te veel heeft gedronken. Of misschien is het wel juist andersom, omdat je man niet meer de oogverblindende, viriele halfgod is die je ooit in hem hebt gezien, en hij nadat de betovering verbroken werd door de routine van alledag, ook maar een gewoon mens bleek te zijn, die net als jij wat aankomt, op de bank zit te zappen, humeurig kan zijn en onredelijk, zo menselijk en zo *down to earth* dat je de rest van je leven alleen nog maar terugverlangt naar dat gevoel, dat intense, allesoverheersende, gelukzalige, opruiende, aan dronkenschap grenzende gevoel van verliefdheid.

Zoiets. Zo heb ik er altijd over gedacht.

Tot Michel.

■

16

'Lukt het daar allemaal een beetje?'

'Alles onder controle. Bastian en Isabelle logeren bij Erica en Gerard in St. Hilaire.'

'Jij niet?'

'Niet zonder Bleu, honden zijn verboden op de camping. Maar ik zit er eerlijk gezegd niet zo mee, Eric. Het is wel eens fijn om even rust te hebben. Hoe is het met je moeder?'

'Ze gaat vooruit. Heel langzaam, maar ze hebben alle hoop dat ze er redelijk ongeschonden af komt. En ik ook, trouwens. Ze ligt te vloeken als een bootwerker. Dat schijnt een goed teken te zijn.' Hij kuchte. 'Nederland is een heksenketel, Simone, drúk... Ik had gisteren alweer een parkeerbon te pakken, omdat de meter niet werkte. En het regent dat het giet, vreselijk. Ik zal blij zijn als ik weer thuis ben. Hoe is het weer daar?'

'*As usual.* De zon schijnt in elk geval.'

'Fijn. Nu het goed gaat met ma kom ik waarschijnlijk morgen al terug, een dag eerder. Ik bel je zodra ik weet hoe laat ik aankom, oké?'

'Is goed.'

'Ik hou van je.'

'Ik ook van jou.' Ik legde de hoorn neer en keek op mijn horloge. Negen uur. De ploeg was om acht uur vertrokken. Ik schatte dat Michel een halfuur nodig had om naar zijn huis te gaan. Hij zou gaan douchen, zich omkleden en weer hier naartoe rijden. Voor tien uur hoefde ik hem niet te verwachten.

Ik liep naar de badkamer, op de eerste etage. Het was een smerige ruimte geweest, met aangekoekte kalk en viezigheid, die ik op mijn knieën had schoongeboend. Nu lag er een dikke laag steengruis en stof op de tegels en het sanitair, zoals in de rest van het huis. Het stof hing in de lucht, het glinsterde in het luchtledige als de zon naar binnen scheen. Ik draaide de kraan van de douche open en hoorde ergens verderop in het huis gerammel en gepiep. De boiler, maar hij deed het tenminste. Warm water stroomde over mijn hand. Ik keek in de richting van de gang. Er moest een deur komen. Als ik douchte, meestal 's ochtends heel vroeg of 's avonds na het eten, wist ik dat Eric en de kinderen in de buurt waren. Nu was ik alleen, in een onaf huis zonder deuren, in de wetenschap dat de dichtstbijzijnde buren een kilometer verderop woonden. Ik was nooit zo'n held geweest en ik zou het waarschijnlijk ook nooit worden. Ik stapte uit mijn kleren en legde ze op de wastafel. Ging onder de douche staan en liet het water over me heen spoelen. Ik waste mijn haar, gebruikte douchegel om mijn lichaam in te zepen. Terwijl mijn handen over mijn heupen gleden, bekeek ik mijn huid. Die was slap geworden na de geboorte van Bastian en Isabelle. Dat kwam nooit meer goed, geen smeerseltje dat dat nog recht kon trekken. Mijn buik hield meer vet vast, ik kon erin knijpen.

Ik deed de douchedeur open en rommelde met gestrekte arm in mijn toilettas om een scheermesje te zoeken. Schoor mijn benen, mijn oksels en mijn bikinilijn, scrubde mijn gezicht en hals en zag hoe alles wegspoelde in het putje. Stapte toen onder de douche vandaan en greep naar een handdoek, die ik om mijn hoofd wikkelde. Ik begon me af te drogen en bekeek mezelf in de spiegel die boven de wastafel hing. Die was oud en zwartgespikkeld, maar toonde met een sadistische nauwkeurigheid mijn spiegelbeeld.

'Kijk eens om je heen,' zei Eric steeds tegen me, als ik me onzeker voelde en dat ook uitte in de besloten intimiteit van de slaapkamer, 'naar vrouwen van jouw leeftijd. Je hebt een prachtig lichaam.'

Maar dat was Eric, een uitzonderlijke karakterologische fusie van charme, intellect en verstrooidheid – die door vreemden nogal eens werd aangezien voor naïviteit. De helft van mijn leven had ik Eric van dichtbij kunnen bestuderen. Ik was erbij, ruim voor zijn leven geleid werd door monstercontracten met inkopers van ziekenhuizen, proefstations en klinieken, en gesprekken met het ministerie van Volksgezondheid over afvalstromen in de zorgsector. Ik had toegekeken hoe gelukkig hij was met een oude Eend met een versleten koppeling, het eerste overdekte en gemotoriseerde vervoer dat we tot onze beschikking kregen en waarmee we duizenden kilometers hadden afgelegd. Hoe hij daarna als een blok voor een rode Fiat viel die bij nader inzien per dag meer liters olie tot zich nam dan de gemiddelde Siciliaan in een week en het uiteindelijk tussen Parijs en Lille definitief begaf tijdens een lange file in de heetste zomer sinds decennia. En ik stond hem voor ons huis op te wachten toen hij – vele jaren, sollicitaties en ervaring later – met een grijns die in mijn beleving de hele stad kon verlichten, zijn eerste auto van de zaak naar huis reed: bedrijfszeker en glimmend, met de opdringerige geur van nieuw kunststof.

Dat was toen.

Erics houding en zienswijze hielden gelijke tred met de auto's waarin hij reed. Net als bij zijn vierwielig vervoer bleef het basisprincipe gelijk, wijzigde alleen de uitingsvorm. Heel geleidelijk, over de jaren.

Met dit verschil dat onze bezittingen steeds nieuwer werden, duurder, glanzender, en onze lichamen in precies hetzelfde tempo, precies de tegenovergestelde weg bewandelden. Alsof het bezit van mooie spullen de aftakeling moest compenseren, als pleister op de wonde die vergankelijkheid heet.

Was het daarom dat ik me zo aangetrokken voelde tot Michel? Was hij ook iets nieuws en glimmends, een compensatie?

Ik moest nu werkelijk ophouden met mezelf de grond in te boren, mezelf gek te maken. Ik keek nog eens in de spiegel, draaide een slag, en weer terug, en gleed met mijn handen over mijn ribben, taille en heupen, forceerde me mijn lichaam te zien zoals een man het zou zien. Ik duwde mijn borsten vooruit. Natuurlijk, dit lichaam was geen achttien meer, het had twee kinderen voortgebracht. Maar mijn huid gloeide, mijn borsten konden er prima mee door. Er waren rondingen, alles aan me voelde zacht en vol.

Praten, Simone, je zou met hem praten.

Uiteindelijk verscheen er in de spiegel een glimlach die me verwarmde. Ik stapte in een string, deed een kanten beha aan en trippelde nog eens een rondje voor de spiegel. Ik trok een lange strokenrok aan van dunne katoen, een strakke top, en sloeg er losjes een bloes eroverheen. Liep vervolgens de trap af naar de keuken. Ik haalde een pak tortellini (slechts 1 minuut koken, bereid met verse spinazie en mozzarella) uit de koelkast, keek er even naar en legde het weer terug. Op de een of andere manier stond eten me tegen. Ik dronk een glas sinaasappelsap leeg, pakte een appel uit de groentela en liep naar buiten.

Bleu kwam kwispelend op me af en drukte zijn harige lijf tegen me aan. Ik kriebelde hem achter zijn oren en bleef even staan op de binnenplaats. Het was inmiddels donker, kwart voor tien. Wat moest ik doen? Hier blijven, zodat ik Michel meteen zou kunnen 'opvangen'? Het trok me niet bepaald om hier in het donker op het trapje te gaan zitten wachten en te luisteren naar de nachtgeluiden.

Zou hij wel komen?

De enige emotie die ik nu nog voelde was onzekerheid. Een knagende twijfel.

In de verte riep een uil. Bladeren van de bomen ritselden. Bleu spitste zijn oren, draaide zijn kop met een ruk naar links en piepte zacht. Hij concentreerde zich op iets in de verte en verloor toen zijn interesse.

Nu wist ik het zeker. Ik ging hier niet zitten wachten, niet buiten. Met Bleu hijgend naast me liep ik naar de caravan.

Wat had ik me eigenlijk op de hals gehaald? Vanmiddag, terwijl ik Gerard, Erica en de kinderen uitzwaaide en de zon scheen, leek alles zo duidelijk, zo helder als wat. Dat was het nu niet meer. Verre van dat.

Michel was een van de mooiste mannen die ik ooit gezien had, inclusief acteurs en zangers die de mooiste-mannen-topvijfentwintig-lijsten bevolkten. Er was helemaal niets op hem aan te merken, alles aan hem was in balans. Ja, zijn tanden stonden niet helemaal recht. Maar ze waren wit, goed verzorgd. Eigenlijk vielen al zijn gezichtstrekken in het niet bij zijn oogopslag, die zo ongelooflijk verpletterend was dat die mij de adem benam. Vanaf het allereerste moment dat onze blikken in elkaar waren blijven haken, was logisch nadenken onmogelijk geworden.

Dus wat was ik mezelf nu wijs aan het maken?

Een zacht schijnsel uit de ramen markeerde de caravan, die blauwig glansde in het maanlicht. Ik ging naar binnen, op de voet gevolgd door Bleu.

Ik ruimde schoenen van Isabelle en Bastian op, pakte wat tekeningen bij elkaar en legde ze op een stapel met facturen en tijdschriften, zette de houder van het scheerapparaat van Eric recht. Zocht speelgoed van Isabelle en Bastian bij elkaar, legde het onder hun dekens, uit het zicht. Ik hield mezelf tien minuten bezig met het heen en weer draven met spullen, om maar niet te hoeven nadenken. Bleu liep steeds in de weg. Het was op die paar vierkante meter vrij oppervlak onmogelijk voor hem om niet in de weg te lopen.

Ik opende de deur. '*Où sont les souris*? – Ga maar buiten spelen, jochie, muisjes vangen.'

Bleu liep kwispelend naar buiten, draaide zich om, keek me vrolijk aan en verdween toen met zijn neus aan de grond in de nacht.

Ik deed het grote licht uit, zodat alleen nog een 15 watt-lampje boven de spoelbak brandde. De handdoektulband zat nog steeds om mijn hoofd. Ik haalde hem los, boog voorover en woelde met mijn hand door mijn haar. Het was nog vochtig.

Hij komt niet. Misschien is dat ook maar het beste.

Ik haalde diep adem. Mijn oog viel op de rode overtrek met Chinese tekens. Het bed was onmogelijk te negeren. Het was beslist te dominant aanwezig in deze beperkte ruimte.

Ik vouwde het dekbed op en opende een kastje, om tot de conclusie te komen dat het werkelijk stampvol met kleding zat. Net als alle andere kastjes. Ik opende het ene na het andere, alles zat propvol. Ineens voelde ik me opstandig worden. Wiens idee was dit geweest, dit gedwongen verblijf in die claustrofobische kaboutercaravan die me vanuit alle hoeken aangrijnsde? Dit hele Frankrijkavontuur? En al de jaren die hieraan voorafgingen, wat was mijn rol anders geweest dan schikken, volgen, aanpassen? Shit. Wilde ik dit volhouden, dit totale, volstrekte negeren van wat ik zo hevig voelde, zo enorm graag wilde, met heel mijn ziel, alleen maar omdat het niet in het pláátje paste? Uit angst?

Ik bleef trillend staan, met de dekens in mijn armen, tot ik het gegronk van een motor hoorde, dat met horten en stoten steeds dichterbij kwam. Een lichtbundel scheen door de raampjes naar binnen, flitste over me heen en doofde toen uit.

Mijn maag trok samen. Ik wilde helemaal niet praten. Nu niet meer. Mijn hele lichaam huiverde. Barst.

Ik liet de dekens vallen en deed de deur open. Met Michel kwam een geur mee naar binnen die me verdoofde, een mengeling van Michel en frisgewassen katoen en buitenlucht. Geen *bonsoir*, geen plichtplegingen, geen nerveuze woorden en zenuwachtig aftasten. We klommen zo'n beetje in elkaar, zoenden, gretig. Mijn handen zochten als vanzelf zijn rug, onder zijn T-shirt. Bewegende spieren onder een soepele huid. Zijn mond liet de mijne niet los terwijl hij zijn jas van zich afwierp, ongeduldig zijn gympen van zijn voeten werkte, me vervolgens vastgreep, me half optillend, half duwend in de richting van het bed werkte, totdat we struikelend over elkaar op het matras neervielen en hij boven op me terechtkwam, zijn heupen tussen mijn benen nestelde, in dezelfde beweging mijn rok omhoogtrok, driftig mijn string naar beneden haalde, zijn hand tussen mijn benen legde, kneedde, over me heen kwam, zijn gezicht in de holte van mijn hals begroef, kreunde, over heel zijn lichaam trilde.

Met haastige bewegingen trok ik zijn T-shirt uit. Ik wilde hem zien, voelen; zijn borst, de ribbenkast die versmalde naar zijn middel. Mijn vingertoppen tastten naar zijn buik, waarvan de spieren zich huiverend samentrokken onder mijn aanraking. Ik prutste aan de sluiting van zijn jeans, kreeg het ding open, hij trok het verder naar beneden. Ongeduldig trok hij mijn top en beha omhoog. Huid tegen huid. Michel zocht mijn blik, we kusten, traag, zijn neus gleed langs de mijne, liefdevol, zacht. Ik trilde onbedaarlijk, ik had mijn spieren niet meer onder controle, ik had helemaal niets meer onder controle, drukte mijn bekken omhoog, fluisterde, moedigde hem aan. Het volgende moment kwam hij in me, overweldigend, volledig. Ik sloot mijn ogen en vergat waar ik was, wie ik was, gaf me over aan het ritme, het deed me duizelen en naar adem happen. Zijn lippen op de mijne, zijn gladde tong, zijn adem, mijn adem. Hij fluisterde dingen in mijn oor die ik niet verstond, vertraagde zijn tempo, versnelde dan weer, totdat de hele ruimte om me heen draaide, als in een kermisattractie, geen boven, geen onder, alleen nog voelen, zijn, een ballon in mijn buik die groter werd, aanzwol, mijn keel toekneep, tot ik onbedaarlijk begon te kreunen, harder, begon te grommen. Hij plantte zijn handen aan weerszijden van mijn schouders, richtte zich half op, keek me donker aan, geconcentreerd, bleef me aankijken, indringend, opende zijn mond, slikte, bewoog ritmisch met dat prachtige symmetrische lichaam, vochtig van inspanning, in een gestage cadans, tot ik tot mijn ontsteltenis wild en ongecontroleerd in het matras begon te klauwen en er een ontploffing volgde in mijn onderbuik die door mijn hele lijf trok. Met een ruk hief hij zijn hoofd op, kreeg een wazige blik in zijn ogen, kneep ze toen dicht, spieren en pezen tekenden zich af in zijn hals. Hij stootte een kreun uit die bleef aanhouden. Liet zijn hoofd met een grom naast me in het kussen zakken.

Even bleven we liggen, hijgend, ik sloeg mijn armen om hem heen, trok hem tegen me aan. Klampte me aan hem vast. Zijn huid was glad van de transpiratie en zijn hart bonsde tegen mijn borst.

'Fantastisch,' fluisterde hij.

Mijn tranen vonden hun weg naar het kussen onder me en ik begreep niet waarom. Ik begon te schokken, te klappertanden, zonder ophouden, en ik kon mijn tranen niet bedwingen, ze bleven komen, stroomden over mijn wangen. Alles om me heen werd wazig.

Michel zag het, richtte zich geschrokken op een elleboog op en keek me licht verbaasd aan. Streek mijn haar uit mijn gezicht.

'Heb je pijn? Heb ik je pijn gedaan?'

'Nee,' zei een stem die niet de mijne leek. 'Geen pijn... Geen pijn.'

Voor de celdeur ligt een pizzadoos. Rode en groene strepen op het witte karton. De agent heeft die een uur of wat geleden voor me gehaald, in de stad. Zijn dienst zat erop, vertelde hij erbij, zijn collega nam het over.

Ik staar naar de verpakking en de halve pizza die er nog in ligt. Meer heb ik niet kunnen eten.

Hoe laat zal het zijn? Half tien? Zouden ze me nu nog gaan verhoren?

Of morgen pas? Overmorgen? Vannácht?

Ik vecht tegen een dreigende paniekaanval. Om structuur aan te brengen, proberen mezelf te concentreren op iets anders, ga ik tellen. De lengte van de cel, drie meter. De breedte, twee meter, misschien minder. De hoogte. Zeker twee en een halve meter. De lengte van het metalen bed, vastgeklonken aan de grond en met een dun matras van dikke stof erop die me doet denken aan de gymmatten op de lagere school. Franse lengte. Minder dan twee meter.

Nu pas begin ik te begrijpen hoe dieren in ouderwetse dierentuinen zich moeten voelen. De tijger die steeds dezelfde rondjes loopt, losgerukt uit zijn omgeving en gereduceerd tot een object in een kijkdoos, veilig opgeborgen. Ik kijk met een half oog naar de pizzadoos. Ook hier werpen ze voer naar binnen. Ik heb te eten, te drinken, een bed. Maar tegelijkertijd heb ik helemaal niets.

Hoe lang willen ze me hier in onzekerheid laten zitten? Is dit de opzet? Me bang maken, me isoleren, me hier overlaten aan mijn eigen gedachten, uur na uur, zodat ik dankbaar ben als iemand met me wil praten, en ik alles eruit gooi wat ik weet en wat ik heb gedaan?

17

Ik opende mijn ogen. Zacht licht van buiten viel door de rookbruine raampjes van de caravan. Mijn arm lag over Michel heen, die diagonaal in het bed lag en bijna de hele breedte van het matras in beslag nam, en diep en rustig ademhaalde. Ik bleef naar hem kijken, van heel dichtbij, in het gefilterde ochtendlicht. Zijn gesloten ogen, zijn wimpers, zijn neus, die een beetje te groot was, zag ik nu. Er lag een licht waas van een baard over zijn kin en wangen. Mijn hand gleed als vanzelf over zijn borst, naar de haartjes bij zijn navel, die een spoor vormden naar zijn geslacht, dat er ontspannen bij lag. Mijn lippen drukten op zijn huid. Ik nestelde me tegen hem aan, zuchtte. Hij murmelde iets in zijn slaap, sloeg zijn been over me heen. Ik kon me niet herinneren me ooit zo ontspannen te hebben gevoeld.

Mijn hand zocht zijn hals, mijn mond als vanzelf de zijne. Ik werd opnieuw opgewonden. Hij trok een mondhoek op in een slaapdronken glimlach, woelde afwezig door mijn haar en sliep verder.

Gekrab aan de deur. Gepiep, zacht gejank. Bleu.

Voorzichtig wurmde ik me onder Michel vandaan en stond op om de deur open te doen. De arme hond was de hele nacht buiten geweest. Terwijl Bleu heftig kwispelend rondjes om mijn benen draaide en zijn vochtige neus tegen mijn hand stootte, keek ik naar Michel, om dat beeld dat hij vormde, dat plaatje, een poster waardig, voor altijd in mijn hoofd te prenten. Ik trok snel een T-shirt en rok aan en liep op blote voeten naar het huis. Het was fris buiten, kouder dan gisteren. Het gras en onkruid kriebelden onder mijn voeten. De zon hield zich verscholen achter een dikke laag wolken.

Een perfecte dag om in bed te blijven liggen.

De telefoon ging. Ik haastte me naar binnen, met Bleu op mijn hielen.

'Met Simone?'

'Jézus, Simone, waar was je? Ik probeer je de hele ochtend al te bellen.'

Het was Eric, hij klonk ongerust en geïrriteerd, en het griezelige was dat het leek of ik zijn stem voor het eerst hoorde. Alsof ik een vreemde aan de telefoon had.

Ik schrok ervan.

'Hoe... hoe laat is het eigenlijk?' vroeg ik.

'Kwart voor twaalf.'

Kwart voor twaalf. Een gat in de dag geslapen. Hoe lang waren we eigenlijk doorgegaan vannacht?

'Ik heb uitgeslapen,' zei ik snel, en dat was niet gelogen. 'Je hoort die telefoon niet in de caravan.' Ook dat was waar.

'Nee, dat snap ik ook wel. Ik heb om en om naar het vaste nummer en je mobiel gebeld, maar die had je uit staan.'

Ik trok zenuwachtig aan het snoer van de telefoon. 'Sorry. Ik ben hem vergeten op te laden, de batterij zal wel leeg zijn.'

'Waar zit je hoofd, Simone... Nou ja, laat maar. Ik sta in elk geval op Schiphol, het vliegtuig vertrekt over een halfuur. Wil je alsjeblieft in de auto springen en naar Mérignac rijden?'

'En... en hoe laat kom je aan?'

'Rond een uur of half twee, dus je kunt het beste maar zo meteen gaan rijden. Ik heb echt een hekel aan wachten op dat vliegveldje.'

'Ik zal er zijn.'

'Oké, tot zo.'

Eric verbrak de verbinding.

Bleu keek me verwachtingsvol aan, zijn kop scheef. Ik trok een kastje open, haalde er een zak hondenvoer uit en gooide zijn bak vol. Mijn bewegingen waren niet echt gecoördineerd en de helft van de brokken viel ernaast.

Ik haastte me naar de caravan.

Michel moet weg, ik moet het bed verschonen, de overtrekken in de wasmachine doen, en douchen. In die volgorde. Dat alles binnen een kwartier. Nee, sneller.

Dat ging me niet lukken, nooit, ik zou te laat komen, dat wist ik nu al.

Ik trok de deur van de caravan open. Michel zat rechtop in bed door zijn haar te wrijven. Hij keek me loom vanonder zijn wimpers aan. Zijn blik verpletterde me volledig. Hij trok een mondhoek op, een scheve grijns.

Ik viel volledig stil.

'Kom hier,' zei hij. 'Ik was nog niet klaar met je.'

Langzaam begon de paniek weer terrein te winnen. 'Gaat niet. Eric belde, ik moet hem gaan halen. Van het vliegveld. Nu.'

Hij rekte zich uit. De dekens zakten naar beneden en gaven zijn borstkas prijs. Breed en atletisch, een en al bewegende spieren. 'Geen ontbijt?'

'Nee. Je moet weg, je moet echt weg.'

Hij sloeg de dekens van zich af. Ik probeerde uit alle macht niet naar hem te kijken, hij zag er te goed uit. Te uitnodigend. Mijn hart huppelde ongecontroleerd achter mijn ribben, mijn onderbuik werd warm en vloeibaar. In een poging mijn blik van hem los te trekken haalde ik nerveus zijn kleding van de vloer en duwde hem de bundel toe. Als ik hem aankeek, was ik verloren. 'Je moet echt gaan.'

Hij legde zijn kleren naast zich en stond op. Twee armen om me heen, handen streelden over mijn rug, over mijn billen.

'Je...' herhaalde ik.

Zijn mond op de mijne. Hij drukte zijn onderlijf tegen me aan, zijn erectie sprong op tegen mijn buik.

'...moet...'

Een intense blik, onmogelijk te negeren. Het laatste woord stierf weg in een kreun.

'File,' fluisterde hij, terwijl hij met zijn neus langs de mijne streek en me achterwaarts in de richting van het bed duwde. 'Zeg dat je in een file terechtkwam. Het is een heksenketel, die A630...'

Bastian en Isabelle waren niet van plan mee terug te gaan. We zaten aan de rand van het overdekte zwembad van de camping wijn te drinken en ik had hen nu voor de derde keer geroepen. Elke keer dook Bastian weg en zwom onder water naar de andere kant van het zwembad. Isabelle bleef in het midden, buiten mijn bereik, en keek me triomfantelijk aan. Ze werd drijvende gehouden door twee zwembandjes van Mickey Mouse en een grote Barbie-zwemband. Je kon haar gezichtje amper ontdekken tussen al dat kleurige plastic.

'Laat ze anders gewoon hier,' opperde Erica.

'Ze moeten maandag weer naar school.'

'Kom ze dan morgenavond halen. Ze zijn ons niet tot last, ik vind het wel gezellig, die twee.'

'Ja, laat ons ook eens oudertje spelen,' zei Gerard. Hij had zijn benen op een wit stapelstoeltje liggen. Een plastic bekertje rode wijn balanceerde gevaarlijk tussen twee vingers en zijn duim op zijn behaarde buik. 'Ik heb me rot gelachen met die twee. Ze kwamen vanochtend om zeven uur al bij ons op bed springen.'

'Isabelle praat al best goed Frans,' merkte Erica op. Haar donkere, krullende haar was opgedroogd in een staartje op haar achterhoofd. 'Ze bestelde gisteravond zonder blikken of blozen een *jus de fraise* bij de bar.'

'Knap hoor,' viel Gerard haar bij. 'Je verplant ze toch maar naar een ander land met een heel andere taal. Kinderen zijn behoorlijk flexibel, dat blijkt wel.'

'Ja, dat gaat snel,' zei Eric. 'Nog een half jaartje, en dan leren zij ons Frans.'

Ik zei niet veel. Mijn gedachten waren mijlenver weg.

Ik speelde met het bekertje wijn in mijn hand en keek voor de vorm naar Bastian en Isabelle, die nu aan het kletsen waren met twee andere kinderen. Niemand die iets aan me merkte. Ook Eric niet. Ik was te laat aangekomen op Mérignac, ruim een halfuur, maar de vlucht had vertraging opgelopen, zodat ik geen smoes had hoeven ophangen. Nadat Michel was weggegaan, had ik de overtrekken in de wasmachine gedaan, het bed verschoond, me snel gedoucht en alle sporen van ons samenzijn met liters water in het doucheputje weg laten stromen. Wat ik niet weg kon wassen was het schrale gevoel tussen mijn benen, het brandde een beetje.

'Je ziet er al een stuk beter uit dan gisteren,' zei Erica tegen me.

Ze raakte mijn arm even aan. Ik keek verward op. 'Waarom nemen jullie niet fijn vrijaf, met z'n tweeën, maak gewoon misbruik van ons. We zijn er nu toch en we bieden het zelf aan.'

Eric keek me aan, trok zijn wenkbrauwen op. Zijn ogen twinkelden. 'Klinkt aantrekkelijk... De hele caravan voor onszelf, wat een weelde.'

Ik forceerde een glimlach.

Het was twee uur in de nacht. Het schermpje van de wekkerradio lichtte groen op in het donker. Ik had het twaalf uur zien worden, één minuut over twaalf, twee minuten over twaalf. Ik had elke minuut voorbij zien gaan, klaarwakker.

Ik kon niet slapen. Niet in dit bed. Nooit meer.

Erics arm lag over me heen en leunde zwaar op mijn ribben. Zijn adem streek langs mijn wang. Ik probeerde me een beetje van hem te verwijderen, wrong me onder zijn arm vandaan. Dat lukte amper. Het bed was te klein.

Wat had ik gedáán? Wat had ik over me afgeroepen?

Dit was hopeloos. Volstrekt hopeloos.

Afgelopen nacht met Michel was de meest complete, fantastische, intense ervaring geweest die ik ooit met een man had gehad. Dit had ik nooit eerder meegemaakt, niet zo. Niet met Eric, niet met iemand voor Eric. Nooit. Ik wist niet eens dat het mogelijk was, dat seks zo overdonderend kon zijn. Terwijl ik in het donker naast Eric lag, was alleen al de gedachte aan Michel, aan de manier waarop hij naar me keek, aan zijn geur en zijn stem, aan het gevoel van zijn ruwe hand tussen mijn benen, voldoende om mijn hartslag op te jagen en mijn ademhaling te versnellen. Ik kneep mijn ogen dicht en voelde iets in mijn onderbuik samentrekken.

Ik scheurde bijna uit elkaar van verlangen.

Even drong een wilde gedachte zich aan me op. Vertrekken. Een nieuw leven beginnen, alles achter me laten. Achter op de motor, mijn armen om Michels middel, mijn lichaam dicht tegen het zijne aan gedrukt, terwijl de banden over het asfalt raasden. Op weg naar zee, naar de bergen, waar dan ook, ergens waar we elke dag naast elkaar wakker konden worden.

Bastian kuchte. Een droge, diepe kuch die even aanhield. Gealarmeerd hief ik mijn hoofd op van het kussen. Tot ongeveer twee jaar geleden had Bastian regelmatig astma-aanvallen gehad. Ze waren vanzelf overgegaan, en ik was het bijna vergeten, de nachten waarin ik amper had kunnen slapen, ongerust in bed naar Bastians gekuch luisterde, hopend dat hij erdoorheen zou slapen, dat het over zou gaan. De caravan was bedompt en oud, een verre van gezonde atmosfeer voor kinderen met aanleg voor astma.

Het kuchen hield op. Ik legde mijn hoofd weer in het kussen en staarde naar het donkere plafond.

Wat lag ik hier nu te malen?

Had ik zojuist werkelijk overwogen dat ik ervandoor kon gaan met een twintigjarige jongen, op zijn gammele, roestige motor, de horizon tegemoet tot dat ding het begaf of de benzine en ons geld op waren en we beiden berooid maar gelukzalig in de berm verder liftten, naar... waarhéén in godshemelsnaam?

Ik kende Michel amper, maar iedereen kon zien dat hij een jonge hond was, aan het begin van zijn leven. Alles lag nog voor hem open. Hij was waarschijnlijk te jong om dit serieus te nemen. Ik had een gezin, een gesetteld leven, met verworvenheden op materieel en sociaal vlak. Bagage. Hij had niets te verliezen, ik daarentegen zo'n beetje alles wat ik met veel pijn en moeite had opgebouwd. Waar was ik in 's hemelsnaam mee bezig? Eric, Isabelle, Bastian... Ik hield van hen. Denkend aan het lieve smoeltje van Isabelle, met haar altijd scheefhangende staartjes, en de stoere woorden van Bastian die zo in contrast waren met zijn gevoelige, aanhankelijke karakter, vocht ik tegen nieuwe tranen. Ik kon hen niet in de steek laten. Het ging niet. Ze hadden me nodig.

Ik moest Michel uit mijn hoofd zetten, resoluut, zodat de herinneringen die ik aan hem had, snel konden vervagen om plaats te maken voor realiteitszin.

In dat laatste was ik toch al geen ster.

18

De kaasschaaf gleed door de plak parmezaanse kaas, Parmigiano Reggiano. Geenszins vergelijkbaar met het zeepachtige poeder uit een zakje dat ik in een vorig leven in Nederland als zodanig had beschouwd. De echte, aan het stuk, is schrikbarend duur, maar je kunt er prachtige krullen van maken, centimeters breed, die in dure restaurants nog wel eens op carpaccio worden gestrooid en die zo dun zijn dat ze smelten op je tong. Zo nu en dan roerde ik met een houten pollepel door de pijnboompitten die op een hoog vuur in een anti-aanbakpan geroosterd werden. De spekjes waren gebakken, ze lagen uit te lekken op drie lagen keukenpapier, en de dressing stond al klaar.

Het regende en het werd steeds frisser, zodat buiten eten niet meer ging. De houten eettafel stond op nog geen vijf meter van me af, in de grote hal. Op de gedekte tafel stond vandaag een bord minder. Michel was er niet. Al vier dagen lang niet. Ik vroeg me af waar hij uithing. Had het met mij te maken? Had Peter hem nodig gehad bij een ander karwei? Was hij ziek?

Ik durfde het niet te vragen aan Peter, bang dat de interesse in een van de werklui zou opvallen. Belachelijk, want als Pierre-Antoine of Louis niet zou komen opdagen dan zou ik waarschijnlijk wel gewoon naar de reden informeren.

Ik nam twee tweeliterflessen water en de salade uit de koelkast en zette ze op tafel. De wind had vrij spel in de hal. De regen sloeg naar binnen, op de eiken vloer. Morgen zouden de deuren opgehaald worden, en de ramen. Het was dus slechts een kwestie van dagen voordat, zoals Peter en Eric het noemden, het huis 'dichtzat'. Daar keek ik naar uit.

Volgende week kon ik mezelf iets nuttiger maken, omdat dan de tijdelijke slaapkamers op de eerste etage van de linkervleugel konden worden ingericht. Ik was deze week op pad geweest voor gordijnen en vloerbedekking, en had mijn bestelling gedaan. Mijn keus was gevallen op koningsblauw voor de kinderkamers en donkerrood en ivoor voor de kamer waar Eric en ik de komende maanden zouden slapen. Ik was niet van plan er een persoonlijk tintje aan te geven; volgend jaar zouden diezelfde kamers betrokken worden door onze gasten.

Ik voelde me een beetje ontheemd de afgelopen dagen en kon geen rust vinden. Nu het zo regende was het meertje geen optie meer om op adem te komen, even een moment voor mezelf te hebben. Het enige wat me nog restte was me terugtrekken in de caravan, die me te sterk aan Michel deed denken en waar ik de afgelopen dagen meer dan eens verdwaasd voor me uit had zitten kijken, in het bed, een arm om een kussen en een boek opengeslagen op mijn schoot.

Ik had iemand nodig om mee te praten. Iemand die ik kon vertrouwen. Maar ik durfde de telefoon niet te pakken voor iets anders dan oppervlakkig gebabbel, bang dat Erica of een van de anderen wier nummer ik zou intikken, het nieuwtje door zou vertellen en het uiteindelijk toch met een omweg bij Eric zou belanden. We woonden dan wel duizend kilometer van ons oude dorp, de communicatielijnen waren snel. Het was een te groot risico.

Als mijn moeder nog had geleefd, had ik zelfs haar hierover niet kunnen bellen. Ze wilde een economisch verantwoorde man voor me, en een zekere toekomst. Comfort. De vrienden met wie ik thuiskwam, en die bij haar de indruk wekten niet echt geïnteresseerd te zijn in of geschikt voor een glorieuze loopbaan, werden door haar onderkoeld ontvangen. Ze zou zich in haar graf omdraaien als ze wist wat ik gedaan had. Wat ik had geriskeerd en vooral voor wie. Ze zou alleen maar een jongen zien van een jaar of twintig met een oude motor. Een ongeschoolde bouwvakker, ongeletterd, zonder geld of bezittingen. Ja, ze zou zich werkelijk in haar graf omdraaien. Ik was er inmiddels van overtuigd dat geesten niet bestonden. Want als ze wisten van de daden van de levenden, ons werkelijk konden aanschouwen vanuit hun transparante wereld, was mijn moeder bij me komen spoken.

Ik liep terug naar de keuken om de glazen te pakken. Haalde de boter en de kaas uit de koelkast en legde ze naast de stokbroden op tafel. De kookwekker rinkelde. Ik goot de tagliatelle af. Terwijl ik de ingrediënten mengde, dacht ik terug aan de periode waarin ik Eric bij mijn moeder introduceerde. Het duurde lang, erg lang, voor ze hem wilde accepteren. Eric was geen oud geld, kwam niet uit een gegoede familie, hij was gewoon een jongen zoals alle anderen, en dat was in haar belevingswereld niet goed genoeg voor mij. Ik was haar enige dochter. Het enige kind dat ze had gebaard, ontstaan uit blinde liefde, hartstocht misschien wel, voor een man die haar een paar jaar na mijn geboorte in de steek liet omdat hij er nog niet aan toe was zich te binden – en daar waarschijnlijk nooit aan toe zou zijn. Dat had ze me wel eens verteld op de zeer spaarzame, altijd veel te korte momenten dat ze zich voor me opende, en ik een inkijkje kon nemen in haar binnenwereld. In wat er schuilde achter dat zelfverzekerde, dominante masker dat ze zichzelf in de loop van haar leven had aangemeten. Liefde, zei ze me dan, was niet belangrijk. Liefde was alleen maar ballast, en het werd overgewaardeerd. Van liefde kon de schoorsteen niet blijven roken. Mijn moeder had het zwaar gehad, heel zwaar. Dat wilde ze mij besparen.

Uiteindelijk deed ze het voor mij, die halsstarrige houding was uit diezelfde liefde ontsproten waartegen ze zich haar leven lang zo afgezet had. Dit besef was bij mij pas begonnen te dagen toen ze er al lang niet meer was. Soms moeten mensen eerst sterven voor we hun beweegredenen kunnen begrijpen. Triest, maar waar.

De jongens kwamen de trap af. Sommigen drongen zich langs me en wasten hun handen in de spoelbak. Ze droegen de geur van vers gezaagd hout en hun kleding zat vol kleine splinters en stof. Bruno hing tegen de koelkast aan en draaide een shagje. Zijn geblondeerde haar zat onder het stof en stond alle kanten op. Hij droeg een vaal oranje T-shirt, gekreukeld en vol vegen. Ik knikte naar hem, glimlachte kort. Zou ik hem vragen waar Michel was?

Ik zette de twee schalen dampende tagliatelle op tafel en schoof aan.

Tijdens het eten sprak ik niet veel. Luisteren deed ik wel, in de hoop dat iemand iets zei over Michel, of een vraag stelde. Bruno moest weten wat er gaande was, hij woonde in hetzelfde huis en ze waren vrienden, dat had Michel me verteld in Arcachon. Dus richtte ik mijn antennes vooral op wat Bruno zei, maar die leek nu alleen maar geïnteresseerd te zijn in technische details van hetgeen zich op de verdieping in de linkervleugel afspeelde.

'Volgende week kunnen we dan toch echt in ons eigen bed slapen,' zei Eric tegen mij. 'Waarschijnlijk aan het einde van de week. Fijn hè?'

Ik glimlachte.

'Denk je dat die gordijnen op tijd binnen zijn?' vervolgde hij.

'Ze hebben me beloofd dat ze maandag klaar zouden zijn. Ze zouden me bellen wanneer ze de spullen kwamen brengen.'

Eric bromde iets en richtte zich weer tot Peter. Hij was enorm op Peter gesteld geraakt en dat leek wederzijds te zijn. Het begin van een vriendschap. Mede omdat Eric en Peter zoveel tijd samen doorbrachten voelde ik me steeds eenzamer. Vriendinnen had ik nog niet. Maar het had geen zin om daar nu, in dit vroege stadium, al conclusies aan te verbinden. Ik moest positiever denken. Op het feest bij Peter komend weekend zouden er vast wel vrouwen rondlopen van mijn leeftijd met wie ik een praatje kon aanknopen. Want dat begon ik nu onderhand wel erg te missen: iemand om mee te praten, oog in oog in plaats van door de telefoon, en in mijn eigen taal, al was het maar over ditjes en datjes. Een simpel gesprek met iemand die zou begrijpen hoe het is om geëmigreerd te zijn, die dat ontheemde gevoel kende uit ondervinding en die me gerust kon stellen dat het allemaal goed zou komen.

Ook daarmee kon ik bij niemand terecht. Vriendinnen met wie ik sprak door de telefoon hadden geen notie van hoe ons leven er nu uitzag, ze hadden er totaal geen beeld bij. Uit hun reacties maakte ik op dat ze dachten dat alle mannen hier in het diepe zuiden van Frankrijk met alpinopetjes rondliepen, in lelijke eenden rondreden en hun ganzen volpropten met maïspap.

Dat Frankrijk een modern, westers land was met politieke rellen, een eigen auto-industrie, ADSL en een levendige jongerencultuur inclusief drugsproblematiek, met dit verschil dat er zoveel meer ruimte was en een enigszins andere cultuur, dat bleek niemand van mijn oude vriendenclub te beseffen. Op mijn beurt voelde ik me steeds meer een buitenstaander in hun leven. De verandering van land en routine had me veranderd. Ik kon me niet meer echt inleven in het gestress, de parkeerproblemen, de files en het gedoe met de kinderopvang. Al met al kreeg ik steeds meer het gevoel dat ik nergens meer thuishoorde. Alsof ik ergens in een vacuüm hing, in niemandsland, en volledig op mezelf teruggeworpen was.

Natuurlijk, dat holle gevoel vanbinnen had in werkelijkheid alles te maken met Michel, met zijn afwezigheid en de knagende, haast ondraaglijke onzekerheid die daarmee gepaard ging. Dat wist ik rationeel wel. Maar dat veranderde niets aan de donkere wolken in mijn hoofd. De regen die buiten neerkletterde en niet van ophouden wist, droeg ook al niet bij aan mijn gemoed.

Ik nam een laatste hap van mijn tagliatelle en keek naar Eric die, net als de Fransen, zonder erbij na te denken zijn bord schoonveegde met een achteloos afgescheurd stuk stokbrood. Contact met hem had ik amper meer, hij kon alleen nog maar denken in bouwmaterialen, berekeningen, cijfers en meters.

Ik moest nu werkelijk ophouden met al dat zwartkijken, dat zelfmedelijden. Eric zou wel bijdraaien als de bouw eenmaal achter de rug was.

Het kon alleen maar beter worden.

■

Ik lig op mijn rug. Schakeringen in grijs en zwart en onduidelijke lijnen dansen voor mijn ogen. Even geleden sprong het licht uit, zomaar, zonder waarschuwing. Ik wil op mijn horloge kijken maar herinner me dat het me is afgenomen. Ik heb geen idee hoe laat het is.

Ze hebben me niet uit mijn cel gehaald. De hele lange dag niet. Waarom houden ze me hier vast zonder me iets te vragen? Ik vraag me af of het routine is, een standaardprocedure: mensen in het ongewisse laten en ze aan zichzelf overleveren, op zes vierkante meter zonder enige afleiding als alleen je eigen, rondmalende gedachten. Zodat je moet nadenken over wat je gedaan hebt, langzaam doordraait – en ten slotte dankbaar bent voor elk menselijk contact dat die verstikkende innerlijke dialoog overschreeuwt.

Ik draai me naar de muur en staar voor me uit, mijn ogen wijdopen, nietsziend. Er zijn meer mensen in dit cellenblok. Ik hoor gedempt murmelen. Iemand tikt tegen een buis. Net nog hoorde ik een schreeuw, een mannenstem. Ik kon het niet verstaan.

Mijn vingertoppen tasten in het duister en schrapen over de muur. Ik denk aan Eric, aan Isabelle, Bastian.

Niet aan denken, niet doen.

Zouden ze slapen? Wat zou Eric hun hebben verteld?

Hou hiermee op!

Ik leg mijn handen gevouwen onder mijn hoofd en sluit mijn ogen. Ik probeer me voor te stellen dat ik niet hier ben, maar bij het meertje. Als ik maar hard genoeg probeer, gaat het me misschien lukken de zon op mijn huid te voelen, de wind door mijn haar, het geluid van de zwaluwen en de kikkers te horen, het geritsel van het gras...

Het lukt niet.

Ik staar naar de contouren van de cel die me insluit. Ik wil hier niet zijn. Ik wil zelf bepalen wat ik doe: het licht aan en uit kunnen doen, naar muziek luisteren, tv kijken, een boek lezen, naar buiten gaan, boodschappen doen, Bastian en Isabelle voorlezen. Vríj zijn. Ik was vrij, maar ik besefte het niet. Dat doe ik nu pas, nu ik letterlijk gevangen zit: de tralies van mijn kooi, de muren rond mijn huwelijk, de grenzen van mijn actieradius, ze zijn helemaal niet door mijn moeder bepaald. Niet door Eric.

Maar door mijzelf.

Ik heb het niet alleen laten gebeuren, ik heb actief iedereen die maar wilde de stenen aangereikt en aangewezen waar de muren moesten komen die me inperkten.

Maar het waren geen echte muren, zoals hier.

Ze bestonden alleen in mijn hoofd.

■

19

Het huis van Peter en Claudia lag, net als dat van ons, een heel stuk van de doorgaande weg af. De lange oprit slingerde door een oud kastanjebos omhoog en eindigde in een grote cirkel met een fontein in het midden. Peters huis leek eerder op een klein kasteel dan op een landhuis. Twee donkere torens staken af tegen de diepblauwe hemel, waarin uitgerekte slierten oranje van de ondergaande zon zich aftekenden. Door de ramen met vakverdeling kwam een zacht, warm licht dat op de oprit scheen. De meeste auto's die bij het huis geparkeerd stonden, hadden een Frans kenteken.

Bastian en Isabelle waren helemaal door het dolle heen. Ze rolden bijna over elkaar heen om uit de auto te komen. Voor de gelegenheid had ik hun hun netste kleren aangetrokken: Isabelle een roze katoenen jurkje met een wit lint in haar blonde haar; Bastian droeg een driekwart broek met een wit katoenen overhemd en zijn haar werd in een scheiding gehouden met gel. Vanuit het huis kwam gedempt muziek – 'Give me the Night', van George Benson – en geroezemoes.

'Zo wordt het bij ons ook,' zei Eric, die naast me liep in zijn donkerblauwe pak en het huis goedkeurend opnam. 'Wacht maar af. Leven als God in Frankrijk! Ha!'

'Zijn er echt Nederlandse kindjes?' vroeg Isabelle. Ze huppelde naast me over het beige gravel naar de dubbele voordeur.

'Ja,' zei ik, en nam haar hand vast. 'Peter zei van wel. Hij heeft een kamer met een tv en snoep, speciaal voor jullie.'

Bij binnenkomst keek ik uit naar Michel. De afgelopen week was grauw geweest, somber, rusteloos en hol. Ik hoopte dat hij er was, en als dat zo bleek te zijn, we misschien een moment konden praten samen, ik hem even aan kon raken. En als dat allemaal niet kon, we in elk geval een blik van verstandhouding konden wisselen die me gerust zou stellen.

Allemaal mensen in warmgeel licht, feestkleding, glinsterende sieraden, oud, jong, fluisterend en hardop lachend, blond en donker, maar nergens in dat kluwen ontdekte ik het markante hoofd van Michel.

'Claudia, daar zijn Simone en Eric!'

Peter kwam breed grijnzend op ons af gelopen. Zijn blauw met wit gestreepte overhemd was open bij de boord. Een vrouw met kort, rood haar, stevig gebouwd en met een doortastende uitstraling, stak me haar hand toe. Ze droeg een wit pakje met zwarte biezen, dat zo uit de collectie van Chanel leek te komen.

Ik stelde me aan haar voor en zag vanuit mijn ooghoeken dat Peter met zijn grove handen vriendschappelijk door Bastians haar woelde en mijn zoons zorgvuldig gestileerde zijscheiding in de problemen bracht.

'Ik zal je eerst helpen met de kinderen,' zei Claudia. Ze stak een hand uit naar Isabelle, die hem bedeesd aannam. 'Kom.'

Ik liep achter Claudia aan door het huis. Het was prachtig, erg authentiek met veldstenen muren, veel grof stucwerk en donker hout, en prachtige stenen togen. Ik ving gesprekken op in het Frans, Nederlands, Vlaams, Engels en Duits. Muziek van de liveband klonk door heel het huis. Ik had de muzikanten nog niet gelokaliseerd maar het was me al wel duidelijk dat ze meester waren in jarenzeventig-discomuziek. De zanger had een warme, rustige stem. De sfeer zat er goed in.

Geen glimp van Michel.

'Hier is het,' zei Claudia. Ze opende een zware eiken deur. 'Dit is onze televisiekamer. Peter zit hier vaak, hij is dol op films.'

Het was een luxe ruimte met een eiken vloer en twee grote, zwarte leren banken. Aan de muren hingen een paar olieverfschilderijen met paardentaferelen. Ik telde vijf kinderen, in de leeftijd van vier tot tien. Op televisie herkende ik het logo van Nickelodeon. De kinderen hingen in de banken en eentje lag op het kleed voor de televisie. Ze bekeken ons nieuwsgierig. Isabelle en Bastian schoven timide aan en lieten zich gedwee instrueren door Claudia.

'Papa en mama zijn hier ergens in het huis.' Ik kneep hen ter afscheid in hun schouders. 'Denken jullie dat je het een beetje kunt vinden, hier?'

Ze knikten. Een van de kinderen stopte Isabelle een schaaltje met snoep toe.

Bastian maakte het zich gemakkelijk en keek schielijk naar een jongen van zijn leeftijd. 'Kom jij ook uit Nederland?'

De jongen knikte verlegen.

'Hebben ze hier ook cola?'

De jongen wees naar een dressoir, waar flessen frisdrank en vruchtensap stonden, met opgestapelde plastic bekers ernaast.

'Kom,' zei Claudia. 'De kinderen vermaken zich wel. Ik wil je graag voorstellen aan een paar mensen.'

Met een laatste blik op de kinderen volgde ik haar door de gangen en langs de kamers, waarvan de meeste deuren openstonden. Veel kleden, een warme inrichting, met steen, leer en hout. Het was een enorm huis, groter dan het onze.

'Jammer dat het geen zomer meer is,' zei Claudia. Haar hakken tikten op de vloer. 'Dan hadden we het buiten kunnen houden. Je kunt hier soms tot diep in december nog barbecuen, maar dat zat er deze week helaas niet in.'

'Het regent in elk geval niet meer,' antwoordde ik.

'Nee, gelukkig niet.'

Claudia nam me mee naar een grote, centrale ruimte. De woonkamer, waarschijnlijk, zeker drie keer zo groot als onze woonkamer in Nederland was geweest. Lage plafonds met donkerbruine balken. Overal stonden groepjes mensen. Ik schatte dat er meer dan honderd gasten waren.

Ik bleef om me heen kijken, in de hoop een glimp van Michel op te vangen.

'De bar is hier.' Claudia wees achteloos naar een barretje in de hoek. Er stond een jonge man achter, klein en mager, met donker, kortgeknipt haar. 'Wat wil je drinken?' vroeg ze.

'Doe maar een rood wijntje.'

De barkeeper schonk mijn glas in en reikte het me aan.

Claudia wenkte me alweer. 'Kom, mensen ontmoeten jij.'

Ze stevende af op een groepje mensen en nam een vrouw vriendschappelijk bij de arm, die zich meteen naar me omdraaide en me geïnteresseerd opnam.

'Lucy, mag ik je voorstellen aan Simone? Zij en haar man zijn hier een paar maanden geleden komen wonen. Ze hebben twee kinderen op de lagere school en Simone gaat een *chambres d'hôtes* beginnen.'

Lucy was hoogblond, haar huid had veel zon gevangen. Ze had een korte rok aan en een zwarte bloes met een diep decolleté. Ik schatte haar eind veertig. We gaven elkaar een hand.

'Lucy komt uit Amsterdam,' zei Claudia. 'Ze is hier vier jaar geleden neergestreken, en ze runt een marktkraam met Nederlandse kaas.'

Ik knikte Lucy vriendelijk toe maar wist eigenlijk niet goed wat ik moest zeggen. In sociaal opzicht, en zeker in groepen, had ik me nooit echt op mijn gemak gevoeld. Daar kwam bij dat Lucy me op het eerste gezicht niet mijn type leek. Maar de spoeling was te dun om al te veel eisen aan gesprekspartners te stellen.

Claudia wierp zich kirrend op een nieuw echtpaar dat in de woonkamer verscheen en verdween uit beeld.

'Een *chambres d'hôtes*, dat was ook mijn eerste idee, toen ik hier kwam,' vertrouwde Lucy me toe. 'Ik had een huis gekocht, nou ja, ík... samen met hém...' Ze wees naar een oudere man die zijn ogen geruststellend dichtkneep toen onze blikken elkaar kruisten. '...met voldoende ruimte, een eigen opgang voor de gasten en een zwembad. Ik ben een vol jaar bezig geweest met alles in te richten, en met de tuin. Maar ik ben er niet voor in de wieg gelegd, om gastvrouw te zijn. Mensen kunnen zo zéúren, vreselijk. Ze willen *à la campagne* vakantie houden maar klagen als er te weinig druk op de waterleiding staat, of als er hagedisjes in hun slaapkamers rondwandelen. En dan lusten ze weer geen vis, of zijn ze vegetariër, ik stond hele dagen te koken, praktisch op maat, en dan nog was het voor sommigen niet goed genoeg. De mensen die het wel naar hun zin hadden waren in de meerderheid, maar ja, de klagers blijven je het meeste bij. Ze trekken alle energie uit je weg. Op een dag was ik het beu.'

'Toen ben je een marktkraam begonnen?'

'Ze verkopen hier alleen Gouda, en als je geluk hebt Amsterdammer. Mijn zwager heeft een kaasgroothandel dus ik dacht, ach, laat ik eens proberen een breder assortiment Hollandse kaas aan de man te brengen hier. En dat doe ik nu nog.'

'Kun je ervan leven?' vroeg ik, dankbaar dat zij het gesprek op gang had gebracht. Misschien moest ik mijn eerste indruk bijstellen, want ze kwam heel vriendelijk over.

'Jack is vier jaar geleden met pensioen gegaan. Daarvan kunnen we goed leven, maar ik ben nog een jonge meid, en ik wil geen hele dagen in de ligstoel aan het zwembad hangen. Amsterdamse mentaliteit, hè, ik moet wat om handen hebben, anders word ik gek.'

Achter Lucy stond de band, te midden van geluidsapparatuur en een heleboel bedrading. Drie Spaans uitziende mannen in gele hawaïshirts en glanzende zwarte broeken. De zanger gaf aan dat hij pauze ging houden. Er werd een cd opgezet met Spaanse gitaarmuziek. Ik herkende het nummer, het was van Los… Los nog iets.

'Hou je van Spaanse muziek?' vroeg Lucy me. Ze nam een slok van een rood goedje met ijs.

'Ja, het danst wel lekker, maar ik heb er geen verstand van of zo.'

'Je hoeft ook niet overal verstand van te hebben… Wat deed jij in Nederland?'

Die vraag overviel me. Ik had geen spannende achtergrond om op feestjes mee te pochen. 'Ik heb Schoevers gedaan en ben een paar jaar directiesecretaresse geweest.'

'Voor welk bedrijf?'

'Cap Gemini.'

Ze trok een moeilijk gezicht. 'Zo'n ingewikkeld Amerikaans bedrijf.'

'Dat valt wel mee.'

'Maar nu heb je de rust opgezocht?'

Lucy hielp me opnieuw, zonder het te weten. Ik hoefde haar nu niet te vertellen dat ik na de geboorte van Bastian gestopt was met werken, omdat ik er te veel moeite mee had gehad om mijn baby hele dagen naar een crèche te brengen. En dat ik daarna nog talloze schriftelijke cursussen had gevolgd op het gebied van psychologie en me verdiept had in filosofie. Uiteindelijk was ik daarmee gestopt, omdat het te confronterend was geweest en ik er niet over kon praten met Eric, die meestal doodmoe thuiskwam en bovendien aardser en praktischer was ingesteld en wiens psychologische kennis zich vooral toespitste op marketing.

'Het was meer mijn man eigenlijk,' antwoordde ik, 'die hierheen wilde.'

Ze fronste haar wenkbrauwen. 'Jij niet? Zo'n stap, daar moet je samen achter staan, hoor! Vooral als je kinderen hebt. Je relatie moet echt voor duizend procent goed zitten, anders kom je al snel in de gevarenzone. Je wil niet weten hoeveel huwelijken ik hier op de klippen heb zien lopen. Ander land en andere taal, bouwperikelen, gebrek aan comfort, een betere voedingsbodem voor een huwelijkscrisis is er niet, neem dat van me aan.'

'Zo erg is het niet,' reageerde ik, en ik nam een slok wijn. Mijn hand trilde, merkte ik. 'Ik wil alleen maar aangeven dat het idee om hiernaartoe te gaan niet van mij kwam. Een *chambres d'hôtes* beginnen was als een droom voor me. Dat ik dat op een dag daadwerkelijk zou doen, en in Frankrijk zou wonen, dat had ik nooit voor mogelijk gehouden.'

'Nou, wees maar blij dan, dat je man het initiatief heeft genomen. Want je hebt maar één leven.'

Ineens zag ik Michel. Hij stond onder de toog naar de hal, schuin onder een spot, en hij speurde de rokerige ruimte af. Ik moest me enorm inhouden om niet op hem af te rennen. In plaats daarvan keek ik snel om me heen, of ik Eric ergens kon ontdekken.

Michel had me al gezien. Hij grijnsde, knipoogde en het volgende moment was hij weer weg. Ik hield mijn adem in.

Het was een wonder dat een jongen als Michel op steigers stond te werken voor een minimumloon, en nog niet was ontdekt door een of ander castingbureau. Waarschijnlijk zochten die hun jong talent in grote steden en niet in slaperige provinciestadjes.

Lucy stond nog steeds tegen me te praten. Haar monoloog vervaagde tot achtergrondgeruis.

'Sorry,' interrumpeerde ik haar. 'Ik moet even iets doen.'

Snel liep ik naar de plaats waar ik Michel gezien had. Hij stond een paar meter verderop in de gang. Bruno stond bij hem, met zijn rug naar me toe.

Ik weifelde.

Het probleem werd vanzelf opgelost. Bruno draaide zijn hoofd naar me toe, wisselde een korte blik van verstandhouding met Michel en liep langs me heen naar de bar. In het voorbijgaan zag ik hem glimlachen. Bruno wist ervan. En als Bruno...

Michel trok een mondhoek op, zijn ogen gleden over me heen. 'Je ziet er goed uit.'

Op slag was ik alles vergeten, ik wilde hem alleen maar vasthouden, mijn handen over zijn buik laten glijden, me tegen hem aan drukken.

Er waren te veel mensen. Op veilige afstand bleef ik staan.

'Waar was je?' zei ik, snel. Ik blikte kort in de richting van de woonkamer. Niemand die ik kende.

'Ik werk bij een stel Belgen. Dakconstructie. Ik heb je gemist.'

Hij droeg een wit katoenen overhemd, oversized. Een driekwart broek eronder in een groene pastelkleur, en een paar instappers. Het was de eerste keer dat ik hem in nette kleding zag. Het stond hem verpletterend goed. Maar al had hij een duikpak aan gehad, het zou waarschijnlijk niet veel verschil gemaakt hebben voor de talloze chemische reacties die plaatsvonden in mijn lichaam.

'Ik jou ook.' Ik onderdrukte met kracht de neiging om hem mee naar buiten te sleuren. Iemand liep tegen me aan en verontschuldigde zich in het Engels.

'Kom anders bij mij thuis,' zei hij. Zijn ogen scanden de ruimte af. Hij was net als ik op zijn hoede.

'Ik weet niet waar je woont.'

De band begon weer te spelen. Erg luid. Het gaf me de mogelijkheid me dichter naar hem toe te buigen. Ik zette een pasje, nog een, en hij boog zich over me heen. Hij fluisterde me de meest gedetailleerde routebeschrijving in die ik ooit had gehad, of misschien was het de enige die zich zonder omhaal in mijn langetermijngeheugen nestelde. De route naar Rue Charles de Gaulle stond tot het einde der dagen in mijn geheugen gegrift.

'Misschien kom ik langs,' zei ik.

'Moet je doen. Ik heb je gemist.' Zijn ogen bleven onafgebroken gericht op de mensen die zich vanuit de woonkamer de gang in bewogen, op weg naar het toilet en weer terug naar de woonkamer.

'Jij bent toch Simone?'

Ik draaide me verschrikt om. Achter me stond een kalende man van een jaar of veertig. Hij had een knalrood overhemd aan met een wit T-shirt eronder.

'Zo heet ik,' zei ik, niet al te vriendelijk.

'Dan heb ik het toch goed.' Hij stak me een hand toe. Vlezig en behaard, een duur horloge om zijn pols. Lichtblauwe ogen onder borstelige wenkbrauwen. 'Ik ben Theo, mijn vrouw Betty en ik zijn hier twee jaar geleden komen wonen.'

Theo vertelde me waar precies, maar ik vergat het meteen. Ik kon geen Franse plaatsnamen van meer dan twee lettergrepen onthouden, ze bleven gewoonweg niet hangen.

'Wij hebben ook twee kinderen, net als jullie,' ging hij verder. 'En we hebben ons huis ook zelf gerenoveerd, met hulp van Peter uiteraard. Ik was zelf begonnen, maar het groeide me boven mijn hoofd. Peter zei me dat het bij jullie wel goed opschiet, dan heb je geluk. In die oude huizen vind je vaak van alles en nog wat. Het gaat nooit zoals je gepland hebt.'

'Dat heb ik vaker gehoord.'

Ik keek naar de plaats waar Michel zojuist nog stond. Hij was weg.

'Ik heb net even met je man staan babbelen. Mijn vrouw heeft jullie uitgenodigd om volgende week een avond bij ons te komen eten. Wij verhuren ook *chambres d'hôtes*, misschien kunnen we gasten gaan uitwisselen. We moeten elk jaar tijdens het seizoen nee verkopen, je weet wel, mensen die op het laatste moment willen boeken. Misschien zouden we die naar jullie kunnen sturen... De mensen hier zouden meer moeten samenwerken.'

'Ja, goed plan,' reageerde ik afwezig.

Eric kwam onze richting op. Ik zag aan zijn ogen en zijn hele houding dat hij nu al te veel had gedronken. Onwillekeurig keek ik naar de wijn in mijn glas. Ik had er amper wat van op.

Eric sloeg bezitterig een arm om me heen. 'Ik was je kwijt, waar zat je? Ha, Theo, je hebt Simone al gevonden, zie ik.'

Theo klopte Eric op de schouder alsof hij hem al jaren kende. Ik nam een flinke slok van de wijn.

'We hebben adressen uitgewisseld,' was Erics uitleg. 'We gaan volgende week bij ze eten. Betty en Theo hebben in Nederland een restaurant gehad, volgens Peter een verschrikkelijk goede tent, dus het zal ons aan niets ontbreken. Heeft Theo je al verteld dat ze twee kinderen hebben? Twee jongens, ongeveer dezelfde leeftijd als Isabelle en Bastian.'

Ik keek Theo aan. 'Dat is leuk voor onze kinderen. Ze missen het Nederlands praten en ze hebben hier nog niet echt vriendjes kunnen maken.'

'Dat komt vanzelf wel,' reageerde Theo. 'Het heeft bij die van ons bijna een jaar geduurd voor ze gesetteld waren, maar de oudste heeft nu dik "verkering" met een meisje in zijn klas. De laatste keer dat we naar Nederland wilden, op familiebezoek, wilde hij niet meer mee, omdat hij Juliette te veel zou missen.'

'Dus er is nog hoop,' merkte ik op.

'O, jawel hoor, maak je niet druk. Betty was de eerste tijd alleen maar bang dat de kinderen niet zouden kunnen aarden, juist omdat wij het hier zo enorm naar ons zin hebben. Maar dat is inmiddels niet meer aan de orde. De *chambres d'hôtes* loopt goed, de kids zijn al behoorlijk aan het verfransen, en je leert gaandeweg steeds meer mensen kennen. Jullie zitten nu in de moeilijkste fase, de renovatie, caravan, de papierwinkel... Je man heeft me er alles over verteld.'

De band zette een nieuw nummer in. Iets wat me deed denken aan Cuba, echte dansmuziek.

Theo werd aangeklampt door een Brit, die hem bij ons vandaan haalde omdat hij hem aan iemand wilde voorstellen.

'Heb je het naar je zin?' vroeg Eric.

Ik knikte. 'Het was een goed idee van Peter, dit feest. Je krijgt inderdaad de kans om mensen te leren kennen. Die Theo lijkt me een aardige vent. Heb jij zijn vrouw al ontmoet, die...'

'Betty. Ja, ik heb al even met haar gesproken. Ik denk dat jij haar ook wel mag. Nou ja, volgende week weten we het. Het is een echte netwerkavond, hè, dus laten we die goed benutten. Ik klets me de blaren op mijn tong. Waar zijn de kinderen eigenlijk?'

Ik legde uit waar de televisiekamer was.

'Ik ga even kijken of alles in orde is.'

'Goed.' Ik liep een paar passen in de richting van de woonkamer, achter Eric aan. Michel stond bij de bar te praten met Bruno en twee meisjes. Met het halfvolle glas wijn in mijn hand bleef ik onder de toog staan kijken. Als gehypnotiseerd. Hij was zo gruwelijk mooi. Angstaanjagend. Volledig in balans. Hij straalde kracht uit, in alles: zijn bewegingen, de manier waarop hij praatte, lachte. Een prachtige kop. Energie. Mannelijkheid.

Ik nam een flinke slok wijn. En nog een.

'Mooie jongen, hè?'

Naast me stond een vrouw van een jaar of vijfenveertig. Ze was een stuk kleiner dan ik en had kort, zwart haar met rode plukken erin en helgroene ogen. Gouden sieraden schitterden op haar gebruinde huid.

'Sorry?' zei ik.

Ze hief haar glas in de richting van Michel. 'Ik zag je kijken, ja toch? Dát... dát daar, dat lekkere ding. Michel. De grootste charmeur van het zuiden van Frankrijk.' Ze glimlachte breed en knipperde met haar zwaar opgemaakte ogen.

Het drong tot me door dat ze te veel had gedronken. Zoals iedereen.

Ze hing vertrouwelijk naar me over en zuchtte diep. 'Die jongen is gewoon... Hoe zal ik het zeggen... Zie je die neonverlichting op zijn voorhoofd?' Ze keek me recht aan en haalde haar wijsvinger over haar voorhoofd, van links naar rechts. 'S - E - K - S. Dat staat er.'

Ik verslikte me bijna in de wijn en keek even de andere kant op. Ik probeerde uit alle macht een reactie te verzinnen, maar dat lukte niet.

'En daarbij... Hij werkt toch bij jullie? Dat vertelde Peter eerder vanavond, dat Michel bij jullie in de ploeg zit, met Bruno en de twee Antoines. Vorig jaar deed Peter ons atelier met die ploeg... Mooie tijd was dat.' Ze glimlachte nog eens en schommelde met haar bovenlichaam mee met de muziek.

Ik reageerde nog steeds niet.

'Sorry, mijn fout, ik heb me nog niet voorgesteld. Rita Stevens.' Ze stak haar hand uit. Nog meer goud rinkelde om haar smalle polsen.

'Simone Jansen.'

'Ik heb je man al ontmoet, denk ik. Eric heet hij, toch?'

Ik knikte.

'Peter heeft ons aan elkaar voorgesteld. Je hebt een leuke man. Hij heeft aardig wat bijgeleerd, vertelde hij me. Vorig jaar belde hij nog een loodgieter als de kraan lekte, en nu staat hij zelf op de steigers. Wat verandering van land allemaal niet kan doen met mensen... Vreemd hè, vind je dat niet vreemd, dat dezelfde mensen zich hier anders gedragen dan op de plaats waar ze geboren en getogen zijn? Nieuwe dingen in zichzelf ontdekken?'

Rita snelde meteen de diepte in, maar ik voelde er absoluut niets voor haar te volgen. De meest opmerkelijke nieuwe kant die ik aan mezelf had ontdekt, ging werkelijk niemand wat aan.

'Je gaat een *chambres d'hôtes* beginnen, toch?' probeerde ze, toen ik geen respons gaf.

'Dat is de bedoeling.'

'Goede keus. Ik zou er wat bij gaan doen. Schilder- of kookcursussen of zo. Kun je het driedubbele vragen... Ben en ik doen workshops, gestreste managers komen bij ons op cursus, vier dagen kleien, lekker eten en dan weer als herboren terug naar het noorden. Dan zijn ze binnen twee dagen weer terug bij af, maar ach... We zijn hier vorig jaar komen wonen. Heb jij spijt?'

Ik keek haar aan. Ze had veel sproeten, zag ik nu. Misschien was ze best aardig, maar ik mocht haar niet. En als ik eerlijk was, had die aversie waarschijnlijk alles te maken met de manier waarop ze naar Michel keek en de wijze waarop ze over hem sprak.

'Spijt?' herhaalde ik.

'Ja, spijt. Dat je hiernaartoe gekomen bent.'

'Nee, geen spijt. Het is hier prachtig.'

'Dát is het, prachtig,' zei ze en ze keek nog eens veelbetekenend in de richting van Michel, die stond te dansen met een meisje van een jaar of twintig en intussen met haar praatte en naar haar lachte.

Zijn danspartner had een waterval van donkere krullen, en een zandlopertaille in een kort gebloemd jurkje van een heel dunne stof. Ze draaide een soort pirouette en dat deed ze heel elegant, met een stralende glimlach. Er ging een steek van jaloezie door me heen. Was ze… zijn vriendin misschien? Ik had hem nooit gevraagd of hij een vriendin had. Of was ze iemand die hij nu aan het versieren was, en met wie hij vannacht…

Terwijl Rita in Michels richting bleef kijken, zei ze: 'Ben heeft nog nooit een voet op de dansvloer gezet. Ik leerde hem kennen terwijl hij aan de bar zat en daar kun je hem nu nog steeds vinden. Nederlandse mannen kunnen hun lichaam niet gebruiken. Ze verstarren al in de wieg. Die paar die het proberen, staan als houten klazen te stampen, alsof ze het in hun broek gedaan hebben. En dan moet je dat zien… dat lichaam…'

Wat wilde Rita van me? Waarom bleef ze maar over Michel doorzagen?

Rita stootte me aan en morste wat wijn op de vloer. 'Zeg, Simone, vertel eens, als vrouwen onder elkaar, denk jij wel eens… Ik bedoel, als die jongen de hele dag bij je rondloopt, met dat goddelijke lichaam, overweeg jij dan wel eens om…'

'Sorry, ik moet even naar het toilet,' onderbrak ik haar en ik vluchtte de gang op.

In de beslotenheid van het toilet ging ik tegen het koele marmer staan, mijn rug tegen de muur. Ik sloot mijn ogen. Die Rita, met haar kleicursussen in haar door Michel gebouwde atelier. Alle gezond verstand dat ik nog kon mobiliseren fluisterde me toe dat het nergens op sloeg dat ik me door haar zo van de wijs liet brengen. Rita had gewoon te veel gedronken, zoals iedereen vanavond, en ze voelde zich, net zoals ik, aangetrokken tot Michel.

Ik haalde kleine, uitgelopen veegjes eyeliner weg, waste mijn handen, ademde diep in en liep weer terug, het feestgedruis tegemoet.

20

‘Ik zou wel eens cocaïne willen gebruiken,’ hoorde ik mezelf zeggen.

Peter was de enige die reageerde. ‘Waarom?’

De glans in zijn ogen deed vreemd aan, maar dat kon de alcohol zijn, of het tijdstip.

Het was half vijf in de ochtend en er circuleerde een joint. We zaten nog met negen mensen in Peters televisiekamer na te praten. De televisie stond nog aan, tekenfilms, maar het geluid stond af. Naast Eric en ik en Peter en Claudia was Peters boekhouder Julien er nog, met zijn vrouw Annie, die net als Peter en Claudia Belgisch waren. Ze woonden een paar dorpen verderop. Er was nog een Nederlandse man van begin veertig die een zakenvriend van Peter bleek te zijn en die Frank heette. Een donkere kerel met een beetje een somber gezicht, een snor en veel krullen. Bruno was gebleven. En Michel.

‘Cocaïne, waarom nu juist cocaïne?’ vroeg Peter nog eens.

‘Gewoon,’ zei ik.

Eric sputterde. Onder druk van zijn aanwezigheid voelde ik de noodzaak om een beetje in te binden, mezelf iets genuanceerder uit te drukken. ‘Ik heb het nooit gebruikt. Wel veel over gelezen. Het lijkt wel of de hele wereld cocaïne heeft gebruikt, behalve ik. Het lijkt... een gebrek aan algemene ontwikkeling.’

Bastian en Isabelle lagen te slapen in het gastenverblijf. Al veel vroeger op de avond had Claudia me meegenomen naar de televisiekamer en me gewezen op Bastian en Isabelle, die op de bank in slaap waren gevallen. Ze had me de vertrekken laten zien die achter het woonhuis lagen, een apart gastenverblijf, waar we de kinderen naartoe gedragen hadden en ze hadden toegestopt. Ze waren heel ver in dromenland geweest en ze murmelden wat, maar sliepen daarna als een blok verder. In de kamer naast die van Bastian en Isabelle stond een tweepersoonsbed en er was een kleine badkamer.

'Hier kunnen jullie slapen,' had ze gezegd. 'Ik heb er altijd een hekel aan als mensen rijden als ze gedronken hebben. Zeker met die bochten hier, er vallen veel verkeersdoden in het weekend.'

'Je mist er niets aan, aan cocaïne,' hoorde ik Peter zeggen.

De televisiekamer stond blauw van de rook. Ik had een paar trekjes genomen omdat ik niet onbeleefd wilde zijn, maar het deed me weinig.

'Je denkt tien minuten lang dat je een biljarttafel kunt optillen en de meest geweldige ideeën van de hele wereld hebt,' ging hij door. 'En dat was het dan.'

Er viel een stilte.

Ik nam nog een slok water. Misschien werd het tijd om te gaan slapen. Eric nam al een poos niet meer actief deel aan het gesprek. De marihuana had wel degelijk effect op hem, hij werd er slaperig van. Ook Claudia was in slaap gevallen. Ze lag tegen Peter aan en had een arm over zijn borst geslagen. Frank had zijn hoofd achterover tegen de bank gelegd en maakte eveneens geen alerte indruk. Bruno fluisterde zo nu en dan iets onverstaanbaars en giechelde, met een gelukzalige glimlach op zijn gezicht. Michel rolde een bierglas tussen zijn vingers en leek nog het meest wakker te zijn van allemaal. Hij had geen drugs aangeraakt, niet dat me was opgevallen. Hij zat op het puntje van de hocker bij de salontafel en probeerde te volgen waar het gesprek dat ik met Peter had, over ging. Ik kon niet inschatten wat hij ervan meekreeg.

Buiten werd het al een beetje licht. Ik voelde me niet echt moe of duf, zoals gewoonlijk na een hele nacht doorhalen. Waarschijnlijk was ik gewoon over mijn slaap heen.

'Ik ga jullie zo je verblijf wijzen,' zei Peter. 'Het is mooi geweest.'

Eric schrok ineens wakker, kwam naar voren en schonk nog een wijntje voor zichzelf in. Het ging niet echt gecoördineerd meer en hij maakte vlekken op de salontafel. 'Nog eentje,' murmelde hij. 'Dan gaan we slapen.'

Ik voelde me ineens misselijk worden. 'Ik ga even naar het toilet.'

Terwijl ik door de lange gang liep in de richting van het toilet, langs de woonkamer en de olijfgroene gestuukte wanden met verlichte olieverfschilderijen, trok het misselijke gevoel al een beetje weg. Hier hing minder rook dan in de televisiekamer. Ik had vanaf twee uur vannacht geen druppel wijn meer gedronken, alleen nog water, maar de alcohol zat duidelijk nog in mijn systeem. Ik was een beetje licht in mijn hoofd. Het idee om terug te moeten naar de televisiekamer, in die walm die er hing, met die zoete, allesoverheersende geur die prikte in mijn neus en ogen, trok me niet. Ik maakte een zijdeur open en liep naar buiten.

Een frisse ochtendbries sloeg in mijn gezicht. Ik ademde diep in, en nog eens. Overal om me heen floten vogels. De hemel had een lichte pasteltint, grijzig roze. Ik liep over het gravel naar de hoek van het huis, in de richting van het gastenverblijf. Eric was voor de laatste keer om een uur of twaalf bij Bastian en Isabelle gaan kijken. Ik opende de deur en knipte het licht in het woonkamertje aan. Liep heel zachtjes de wenteltrap op en bleef luisteren aan de deur. Een rustige ademhaling. Alles in orde. Diepe slaap.

Ik liet het gastenverblijf achter me en merkte dat de misselijkheid helemaal was weggetrokken. Geluid uit vogelkelen klonk van alle kanten. Het was een fantastische ochtend in een prachtige tuin, vol lage heggen, struiken en waterpartijen. Een hobby van Claudia, had ze me verteld. Ze had zich een paar jaar geleden op dit stuk grond gestort, dat toen nog een verwaarloosde moestuin was geweest, en het jaar na jaar mooier zien worden. Het leek me een geweldige hobby en ik nam me voor om ook te gaan tuinieren, zodra de bouw bij ons thuis achter de rug was.

Halverwege het pad bleef ik staan.

Michel kwam op me af geslenterd. Alleen al het plaatje dat hij vormde, met het overhemd dat openhing, dat heerlijke lichaam van hem… Ik kon niet meer denken, wílde niet meer denken. Ik deed mijn uiterste best om hem niet tegemoet te hollen en hem om zijn hals te vliegen.

Bij de hoek van het huis sloeg hij zijn armen om mijn taille en kuste me. Hij trok me mee, uit het zicht van het huis, tegen een blinde muur aan de zijkant, en duwde me tegen de veldstenen.

Mijn handen gleden over zijn middel, smal en hard. Ik sloot een moment mijn ogen. Het voelde fantastisch om hem helemaal voor mezelf te hebben. Geweldig, bedwelmend, euforisch bijna. Geen andere vrouwen die over hem heen kwijlden, alleen hij en ik.

'*Tu m'as manqué*,' fluisterde hij. 'Ik heb je gemist.'

'Wie was dat meisje?'

Hij kuste me in mijn hals.

'Ik wil het weten,' drong ik aan.

'Welk meisje?'

'Met wie je danste, met die bloemenjurk.'

'Jaloers?' Hij trok een mondhoek op, lachte met zijn ogen. Hij vond het echt grappig. 'Was je jaloers?'

'Ja.'

'Hoeft niet.' Hij boog zich voorover om me opnieuw te kussen, streelde met een hand mijn rug, de andere trok mijn bloes los en vond razendsnel zijn weg onder mijn beha, die hij omhoogduwde. Hij kende de weg. De snelheid van zijn handelingen maakte me duizelig.

Een ochtendbries streelde over mijn naakte huid.

Dit was Russische roulette. 'Niet hier,' fluisterde ik.

Hij beet in mijn hals. 'Ik wil je.'

'Nee, dat kan niet, straks komt er iemand.'

'Iedereen slaapt, is stomdronken of stoned. Er komt niemand.' Zijn mond gleed naar mijn borst, een hand omvatte de andere. Ik sloot mijn ogen, legde mijn hoofd tegen de muur. Daarna kwam hij weer omhoog. Zijn neus gleed langs de mijne en hij drukte zijn bekken tegen me aan, zodat ik zijn erectie voelde. Het bloed raasde door mijn aderen, het bruiste, het zong, ik leunde zwaar tegen de gevel. Mijn handen zochten als vanzelf de sluiting van zijn broek. 'Ik heb je zo gemist,' fluisterde hij, daarna iets wat ik niet kon verstaan. Hij trok mijn rok omhoog, schoof mijn string opzij. Ik ademde oppervlakkig, ik kon geen woord meer uitbrengen.

Eric zou me gaan zoeken. Er konden meer mensen naar buiten komen. Peter had een kwartier geleden al gezegd dat hij ons eruit zou gooien.

'Dit... kan... niet.'

'Het gaat prima zo.'

'Nee, nee,' stootte ik uit. Als ik nu niets deed, als ik dit nu geen halt toeriep, dan kon ik niet meer voor mezelf instaan. Ik was al te lang weg.

Om Michel af te remmen, maar vooral mezelf te behoeden, nam ik zijn hoofd in mijn handen, dwong hem me aan te kijken.

'Kijk me aan,' siste ik. Ik wist de Franse uitdrukking voor betrapt worden niet, dus voegde ik eraan toe: 'Ik ben bang, oké? Ik ben echt bang.'

Dat leek te werken. Hij liet me los.

Ik sjorde mijn beha naar beneden, knoopte snel mijn bloes dicht en stopte een losgekomen pand terug onder mijn ceintuur. Liet mijn vingers door mijn haar gaan en schudde het een beetje los. Michel keek me donker aan, hij volgde al mijn bewegingen. Knoopte daarna zijn broek dicht en schikte de inhoud. 'Je moet echt een keer naar mij toe komen.'

'En Bruno dan?' hoorde ik mezelf zeggen. Ik was nog lang niet hersteld. Ik voelde een blos op mijn wangen en ik ademde oppervlakkig. 'Die kent me. En onze auto.'

Mijn god, was dit echt waar, stond ik hier nu stiekem een afspraakje te maken, met voorbedachten rade?

Gaan zulke dingen zo?

'Op vrijdagavond is hij er nooit, dan gaat hij naar zijn vriendin. Kom vrijdag.'

'Wat weet Bruno eige – '

Michel week achteruit. Ik zag hem kijken, verschrikt, naar iets achter mij, en meteen was hij weg en stond ik alleen.

Ik draaide me om. Peter.

Ik reageerde heftiger dan iemand met een zuiver geweten zou doen. Mijn gezicht kleurde nog dieper, mijn mond viel open. Mijn lichaam verraadde me, ze verraadde me altijd. Met moeite produceerde ik een glimlach, maar hij was beverig, onnatuurlijk. Ik greep naar de sluiting van mijn bloes, om te controleren of die dicht was.

Nu moest ik iets zeggen, iets wat de spanning zou breken, iets wat deze *rendez-vous* met Michel, een van zijn werklui, in de vroege ochtendschemer, tegen de buitenmuur aan, zou verklaren en ten slotte tot iets nietigs, iets volstrekt onschuldigs zou doen verschrompelen.

Elke seconde dat ik bleef zwijgen zou ik schuldiger lijken, zou ik schuldiger zijn, zou er te veel nadruk worden gelegd op... Op wat? Wat had Peter precies gezien? Dácht hij alleen maar dat hij iets had gezien? Nee. Hij wíst het.

Ik zag aan zijn hele houding en in zijn ogen dat hij wist wat er gaande was.

Vreemd genoeg zei hij niets. Hij bleef nog even staan, alsof hij wilde genieten van mijn paniek, dit moment wilde rekken. Toen glimlachte hij alleen maar raadselachtig en liep grinnikend in de richting van de achterdeur, hoofdschuddend bijna.

21

Bastian zwaaide vervaarlijk met een zwaard van papier-maché en riep een strijdkreet. Isabelle was verkleed als elfje, met vleugeltjes van ijzerdraad en tule. Een legertje van lichtblauwe en roze elfjes nam het op tegen boze dwergen en ridders. De logica ontging me gedeeltelijk, de snel en onduidelijk uitgesproken dialogen volledig.

Om me heen zaten minstens tweehonderd mensen opeengepakt in de *salle de fête*. De trotse ouders en familie van de Amandines, Laura's, Thomassen en Lucs die vanavond het optreden verzorgden waar ze al wekenlang voor hadden gerepeteerd. Het dorpshuis was in duister gehuld, spotlights op het podium gericht. Alleen de niet-rokenborden langs de muur lichtten zacht op. Ik voelde me trots, net als iedereen hier, maar misschien net een beetje meer dan de gemiddelde ouder.

De elfjes renden bevallig een achtje over het podium, met zwaaiende armpjes. De muziek stond luid en de installatie kraste een beetje. Langs het podium stonden de leraren en leraressen – die hier *maîtresses* heetten – in hun handen te klappen en de kinderen aan te moedigen.

Ik dacht terug aan de afgelopen week. We sliepen inmiddels in de slaapkamers in de linkervleugel. De caravan stond er verlaten bij. Die werd nu alleen nog gebruikt door de kinderen om televisie te kijken, en ook dat zou binnenkort niet meer nodig zijn omdat de gastenkamer naast de slaapkamer van Isabelle bijna klaar was, en als tijdelijke woonkamer kon gaan fungeren. Ik had er een dubbel gevoel over. Enerzijds was het een overwinning om niet meer in dat kreng te hoeven slapen. Aan de andere kant was de caravan de afgelopen weken een symbool geworden. Ik had de meest intense momenten van mijn leven binnen zijn omlijsting van metaal en kunststof beleefd. Nu stond hij te verpauperen tussen het weelderig groeiende onkruid, als een bedenkelijk monument.

Binnen slapen was niet de enige verandering. Peter had Eric verteld dat hij een paar nieuwe karweien had aangenomen waarbij hij, zeker in het begin, zoveel mogelijk zelf aanwezig wilde zijn. Zijn supervisie was niet meer vereist voor de afwerking van onze linkervleugel. Volgens Peter konden we het prima af met twee, hooguit drie werkkrachten. Sinds afgelopen dinsdag werkten dan ook alleen nog Louis, Pierre-Antoine en Antoine bij ons. Peter was maandag nog bij ons geweest om dit te vertellen en om de drie jongens te instrueren die voorlopig bij ons bleven werken. Met ingang van volgende week konden we Peter elke maandagochtend verwachten, omdat hij de vooruitgang in de gaten wilde blijven houden. En natuurlijk het geld van de week ervoor wilde innen. Hij overhandigde Eric elke week een factuur, waarop de uren stonden aangetekend. Eric betaalde hem contant, Peter tekende af, en zo bleven we, zoals hij dat noemde, 'steeds bij'. Ik vond het prettig dat Peter nu bijna niet meer bij ons kwam, want ik had moeite hem recht in de ogen te kijken, zeker waar Eric bij was, of de kinderen.

De nieuwe situatie was voor iedereen beter.

Desondanks miste ik de jongens. Ik was gewend geraakt aan koken voor een grote ploeg, zoveel leven in en rond het huis, hun gezang. En nu, op de derde dag van de nieuwe situatie, had ik de hoeveelheid eten tussen de middag nog steeds niet op de kleinere groep kunnen afstemmen.

Eric stootte me aan. 'Geweldig, Simone, moet je dat mannetje zien. Hij heeft aanleg, zie je? Hij geniet echt van al die aandacht.'

Ik schrok op uit mijn gedachten. 'Ja,' zei ik zacht en ik moest de neiging onderdrukken om niet met '*oui*' te antwoorden, om minder op te vallen tussen alle Fransen. Een man die schuin voor ons zat keek naar ons om. Ik herkende hem, maar ik kon me niet meer herinneren van wie hij de vader was. Hij beantwoordde mijn glimlach en keek weer voor zich.

Eric boog zich naar me toe. 'Zie je Isabelle, met die vlechtjes, wat moet die *maîtresse* een werk hebben gehad aan al die meiden.'

'Ja, schattig.'

'Moet jij ook eens doen.'

'Ik, vléchtjes?'

'Ja, bij Isabelle. Het staat haar leuk.'

Mijn reactie ging verloren in het applaus. Het zaaltje werd nu fel verlicht door tl's aan het plafond. Iedereen schuifelde langs de houten stoeltjes naar de aula. Mensen spraken met elkaar, gaven elkaar een hand. Sommigen liepen meteen naar buiten om een sigaret te roken. Het liefste wilde ik nu meteen weg, maar voor we hier konden ontsnappen moesten we nog wachten op de kinderen.

In de aula waren een paar tafels tegen elkaar geschoven. Erachter stonden twee vrouwen, kordate vijftigers, met korte jasjes en witte bloezen, plastic bekertjes te vullen met vruchtensap, water en rode wijn. Ik greep achteloos naar een bekertje donkerrood vocht. Een beetje alcohol was welkom. Eric nam er ook een van de tafel en bleef zwijgend bij me staan. Mensen liepen ons voorbij, knikten ons vriendelijk toe, sommigen gaven me een hand. Ik stelde Eric aan hen voor, maar verder dan het standaard '*ça va*?' en een vriendelijke glimlach ging het niet.

'Het gaat lekker hè, met integreren,' kon ik niet nalaten te zeggen. Ik kon mijn tong wel afbijten.

Eric keek om zich heen. 'Weet je die Irakese mensen nog, in Nederland?'

Ik knikte. Bij ons in de wijk waren twee jaar geleden Irakezen komen wonen. Ze hadden twee dochters, die bij Bastian en Isabelle op school kwamen. Naar verluidt waren het goed opgeleide mensen, hij was ingenieur geweest, of professor aan een universiteit, zoiets. Ze waren hun thuisland ontvlucht om in Nederland een nieuw leven op te bouwen. Beter dan ooit kon ik nu begrijpen hoe ongelooflijk moeilijk ze het moesten hebben gehad. Ik kon er niets aan doen, maar ik dacht meteen aan Michel. Bepaalde vormen van integratie kenden geen taalprobleem.

'Die Irakezen liepen er op zulke avonden ook altijd een beetje verloren bij,' antwoordde ik mat.

'Taalproblemen,' zei Eric. 'Mensen hebben er geen zin in om op een feestavond een moeizaam gesprek te voeren. Maar dat zal vanzelf wel beter worden, als we hier langer wonen.'

Dat hoopte ik. Zeker was ik er niet van. Ik was helemaal nergens meer zeker van. Eigenlijk twijfelde ik op dit moment aan alles, aan de hele onderneming, aan de *chambres d'hôtes*, in hoeverre ik die eigenlijk wel wilde, en aan de beslissing om Eric te volgen. Zelfs aan de beslissing die ik dertien jaar geleden had genomen om met hem te trouwen. Ik groef steeds verder in mijn geheugen. Al onze mooie momenten leken in het niet te vallen bij wat ik met Michel had ervaren. Was het wel liefde geweest, de reden waarom ik met Eric was getrouwd? Of had ik alleen maar 'ja' gezegd omdat ik van huis uit met de paplepel ingegoten had gekregen dat een economisch aantrekkelijke echtgenoot het doel in mijn leven moest zijn – en dat Erics aanzoek destijds dus betekende dat mijn missie was volbracht?

Ik kon me geen moment herinneren waarop ik me zo verscheurd had gevoeld als nu, in die *salle de fête* in het diepe zuiden van Frankrijk, waarop alle hoofdlijnen uit mijn leven als een onontwarbaar kluwen in elkaar waren gedraaid.

'Ken jij iedereen hier?' vroeg Eric.

'De meesten wel, van gezicht. Het zijn bijna allemaal ouders.'

'Gek eigenlijk,' zei hij, terwijl hij nadrukkelijk om zich heen keek. 'Ik ken hier werkelijk niemand, geen mens. En voor jou zijn het bekende gezichten... We hebben geloof ik een beetje langs elkaar heen geleefd de laatste tijd.'

'Dat... dat was te verwachten, natuurlijk.'

In Nederland was dat al niet veel anders. Daar was het de zaak, hier het huis.

'We gaan het volgend jaar anders doen, hoor. Het is nu nog hectisch, maar ik heb er de afgelopen dagen over nagedacht. Misschien dat als het huis af is, ik de kids bijvoorbeeld 's ochtends naar school breng of zo, en jij ze 's avonds weer ophaalt.'

'Dat zouden we kunnen doen.'

Ik nam een flinke slok wijn, die me niet smaakte. Terwijl ik onwennig om me heen keek dwaalden mijn gedachten af naar afgelopen maandag.

Ik was extreem nerveus geweest om Peter weer onder ogen te komen. Hij had me zo nu en dan blikken toegeworpen, maar liet het daarbij. Dat had me enigszins gerustgesteld, voor zover dat mogelijk was. Ik was tot de conclusie gekomen dat het voor hem waarschijnlijk ook geen beste reclame was als het uitkwam. Michel was tenslotte een werkkracht van zijn bedrijf, en Peter had er niets aan wanneer er een crisis zou komen tussen Eric en mij. Het werk zou stil komen te liggen. Mensenkennis was niet mijn sterkste punt, maar ik had het idee dat ik Peter inmiddels een beetje had leren kennen; hoe vriendelijk en amicaal hij ook kon zijn, als het op geld aankwam, was hij strikt. Zodra de jongens naar huis waren en zijn factuur op tafel kwam, viel me steeds Peters afstandelijke, zakelijke houding op. Die veranderde weer snel zodra hij de bundel bankbiljetten die Eric hem toestopte in zijn portefeuille had gedaan. Waarschijnlijk had Peter bedacht dat de continue geldstroom die uit Erics portemonnee kwam, belangrijker was dan zijn ontluikende vriendschap met hem. Of misschien hoopte ik dat alleen maar. Wat ik wilde proberen, als dat ook maar enigszins binnen mijn invloedssfeer lag, was om straks, als het huis klaar was, de vriendschap tussen Peter en Eric te ontmoedigen. Ik zou er alles voor in de strijd gooien.

Peter wist te veel. Ik wilde hem hierna niet meer in ons leven. Maar voorlopig kon ik alleen maar hopen dat de afgelopen zondagochtend geen gevolgen zou hebben.

Ik schrok op uit mijn gedachten door een man die op ons af kwam lopen. Een jaar of zestig, met wit haar en een kalend hoofd. De burgemeester van ons dorp.

Hij knikte ons welwillend toe, gaf een hand en wisselde de gebruikelijke beleefdheden uit. 'Uw kinderen deden het goed, hoor.'

Ik glimlachte beleefd. 'Dank u.'

'Vordert de bouw een beetje?' vroeg hij aan Eric.

'Ja hoor, het gaat prima. Nog een maandje of zes, denk ik, en dan zit het grootste werk erop.'

'Uw huis is van zeer invloedrijke mensen geweest, wist u dat?'

Als twee kleine kinderen schudden we onze hoofden, gelijktijdig.

'Van de familie Sagot,' ging hij door. 'Wijnboeren. Veertig jaar geleden trokken de laatste twee zoons van de familie naar de stad.

Sindsdien werd het huis alleen nog gebruikt voor de vakanties, en later helemaal niet meer.'

Ik dacht aan de glooiende velden rondom ons huis. Ik had geen wijngaard kunnen ontdekken. Nog geen sprietje druivenplant.

'Waar zijn de wijngaarden gebleven?' vroeg ik.

De burgemeester – zijn naam was me ontschoten – trok een somber gezicht. 'Die werden verwaarloosd, niemand die het bijhield. In de jaren zestig zijn ze uiteindelijk allemaal gerooid. Erg jammer. Maar ja, de vooruitgang, hè. Mensen trokken naar de steden, ze wilden hier niet meer blijven wonen... Jammer van het huis, ook. Iedereen vindt het fijn dat het nu weer in oude luister hersteld wordt.' Met een vriendelijke knik en nogmaals een handdruk nam hij afscheid van ons.

'Dat is in Nederland toch ondenkbaar,' zei Eric. 'Dat de burgemeester op een schooluitvoering is en met iedereen een praatje aanknoopt.'

'Ik weet niet eens wie onze burgemeester was,' dacht ik hardop.

De eerste kinderen begonnen de aula in te druppelen. Ik herkende er een paar, twee jongetjes die bij Isabelle in de klas zaten.

Uiteindelijk ontdekte ik de smoeltjes van Bastian en Isabelle. Ze kwamen opgetogen op ons af gerend. De schmink was niet volledig weggepoetst door de juf, er zaten blauwe randjes rond Isabelles neus en ogen.

'Mama, heb je goed gekeken?'

'Ja, schat.' Ik streelde over haar vlechtjes. 'Je was geweldig meid, hartstikke goed! Ik ben trots op je.'

Ik kneep in Erics arm. 'Zullen we gaan?'

Hij goot het laatste beetje wijn in zijn keelgat. 'Goed plan. Het is verdorie half twaalf. Jij en de kids hebben morgen vrij, maar om acht uur staan de jongens weer voor mijn neus.'

Op de terugweg in de auto lagen Isabelle en Bastian te dommelen op de achterbank. Eric moest een noodstop maken voor twee everzwijnen die op een drafje, met opgeheven staart, schuin de weg overstaken. Hun ogen lichtten op in het licht van onze koplampen.

'Wat denk je,' zei Eric 'zullen we wat wijnstokken gaan planten?

Misschien kweekt dat wel goodwill.'

'Lijkt me niet. Ik heb geen verstand van wijn. Jij ook niet.'

'Dat kun je toch leren? Misschien dat ik dat nog eens ga doen, druiven verbouwen. De grond is er geschikt voor, lijkt me.'

Ik zweeg en keek naar het weggetje voor me. De koplampen van de Volvo verlichtten de bomen en struiken, en hier en daar een eenzame brievenbus aan het begin van een karrenspoor of pad dat het bos in verdween. Nergens stond een lantaarnpaal.

Onwillekeurig dwaalden mijn gedachten af naar Michel. Ik had hem sinds het feest niet meer gezien. Ergens was ik een beetje in hem teleurgesteld. Hij had me alleen laten staan, die avond buiten. Zonder een woord te zeggen of me te waarschuwen was hij weggelopen, ontweek hij de confrontatie.

En toch ging er geen uur voorbij dat ik niet aan Michel dacht.

■

'Simone! *Ne dis rien!*'

Ik schiet rechtop in bed. Een schreeuw, die resoneert in mijn hoofd. Ik hef mijn kin op en luister. Stilte.

Het duurt even voor ik in de gaten heb waar ik ben. Ja, ik weet het weer. Het harde matras, de allesomvattende duisternis. De geur van angst, van wanhoop, van zweet en chloor.

Zeg niets.

Ik trek de deken tegen mijn buik en klem mijn armen om mijn lichaam. Heb ik het gedroomd? Sliep ik? Mijn hele lijf pulseert mee met mijn hartslag, terwijl ik ingespannen blijf luisteren.

Alleen nog maar stilte.

Ik moet gedroomd hebben. Het kan niet anders. Het is waarschijnlijk midden in de nacht, en ik hoor niets anders dan het kloppen van mijn eigen hart. Het bloed suist in mijn oren.

'*Ne dis rien!*'

Mijn ogen lichten op in het donker.

Het klinkt gedempt, niet als een schreeuw, maar het is zo echt als het maar kan zijn. Ik vergis me niet.

Ik ken die stem. O, ja, en of ik die ken. Ik glimlach.

Ik ben hier niet alleen.

Voetstappen op de gang, ze lopen mijn cel voorbij. Iemand maant om stilte. Ik hoor sleutelbossen rinkelen.

Terwijl warme tranen door mijn wimpers naar buiten glijden, doe ik in stilte een belofte.

Ik zal niets zeggen. Helemaal niets.

■

22

'Ik ga boodschappen doen.'

'O, mam, mag ik mee?'

'Nee schat, dat wordt te laat, ik wil dat jullie om negen uur in bed liggen.'

'Wat maakt het uit,' bromde Eric. 'Het is weekend, morgen is het zaterdag.'

Bastian keek verwachtingsvol naar me op. Voor hem was elke rit naar de stad een kanskaart, een ticket voor een cadeautje of een zak snoep. Ik verwende hen te veel.

'Nee, lieverd, mama wil even alleen weg, zonder kindjes.'

Eric trok zijn wenkbrauwen op.

'Ik heb er gewoon even geen zin in,' zei ik snibbig. 'Ik wil gewoon... even niets, rustig alleen winkelen. Ik heb ook een nieuwe rok nodig, niet alleen boodschappen.'

Eric haalde zijn schouders op. 'Mama wil jullie niet mee hebben, jongens. Volgende keer dan maar.'

'Maar ik neem chocolade mee,' zei ik, om het leed te verzachten.

'Een Kindersurprise-ei?' probeerde Bastian.

'Doe ik, maar je krijgt het morgen pas. Als ik thuiskom, wil ik dat jullie in bed liggen.' Dat laatste was een verkapte instructie voor Eric. Niet dat het ook maar enigszins effect had, maar ik bleef het proberen.

De supermarkt in de stad was niet te vergelijken met de DEEN in ons dorp. In de verste verte niet. Onze oude dorpssupermarkt verschrompelde tot een kraampje op een woensdagochtendmarkt vergeleken met deze Franse LeClerc. Het was een bijna-pretpark, iets waar de jongens aan refereerden met '*grande surface*' – dat letterlijk groot oppervlak betekent, en dat was zacht uitgedrukt. De supermarkt was buitenproportioneel groot. Enorm qua afmetingen, en vooral qua keus. Om duizelig van te worden. Rijen vol met toetjes, oliën, vlees, vis, schaaldieren, kaas, brood, chocolade, zuidvruchten, frisdrank, ondergoed, servies, elektronica, boeken. Duizenden meters; je kon je er volledig in verliezen en er dagen in doorbrengen. Isabelle en Bastian vergaapten zich steeds bij de vleesafdeling aan de complete koeientongen, schapenharten en allerlei andere, niet minder spectaculaire anatomische onderdelen van hoefdieren die we in Nederland alleen maar kenden van plaatjes. Bij de visafdeling lagen ter decoratie wel eens haaienkoppen met uitdrukkingsloze, starende ogen tussen de zalmmootjes, die ze vol ontzag en met zichtbare sensatiedrang van alle kanten bekeken. Het aquarium met levende kreeften kon eveneens op hun morbide belangstelling rekenen.

Ik beperkte me tot mijn lijst en duwde het karretje haastig voor me uit. De diepvriesafdeling ontweek ik. Nadat ik betaald had bij een van de zevenendertig kassa's dook ik in een kledingzaak die onder hetzelfde dak huisde, en liet mijn kar onbeheerd bij de ingang staan. Dat deed ik vaker, het gaf nooit problemen.

In een rek uitgaanskleding vond ik een zwart rokje, van een combinatie met stretch en katoen. Even verderop griste ik een paar beha's van een rek. Zwart kant, driekwart cups. Ik paste het rokje en draaide rond voor de spiegel. Zette mijn handen op mijn heupen. Draaide nog eens. Het ding was wel erg kort. Té kort? Kon ik dit nog hebben? Mijn zelfvertrouwen werd nu toch wel enigszins getemperd door het onbarmhartige licht, dat elke oneffenheid op mijn ontblote benen nauwkeurig toonde. Ik besloot de rok desondanks aan te houden; nergens was het licht zo onvoordelig als in pashokjes – onbegrijpelijk genoeg.

Van de beha's paste er een. Een model dat ik al in geen jaren meer had gedragen. Ik bekeek mijn spiegelbeeld en kon het niet nalaten naar mezelf te grijnzen.

Met twee volle tassen boodschappen op de achterbank reed ik Rue Charles de Gaulle in. Een brede straat met een heleboel oude huizen, hoge gebouwen, veel stoplichten en nergens een boom te bekennen. Parkeerplaatsen evenmin. Het was donker geworden, de straat werd verlicht door lantaarnpalen die een oranje licht verspreidden. Ik kruiste smalle stegen met verpauperde huizen, waar links en rechts auto's stonden geparkeerd. Het voormalige ziekenhuis waar Michel woonde zag er somber uit. Groot, onpersoonlijk, opgetrokken uit grote betonnen platen en met een centrale ingang in het midden. In een van de zijstraten liet ik de Volvo achter. Een koele herfstwind cirkelde om mijn blote benen. Ik keek om me heen. Er was geen mens op straat. Een vaag schijnsel van de lantaarnpalen viel vanaf de hoofdweg op de geparkeerde auto's.

In een wijk als deze zou ik normaal gesproken nooit komen.

Toch liep ik hier. Mijn hakken tikten doelbewust over het geasfalteerde trottoir. Voor het eerst sinds mijn geboorte deed ik niet wat er van me verwacht werd, maar iets wat ik zelf met mijn hele wezen wílde. Wat dit ook in gang gezet had, de emigratie, de levensfase, de Spartaanse manier van leven, het warme weer, of alles tegelijk, ik wist het niet. Wat ik wel wist was dat ik nu voor mezelf koos, en dat ik dit niet wilde opgeven. Het voelde meer dan goed.

Het voelde als een bevrijding.

Voor de ingang bleef ik staan. Drie treden naar dubbele deuren met draadglas. Ik duwde tegen de rechterdeur. Hij gaf mee. Op de vloer lagen platgetrapte blikjes en folders. Ik liep de trap op, deprimerend betongrijs in groenig licht. De muren waren bekleed met dofgele tegeltjes en grijs voegwerk.

Hier woonde Michel. Hier liep hij ten minste twee keer per dag, op deze trap.

Op de eerste verdieping hijgde ik een beetje. Mijn hart bonsde. Allemaal deuren, nergens een raam te bekennen. Vuilwitte muren vol vegen, in tralies gevangen plafonnières. Mijn bevrijding had de verschijningsvorm van een gevangenis.

Bij nummer 38 klopte ik op de deur, maar niet voor ik mijn rok toch maar wat naar beneden had getrokken, mijn haar had losgeschud en mezelf moed had ingesproken. Ik probeerde te slikken. Mijn mond was te droog.

Michel deed de deur open. Hij droeg een strak T-shirt, appelgroen met opdruk, en een nauwsluitend zwart boxershort. Hij keek me onderzoekend aan, met een blik in zijn ogen die ik niet goed kon plaatsen. Vervolgens trok hij de deur uitnodigend verder open en liep ik naar binnen.

In het midden van de kamer bleef ik staan. De ruimte was niet veel groter dan de slaapkamer van Bastian. Aan mijn linkerhand was een simpel beige keukenblokje, schoon en opgeruimd. Een klein, vierkant raam tegenover me bood uitzicht op de verdiepingen van het tegenoverliggende gebouw. Een tweezitsbank van een ondefinieerbare kleur en een metalen twijfelaar met een eenvoudig grijs gestreept dekbed. Grijs tapijt, een kleine tv en een cd-speler. Dominant aan de muur boven zijn bed hing een poster van een film van Tarantino. Een wekkerradio, een stapeltje tijdschriften, cd's en twee schaalmodellen van motoren.

Dat was het. Niet meer dan dat. Dit was zijn huis. Zijn thuis.

Een groter contrast met onze weelde, de ruimte, het ontelbare aantal kamers en de hectares grond was vrijwel niet mogelijk.

Ik had nog niets gezegd, Michel evenmin. En toch was er een continue stroom van communicatie. Een koortsachtige tinteling die vibreerde in de ruimte. De nervositeit gierde door me heen.

Toen zijn hand doelgericht een weg vond onder mijn rok, en hij zijn gezicht in mijn hals nestelde, wist ik weer waarom ik hier was. Al het andere viel weg. Ik zou de hele wereld over gereisd zijn om dit lichaam tegen het mijne te kunnen voelen.

'Ik heb iets voor je,' zei Michel, toen ik terugkwam van het toilet op de gang. Michel deelde zijn badkamer met acht andere huurders. Geen van hen was aanwezig. Wel hun vuile ondergoed, handdoeken en een bonte verzameling bekers met tandenborstels.

Toen ik zag wat hij voor me had neergelegd, bleef ik stokstijf staan. Het was de eerste keer dat ik het in het echt zag.

Cocaïne.

Ik staarde naar het spiegeltje, het kleine beetje witte poeder dat erop lag. Allerlei gedachten en gevoelens raasden door me heen.

'Dit wilde je toch?' Michel lag languit op bed, twee kussens achter zijn hoofd. De cd die hij tijdens mijn afwezigheid had aangezet, kende ik niet. Franse rap.

Hij had dus wel degelijk begrepen waar het gesprek over was gegaan, dat ik met Peter in het Nederlands had gevoerd, die nacht na afloop van het feest. Maar dat was dronkemanspraat geweest, theoretisch gezever.

Toch?

Ik bleef onafgebroken naar het poeder kijken. Gebiologeerd. Ik beet op mijn onderlip. Eén lijntje. Zou het kwaad kunnen?

Ik wierp een calculerende blik op de wekkerradio. Het was negen uur. Om tien uur moest ik thuis zijn, later thuiskomen kon ik niet verantwoorden. Dat betekende dat ik over ruim een halfuur weg moest.

Was het dan uitgewerkt? Of zou deze keus, waar ik nu voor stond, tot gevolg hebben dat ik straks met grote pupillen, stuiterend van de energie en van overmoed, mijn gezin tegemoet zou treden?

Ik had het zo vaak gezien op tv. Zo vaak erover gelezen.

De hele wereld deed het. Mijn eigen zwager, een goede vriendin, hele volksstammen. Iedereen. Dus waarom ik niet?

Een nieuwe ervaring opdoen. Ik merkte dat ik trilde van opwinding. Freud, Edison en Jules Verne waren bekende coke-gebruikers uit de geschiedenis. Als zij het hadden gedaan...

Ik ademde snel. Keek van Michel naar het witte spul. Weer naar de klok.

'Ik doe het niet,' zei ik, ineens, meer hardop tegen mezelf dan tegen Michel.

Michel lag me aan te kijken. Loom. 'Het kan geen kwaad. Een tiende gram. Is over een uurtje uitgewerkt.'

Ik schudde mijn hoofd. 'Nee, echt niet. Sorry.'

'Bang?'

Ik knikte.

'Jammer.'

Ik ging naast hem in bed liggen en nestelde me tegen hem aan. Kuste hem op zijn neus. 'Het is wel heel lief van je.'

Hij trok een mondhoek op, speelde met mijn haar. 'Je weet niet wat je mist.'

'Misschien is dat maar goed.'

Hij keek over mijn schouder naar het kleine laagje wit poeder. Legde zijn kin in de holte van mijn hals. Streelde afwezig mijn buik. Ik huiverde.

'Zal ik het bewaren?' vroeg hij. 'Voor de volgende keer?'

Ik twijfelde. Misschien te lang.

'Laat maar,' zei hij. 'Het hoeft niet.'

Vreemd genoeg voelde ik me nu schuldig. Ik had geen idee wat dit gekost moest hebben, en hoeveel moeite hij had gedaan om het voor me te kunnen kopen, maar ik kon me er wel iets bij voorstellen. Veel geld had hij niet en de Franse wetten aangaande drugs waren vreselijk rigide.

Michel had zijn nek voor me uitgestoken, en burgertrut Simone Jansen durfde het niet aan.

'Je had het niet hoeven doen,' zei ik. 'Het is te duur. Te risicovol.'

'Ik wilde je iets geven wat je graag wil hebben... Iets wat Eric niet hoeft te weten.'

'Dat doe je al,' zei ik. Mijn hand gleed over zijn buik naar beneden. 'Meer dan genoeg. Geloof me.'

23

Actie, in welke vorm dan ook, leidt onherroepelijk tot een reactie. Wat je zegt, hoe je kijkt, een vergeten handdruk of een te lange stilte. De duizenden, ogenschijnlijk zo onbeduidende dagelijkse beslissingen die je neemt, bewust of onbewust; al die zaken, stel je ze voor als boemerangs die je achteloos op je weg door de tijd de ruimte in slingert. Stap na stap, beslissing na beslissing, ontmoeting na ontmoeting.

Vele stranden niet ver van je vandaan in het zand, en worden vergeten. Andere keren bij je terug.

Wat je treft, is niet zelden door jezelf geïndiceerd. Onbewust.

Maandagochtend, half twaalf. De brede voordeur in de hal – splinternieuw, nog in de grondverf – stond wagenwijd open. In de afgelopen maanden was ik gewend geraakt aan een open huis. De vervallen schuren aan de overkant van het binnenplein stonden er somber bij. Het miezerde een beetje. Het getsjirp van de krekels had ik al een poos niet meer gehoord. De kikkers hadden waarschijnlijk een heenkomen gezocht in de dikke, isolerende modderlagen op de bodem van ons meertje en de zwaluwen waren vertrokken. Begin november in Zuid-Frankrijk.

De jongens deden hun uiterste best om de stilte te compenseren. Ze waren boven aan het werk en maakten een enorm kabaal. Stof dwarrelde door de hal. De oude tegeltjes in de badkamer moesten het ontgelden. Rechts van de trap stonden een bad, een douchedeur en een spoelbak, nog in bubbeltjesplastic en karton verpakt.

Deze week kregen we een volwaardige badkamer.

Gedachteloos zette ik een braadpan op het vuur, wachtte tot die warm was en goot er een flinke hoeveelheid olijfolie-met-citroen in.

Uit de vrieskist dook ik een potje met diepvriespeterselie op, waarmee ik de lauwwarme aardappels bestrooide. Vervolgens nog wat grof zeezout, waarna ik de inhoud van de vergiet in de hete olie liet glijden. Het siste even. Met een spatel maakte ik kleine brokjes van de aardappels, wachtte even tot de onderzijde van de massa goudgeel werd, en schepte alles om.

Dat ik nog niet helemaal dichtgegroeid was, met al dat eten, was een wonder.

In een van de Nederlandse tijdschriften die Erica bij me had achtergelaten, had een coverartikel gestaan over Franse vrouwen. Dat ze zo slank bleven, terwijl ze toch twee keer per dag uitgebreid warm aten en vrijwel dagelijks wijn dronken, had volgens de schrijvers van het artikel alles te maken met de kookcultuur. Fransen keken niet op een paar euro's als het ging om eerlijke ingrediënten; enkelvoudige voedingsmiddelen waarvan de herkomst bekend en vertrouwd was. Ze namen ruim de tijd om maaltijden te koken en vervolgens nog veel meer tijd om ze met smaak op te eten. Elke dag opnieuw.

Misschien was dat traditioneel wel zo, maar om me heen zag ik toch heel wat vrouwen die blijkbaar niet in het geromantiseerde onderzoek waren meegenomen. Het tijdschrift had de aanlokkelijke chips- en snoepvarianten die steeds meer ruimte in beslag namen in de supermarkten waarschijnlijk evenmin ontdekt. Haribo was hand over hand terrein aan het winnen in het diepe Franse zuiden. De zakjes Duitse zoethouders werden gedachteloos uitgedeeld op verjaardagen en op de talloze lange autoritten.

Met de bekende resultaten.

Ik schrok op uit mijn gedachten. Bleu, die in de hal had liggen soezen, sprong op en liep kwispelend op Peter af. Hij stapte de hal in, aaide Bleu achteloos over zijn rug en kwam mijn richting op.

Mijn hart sloeg over. Ik begon dwangmatig allerlei onzinnige handelingen te verrichten, in een poging een begroeting uit te stellen. Ik draaide mijn rug naar hem toe om mijn handen onder de kraan af te spoelen en droogde ze aan een theedoek. Ik gaf een signaal af, in de hoop dat hij meteen doorliep naar boven.

Niet. Vlak achter me schuurde steengruis onder zijn voetzolen.

Ik draaide me om. Het bleef moeilijk om hem recht in de ogen te kijken, dus keek ik een beetje langs hem heen. Hij kuste me driemaal, heel nadrukkelijk, terwijl hij mijn bovenarmen vasthield en ik dus geen kant op kon. Het was een opdringerige, nogal hanige manier van begroeten, die hem zo typeerde. In de beperkte ruimte van de keuken, bij afwezigheid van Eric en de jongens en in combinatie met de onderhuidse spanning, voelde het bijna als een aanranding. Ik liet het gelaten over me heen komen en week meteen naar achteren toen hij me losliet. Hij keek me langdurig strak aan en wekte de indruk alsof hij iets wilde zeggen. Abrupt draaide hij een kwartslag en hief een van de deksels van de pannen. 'Ziet er goed uit. Ik eet mee.'

Daarna verdween hij de hal in, me verward achterlatend.

Tijdens het eten leek er in eerste instantie weinig aan de hand te zijn. Gewoon zes mensen die in gesprek waren en die van een goede maaltijd genoten.

Ik wist wel beter.

Peter had me geen blik gegund in het afgelopen uur. Hij had gesproken met iedereen aan tafel, behalve met mij. De halfslachtige pogingen die ik deed om met hem in gesprek te komen, vonden geen voedingsbodem. Ik begon de tafel alvast af te ruimen.

Toen ik een volle pot koffie op tafel zette, hoorde ik dat er een ander gespreksonderwerp ter tafel was gekomen. De conversatie was in rap Frans en het onderwerp was vrouwen. Als ik het goed had, werd hier verkondigd dat Franse mannen een buitenlandse vrouw prefereerden. Wat er volgens hen allemaal mankeerde aan Franse vrouwen werd me niet duidelijk. Het ging te snel, en deels in argot – plat Frans.

Ik speelde met het lepeltje in mijn koffie. Zoals ik me nu voelde, deed ik er beter aan thee te drinken. Dat zou een kalmerend effect hebben. Ik troostte me met de gedachte dat het alweer bijna half twee was. De jongens gingen zo weer aan de slag. Nog een halfuurtje, hooguit drie kwartier, en Peter Vandamme was weer een week lang uit beeld.

Ineens keek Peter me recht aan en schakelde over op Nederlands.

'Het is het best bewaarde geheim van Frankrijk, maar de meeste Françaises hebben het achter hun ellebogen. Naar buiten toe heel beleefd, keurige vrouwen, échte moeders voor hun kinderen en toegewijde echtgenotes. Maar o wee...'

Ik keek hem verbijsterd aan. Mijn vingers bleven als bevroren om het lepeltje geklemd.

Hij glimlachte cynisch. 'Wist je dat de meesten er een minnaar op na houden? Sommigen zelfs meer dan één. Zeker hier, *à la campagne*. De dames hebben het er maar druk mee.'

Ik probeerde rustig te blijven. Zo rustig mogelijk, wat me niet al te best afging, en ik keek schielijk naar Eric, die geïnteresseerd zat te luisteren.

'Jij begint anders ook al aardig in te burgeren, hè, Simone?' ging Peter verder. '*Presque française...*' Hij wierp me een triomfantelijke blik toe en nam een slok van zijn koffie.

Mijn hart klopte in mijn keel en ik voelde dat ik rood aan begon te lopen.

'Peter heeft wel een beetje gelijk,' viel Eric hem bij. 'Je begint inderdaad al aardig te wennen. Met dat koken en zo. Vroeger kookte je nooit zo uitgebreid. Wat dat betreft heeft de verandering van omgeving je goed gedaan.'

De ondertoon was Eric volledig ontgaan, en dat kon ik niet begrijpen, want wat Peter hier werkelijk zat te vertellen lag er verbijsterend dik bovenop. Dat niet alleen; het woord 'schuldig' moest in vier talen op mijn gezicht geschreven staan, met dikke, vette uitroeptekens erachter. Mijn adem stokte in mijn keel en ik besefte dat ik iets terug moest zeggen. Ik keek om me heen, en heel even leek het of iedereen me zat aan te staren. Ik voelde een paniekaanval opkomen.

Met alle wilskracht die ik kon verzamelen perste ik er een glimlach uit. 'Ik had nooit gedacht dat ik dat koken zo leuk zou vinden...'

Laat het hierbij blijven, alsjeblieft.

Peter zat me te observeren. Zijn bruine ogen waren aanhoudend op me gericht, alsof hij me wilde fixeren, ontleden bijna.

Ik plukte een niet-bestaand vuiltje van mijn spijkerbroek en bleef daarmee bezig, schraapte verder over de diagonaal geweven stof om maar niet op te hoeven kijken.

'Dat moet toch heel fijn zijn,' hoorde ik Peter zeggen, 'als je zomaar dingen kunt doen die je leuk vindt.'

Hij moet ophouden, hij moet nu echt ophouden.

'Mag ik nog wat koffie?'

Het was de stem van Pierre-Antoine, de jongen met het Spaanse uiterlijk.

Ik ging staan en schonk hem koffie in. Het ging maar net goed. Ik trilde nog steeds. Automatisch schonk ik de rest van de mokken vol, ook die van Peter, in een laatste, vanuit Peters perceptie waarschijnlijk nogal wanhopige poging om alles zo normaal mogelijk te laten lijken.

Er werd niet veel meer gezegd en de stilte greep me naar de keel. Opeens scheen een halfuur, of drie kwartier, me een eeuwigheid toe. Ik trok dit niet.

'Als jullie me willen excuseren.' Ik schoof mijn stoel naar achteren. 'Ik moet nodig iets doen.'

Een koele wind die lichte motregen meebracht, sloeg tegen mijn gezicht toen ik de heuvel afliep, naar het meertje. Taaie grasstengels schuurden langs mijn broek, die langzaam maar zeker doorweekt raakte. Het begon harder te regenen, maar al zou het gaan onweren, bliksemen, stormen, hagelen, dan nog zou ik niet naar het huis teruggaan voor ik Peters Landrover weg had horen rijden.

Bij het meertje ging ik zitten in het vochtige gras en staarde naar de duizenden kringen in het water. Ze vloeiden in elkaar over, het werden er steeds meer.

Ik sloeg mijn armen om mijn knieën. Het lukte niet om rustig te worden, mijn hart bonkte nog steeds in mijn keel. Ik klapte bijna uit elkaar van frustratie en onmacht.

En ik was bang. Vreselijk bang.

De hele situatie begon uit de hand te lopen.

24

Theo en Betty kwamen uit hartje Utrecht, waar ze boven hun restaurant aan een gracht hadden gewoond. Dat hadden ze verkocht om hier een *chambres d'hôtes* te beginnen. Het was een merkwaardig stel. Hij was groot, grof, met borstelige wenkbrauwen en maakte een woeste indruk, al was hij erg amicaal en onderhoudend. Zij was daarentegen tenger, zeker dertig centimeter kleiner dan haar man en ze had dun, halflang bruin haar en wenkbrauwen die getatoeëerd leken, zo dun. Het meest in het oog sprong haar bril, met een opzichtig blauw montuur.

Theo en Betty hadden ons met toenemend enthousiasme de gastenkamers laten zien – het waren er zes, met antiek aandoende meubelen, witgekalkte houten balkenplafonds en onbewerkte eiken vloeren. De *chambres d'hôtes* zaten niet vast aan hun huis, zoals bij ons, maar lagen aan de overzijde van een plein met vijvertjes, fonteinen, rozenstruiken en beelden. Het zou er op een zonovergoten plaatje op hun website beslist aantrekkelijk uitzien. Nu kletterde de regen onophoudelijk op het grijze gravel.

Ik prikte in een stuk vis. Gefrituurde meerval. Theo was chefkok – als ik hem moest geloven had hij zijn sporen inmiddels wel verdiend – maar aan mij waren zijn kookkunsten vanavond niet besteed.

'Jullie hebben je huis in Nederland ook goed kunnen verkopen?' vroeg Betty. 'Net als wij?'

'We hebben alle geluk van de wereld gehad,' antwoordde Eric. 'We kochten ons huis in de jaren negentig voor iets meer dan twee ton – gúldens hè. Toen wilde niemand nog in dat dorp wonen, behalve de dorpsbewoners zelf. We werden voor gek verklaard door onze vriendenkring dat we zo achteraf gingen wonen. Maar nu woont er van datzelfde clubje ook niemand meer in de stad.'

'Dat zie je nu toch overal gebeuren in Nederland?' zei Theo. 'Twintig jaar geleden wilde iedereen naar de Randstad en nu trekken ze en masse weer weg. Het is echt een hype. Ze gaan naar Friesland, Groningen, Drenthe... naar de provincie, waar nog ruimte is.'

'En betaalbare huizen,' viel Betty hem bij.

Ik nam nog een slok wijn. Ik dronk te veel, maar het hielp om te kalmeren, en me door de avond heen te kunnen slaan.

'Dat is nu ook verleden tijd,' merkte Eric op. 'Eenzelfde huis dat vijftien jaar geleden nog twee ton deed bij ons in het dorp, bracht er vorig jaar bijna vijf op. Maar dan in euro's. Ongelooflijk eigenlijk, hoe snel dat is gegaan. Het gaat helemaal nergens meer over.'

Betty smeerde zelfgemaakte tapenade op een stuk geroosterd stokbrood. 'Mogelijk is dat de hoofdreden dat je hier steeds meer mensen van buiten ziet. De huizenprijzen in combinatie met de ruimte. Afstanden worden korter, je hebt overal internet, telefoon, en dus ga je verder kijken dan je neus lang is. Je hebt ook maar één leven, hè... Die Britten rennen ook gillend weg, heb je die prijzen daar wel eens gezien? Vorig jaar hebben we in de buurt van Brighton in de etalage van een makelaar staan kijken. Echt, on-voor-stelbaar! En hier koop je een vrijstaande boerderij met een paar hectare grond voor de prijs waar je in Nederland of Engeland een driekamerappartement voor hebt.'

'En beter weer.' Theo schraapte de laatste restjes meerval op zijn vork. 'Dat was voor mij de hoofdreden eigenlijk. Ik heb nooit kunnen wennen aan die kou en regen.'

Betty en Theo waren aardige, onderhoudende mensen, zonder meer, maar er was geen klik. Ik zou hen in Nederland waarschijnlijk niet eens ontmoet hebben, we verkeerden in andere sociale kringen. Het was een van de kenmerkende dingen van in het buitenland wonen: de eigen taal was de gemene deler en alle karaktereigenschappen die je daarnaast nog als positief ervoer van je gesprekspartners, waren alleen maar meegenomen. Veel keus aan landgenoten was er gewoonweg niet. En de spoeling landgenoten met kinderen in de leeftijdscategorie van Bastian en Isabelle was al helemaal dun.

'We hebben toch al aardig wat regen gehad,' merkte Eric op. 'En nog.' Hij porde me aan. 'Weet je nog, onze eerste week hier?'

'Ja, natuurlijk weet ik dat nog. Regen, regen, regen.'

Betty boog zich naar me toe. 'Die regen die jullie hebben gehad, die wilde iedereen hier zo graag. In juli hebben we extreem droog weer gehad. Bij een temperatuur om van te stikken. Boven de vijfendertig graden. Ik had nooit van mijn leven gedacht dat ik me regen en koeler weer zou wensen, maar afgelopen zomer heb ik er werkelijk om gesmeekt. Het was niet te harden. Als je een stuk boter op tafel liet liggen was die een uur later vloeibaar.'

Theo tikte een sigaret uit een pakje Marlboro. 'Dat je die plofhitte gemist hebt, daar hoef je niet rouwig om te zijn. Er waren gasten die teruggingen naar Nederland omdat ze het hier niet meer uithielden. En het barstte ook van de muggen, trouwens.'

In de kamer naast ons hoorde ik Isabelle en Bastian hardop lachen. Het was onmogelijk om hen niet op te merken. Ze rolden over de vloer met Thomas en Max, keken met een half oog televisie en graaiden zo nu en dan een krabstick of een stuk stokbrood met kaas van de salontafel. De televisie stond hard. Betty was al een paar keer naar hen toe gelopen om hun vermanend toe te spreken en het volume te dempen.

'Nog wat bordeaux?' vroeg Theo. Hij wachtte het antwoord niet af en schonk alle glazen weer tot driekwart vol.

Ik zette het glas aan mijn lippen en nam twee flinke slokken, wetende dat ik nu in de gevarenzone belandde.

Theo legde zijn mes en vork op zijn bord en stak een sigaret aan.

Betty begon de tafel af te ruimen, en ik stond op om haar te helpen. Ik voelde de alcohol in mijn benen. Ze wuifde me meteen weer terug naar de tafel. 'O, nee, blijf lekker zitten. Geniet. Jullie hebben het al zwaar genoeg momenteel.'

Eric stopte me een stukje stokbrood met tapenade toe.

'Wanneer wil je open?' vroeg Betty. Ze stond ineens weer naast me en legde amicaal een hand op mijn schouder.

'Open?'

'Met de *chambres d'hôtes*.'

'Zodra het kan. Ik hoop in het voorjaar. Drie gastenkamers zijn al klaar, daar slapen we nu zelf in. En ze zijn bezig met de badkamer.'

'Eén?'

'Eh... voorlopig wel, vrees ik.'

'Dat kan niet, hoor. Mensen willen hun eigen badkamer. Heb je daar in het plan rekening mee gehouden?'

Onwillekeurig moest ik aan Michel denken, aan zijn badkamer, die hij deelde met acht anderen. De vuile was op de vloer, de bekers met tandenborstels. De langgerekte bruine schroeiplekken van opgebrande sigaretten op de rand van de wastafel. Ik nam weer een slok.

Eric brak in: 'De bedoeling is dat er straks kleine units worden ingebouwd, met een toilet, een douche en een wastafel. De muurtjes zijn al gezet en de leidingen liggen er ook al. We hoeven de boel alleen nog maar aan te sluiten.'

Dat leek haar gerust te stellen.

De hele avond was er met geen woord over Peter gesproken en dat was nu juist het enige gespreksonderwerp dat me interesseerde. Ze kenden hem beter dan ik, in elk geval langer. Ik besloot het erop te wagen.

'Hoe hebben jullie Peter leren kennen?' vroeg ik aan Theo.

'In de bouwmarkt. Ik had beits nodig, maar al die potten leken op elkaar. Hij sprak me aan omdat hij me zag stuntelen en we raakten aan de praat. Twee weken later was hij hier aan het werk, met zeven man maar liefst. Het is een aparte kerel, die Peter, ik had niet geweten hoe ik het zonder hem had moeten redden. Maar het blijft een vreemde snuiter. Aan de ene kant een gemoedelijke vent, maar het is iemand met twee gezichten, heb ik ervaren. Er gaat veel meer in hem om dan je denkt.'

'Dat moet ook wel,' riep Betty vanaf het aanrecht. Ze was begonnen de vaat in de afwasmachine te zetten. 'Met aardig zijn alleen bouw je geen bedrijf op met veertig werknemers.'

'Ik mag hem wel,' zei Eric. 'Ik hou wel van zijn aanpak. Niet zeuren, maar doen.'

'Wat bedoel je met twee gezichten?' vroeg ik.

Theo maakte een handgebaar. 'Ach, niets bijzonders.'

'Da's niet helemaal waar, Theo.' Betty nam weer naast me plaats. 'Er zijn wel degelijk strubbelingen geweest.'

'Hoezo dan?'

'Het is...' Over de tafel wierp Theo haar een dwingende blik toe. 'Nou ja, het voelt niet goed om zo over hem te praten. Hij heeft veel goed gedaan, dat doet hij nog steeds. Maar... Wist je dat die jongens die voor hem werken allemaal een strafblad hebben?'

Ik stootte de wijn om. Het damasten, ivoorkleurige tafelkleed zoog de rode bordeaux op. Zeker een kwart van het dure textiel kleurde paars. Het vocht druppelde op de keukenvloer.

'O, verdorie, sorry,' riep ik en ik sprong op. Ik gebruikte de rugleuning van de stoel naast me om mezelf in evenwicht te houden. De stoel wankelde, maar viel niet. Betty haastte zich naar het aanrecht voor een vaatdoek.

'Sorry, sorry,' stamelde ik.

'Het is niet erg,' zei Betty. Misschien verbeeldde ik me alleen maar de geïrriteerde ondertoon in haar stem.

Samen zetten we de glazen en de kandelaars aan de andere kant van de tafel. Ze sloeg het tafelkleed terug en begon met vaardige handen het tafeloppervlak af te deppen. Ik wilde haar helpen en was al op weg naar het keukenblok.

'Nee, ga maar zitten, ga maar zitten,' riep ze. 'Het is zo gebeurd.'

Ze liep weg en kwam terug met een emmertje met sop.

Nee, ik had het me niet ingebeeld, ik wist nu zeker dat ze zich ergerde. Ik had echt te veel gedronken, en dat was pijnlijk duidelijk aan me te merken.

De kinderen kwamen de keuken in en bekeken de schade. 'Is er iets gebeurd?'

'Nee, schat, mama heeft een glas wijn omgestoten.'

'Heeft ze te veel gedronken?'

'Een beetje wel, denk ik,' zei Eric.

Bastian schudde zijn hoofd. 'Ik ga later nooit wijn drinken. Je gaat er allemaal gekke dingen van doen.'

'En het is smerig,' zei Isabelle.

'*Oui, bèùrk*,' viel haar nieuwe vriend Max haar bij, in accentloos Frans, en hij trok er een vies gezicht bij.

Eric keek op zijn horloge. 'Het is sowieso tijd om op te stappen. Het is alweer bijna elf uur. De kinderen moeten morgen naar school.'

'Ik wil nog niet naar huis,' riep Isabelle. De kinderen stoven gierend achter elkaar de woonkamer in. Waarschijnlijk moesten we hen straks gaan zoeken. Onder de tafel, achter de bank, op het toilet. Als Bastian en Isabelle het naar hun zin hadden was het altijd een lijdensweg om hen weer mee naar huis te krijgen.

Eric stond op. 'Kom, we gaan. Zoek jij onze nazaten even bij elkaar?'

Ik vond Isabelle en Bastian in het toilet, waar ze gierend voor me wegdoken.

'Jullie moeten echt meekomen, nu,' zei ik, zo streng als het ging. 'Anders is het de laatste keer geweest dat we hier zijn.'

Loze dreigementen.

Krap een uur later waren we onderweg naar huis. De avond had veel vraagtekens bij me opgeroepen. Wat was er hier voorgevallen met Peter, waardoor Theo hem als iemand met twee gezichten typeerde? Wat bedoelde Betty met strubbelingen? Maar wat me nog het meeste bezighield was het woord 'strafblad', dat resoneerde in mijn hoofd.

■

Het is ochtend. Bleek, koel licht sijpelt door het kleine raampje in mijn cel.

Ik heb amper geslapen vannacht, maar de paniek is weg. Ik heb tijd gehad om na te denken, in die donkere uren zonder licht en zonder tijdsbesef. En ik weet wat ik ga zeggen als ze me komen halen: helemaal niets. Ik ga het redden, het gaat me lukken.

Ik zal luisteren, maar niet reageren. Nergens op.

Drie dagen geen contact met de buitenwereld, had de politieman gezegd. Vandaag is de tweede dag. Nog één dag. Morgenavond, of anders de ochtend erna, kan ik overleggen met een advocaat. Ik moet mijn verhaal kwijt aan iemand die ik kan vertrouwen, iemand die geduldig naar me luistert, die geen oordeel velt en voor me gaat uitzoeken hoe ik hier ongeschonden uit kan komen.

Als dat al mogelijk is.

Ik schrik op van het geluid van voetstappen op de gang, die halt houden bij mijn celdeur. Dezelfde agent als gisteren stapt naar binnen.

Hij zegt iets wat ik niet kan verstaan. Uit zijn ongeduldige armbeweging maak ik op dat ik met hem mee moet komen.

■

25

'Peter weet het,' zei ik.

Het was vrijdagavond, negen uur. Achter in de Volvo, in de steeg, stonden twee volle boodschappentassen te wachten tot ik ze naar huis reed. Hier, in Michels kamer, sloeg de novemberregen tegen het raam. Michel lag naast me in bed tegen een stapel kussens en rookte een shagje. Zijn arm lag achteloos om mijn blote schouders. Mijn lichaam gloeide nog steeds, mijn huid tintelde, maar de wekkerradio op de plank tikte onverbiddelijk door, en ik wilde nog zoveel met hem bespreken.

'Hij maakt het me moeilijk,' ging ik verder.

'Ben je gek.'

'Hij maakte maandag een opmerking over Françaises, die doen of ze zulke goede moeders en trouwe echtgenotes zijn, maar die aan de lopende band vreemdgaan.'

Michel haalde een schouder op. 'Nou, en?'

'Hij... Ik had het idee dat hij het met opzet zei. Eric zat erbij. De rest ook.'

'Dat denk je maar.' Michel kneep een moment geruststellend zijn ogen dicht. 'Zo is Peter niet.'

Ik legde mijn wang tegen zijn borst. 'Misschien wel.'

'Peter is als een vader voor me, Simone. Hij heeft me nooit veroordeeld, me genomen zoals ik was. En ik was niet bepaald een lieverdje. Ik had een stempel, weet je wel. Toch gaf hij vertrouwen, ook aan Bruno, Pierre-Antoine, de anderen... Nee, Simone, Peter is niet zoals je denkt dat hij is. Echt niet. Hij zou mij er ook mee in de problemen brengen, heb je daar wel eens over nagedacht?'

Michel deed het voorkomen of Peter een heilige was. Daarvan was ik niet overtuigd.

Verre van dat.

'Heb jij eigenlijk ook een strafblad?' vroeg ik.

Hij inhaleerde diep. 'Ik?'

Ik knikte.

'Vertel ik liever niet.'

'Ik wil het weten.'

'*Tant pis* – Jammer dan.'

Ik werd een beetje kregel. Goed bezien was ik hier degene die alles te verliezen had, niet hij. Ik keek hem zijdelings aan. Hij nam een trek van zijn shagje en keek de rook na, alsof hij in gedachten verzonken was, en alsnog overwoog het te vertellen.

Terwijl ik hem opnam en elke minieme beweging die hij maakte bestudeerde, drong het tot me door dat ik niet echt kon geloven dat hij iets ernstigs op zijn geweten had. Hij leek me er te verstandig voor, te kalm en te evenwichtig. Als iemand me zou zeggen dat Bruno iets gedaan zou hebben wat niet door de beugel kon, dan zou ik dat zonder twijfel aannemen. Ik had Bruno een paar keer zien uitvallen tegen Pierre-Antoine, die net als Bruno een kort lontje had. Het ging altijd om iets kleins, maar op zulke momenten tekenden de aderen zich af op Bruno's voorhoofd en schoten zijn ogen vuur. Beide keren had Michel zijn gereedschappen laten vallen om tussenbeide te komen. Hij begon dan op hen in te praten en hield hun schouders stevig vast, tot de boel was gesust.

Michel had een rustgevende invloed op de ploeg. Daarom alleen al, en omdat hij zo goed omging met Bleu en met Bastian en Isabelle, kon ik niet geloven dat er iets mis was met hem.

Hij drukte zijn shagje uit en rolde zich op me, begroef zijn gezicht tussen mijn borsten. Begon ze te kussen. 'Kom hier, met dat mooie, zachte lichaam van je.'

Ik verstarde. 'Ik wil het weten.'

'Waarom?' zei hij, zacht, en hij ging door me te liefkozen. Mijn lichaam reageerde hevig. Ik huiverde onder zijn aanraking, zijn tong, zijn handen, zijn lichaam dat tegen me aan bewoog.

'Omdat ik je beter wil leren kennen,' zei ik, onvast.

Zijn handen omvatten mijn beide borsten, hij maakte cirkelende bewegingen met zijn duimen, die ruw aanvoelden.

'Je kent me.'

'Nee, ik ken je lichaam,' fluisterde ik, en ik voelde dat ik het begon te verliezen, dat ik langzaam wegzakte. 'Dat... dat is iets anders.'

Hij grijnsde. Zijn hoofd verdween onder de dekens. Ik protesteerde, probeerde me onder hem uit te werken, maar zijn handen grepen mijn bovenbenen en hielden ze op dezelfde plaats. Kort erna lag ik met een lege blik naar het plafond te staren en trokken golven door mijn lichaam, traag en dwingend, en dacht ik helemaal nergens meer aan.

Half tien. Om tien uur thuiskomen zou al niet meer lukken.

Werktuiglijk begon ik me aan te kleden. Michel deed hetzelfde.

'Ik loop met je mee.' Hij graaide naar een jack dat aan de binnenzijde van de deur hing.

We liepen de trap af. Een man met een hoekig gezicht en rastahaar in een slordige knot passeerde ons. In het voorbijgaan schudde hij vluchtig Michels hand. Ik zag tatoeages op de binnenkant van zijn arm, slordige blauwe stippen en symbolen.

Mij bekeek hij niet.

Het was fris buiten, om niet te zeggen gewoon koud. Michel sloeg zijn arm om me heen.

Bij de auto bleven we staan. Ik zocht in mijn tasje naar de sleutels.

'Kom je volgende week weer?'

'Misschien.'

'*Misschien*?'

Het was donker in de steeg. Ik kon zijn gezicht nauwelijks zien. Wel kon ik hem ruiken. Een parfumhuis dat het voor elkaar kreeg een vleugje Michel in een flesje te stoppen, zou binnen de kortste keren marktleider zijn.

'Je bent boos,' constateerde hij.

'Ik vraag je iets, het is belangrijk voor me, en je geeft gewoon geen antwoord.'

Hij haalde een schouder op en keek van me weg. 'Ik ben er niet trots op, da's alles.'

'Michel, ik heb heel veel vragen. Ik heb dingen gehoord over Peter. Ik wil weten wat jij over hem weet... En ik wil weten wat je misdaan hebt.'

Een eindje verderop klonk een claxon, het indringende geluid galmde door de steeg. We draaiden ons om, maar de auto reed alweer weg.

'Daar hebben we het volgende week wel over,' zei hij.

Maandag was Peter er weer.

Nog drie nachtjes niet slapen.

'Nee, ik wil het eerder weten.'

'Kom dan zondag.'

Ik weifelde. Kon ik zondag zomaar weg, alleen? 'Ik... ik weet het niet. Is Bruno zondag niet thuis?'

Michel diepte een pakje shag uit zijn binnenzak op. 'Een vriend van me heeft een caravan. Daar doet ie niets mee, dat ding staat leeg. Als ik daarnaartoe kom, en jij ook, dan hoeft niemand ervan te weten, ook Bruno niet.'

'Ik had anders de indruk dat Bruno het al wist,' siste ik ineens.

'Hij weet het niet, hij denkt dat ie het weet. Ik heb niets gezegd. Ik ben geen idioot.' Michel begon onverstoorbaar een shagje te draaien.

Ik keek paniekerig op mijn horloge. Kwart voor tien.

'Ik moet nu echt weg.'

'Ken je dat restaurant bij de afslag naar de snelweg?'

Ik knikte.

'Als je daar achterlangs rijdt, zie je een pad, iets rechts van de parkeerplaats. Loop je dat af, dan kom je uit bij een soort parkje. Er staan meer caravans. Ik ben er zondag. Twee uur.' Hij likte langs het vloeitje en ploos aan de uiteinden van het shagje. 'Je kunt thuis zeggen dat je boodschappen vergeten bent.'

Hij sloeg een arm om mijn middel en wreef met zijn lippen langs mijn wang. Met twee vingers streek hij plukken haar uit mijn gezicht. 'En je moet me iets beloven...'

Ik keek naar hem op, verward over de plotselinge ernst in zijn stem.

'Als hij het met je doet vanavond, denk dan aan mij.'

Eric kuste me op mijn voorhoofd, rolde lui van me af en stapte uit bed. Ik hoorde zijn voetstappen op het hout in de hal, en hoe hij de kraan in de aanpalende badkamer opendraaide.

Ik staarde voor me uit. Draaide me om en trok de deken over mijn schouder. Dit kon zo niet doorgaan.

Uit de badkamer kwam gekletter van water.

Ik stond op, liep naar de badkamer en nam plaats op het toilet. Warm vocht gleed naar buiten.

Ik voelde me misselijk worden.

Eric draaide de kraan dicht en zakte op zijn hurken voor me. Hij kuste me op mijn voorhoofd.

Het licht boven de wastafel scheen fel in mijn gezicht.

'Ik pak beneden nog even wat te drinken. Wat wil jij?'

'Ik ben moe, ik ga liever slapen,' zei ik. Timide.

Laf.

'Voel je je wel goed? Je ziet... wit.'

'Iets te veel gedronken,' mompelde ik. 'Ik had van de wijn af moeten blijven.'

'Je hebt amper wat gedronken vanavond.'

'Toch twee glazen.'

'Bijna niets dus.'

'Ik zal wel een beetje ziek worden,' fluisterde ik, angstvallig zijn blik ontwijkend. 'Het zal morgen wel over zijn... als ik nu ga slapen.'

26

In 1210 ging Llewellyn, Prince of Wales, uit jagen. Wat Llewellyn niet wist was dat de mensen aan wie hij de zorg voor zijn zoontje Owain had overgelaten, het kind onbeheerd in zijn wieg achterlieten.

Tijdens de jacht nam Llewellyns trouwe Ierse wolfshond, Gelert, ineens de benen. De hond had dat niet eerder gedaan, en ongerust ging Llewellyn terug naar het kamp. Daar kwam Gelert hem tegemoet gelopen. Zijn bek, borst en poten zaten onder het bloed. Van de dienstbodes was geen spoor te bekennen. Ongerust rende Llewellyn door het verlaten kamp naar de tent met het wiegje van Owain. Dat lag op zijn kant en was besmeurd met bloed. In een vlaag van woede en overmand door verdriet doodde Llewellyn zijn hond met zijn zwaard. Daarna hoorde hij een kind huilen. Owain lag ongedeerd onder een bed. Niet veel later werd vlak bij de tent een dode wolf gevonden. Diep bedroefd begroef Llewellyn zijn trouwe hond, die het leven van zijn zoon had gered. Het dorp Beddgelert ('Gelerts graf') in Snowdonia, Wales, heeft zijn naam te danken aan deze Welshe mythe.

Vanaf vrijdag was het verschrikkelijk koud geweest. De winter was zomaar ingevallen, zonder waarschuwing. De kachel werkte nog steeds niet naar behoren; er ontbraken onderdelen. De slaapkamers werden verwarmd met elektrische kacheltjes die Eric in allerijl had gekocht. Ze konden, dat werd al snel duidelijk, niet allemaal tegelijkertijd aan. De stoppen waren drie keer doorgeslagen. Eric wilde nu nog niemand van het elektriciteitsbedrijf laten komen, omdat Peter hem dat had afgeraden. Dat kon hij beter doen als de bouw achter de rug was, anders zouden ze alleen maar moeilijk gaan doen. Blijkbaar golden er strikte regels als je nog aan het renoveren was. Bovendien hadden we de renovatie niet officieel bij het gemeentehuis aangevraagd, waardoor we in de problemen konden komen.

Dus was het nu koud in het hele huis, met uitzondering van de kamer die grensde aan die van Isabelle. Daar brandde continu een elektrisch kacheltje. We hadden hem gisteren met minimale middelen als tijdelijke woonkamer ingericht. Ik had uit nood kranten tegen het raam geplakt, er stonden wat meubelen uit de container en er lag een kleed op de houten vloer.

Eric was nu de satellietschotel aan het installeren. Het wilde niet echt vlotten. Ik hoorde hem gefrustreerd vloeken buiten toen ik voor de zoveelste keer 'nee, niets!' naar hem schreeuwde.

De beeldbuis was blauw, begon vervolgens te storen en werd dan opnieuw blauw.

Het was bijna één uur en ik voelde me steeds nerveuzer worden. Ik had vanochtend vroeg bij het ontbijt gezegd dat ik boodschappen wilde gaan doen vanmiddag – een van de kleinere supermarkten in de stad was op zondag open – maar Eric vond dat onzin. Morgen was het maandag, dan waren de kinderen op school en dus kon ik net zo goed morgen de resterende boodschappen halen. Daarop had ik gereageerd met de mededeling dat ik vanavond iets bijzonders wilde koken, lekkere hapjes die we aan de salontafel voor de televisie konden opeten, gezellig bij de warme kachel. Ik legde uit dat het mijn manier was om te vieren dat we nu volledig onafhankelijk waren van de caravan, en dat ik als extra verrassing de kinderen ijs toe wilde geven.

Eric had me eerst vreemd aangekeken. Ik stond bijna te klappertanden toen ik hem dat vertelde, maar ik had vermoedelijk voldoende overtuigingskracht in mijn betoog gelegd, want hij had het zonder al te veel protest van me aangenomen. Eerst moest ik helpen met de schotel. Dan kon ik weg. Alleen, want het ijs was een verrassing.

'Mama,' klaagde Bastian, 'Isabelle zit steeds op mijn tekeningen te krassen!'

Ik keek om naar de kinderen, die op hun buik op het kleed lagen tussen het papier en de stiften. Isabelle keek me aan met waterige oogjes. 'Hij zit ook aan mijn tekeningen,' zei ze, met een zacht stemmetje.

'Jongens, kunnen jullie niet gewoon even leuk spelen, héél even nog maar. Papa en mama proberen de televisie te maken, en als dat gelukt is, zetten we Nickelodeon op. Oké?'

Bastian knikte en hij trok nadrukkelijk zijn tekening bij zijn zusje vandaan. Isabelle ging op haar zij liggen en kraste afwezig op haar papier. Ik maakte me een beetje zorgen. Ze was de hele ochtend al hangerig en vervelend en ze klaagde over buikpijn. Ik was bang dat ze ziek werd.

Zieke kinderen eten geen ijs. En ze hebben hun moeder nodig.

'Ja, hij doet het,' riep ik.

Er was een programma over hindoeïsme op tv. Ik zapte meteen door naar de kinderzender. 'Jongens: *SpongeBob*!'

Mijn taak zat erop. Ik wilde weg. Het was al half twee. Ik liep op een holletje naar de slaapkamer, trok een schone string uit de kast, spoedde me daarna naar de badkamer, poetste mijn tanden en kleedde me snel om.

Ik liep de trap af, griste de autosleutels van het aanrecht en nam twee lege boodschappentassen mee naar buiten.

'Ik ben ervandoor!' riep ik naar Eric, die zijn gereedschap stond op te bergen. 'Tot straks.'

Hij stak afwezig zijn hand op.

Op de parkeerplaats bij het restaurant liepen mensen met kinderen af en aan. Een aantal kinderen speelde ondanks het sombere weer in het naastgelegen speeltuintje.

Ik reed om het restaurant heen naar achteren, waar ook enkele auto's geparkeerd stonden – waarschijnlijk van het personeel – en twee vrachtwagenaanhangers en een paar vuilcontainers, die bijna uitpuilden. Het duurde even voor ik het pad ontdekte. Het lag vrijwel verscholen tussen de bomen. Ik liet de Volvo achter bij de vuilcontainers.

In het bos was het schemerig, alsof het al bijna avond was. Een meter of driehonderd van de parkeerplaats verwijderd, net voorbij een kleine heuvel, stonden drie caravans naast een houten huisje.

Geen auto's, geen fietsen of motoren. Naast een van de caravans stond een satellietschotel op de grond. Alle deuren waren gesloten, net als de gordijnen. Er was geen teken van leven.

Het was me in de afgelopen maanden duidelijk geworden dat mensen in dit deel van Frankrijk soms wat onorthodox leefden; zwervend van de ene naar de andere leegstaande caravan of *gîte*, tussendoor alle seizoenswerk aannemend dat voorhanden was. Louis had me verteld dat hij zo leefde. En, zo had hij me verzekerd, hij was niet de enige.

Deze caravans waren in elk geval niet bewoond, of hun bewoners waren voor langere tijd weg.

Ik keek nerveus op mijn horloge. Vijf over twee. Ik draaide me om naar het pad, dat er al net zo verlaten bij lag als deze plek.

Bij het houten huisje vond ik een smoezelige tuinstoel, waar ik op ging zitten.

De tijd verstreek. Kwart over twee. Tien voor half drie. Half drie.

Bij elk motorisch geluid sprong ik op en liep naar het pad, maar het was steeds loos alarm.

Kwart voor drie. Ik kon niet meer stilzitten, ik liep tussen de caravans door en kon ze inmiddels uittekenen. Takjes knapten onder mijn schoenen, herfstbladeren ritselden. Het werd kouder, of misschien leek dat maar zo. Ik stak mijn handen in mijn zakken en keek naar mijn adem, die wolkjes veroorzaakte in de lucht.

Waar bleef hij?

Allerlei gedachten spookten door mijn hoofd. Er was iets gebeurd, hij had een ongeluk gehad. Ik had meer dan eens bijna-ongelukken met motorrijders gezien, kamikazepiloten die zigzaggend manoeuvreerden over de bochtige tweebaanswegen, die zich met hoge snelheid over doorgetrokken strepen waagden en op naderende vrachtwagens reageerden door nog meer gas te geven in plaats van naar de eigen baan terug te gaan. Zou Michel te laat van huis zijn gegaan, en...

Drie uur.

Ik ijsbeerde over de open plek in het bos, van het pad naar de caravans en weer terug. Het begon zacht te regenen. Mijn vingers kleurden rood van de kou en ik begon onwillekeurig te rillen.

Ik kon er niet over uit dat Michel en ik geen mobiele telefoonnummers hadden uitgewisseld. Dan had ik hem kunnen bellen, of een sms'je kunnen sturen. Dan had ik tenminste íéts geweten.

Misschien had ik in mijn gekleurde perceptie wel iets over het hoofd gezien, vrijdagavond. Ik ploegde in mijn geheugen en kwam tot het besef dat het enige echte gesprek dat ik met hem had gevoerd in Arcachon was geweest, op het overdekte terras van Le Pirate. En dat was gegaan over zaken als dialecten, niet iets wezenlijks. Daarna was alles in een stroomversnelling geraakt. Er was nauwelijks nog gesproken.

Terwijl een teken van leven uitbleef en ik het steeds kouder kreeg, begon ik me tussen de verlaten caravans af te vragen of ik Michel niet te sterk idealiseerde. Of ik niet een ideaalbeeld van hem creëerde, uitsluitend aan de hand van wat ik wilde zien. Hoe goed kende ik hem wérkelijk? Wat wist ik van hem?

Hij had een strafblad, had Betty zich laten ontvallen. Hij niet alleen, iedereen die voor ons werkte. Door haar woorden was het me ook duidelijk geworden dat Peter onbetrouwbaar was. Dat begon ik nu steeds meer te beseffen. Michel zag Peter als een vader, daarin was hij duidelijk genoeg geweest; hij wilde geen verkeerd woord over Peter horen.

Misschien was Michel wel thuis nu, zat hij een biertje te drinken bij de televisie, wilde hij gewoon niet met me praten, zich niet door een vrouw laten vastpinnen of dwingen, en was dit zijn manier om me dat duidelijk te maken: door me hier als een volslagen idioot te laten wachten, in de motregen, op de meest desolate plek die ik me kon voorstellen. Ik zag hem levendig voor me, een flesje bier aan zijn lippen. Lachend, grappend met Bruno.

Ik keek weer op mijn horloge. Kwart over drie.

Michel kwam niet meer.

Ik liep terug naar de auto. Talloze emoties drongen zich aan me op. Teleurstelling, boosheid, verdriet.

Schaamte.

Terwijl ik instapte dacht ik pas weer aan de boodschappen.

Ik had mijn gezin een gezellige avond in het vooruitzicht gesteld.

27

Peter had weinig gezegd tijdens het eten. In elk geval niets waarmee hij me in verlegenheid had gebracht. Ik schrobde met een schuursponsje een aangekoekte laag uit de braadpan en luisterde met een half oor naar de zakelijke afwikkelingen in de hal. Peter en Eric zaten aan de grote tuintafel, de jongens waren weer aan het werk. Vanuit mijn ooghoeken zag ik Eric briefjes van honderd aftellen. Nog een minuut of vijf en Peter was er weer vandoor. Dan kon ik weer een week lang vrij ademen.

Ik had me voor niets druk gemaakt, voor niets vannacht geen oog dicht kunnen doen.

Ik liet nog eens gloeiend heet water in de pan stromen, deed er extra afwasmiddel bij en zette de pan op het aanrecht. Het moest intrekken, ik kreeg het met geen mogelijkheid schoon. De hoeveelheid afwas die elke middag door mijn handen ging was verbazingwekkend. Een van de eerste dingen die we straks gingen aansluiten als we een echte keuken hadden, was een afwasmachine.

Ik hoorde Eric de trap opgaan. Boven begon iemand tegels te snijden. De machine gierde en ratelde, boven het geluid van de radio uit.

Peter stond ineens achter me.

Ik schrok, maar herstelde me snel. Uit gewoonte draaide ik me naar hem om in de verwachting twee grote handen om mijn bovenarmen geklemd te krijgen, gevolgd door drie nadrukkelijke kussen en een '*au revoir*'.

Hij had een vreemde gloed in zijn ogen, die me verontrustte. Hij sprak niet, hij bleef daar maar staan, heel dichtbij. In een poging de spanning een beetje te verminderen, nam ik het initiatief. Ik liet mijn armen langs mijn lichaam hangen en keerde hem mijn wang toe.

Ik bleef als bevroren staan toen ik zijn hand op mijn heup voelde, zijn vingers die tastend omhooggingen, naar mijn taille. Ik week terug alsof hij me een stomp in mijn maag had gegeven.

Peter keek me indringend aan, spottend bijna. 'Je doet anders ook niet zo moeilijk, toch?' Hij zei het heel zacht, maar de dreiging in zijn stem was onmiskenbaar. Hij zette een stap naar voren zodat ik klem stond tegen het aanrecht.

Boven ging het zagen en zingen onverstoorbaar door.

Hij grijnsde. 'Of val je misschien op jongetjes die amper droog zijn achter hun oren in plaats van op echte mannen? Jagen die je schrik aan, Simone? Echte mannen?'

Mijn hart klopte in mijn keel. Wat moest ik doen? Hem slaan? Een knietje geven? Gaan gillen? Eric roepen? Als Eric me al zou horen, dan zou Peter hem vertellen wat hij gezien had. Als ik niets deed, dan ging Peter misschien door. Hij bleef me aankijken. De uitdrukking op zijn gezicht grensde aan waanzin. Mijn god, hij wilde me toch niet echt...

Ik kon geen kant op. Mijn maag kromp ineen en ik begon snel te ademen.

Dwingend greep Peter mijn kaak vast, onnodig hard, met één hand. Hij trok me naar zich toe en kuste me recht op mijn mond.

'Dag, moeder Teresa, tot de volgende gelegenheid.' Hij draaide zich om naar de hal. Bij de deuropening bleef hij staan.

Met een fel gebaar wreef ik met mijn mouw langs mijn mond. Hij zag het.

'O, ja... Morgen kom ik misschien weer gezellig een dagje bij jullie werken.'

We zaten naast elkaar in de tijdelijke woonkamer. De kinderen lagen op bed. Op televisie was een serie over twee Engelse vrienden, een van hen was een Indiase sikh, die een bouwval in de Franse Ardeche hadden gekocht. Eric voorzag elke stap en fout die ze maakten van commentaar, terwijl hij een rode bordeaux dronk. Het elektrische kacheltje loeide. Buiten was het donker en het waaide hard.

Eric grinnikte veel, en hij begon hardop te lachen toen de Franse werklui, door de Engelse vrienden ontboden, op een ochtend gewoon niet kwamen opdagen.

'Topentertainment, Simone, die serie. Geweldig! Nou, we hebben het allemaal wel beter voor elkaar dan die twee sukkels...'

Ik voelde geen noodzaak om te reageren. In stilte liet ik de gebeurtenissen van de afgelopen dagen de revue passeren en probeerde zowel een rode draad te vinden als een oplossing, een uitweg.

Die leek er niet te zijn, of misschien was ik te verward om die te zien. Ik had me niet eerder zo eenzaam gevoeld, zo leeg ook. Dat ik geen klankbord had, begon me nu meer dan ooit op te breken.

Ik nam me voor om aanstaande vrijdag toch maar naar Michel te gaan. Al was het alleen maar om hem te vragen waarom hij zondag niet was komen opdagen. Ik wilde hem ook voor zijn voeten gooien wat Peter vandaag gedaan had, hem vertellen dat ik me bedreigd voelde, en niet zo'n beetje ook. Als Michel dan nog volhield dat Peter zo'n geweldige vent was, dan was het duidelijk hoe de zaken ervoor stonden. Of in elk geval duidelijker.

Ik bladerde in het woordenboek, zocht de Franse uitdrukking voor 'bedreiging' op en oefende de zinnen die ik vrijdag wilde gebruiken, in alle stilte.

'Jee, zelfs ik kan dat nog beter,' riep Eric.

Ik keek op uit het woordenboek en zag op het tv-scherm de grijsharige Engelsman, duidelijk op leeftijd, met een rood hoofd rondsjouwen met stenen. Toen verscheen de reclame in beeld.

Eric stond op. 'Ik pak nog een fles wijn.' Hij liep de kamer uit.

Ik stond op om de deur achter hem dicht te doen om de warmte binnen te houden. Terwijl ik naar de deur liep bedacht ik me en liep ook naar beneden. Ik had ineens vreselijk veel zin in een kop warme thee.

Het was echt koud in huis. Ik had medelijden met Isabelle en Bastian, die nu onder twee dekens sliepen, met hun pyjama's aan. Centrale verwarming was zo normaal geweest in Nederland.

Hier was niets nog normaal.

In de keuken stond Eric te rommelen met een kurkentrekker en keek op toen ik een ketel pakte en die vulde met een halve liter mineraalwater uit de koelkast.

Bleu stond naast hem te dribbelen. Onze viervoeter had geen last van de kou. Hij wilde niet eens in de woonkamer bij de kachel liggen.

'Thee? Weet je zeker dat je niet ziek bent, Simone?'

'Ik voel me nog steeds niet lekker,' zei ik mat.

De telefoon ging.

'Zó laat nog?' bromde Eric. Hij graaide naar de hoorn.

Mijn horloge gaf aan dat het half twaalf was.

Ik hoorde hoe Eric zijn naam noemde, en nog eens. Daarna een paar keer 'hallo' zei, en toen ophing.

Ik keek hem vragend aan. Eric trok zijn wenkbrauwen op. 'Niets. Verkeerd verbonden denk ik...' Daarna grijnsde hij naar me en sloeg me vriendschappelijk tegen mijn billen. 'Of het is je vriendje.'

Ik mompelde iets en draaide me om naar het gasstel. Mijn bloeddruk nam toe, mijn vingers trilden terwijl ik zocht naar een theezakje. Michel had ons nummer niet. Het stond nog in geen enkel telefoonboek.

De enige die ons nummer had en die ik ervoor aanzag om op dit tijdstip nog te bellen, was Peter.

■

De betegelde gang in het cellenblok lijkt me in te sluiten. Felle tl-verlichting, metalen deuren met schuiven op ooghoogte.

Ik hoor iemand schreeuwen. De politieman die me meevoert, slaat er geen acht op.

Achter ons bonkt iemand onophoudelijk op een celdeur.

Aan het einde van de gang zit een traliedeur. Er staat een andere politieman achter. Een geweer bungelt op zijn rug.

De paniek keert in volle hevigheid terug. Mijn hartslag lijkt te accelereren. Mijn mond wordt droog.

De politieman achter de traliedeur bekijkt me van top tot teen, wisselt een blik van verstandhouding met mijn cipier en opent de deur. We komen in een felverlichte tussenruimte, met een systeemplafond en vaalbeige muren. Achter ons bonkt nog steeds iemand in een vast ritme op een celdeur. Het geluid sterft weg als we links afslaan. Een gang met linoleum op de vloer, prikborden en roosters.

Ik heb hier gisterochtend gelopen, dat kan niet anders, maar ik kan me er niets meer van herinneren. Ik zet de ene voet voor de andere. Het is net of ik zweef, of alsof ik op kussens loop. Mijn hart beukt ongecontroleerd achter mijn ribben.

Ze gaan me verhoren. Nu gaat het gebeuren.

Ik ruik koffie. Mijn gezicht vertrekt. De geur is walgelijk. Ik kokhals. De zenuwen hebben mijn hele lichaam ontregeld.

De politieman stopt bij een deur aan de rechterzijde. Hij opent hem en maakt een korte, dwingende hoofdbeweging.

Ik loop langs hem heen de ruimte in.

■

28

Dinsdagochtend, kwart voor twaalf. Twee zuurkoolschotels kregen in de oven een knapperig korstje. Ik had een bodywarmer over mijn trui aangetrokken, maar nog liep ik te rillen van de kou. Het leek wel of de muren vorst uitademden.

Peter was aan het werk, boven. Ik hoorde zijn stem boven het kabaal van de tegelsnijder uit. Zijn aanwezigheid maakte me enorm nerveus. Na de confrontatie van gisteren kon ik alleen maar raden naar wat hij vandaag in petto had.

Mijn handen trilden al dagen. Ik reageerde kortaf op de kinderen en verontschuldigde me daarna uitgebreid bij hen. Eten lukte bijna niet. Ik was kilo's kwijtgeraakt.

'Jongens, éten – *manger*!' riep ik naar boven, toen ik het ratelen van de tegelsnijmachine even hoorde verstommen.

Bevestigende kreten van boven, samen met witte stofdeeltjes, die als motregen neerdwarrelden in de hal.

Ik nam twee handdoeken en zette de dampende, gloeiend hete schalen op tafel. De borden had ik in een teil warm water gezet, om ze op te warmen. Ik droogde ze vluchtig af, zette ze op tafel en pakte nog twee flessen water en jus d'orange uit de koelkast. Ik hield mezelf bezig door alvast wat pannen af te spoelen. Een voor een kwamen de jongens de keuken in om hun handen te wassen. Peter was een van de laatsten, met Eric in zijn kielzog.

Pas toen iedereen zich had geïnstalleerd, liep ik terug de hal in. Peter zat naast Eric, de Antoines tegenover elkaar, en naast Louis was nog een stoel vrij.

Ik wachtte tot iedereen had opgeschept en schraapte een beetje voedsel op mijn bord. Ik durfde geen jus te pakken, mijn handen trilden te erg, ik zou gaan knoeien.

Er ontwikkelde zich een tam gesprek over de voortgang van de bouw. Daarna vertelde Pierre-Antoine anekdotes over andere werkhuizen, waar hij en Antoine vorig jaar hadden gewerkt.

Er kwam niets van betekenis voorbij.

Het eten was bijna op en ik liep naar de keuken om koffie te zetten.

Bij terugkomst aan tafel bleek het gespreksonderwerp veranderd. Een koude hand greep om mijn hart toen ik hoorde waar het over ging. Huwelijken en relaties met grote leeftijdsverschillen.

'Ik ken eigenlijk geen enkel huwelijk binnen onze kennissenkring,' zei Eric, 'met een groot verschil in leeftijd.'

'Ik wel,' zei Louis. 'Een goede vriend van me heeft een vrouw die tien jaar jonger is.'

'Werkt dat?' vroeg Pierre-Antoine.

Louis legde zijn mes en vork op zijn bord en trok een verfrommeld pakje shag uit een zijzak van zijn broek. 'Bij hen wel. Hij is altijd een beetje een *ado* geweest, nooit volwassen geworden.'

Met *ado* bedoelde hij adolescent, een woord dat ik hier te pas en te onpas hoorde, en waarmee jongeren in de leeftijd van twaalf tot grofweg achttien algemeen werden aangeduid. En zich onvolwassen gedragende volwassenen.

'Toch zie je dat vaker,' merkte Antoine op, 'mannen met jongere vrouwen. Andersom komt niet zoveel voor.'

'Madonna heeft altijd veel jongere mannen,' zei Pierre-Antoine.

'Die heeft ook geen normaal leven.'

'Ken jij iemand met een normaal leven, dan?'

Antoine haalde zijn schouders op. 'Niemand met zoveel geld, in elk geval.'

Onwillekeurig begon ik te tellen. Ik wist niet hoe oud Michel was. Het was nooit eerder ter sprake gekomen en ik had het hem nooit gevraagd. Ik schatte hem een jaar of twintig, wat hem veertien jaar jonger dan ik maakte. En wat betekende dat hij was geboren in het jaar dat ik voor het eerst alleen naar popconcerten mocht en mijn eerste vriendje kuste. Onvoorstelbaar.

'Hoeveel jaar schelen jullie eigenlijk?' vroeg Peter ineens aan

Eric. Hij keek heel kort naar me, niemand merkte het op, maar het maakte me nog alerter dan ik al was.

'Simone en ik? Eh...' Eric wierp me een schaapachtige blik toe. 'Een jaar of... twee, geloof ik.'

'Ben jij ouder?'

'Nee, Simone.'

'Ah,' zei Peter. Hij leunde tevreden naar achteren. 'Dat idee had ik al.'

'Wat bedoel je?' vroeg Eric.

'Dat je een vrouw hebt die op jongere mannen valt... Jóngens misschien wel.'

Eric trok zijn wenkbrauwen op en keek me vrolijk aan, met een hoofdknikje naar Peter, alsof hij wilde zeggen: 'Hoor je dat? Díé is gek!'

Eric had totaal, maar dan ook totaal geen notie van wat zich hier afspeelde tussen Peter en mij.

Een stabiel huwelijk. Het kabbelt voort, zonder oprispingen, geen problemen, nooit ruzie. Dus waarom zou hij ook?

Ik had misschien iets moeten zeggen. Een kwinkslag moeten maken om iedereen aan het lachen te krijgen en daarna snel over moeten gaan op een ander onderwerp. Een paar goed gevonden woorden in de juiste volgorde, een bijpassend gezicht erbij. Iedereen die ook maar een beetje sociale vaardigheden had, had dat zomaar kunnen doen.

Niet ik. Niet nu.

Ik stond op, liep naar de keuken en dook weg achter de koelkastdeur. Verstopte me letterlijk, en probeerde mezelf moed in te spreken. Nog een keer weglopen, zoals vorige week maandag, kon ik niet meer verantwoorden. Eric had me er nadien op aangesproken; dat hij het uiterst onbeleefd van me vond zomaar van tafel te gaan.

Met koffiekan, mokken, melk en suiker liep ik terug. Ik schonk onvast de koffie in. Pas op het moment dat ik weer zat, keek ik schuw in Peters richting. Zijn lippen krulden zich in een glimlach, onder een oogopslag die ik alleen maar als demonisch kon interpreteren.

Louis begon te praten over zijn caravan, hij had een lek, en vroeg zich af of hij een stuk zeil van Peter kon gebruiken. Antoine zat te gapen en vertelde dat hij het gisteren laat gemaakt had – een uit de hand gelopen borrel bij een vriend van hem. Zo ging het door, tot het twee uur was en de jongens als vanzelf opstonden, als perfect geprogrammeerde werkmachines, en de trap op sjokten.

Peter volgde hen.

Terwijl ik de borden en schalen van tafel ruimde, voelde ik me boos worden. De weerspannigheid begon het langzaam over te nemen van mijn angst. Dit was míjn huis, en het was míjn keuken. Door Peter voelde ik me hier niet meer veilig. Ik sloop als een bang konijn door mijn eigen huis, angstig om me heen spiedend.

Was dat terecht? Na de handtastelijkheden en de vreemde blikken die hij me toezond begon ik dat steeds meer te geloven. Het telefoontje van gisteravond laat was van hem geweest, ook daar twijfelde ik niet aan. Maar wat wilde hij hiermee bereiken? Was het amusement voor zijn verknipte geest? Of kwamen de dingen die hij deed voort uit jaloezie? Hij had me aangetroffen met Michel na afloop van het feest. Op dat moment had hij ook vreemd gekeken, en verder niets gezegd. Was het geen typische mannentrek om op zo'n moment afgunst te voelen? Kwamen zijn daden voort uit frustratie?

Het zou zomaar kunnen. Ik sloot niets meer uit.

Hoe langer ik nadacht, hoe meer het gevoel zich aan me opdrong dat hij een plan had, en dat dit niet zomaar een voortvloeisel was van een zieke, gefrustreerde geest.

Als Peter echt geestesziek was, dan kon hij niet zo'n lange tijd veertig mensen aan zich binden – ook al hadden ze dan blijkbaar een strafblad – en iedereen om zich heen, inclusief ons, zo gemakkelijk voor zich innemen. Dat was lógisch.

Dus moest er iets achter zitten. Er was iets wat hij van me wilde. Het werd me steeds duidelijker: ik moest actie ondernemen.

Rue Charles de Gaulle lag er verlaten bij. In de zomer was deze stad vol leven. Nu de winter inviel zat iedereen blijkbaar binnen, bij de warme kachel. Er was in elk geval niemand te zien op straat.

Ik parkeerde de Volvo in de zijstraat en liep het appartementencomplex in. Op de trap kwam ik niemand tegen, de gang was ook leeg. Ik klopte drie keer op Michels kamerdeur. Luisterde. Niets.

Ik klopte nog eens, harder nu.

Er gebeurde niets.

Had hij me aan zien komen rijden en hield hij zich niet thuis? Nee. Dat kon niet, de auto stond verderop.

Ik keek op mijn horloge. Half negen.

Misschien zat hij ergens in een café, of was hij bij Bruno op zijn kamer.

Of bij Peter thuis?

Ik schrok op van een geluid. Een magere jongen met een paardenstaart en een wazige blik in zijn ogen schoot als een schim achter me langs. Hij opende de deur naast die van Michel.

'Pardon,' zei ik.

De jongen wachtte even en keek me aan. Hij maakte de indruk moeilijk te kunnen focussen en kneep zijn ogen een beetje dicht. Alsof hij zwaar onder de medicijnen zat. Of drugs. Of drank. Of alle drie.

'Weet je misschien of Michel thuis is?' vroeg ik. 'Of... of nog thuiskomt, vanavond?'

Ongeïnteresseerd schudde hij zijn hoofd en dook zonder iets te zeggen zijn kamer in.

Ik liep de trap af, naar buiten, naar de overkant van de straat, waar ik zicht had op Michels raam. De gordijnen waren dicht. Er brandde geen licht. Wat nu? Blijven wachten tot half tien? Misschien kwam hij nog.

Een gure wind circuleerde tussen de huizen en nam dorre herfstbladeren en papiertjes met zich mee. Ze tuimelden in de wind over het asfalt.

Ik trok de revers van mijn jas dichter tegen me aan en huiverde. Keek nog eens naar het donkere raam op de verdieping, daarna weer naar de ingang.

Een scooter reed knetterend voorbij. Een auto passeerde in tegenovergestelde richting. Ik trok me terug in een portiek. Allerlei gedachten maalden door mijn hoofd. Michel was bij vrienden, of ergens in een café en hij zou pas rond middernacht thuiskomen.

Hij had een vriendin – het meisje van het feest – en hij was bij haar ingetrokken. Michel sliep en had me niet horen kloppen. Misschien was hij boodschappen doen; in dat geval kon hij elk moment opduiken.

Ik begon het nu echt koud te krijgen. Het was nogal desperaat om hier op straat te wachten. Voor de zoveelste keer vervloekte ik mezelf dat ik Michel nooit gevraagd had om zijn mobiele nummer.

Na een halfuur liep ik terug naar de auto.

29

Zo nu en dan sprak mijn moeder wijze woorden, waarvan ik vermoedde dat ze die opgepikt had bij de psycholoog die ze eens per maand bezocht – en die ze zonder twijfel alles vertelde wat ze mij onthield. Dan zag ze mij furieus reageren op een opmerking van een vriendin en zei ze ineens: 'Je kunt geen controle hebben over de daden en woorden van andere mensen. Je kunt alleen je eigen reactie daarop bepalen. Je kunt alleen jezelf controleren.'

'Opa en oma hebben vanochtend gebeld.'

Isabelle en Bastian keken Eric verwachtingsvol aan. Het was woensdag, de enige dag dat ze alleen 's ochtends naar school hoefden.

'Ze komen dit weekend naar Frankrijk,' vervolgde Eric.

'Super!' reageerde Bastian. 'Nemen ze ook cadeautjes voor ons mee?'

'Dat weet ik niet,' antwoordde Eric.

'Is je moeder weer helemaal beter?' vroeg ik.

'Goed genoeg om de reis aan te durven. Maar ze komen maar een weekendje.'

Op de eettafel lagen diepvriespizza's. De Antoines en Louis zaten er niet mee, met mijn culinaire inzinking. Ze snaaiden de ene na de andere pizzapunt van de plank.

'Hoeveel nachtjes slapen nog?' vroeg Isabelle.

'Nog maar twee.' Eric richtte zich tot mij. 'Ze gaan 's ochtends rijden dus kunnen ze hier zijn om een uur of zes, schat ik. Als jij nou iets lekkers kookt vrijdag, dan kunnen we zaterdag misschien uit eten gaan met z'n allen. Dat is lang geleden.'

'Gezellig,' zei ik, zacht.

Ik vroeg me af hoe ik het bezoek van mijn schoonouders kon combineren met een vrijdagavond alleen weg. Ik wilde met Michel praten. Daarbij wilde ik dit weekend naar Peter toe gaan. Hij zou maandagochtend weer komen, en ik wilde hem voor zijn.

'Ik wil vrijdagavond wel gewoon boodschappen doen.'

Eric keek me geërgerd aan. 'Doe dat vandaag vast. En neem de kinderen mee, dan kunnen wij ook gewoon doorwerken.'

'Eric,' zei ik, zo kalm mogelijk, 'die vrijdagavonden boodschappen doen zijn mijn enige uitje sinds we hier wonen.'

'Dan ga je morgenmiddag, na het eten. Je kunt het niet maken om weg te gaan als mijn ouders er zijn. Niet als ze maar een paar dagen hier zijn.'

'Dat kun je niet serieus menen,' zei ik, ineens fel. 'Als ik klaar ben met afwassen en opruimen is het half drie, dan ben ik om drie uur in de stad en om vier uur moet ik weer terug om op tijd te zijn voor de kinderen.'

Eric kauwde nijdig een stuk pizza weg. 'En dat kun je niet één keertje opschuiven? Mijn ouders rijden duizend kilometer om ons te zien, ze gaan maandag alweer terug en jij moet zo nodig in je eentje naar de stad.'

Ik nam een hap van mijn pizza en veegde wat rode saus van Isabelles kin.

Als ik dit doorzette, liep het uit op ruzie.

'Nou ja,' zei ik. 'Misschien heb je gelijk... We zien wel.'

'Wat me eraan doet denken,' hoorde ik Eric zeggen, alweer rustiger, 'zou je zo mijn moeder willen bellen? Ik ben vergeten te vragen of ze satésaus mee willen nemen. En chocoladevlokken.'

Ik mompelde iets instemmends. Met een schuin oog keek ik naar het mobieltje van Louis, dat naast zijn bord op tafel lag.

'Mag ik eens kijken?' Ik pakte het zonder het antwoord af te wachten. Snel toetste ik door naar het adressenboek.

'Het is maar een oud ding hoor,' merkte Louis op.

'Maar wel praktisch,' mompelde ik.

Michels mobiele nummer stond erin.

'Laat eens zien?' zei Bastian.

‘Even wachten.’

Ik probeerde het nummer in mijn hoofd te prenten. De eerste twee cijfers liet ik zitten, die waren overal hetzelfde. Ik was nog bezig met het eerste groepje van drie cijfers toen het nummer wegfloepte en plaatsmaakte voor de naam Michel. Daarna sprong het telefoonnummer weer op het schermpje. 5-3-9... Het display werd donker.

Verdorie!

Ik toetste op het menu om de displayverlichting te activeren en zocht opnieuw. 5-3-9-3-5... Het verdween weer.

‘Wat ben jij nou ineens geïnteresseerd in mobieltjes?’ hoorde ik Eric zeggen.

‘De batterij van de mijne is te snel leeg, ik moet een simpelere hebben, denk ik.’

5-3-9-3-5-8... Donker display. Wat een kloteding was dit.

‘En je wil er zo één?’

‘Misschien.’

‘Die van Louis is een koelkast, Simone... Die zijn niet meer te koop, denk ik.’

Ik mompelde iets en concentreerde me op de laatste twee cijfers. Toetste snel terug naar de beginstand.

Ik legde het mobieltje terug bij Louis, onder luid protest van Bastian. Snel schoof ik mijn stoel naar achteren en liep naar de keuken, zocht een pen op en pakte een koffiefilterzakje. Haastig schreef ik de mogelijke cijfercombinaties op. Buiten het zicht van de jongens, de kinderen en Eric vouwde ik het filterzakje op en stopte het in een van mijn sokken.

Ik kon een glimlach niet onderdrukken. Het voelde als een kleine overwinning.

Het was bijna tien uur en ik had de kinderen net in bed gelegd. Eric liet het bad vollopen. Alles werkte in onze splinternieuwe badkamer. De tegels en het sanitair blonken ons tegemoet in het gedimde licht van de halogeenspots.

Het filterzakje stak nog steeds in mijn sok.

Eric sloeg zijn armen om me heen en streelde mijn rug. ‘Wat

denk je? Zullen we ons nieuwe bad inwijden?'

Ik kuste hem licht op zijn mond en dook weg uit zijn omhelzing. 'Ik ga eerst even naar buiten... Ik denk dat Bleu moet plassen.' In de deuropening draaide ik me naar Eric om. 'Niet weggaan, ik kom terug.'

Eric wierp me een kushand toe.

Mijn gedrag was gewoonweg schrikbarend.

Onder aan de trap stond Bleu te kwispelen. 'Kom, jongen, *viens*.'

Ik deed de deur open. Buiten was het koud en donker, maar het interesseerde me niet. Ik kon niet wachten de telefoonnummers uit te proberen. Ik wilde vrijdagavond met Michel praten, en voor ik hier een complete huwelijkscrisis veroorzaakte door aan mijn voornemen vast te houden, wilde ik ervan op aan kunnen dat Michel ook daadwerkelijk thuis was.

Bleu spurtte er meteen vandoor. Die was ik het eerste halfuur kwijt.

Ik diepte mijn mobiel op uit mijn zak en liep onder de toog van de poort door naar de zijkant van de schuur. Als Eric al naar buiten zou kijken – en die kans was vrijwel nihil – dan zag hij me in elk geval niet staan.

Ik bukte om het koffiefilterzakje uit mijn sok te halen en hield het papier dicht bij het flauw oplichtende display.

De eerste mogelijkheid leverde me behalve hartkloppingen de geagiteerde stem van een Fransman op, die geen Michel heette en ook niemand kende met die naam. De tweede mogelijkheid leidde tot een geautomatiseerde stem die emotieloos mededeelde dat het nummer dat ik wilde bellen nu niet bereikbaar was, en dat ik het op een later tijdstip nog eens kon proberen. De derde mogelijkheid die ik op het koffiefilterzakje kon ontcijferen, verbond me met een jong meisje, althans, ze klonk jong. Ik kon het niet helpen dat ik een steek van jaloezie voelde en me meteen van alles in mijn hoofd haalde. Daarom zei ik met een zweem van dominantie in mijn stem simpelweg iets in de strekking van: 'Kun je me Michel even geven?'

Het meisje klonk oprecht verward, ze kende helemaal geen Michel.

Bleef over het tweede nummer. Niet bereikbaar. Was dit het

nummer van Michel? Het kon zijn dat hij geen bereik had. Het was me zelf ook vaak genoeg overkomen. Oude huizen hier hadden extreem dikke muren, sommige waren zelfs een meter dik, zoals de onze. Ze bestonden uit veldstenen die honderden jaren geleden, ver voor het geïndustrialiseerde tijdperk, door boeren steen na steen uit de grond waren geraapt en in de leem gelegd. Ze waren niet gebouwd op moderne communicatieapparatuur. Er kon nauwelijks signaal doorheen komen.

Ik probeerde het nog eens, met hetzelfde resultaat. Daarna voerde ik het nummer in het adresboek in, onder de naam 'Michelle'. Om het helemaal compleet te maken wiste ik alle laatste ingetoetste nummers en gesprekken. Niet meer te traceren. Wat me eraan deed denken dat ik in elk geval de gespecificeerde factuur van Orange moest onderscheppen.

Ik floot en riep Bleu. Even later doken zijn wolfachtige contouren op uit de struiken. Samen liepen we terug.

Op het erf hoorde ik de telefoon binnen gaan. Het moest zeker half elf zijn.

Ik liep het huis in, sloot de voordeur achter me. In de keuken bleef ik staan. Twijfelend. Ik nam de hoorn op.

Tegelijkertijd werd aan de andere kant de verbinding verbroken.

30

Het was zaterdagmiddag vijf uur, en ik was ziek. Althans, dat had ik voorgewend. Niemand had daaraan getwijfeld.

Gisteravond was ik echt ziek geweest. Op het moment dat Erics ouders het pad op kwamen rijden, had ik in bed gelegen met een brandende maag en het gevoel alsof ik elk moment dood kon gaan. Duizelig, koortsig en gedesoriënteerd. Eric had een dokter willen bellen, maar ik had hem verzekerd dat het niets ernstigs was. Ik wilde geen dokter aan mijn bed die me vertelde wat ik al wist: dat het me gewoon te veel was geworden. De omschakeling van land, taal en cultuur, de talrijke nieuwe indrukken, het gebrek aan sociale ijkpunten, de kou, zorgen om de kinderen en het absolute gebrek aan modern comfort; maar – als ik eerlijk was – vooral de spanning. Ik moest sterk zijn voor de kinderen, sterk voor Eric, terwijl alles in me huilde en schreeuwde. Daar kwam bij dat ik niet goed gegeten had, de afgelopen weken. Mijn lichaam zei me gisteravond eenvoudigweg: tot hier en niet verder.

Maar *ik* moest wel verder.

Vanochtend had ik me al een stuk beter gevoeld, maar besloten me ziek te houden.

Mijn gespitste oren vingen het geluid van een startende auto op. Eric, zijn ouders en Isabelle en Bastian gingen gezamenlijk naar de stad. Ze zouden gaan winkelen en er blijven eten. Voor vanavond negen uur waren ze niet terug.

Ik sprong uit bed, rende naar het raam en keek naar buiten. De auto van mijn schoonouders reed naar het pad. Ik maakte een dankbaar gebaar naar de hemel.

Binnen vijf minuten was ik aangekleed, had ik de autosleutels van het aanrecht gegrist en liep ik op een holletje naar de Volvo.

Peters auto stond aan het einde van de oprit. Een wit bestelbusje was ernaast geparkeerd. Ik wist niet of Claudia een auto had en kon dan ook alleen maar hopen dat ik Peter alleen zou treffen.

Nou ja, ik zou er snel genoeg achter komen.

Ik parkeerde naast Peters Landrover en stapte uit. Ondanks mijn vastberadenheid trilden mijn handen.

Aanbellen was niet nodig. Nog voor ik het bordes had bereikt, verscheen Peter in de deuropening. Hij had een bandplooibroek aan en een rode sweater met een V-hals.

'Jou had ik al eerder verwacht,' zei hij. 'Kom binnen.'

Het was donker in het huis. Onze voetstappen kraakten op de glanzende houten vloer. In de woonkamer wees hij me de bank.

'Ga zitten. Wil je iets drinken?'

'Nee, *merci*.'

Hij liep naar de kast en schonk een glas whisky voor zichzelf in. Ik keek onwennig om me heen. Het huis zag er anders uit dan op de avond van het feest, zo zonder mensen, muziek, kaarsen en lampionnen. Er hing een sombere sfeer. Naargeestig bijna. De donkerrode velours stof van de bank was op sommige plekken versleten. Er lag een laagje stof op de salontafel, en er tekenden zich kringen af in de lak. In een nis in de muur stonden verlepte bloemen in een droge vaas met kalkaanslag.

'Wat is het toch prachtig hier,' zei ik, om het ijs te breken. Per slot van rekening had hij de touwtjes in handen, niet ik.

Peter mompelde iets in zichzelf en draaide zich naar me om. Ik kon zijn gezicht bijna niet zien omdat de okerkleurige ruitjes achter hem weinig licht van buiten binnenlieten.

'Toen ik hier zeven jaar geleden terechtkwam, was dit huis een ruïne. Een vervallen kasteeltje, met een paar rotte, ingestorte bijgebouwtjes. 't Was niets waard. Het gebied hier was achtergebleven. Er was geen werk, er waren amper winkels. Iedereen trok er weg. Ik kocht het voor de grondprijs. Het geld voor de koop en de verbouwing leende ik van een vriend van me, want ik had helemaal niets. Geen franc… Niets.' Peter draaide zich naar het raam en keek naar buiten.

Ik hield mijn adem in, durfde me amper te verroeren.

Dit was een inleiding. Maar tot wat? Het werd me wel duidelijk dat Peter dit gesprek beter had voorbereid dan ik.

'Er zijn mensen die het beter vergaat,' merkte hij op, en hij nam een slok van zijn whisky. 'Ze hebben hun huis in Nederland of Engeland verkocht met vette winst. Ze kopen hier een bouwval van eigen geld en ze laten het verbouwen, door mensen zoals ik. Allemaal zonder lening, alsof het niets kost. Ga maar na, hoe rijk je dan bent. Heel wat rijker dan ik toen ik hier kwam.'

Peter sprak niet in het algemeen. Hij had het over ons. Wij hadden ons huis in Nederland verkocht met zoveel winst dat we ons huis hier contant af hadden kunnen rekenen. En dan nog was er voldoende over voor de renovatie. Zelfs als er in het eerste jaar geen gasten kwamen voor de *chambres d'hôtes*, had dat geen consequenties. Hoe wist Peter eigenlijk dat we geen lening nodig hadden gehad voor het huis en de renovatie? Had Eric hem dat verteld? Het zou zomaar kunnen. Ik vroeg me tegelijkertijd af wat we precies hadden verteld aan Theo en Betty. Ergens stond me bij dat we het met hen ook over geld hadden gehad.

Peter maakte een armgebaar. 'Dit huis, Simone, is mijn kasteel, mijn thuishaven. Ik wil hier oud worden. Ik heb dingen gedaan in mijn leven die...' Hij zuchtte en tuitte zijn lippen bedachtzaam, maar keek me nog steeds niet aan. 'Laat ik stellen dat ik een bewogen leven heb gehad, en hier rust heb gevonden. Na zoveel jaar. Ik heb geleerd, door schade en schande. De schánde, daar kan ik nog wel overheen stappen, maar de scháde... Ja, de schade is erger.'

Hij pauzeerde om een slok te nemen. Liet het vocht rondwalsen in zijn glas. Mijn ogen waren nu gewend aan het duister. Het viel me nu pas op dat hij er vermoeid uitzag. Hij had wallen onder zijn ogen en rimpels in zijn gezicht die ik niet eerder bij hem had opgemerkt.

'Wat betalen jullie ons eigenlijk, voor het werk dat we doen? Vijftien euro per uur?'

Ik reageerde niet. Dit was een retorische vraag, Peter verwachtte geen antwoord. Dit was een monoloog.

'Betaalden jullie dat de loodgieters en klusjesmannen in Nederland ook?'

Waar wilde hij heen? Ging hij nu klagen over het uurloon? Hij had dat tarief nota bene zelf voorgesteld.

Ik schudde mijn hoofd. 'Nee.'

'En de hoeren, wat betaalde je man de hoeren die hij bezocht? Ook vijftien euro?'

Ik schrok van de toon in zijn stem. De manier waarop hij het woord *hoeren* uitsprak, de plotselinge hardheid. Eric was nooit bij een prostituee geweest. Nooit.

'Eric is nooit naar de hoeren geweest,' zei ik, en tot mijn ergernis klonk mijn stem hoog, het leek wel of ik piepte.

Hij hield zijn hoofd scheef en lachte. 'Weet je dat wel zeker, Simone? Je houdt er zelf ook een aardig volle dubbele agenda op na, toch? *Presque française...*'

Op schoot grepen mijn handen zich in elkaar. Ze waren vochtig.

'Nou ja,' vervolgde hij. 'Laat ik het zo stellen: hoeren zijn een stuk duurder dan vijftien euro per uur. En mánnelijke hoeren... ik denk dat het uurtarief van een beetje goede, een waar je niet over te klagen hebt, toch algauw tot in de tweehonderd euro loopt. Schaarste, een kwestie van vraag en aanbod.' Hij keek me strak aan. 'Groot verschil, hè? Vijftien of tweehonderd.'

Ik was met stomheid geslagen.

'Hij is goed, hè?' ging Peter verder, terwijl hij me strak aankeek en tegenover me in een fauteuil ging zitten. 'Onze dekhengst?'

Ik val.

Tien meter, twintig meter, honderd. Er lijkt geen einde te komen aan de verwoestende draaikolk die aan mijn haar en kleding trekt en de onzichtbare kracht die me naar beneden zuigt, dieper en sneller, door een zwarte tunnel zonder licht aan het einde. Tot de klap volgt. Kale, pure schaamte.

'Geen klachten, dus.' Peter sloeg het laatste restje whisky uit zijn glas in één keer achterover en zette het glas met een klap op tafel. 'Mooi, nu het zakelijke gedeelte.' Zijn ogen glinsterden in het schemerdonker. 'Je geeft me elke week tweehonderdvijftig euro. Dan blijft jouw gezellige, leugenachtige leventje intact. Een koopje, als je het mij vraagt.'

Ik kon geen woord uitbrengen. Ik wilde weg, ik wilde gaan

gillen, ik wilde hem aanvliegen, krijsen, maar ik bleef zitten. Alle emoties die door me heen raasden uitten zich in rillingen die door heel mijn lichaam trokken.

'Michel zul je voorlopig niet meer zien,' ging hij verder. 'Ik heb hem nog een poos nodig, bij een ander "karwei".' Bij het uitspreken van het laatste woord maakte hij een krauwende beweging met zijn vingers in de lucht.

Peter stond op. 'Kom, ik gooi je eruit, moeder Teresa. Elke maandag, tot nader order. Tweehonderdvijftig euro. Je bent een slimme meid, dus ik hoef je niet uit te leggen wat de gevolgen zijn als je de centjes niet hebt.'

Ik stond op, liep confuus naar de hal, waar Peter de deur voor me openmaakte. In het voorbijgaan keek ik even naar hem op.

De blik in zijn ogen was staalhard, volledig gevoelloos.

Op de terugweg kreeg ik niets mee van de omgeving, ik reed op de automatische piloot. Ik stopte de auto op een parkeerplaats omdat het onverantwoord was om door te rijden. Wezenloos staarde ik voor me uit. Huilen lukte niet. Ik dacht aan Isabelle en Bastian, de moed die ze hadden getoond, en nog steeds toonden, om hier te wennen. De trots op hun gezichtjes bij het accentloos uitspreken van Franse woorden, de voorzichtige pogingen om dit land als hun nieuwe thuisland te accepteren. De wijze waarop ze zich opengesteld hadden voor de werklui, hun nieuwe sociale ankerpunten – 'papa's vrienden', de enthousiaste wijze waarop ze Peter steeds hadden begroet.

Maar het ergste was dat er nog iemand anders in het spel was. Niet alleen Peter.

Ik legde mijn gezicht in mijn handen. Ik stond er alleen voor. Volledig.

Ik vocht tegen de neiging weg te rijden van hier, ver weg van de monsterlijke tentakels van Peter, terug naar Nederland. Ineens kwamen de tranen. Terwijl ik vruchteloos het handschoenenvakje doorzocht naar een tissue om mijn neus te snuiten, wist ik dat ik daarop aan moest sturen. Het was de enige mogelijkheid.

We moesten hier weg.

31

In een toeristisch dorpje aan een rivier, op nog geen twintig minuten rijden van ons huis, was het elke maandagochtend markt. Kramen met vlees, groenten, kaas en vis, maar ook kleding, potten, sieraden en Afrikaanse maskers. Ze stonden opeengepakt op het plein en in twee straten die daarop uitkwamen. Ik had een Ierse bierbrouwer ontdekt en een kraam van een imker met honing en kaarsen.

Het was niet zo moeilijk je voor te stellen dat je hier in de zomer struikelde over de toeristen, dat je schuifelend, voetje voor voetje, moest aansluiten in de mensenmassa. Nu was het vrij rustig.

Het was een opmerkelijk zachte novemberochtend. Op een paar terrassen zaten mensen koffie te drinken met hun jassen aan, opengeritst.

Ik stak de markt schuin over naar een bankfiliaal van de Crédit Agricole en stopte mijn bankpas in de geldautomaat. Terwijl ik de pincode intikte, sloeg de twijfel toe.

Tweehonderdvijftig euro was veel geld.

Ik suste mezelf met de wetenschap dat er momenteel zoveel geld van onze rekening verdween aan loonkosten en bouwmaterialen, dat dit soort bedragen Eric misschien niet eens zouden opvallen. Ik zag facturen voorbijkomen van vijfhonderd euro, elfhonderd, achttienhonderd...

Misschien moest ik meteen wat meer opnemen. Een vast bedrag per week zou eerder de aandacht trekken op de maandelijkse afschriften dan verschillende bedragen verspreid over een maand.

Ik pinde driehonderd euro en stopte de briefjes in een apart vakje van mijn portemonnee.

Vanaf nu kon ik minder geld uitgeven bij de supermarkten, minder cadeautjes kopen voor de kinderen, en al helemaal geen spullen meer voor mezelf aanschaffen. Op deze manier zou het verschil op papier wat minder groot lijken dan het in werkelijkheid was.

Terwijl ik door de marktstraat terugliep naar de parkeerplaats, zag ik iemand achter een kraam staan die me vaag bekend voorkwam. Een blonde vrouw, van een jaar of vijftig. Ze zag er verzorgd uit, gebruind en opgemaakt, en ze droeg een moderne bodywarmer. Toen ik langs de kraam liep keek ze me recht aan, met een blik van herkenning, en ineens wist ik het. Het was de Amsterdamse met wie ik even had staan praten op het feest. Haar naam was ik vergeten, zoals ik vrijwel ieders naam van die avond vergeten was.

'Wat leuk!' riep ze, en ze liep meteen achter haar kraam vandaan om me te begroeten. 'Jij bent toch Simone?'

Ik knikte schaapachtig. Haar naam schoot me nog steeds niet te binnen.

'Ik ben Lucy, weet je nog? We hebben elkaar even gesproken bij Peter en Claudia. Weet je met wie ik net heb staan praten? Met Rita, ze is hier ook ergens.' Ze keek zoekend om zich heen, over de hoofden van de mensen. 'Ik denk dat ze koffie is gaan drinken. Jack is hier ook, die kun je altijd in Café de Paris vinden, tegenover de bank op de markt.'

'Jack?' vroeg ik, ongemakkelijk met de situatie.

'Mijn man.'

'O ja, natuurlijk.'

'Weet je wat?' Lucy pakte me bij mijn onderarm, alsof ze bang was dat ik ervandoor zou gaan. Ze keek weer rond, wipte op haar tenen om over de passanten heen te kunnen kijken en begon druk te wenken naar iemand die aan de overkant van het straatje achter een kraam stond. Daarna boog ze zich naar me toe. 'We gaan lekker even koffie drinken. Misschien is Rita er ook nog. Het is toch een tamme dag vandaag.'

Lucy overdonderde me volledig.

Een Franse vrouw nam de honneurs waar voor Lucy's Hollandse kaaskraam, en we liepen weer terug naar het marktplein waar ik net vandaan kwam.

Café de Paris was een eenvoudig ingericht etablissement met tegeltjes op de vloer. Een paar mensen, mannen voornamelijk, zaten zwijgend de krant te lezen – de *Sud Ouest* – en koffie te drinken. Aan de bar zag ik twee oudere mannen een goedje drinken dat weinig anders kon zijn dan sterkedrank, pastis. Ze droegen gebreide truien en een van hen had een vettig petje op. Maar de clientèle bestond voornamelijk uit marktbezoekers die rondom de tafeltjes zaten en druk met elkaar in gesprek waren. Het was er warm en het geroezemoes weerkaatste tegen de kale witte muren.

Lucy troonde me mee naar een bruin tafeltje. Rita herkende ik meteen. Wat me van haar uiterlijk was bijgebleven, waren haar zwaar opgemaakte ogen en haar rinkelende gouden sieraden. Die laatste droeg ze nu nog, maar de make-up ontbrak.

Lucy trok ergens een extra stoel weg en zette die aan het hoofd van de tafel. 'Ga lekker zitten meid.' In één adem door ratelde ze tegen de oudere man die een stuk gebak zat te verkruimelen: 'Jack, dit is Simone, Peter is daar nu aan het werk. Je hebt haar gezien op het feest bij Peter en Claudia, maar ik geloof niet dat ik jullie aan elkaar heb voorgesteld.'

Het moet gezegd, Lucy had een perfect geheugen.

Ik gaf Jack een hand. Hij leek me vriendelijk. Hij had zachte gelaatstrekken en fijn, bijna wit haar.

Rita sprong op en liet het niet bij een hand. Ze boog ver over het tafeltje heen om me twee zoenen op mijn wangen te kunnen geven. 'Wat leuk, en wat toevállig dat je hier bent! Wil je ook koffie? Espresso, een café au lait? Cappuccino zou ik niet doen, dat begrijpen ze hier niet. Je krijgt een bodempje koude koffie in een longdrinkglas dat ze opvullen met slagroom.'

'Doe maar een espresso,' zei ik mat.

De vierde persoon aan tafel was een man van rond de veertig, kalend met een hoog voorhoofd, die zich voorstelde als Ben, de man van Rita. Hij had zijn jas nog aan. Ook hij had de Franse kusgewoonte overgenomen.

Uiteindelijk kon ik dan gaan zitten. De serveerster, een mager meisje met een donkerbruine paardenstaart, nam de bestelling op.

'Hou je van zoet?' vroeg Lucy.

Ik knikte.

Ze bestelde er iets bij wat ik niet verstond.

'Vlot het werk een beetje?' Vier paar ogen keken me afwachtend aan.

'We slapen nu in het huis,' zei ik. 'We hebben een tijdelijke woon- en badkamer en ieder onze eigen slaapkamer.'

'Dát is vooruitgang,' kakelde Lucy. 'En, hoe beviel het om weer in je eigen bed te slapen?'

Ik deed een poging te glimlachen. 'De caravan was niet bepaald luxe.'

'Toch is dat wel eens goed, denk ik,' merkte Ben op. 'Als je een periode geen fatsoenlijk nest hebt gehad om in te slapen, geen warm water, geen verwarming, ga zo maar door, dan ga je de kleine dingen weer waarderen.'

'In de eerste weken misschien,' reageerde Jack, 'maar eerlijk is eerlijk, je bent er zo weer aan gewend.'

Lucy nam de kopjes koffie van de serveerster aan en legde een reusachtig schuimgebak voor me op een bordje. 'Meringue,' zei ze. 'Héérlijk. Ik zou ze de hele dag wel kunnen eten, maar mijn maag trekt dat niet. Mijn weegschaal ook niet, trouwens. Heb je er wel eens gegeten?'

Ik schudde mijn hoofd.

'Probeer het, het is echt lekker, heel zoet.'

De meringue was inderdaad mierzoet, het leek me een soort opgeklopt eiwit met pure suiker. Het roze ding verkruimelde als ik erin beet en het was onmogelijk het netjes te eten. Mijn vingers plakten nu al en ik voelde het glazuur van mijn tanden springen.

'Hoe zit het bij jullie met de verwarming?' hoorde ik Ben zeggen.

Ik keek op, maar de vraag was niet aan mij gericht.

'Er is een kerel langs geweest met zonnepanelen en eentje met een soort aardeverwarming. Het idee is goed, je hebt vrijwel geen kosten meer na aanschaf, en je hoeft er verder niet meer naar om te kijken. Maar het is gewoon te duur. Twintig mille vroeg die ene kerel van de aardwarmte, die andere is nog steeds aan het rekenen. Omdat we hier niet belastingplichtig zijn, krijgen we ook geen subsidie. Dus blijven we voorlopig nog gewoon op hout en olie stoken.'

'Hoe stoken jullie je huis warm?' vroeg Rita me.

'Voorlopig nog met elektrische kacheltjes. Er staat een ketel, maar Eric is daar nog mee bezig.'

'Is duur hoor, pas daarmee op, met die elektrische kacheltjes,' zei Rita. 'Ik had afgelopen februari een rekening van zevenhonderd euro te pakken... alleen maar elektriciteit.'

'Toen was het ook extreem koud,' voegde Lucy eraan toe.

'Water is hier ook duur,' reageerde Ben. 'Je merkt het meteen aan de rekening als je je zwembad vol hebt laten lopen.'

'Wij hebben een pomp met een generator bij de put staan, daar halen we het meeste water vandaan,' zei Jack. 'Dan is het zo goed als gratis. Op de diesel voor de generator na dan.'

Ik keek naar de mensen aan deze tafel. Ergens vond ik het heerlijk om te kunnen praten in mijn eigen taal, om niet elk woord op een weegschaal te hoeven leggen, me af te vragen of het zelfstandig naamwoord vrouwelijk of mannelijk of meervoud was, en tegelijkertijd in een noodtempo de vervoegingen van de benodigde werkwoorden aan me voorbij te zien schieten tot ik de juiste te pakken had. Maar ook aan deze tafel kon ik niet praten over wat me werkelijk bezighield. Ik kon er met niemand over praten.

'Bevallen de werklui?' vroeg Rita me.

'Eh... ja. Het is nu rustig, alleen de twee Antoines en Louis werken bij ons. Peter is er ook niet meer. Hij heeft twee nieuwe klussen.'

'Daar heb ik iets over gehoord, geloof ik,' reageerde Rita. 'Hij zou de restauratie gaan doen van een landhuis vlak bij Libourne. En vrienden van hem hebben, in Baskenland meen ik, bouwgrond gekocht. Het schijnt er heel mooi te zijn.'

Heel voorzichtig vroeg ik haar: 'Heb je nog veel contact met Peter?'

'Niet echt. Hij is ook druk, hè, hij heeft geen tijd om met al zijn oude klanten contact te houden. Maar je blijft elkaar toch tegenkomen, hier. Iedereen weet alles van elkaar. Hoe groot en uitgestrekt ook, het is net een dorp. Zeker onder de buitenlanders. Als je een paar mensen kent, dan weet je vaak dezelfde dag nog wat er speelt.'

Lucy viel haar bij en begon een verhaal te vertellen over een stel

Engelse immigranten die ruzie hadden gemaakt met de plaatselijke burgemeester, en wier camping nu te koop stond. 'Hebben jullie al iets aan het water gedaan, eigenlijk?' vroeg Lucy me.

'Water?'

'Wist je dat dat dértig procent kalk bevat, in deze regio? Heb je dat niet gemerkt? Het is bijna crimineel, je betaalt je blauw voor water dat je niet eens kunt drinken en dat al je apparatuur naar de kloten helpt. Wij hebben zo'n mannetje laten komen met een waterzuiveringsinstallatie, een soort filter. Dat werkt heel goed. Als je wilt, geef ik je zijn adres. Hij is betrouwbaar.'

'Wat hebben jullie ervoor betaald?' vroeg Rita.

'Een mille of drie.'

'Dan waren wij een stuk duurder uit.' Ze zocht over de tafel steun bij Ben. 'Vijf? Ja toch?'

'Ik weet het niet meer... Vijf, kan wel.'

Ik besefte dat ik bezig was een nieuw sociaal netwerk op te bouwen in een vreemd land. De mensen aan tafel leken me alle vier best aardig. Ze accepteerden me zonder reserves, alleen maar omdat ik net als zij Nederlands was en we een gedeelde historie hadden: verbouwing van een huis in dezelfde regio in Frankrijk en door dezelfde aannemer. Maar mijn hoofd zat zo vol dat er geen plaats meer vrij was om oprechte interesse te tonen in hun levens. Ik liep op mijn tenen en ik voelde dat ik hier weg moest, omdat ik anders misschien zou gaan huilen, of verkeerde dingen zou gaan zeggen.

Ik stond abrupt op. 'Ik moet ervandoor. Ik vond het erg leuk jullie gezien te hebben.'

'Nu al?' zei Rita. 'Meid, blijf toch zitten, je bent in Frankrijk!'

'Ik moet koken voor de ploeg.' Ik wierp een haastige blik op mijn horloge. 'En ik red het al niet meer om het eten om twaalf uur op tafel te hebben.'

Dat begrepen ze. Peter had hen allemaal keurig opgevoed.

Rita krabbelde vlug wat in een kleine agenda die ze uit haar tas haalde, scheurde het briefje af en stak het me toe. 'Kom eens langs, als je zin hebt.'

Ik stopte het briefje bij me.

'Kom je volgende week maandag weer?' vroeg Lucy. 'Dan zet je maar een schotel in de oven voor de jongens. Of leg een paar pizza's neer. Dat heb ik ook zo vaak gedaan. Je moet je niet gek laten maken door Peters gezeur over dat eten hoor. En je moet me nog vertellen waar jullie precies wonen, ik begin nu echt nieuwsgierig te worden.'

'Doe ik,' zei ik. 'Volgende keer.'

Terwijl ik terugreed over de bochtige tweebaansweg, voelde ik dat de emmer vol was, die liep aan alle kanten over. Tranen welden op en ik deed geen moeite meer ze te verdringen.

Ik had mijn uiterste best gedaan om alles wat ik voelde, die razende emoties die in me kolkten, zo goed mogelijk weg te stoppen. Heel ver weg, zodat niemand inzicht had in wat er werkelijk in me omging.

Nu lukte het niet meer.

Vanochtend vroeg waren de ouders van Eric vertrokken, mensen voor wie ik onder normale omstandigheden alle tijd had genomen, met liefde en toewijding had gezorgd; nu voelde ik alleen maar opluchting toen hun auto ons terrein afreed. En ik voelde me een verraadster, een buitenstaander.

De weg voor me kronkelde zich door de hoge heuvels, langs een rotswand en een diep dal met een rivier. Ik was onderweg naar huis, en dat huis was vanaf vandaag elke maandagochtend zo'n beetje het equivalent van het hol van de leeuw. Bij thuiskomst zou ik ongezien Peter het zwijggeld moeten geven.

Dit was mijn enige rustmoment, dit moment in de auto, alleen. Ik parkeerde de Volvo op een picknickplaats en stond mezelf toe te huilen.

Ik was volledig overgeleverd aan de willekeur van Peter, iemand van wie ik het bestaan een halfjaar geleden niet eens had geweten. Peter met zijn doortrapte spelletjes, zijn bangmakerij. Peter met zijn twee gezichten. Ik wilde dat hij dood was, ik wilde dat Eric hem nooit was tegengekomen.

Maar het was vreemd genoeg niet Peter die mijn overspannen emoties domineerde.

Ik had vannacht geen oog dichtgedaan, alleen maar nagedacht

en alle gebeurtenissen in gedachten de revue laten passeren. En elk nieuw puzzelstukje dat ik ontdekte en dat op zijn pijnlijke plek in het duivelse geheel neerstreek, perfect passend, voelde als een mes dat in mijn onderbuik werd gestoken, steeds dieper, steeds gemener, geniepiger.

Alles was vooropgezet. Alles.

Al die tijd dat ik dacht dat Michel te mooi was om waar te zijn, was hij dat ook geweest.

Het initiatief was vanaf het begin van Michel gekomen. Vanaf de allereerste ontmoeting, waarop hij mijn blik vasthield. Wie had me opgezocht bij het meertje? Wie was er meegegaan naar Biganos omdat hij 'last van zijn knieën had' en liep vervolgens als een kieviet door het mulle zand in Arcachon langs de kustlijn? En wie was er blijven hangen op het feest van Peter, had daar strak en helder tussen de door drugs en alcohol aangetaste zielen de vermeende onschuld zitten spelen? Verdomme, ze hadden dit gewoon gepland, Peter en Michel. Elke stap was overdacht, en ik was er ingetrapt. Als de eerste de beste bakvis.

Wat wist ik over Michel? Van hemzelf had ik niets te horen gekregen. Helemaal niets. Het enige wat ik dácht te weten, was informatie die Eric van Peter ingefluisterd had gekregen. Een meelijwekkend verhaal over een verrotte jeugd, dat Michel alleen maar sympathieker had gemaakt. Interessanter.

Michel was niet komen opdagen, vorige week. En waarom niet? Hij was waarschijnlijk druk met het verleiden van een andere, vers aangekomen immigrante met een ingedut huwelijk. Peter streek op deze manier vast duizenden euro's per maand op, en Michel neukte zich een slag in de rondte.

Dat ging hem prima af. Hij leek ervoor geschapen.

Ik legde mijn hoofd in mijn nek en staarde naar het plafond van de auto, terwijl de tranen bleven komen, onophoudelijk. Mijn hand streelde de zitting naast me. Hier had hij gezeten. Op deze stoel. Flarden van beelden, geuren en geluiden drongen zich aan me op. Michel naast me, in bed in de caravan, terwijl ik diezelfde hand die nu de harde zitting van de Volvo streelde, over zijn buik liet gaan. Michel boven op me, met een bijna plechtige concentratie in zijn ogen. Michel tegenover me, bij Le Pirate, die een stuk brood voor me afbrak. Naast me op de bank bij de vorige eigenaresse van Bleu, die Michel en mij zo vriendelijk en gastvrij had ontvangen. Het was overduidelijk dat ze op de een of andere manier om hem gaf.

Net als ik om hem gegeven had.

En nog.

Ik klapte voorover en legde mijn armen op het stuur. Nu pas drong de essentie tot me door van wat me werkelijk, dwars door alle ellende heen, nog het meeste pijn deed.

Denkend aan Michel kon ik alleen maar reiken naar de leegte die hij had achtergelaten. Mijn handen uitstrekken, rondtasten in inktzwarte duisternis, in het niets.

Ik wist gewoonweg niet meer wat ik moest voelen, ik wist niet meer wat ik moest denken en al helemaal niet meer wat ik moest doen.

Ik kon de talloze gedachten en gevoelens die stuurloos in mijn vertroebelde bewustzijn ronddobberden, niet van elkaar onderscheiden.

Mijn leven was één grote leugen geworden.

■

De deur sluit zich achter me. Ik blijf staan.

Er staat een tafel in het midden van de kamer. Erachter zitten twee mannen naar me te kijken. Ze dragen witte overhemden met een stropdas. Geen uniform. De een is donkerharig met verfijnde gelaatstrekken en bruine ogen die een beetje klein lijken voor zijn gezicht. De man rechts van hem is ouder, tegen de zestig, schat ik. Zijn haar is grijs en zijn huid pokdalig. Hij heeft wallen onder zijn ogen, maar de blauwe irissen staan helder en scherp.

Op het tafelblad staat een bandrecorder, er liggen wat papieren, formulieren of zo; ik kan het niet goed zien.

De oudere man knikt. '*Bonjour, madame Jansen.*'

'*Bonjour*,' reageer ik. Mijn stem klinkt schor van nervositeit. De misselijkheid neemt toe.

'Gaat u zitten,' zegt de blauwogige man. Hij heeft een Vlaamse tongval die me doet huiveren. Het doet me aan Peter denken.

Ik neem plaats op de lege stoel tegenover hen. Bijt op mijn lip.

Ze absorberen me met hun blikken, alsof ze al urenlang dikke dossiers bestudeerd hebben en nu eindelijk oog in oog staan met het onderwerp van hun studie. Ik voel me naakt.

'We hebben een paar vragen voor u, mevrouw Jansen,' zegt de Vlaming. 'Maar laat ik ons eerst voorstellen: de man naast me is rechercheur moordzaken van dit departement, Philippe Guichard. Hij leidt het onderzoek en dit gesprek. Ik ben aangetrokken als tolk, omdat u Nederlandse bent. Mijn naam is Leo van Goethem. Wij gaan u een aantal vragen stellen. U kunt antwoorden in het Nederlands of in het Frans, wat u verkiest. Alles wat hier gezegd wordt, zal worden vastgelegd op deze geluidsdrager.' Hij legt zijn hand op het apparaat en kijkt me indringend aan. 'Heeft u het begrepen?'

Ik knik.

'Mooi. Ik ben verplicht u te vertellen dat u niet hoeft te antwoorden. Als u antwoordt, doet u dat uit vrije wil. Duidelijk?'

'Ja,' piep ik.

'Mooi. Dan gaan we beginnen.'

■

32

'Ah, mam, alsjeblieft, nog ééntje.'

'Nee, Isabelle, je moet nu echt gaan slapen. Het is al negen uur, morgen moet je weer naar school.'

Isabelle sperde haar lieve, blauwe ogen open. Ze wist precies hoe ze me moest bewerken. 'Ah... *please*?'

'Nog eentje dan.' Ik kon geen weerstand bieden. Schuldgevoel had de overhand. Waren het geen cadeautjes dan was het wel voorlezen, totdat Isabelle halverwege het zoveelste sprookje in slaap was gevallen, en ik ongezien haar kamer uit kon sluipen.

'Maar dan wil ik je ook écht niet meer horen. Spreken we dat af?'

Ze knikte en gaf haar bestelling door. 'Van het eendje.'

Ik ging verzitten op het bed en sloeg het sprookjesboek weer open. Zacht licht van het bedlampje viel op de glanzende pagina's. Ik had dit verhaal al zo vaak voorgelezen dat ik het bijna uit mijn hoofd kon opzeggen. Terwijl ik vertelde over een jong eendje dat door de andere eendjes verschrikkelijk gepest werd vanwege zijn onbeholpen uiterlijk en grauwe donsveertjes, dwaalden mijn gedachten af.

Het was alweer zondag. De week was voorbijgevlogen.

Het liefst had ik mijn hoofd in het zand gestoken, mezelf volledig afgesloten van alles wat er om me heen gebeurde.

See no evil, hear no evil.

Maar dat ging niet.

Afgelopen maandag had Peter het zwijggeld aangenomen, volledig in stijl – zwijgend en buiten het zicht van iedereen – en het daarna met een sluwe glimlach in zijn kontzak gestoken.

Hij had me verslagen achtergelaten. Ergens, heel diep vanbinnen, had ik nog een sprankje hoop gehad dat het een grap was. Een zieke grap, dat wel. Maar op het moment dat hij het geld van me aangenomen had, drukte hij dat kleine hoopvolle vlammetje dat in me flakkerde in één keer uit.

Terwijl ik hem weg hoorde gaan, had ik het aanrecht vastgegrepen en mijn ogen dichtgeknepen. Ik had sterk, heel sterk gehoopt dat hij met een duizelingwekkende vaart een afgrond in zou rijden, of met zijn patserige terreinwagen tegen een rots omhoog zou klappen. Eén nietig, fataal moment van onoplettendheid.

Daarna was ik naar buiten gelopen, naar het meertje. Het was koud geweest. Nevelige slierten hingen boven het stille wateroppervlak. Boven me was de hemel eenkleurig loodgrijs. Nadat ik een uur stilzwijgend had doorgebracht, waarin ik Peter in gedachten op wel honderd verschillende manieren vermoord had, begon de realiteit weer vat op me te krijgen.

Naar de politie gaan was een optie die ik serieus had overwogen, die maandagmiddag aan het meer. Aangifte doen van afpersing. Maar hoe langer ik erover nadacht, hoe ingewikkelder het werd. Ik had geen idee wat de gevolgen zouden zijn als ik het eenmaal in gang had gezet. Om te beginnen was het Peters woord tegen het mijne. Als het uitdraaide op een rechtszaak, dan zou ik waarschijnlijk moeten getuigen, simpelweg omdat ik de enige getuige was. Daar kwam bij dat ze mogelijk een proces-verbaal zouden opsturen naar ons huis, of voor aanvullende vragen zouden langskomen – en dus op een dag op ons erf zouden staan, met hun politiewagen. Het was een schrikbeeld dat me niet losliet. Ik durfde er gewoonweg niet van uit te gaan dat de plaatselijke politie de zaak discreet zou afhandelen. Politiewerk was mensenwerk.

Maar de waarheid was dat ik het niet durfde, omdat ik te bang was dat ik iets in gang zou zetten wat een eigen leven zou gaan leiden, zodat ik alle controle kwijt was. Nu was het alleen nog Peter voor wie ik moest oppassen. Dat was beter beheersbaar dan een volledig politiekorps – en wie weet wat voor instanties nog meer.

Misschien kon ik beter de rollen omdraaien. Het gemak waarmee Peter me chanteerde, en zijn vrienden – zoals Eric – bedroog, deed vermoeden dat hij nog veel ergere dingen uithaalde. Misschien was het afpersen van getrouwde vrouwen wel routine... En mogelijk niet eens het érgste wat hij op zijn kerfstok had. Als ik iets kon vinden, een bezigheid van Peter die zwaar strafbaar was, dan kon ik hem misschien anoniem aangeven, de politie tippen. Er moest iets te vinden zijn, iets waarvoor hij jarenlang opgesloten kon worden. Dat idee had me tintelingen in mijn buik opgeleverd, en daar was het bij gebleven. Want ik wist niet waar ik moest beginnen. Posten bij zijn huis? Maar wanneer? Ik moest er zijn voor de kinderen, voor de ploeg, en de enige avond dat ik weg kon zonder dat Eric moeilijk deed, was vrijdagavond. Een andere mogelijkheid was te gaan praten met mensen bij wie hij gewerkt had. Inlichtingen inwinnen. Maar Rita had gezegd dat nieuwtjes zich hier als een lopend vuurtje verspreidden. Ik wist niet goed hoe de onderliggende verhoudingen lagen, maar Peter was hier blijkbaar erg geliefd. Dus wat dacht ik nou tegen hem te kunnen beginnen?

Dat was mijn oogst geweest, na een lange middag nadenken. Al met al bleef er maar één oplossing over: we moesten hier weg. Weg uit Frankrijk.

Vluchten.

'...en toen het eendje zichzelf in de spiegeling van het wateroppervlak bekeek, sprong zijn hart over. Hij was een echte zwaan.'

Isabelle sliep. Ik deed het boek dicht, legde het op Isabelles nachtkastje en knipte het lampje uit. Liep zachtjes haar kamer uit en sloot de deur achter me.

De kou op de gang deed me rillen en de planken kraakten onder mijn schoenen. Ik liet het licht uit en bleef staan. Onze gang rook naar verf en houtschaafsel. Ik liep naar het raam. De heuvels baadden in een zacht blauw maanlicht. Mijn ogen werden als vanzelf naar de bron getrokken, hoog aan de hemel. Grillige grijze vlekken leken te pulseren in de okerkleurige bal. Ik sloeg mijn armen om me heen. Mijn adem veroorzaakte condens op het dubbele glas en vertroebelde mijn blikveld. Ik voelde me net zo geïsoleerd als die maan daarboven, in dat lege, zwijgende heelal.

Eric kwam de trap opgelopen. 'Dag schoonheid.'

Dit was een aankondiging, ik kende hem te goed. Ik wilde geen seks. Ik reageerde niet en durfde me amper te bewegen.

Hij knipte het licht in de badkamer aan en ik zag mezelf staan, een donker silhouet in de spiegeling van de ruit, bewegingloos.

'Ga je mee in bad? Een beetje opwarmen?' klonk het uit de badkamer.

'Ik wil terug naar Nederland.'

Een gedempte stem vanuit de badkamer, stromend water. 'Wat zeg je?'

Ik liep naar de badkamer en bleef in de deuropening staan. 'Ik wil terug naar Nederland,' herhaalde ik, met meer kracht in mijn stem, die trilde van de kou.

Hij keek niet op. 'Met de kerst?'

'Voor altijd.'

Erics blonde wenkbrauwen kropen naar elkaar toe. 'Wát?'

'Ik wil hier niet meer zijn. Ik wil terug.'

Zijn mond viel een beetje open. 'Dat kun je niet menen.'

Ik knikte heftig. 'Dat meen ik wel. Ik voel me vreselijk... alleen.'

Hij liep op me af, sloeg zijn armen om me heen en kuste me op mijn voorhoofd. 'Alleen? Gekkie, hoe kom je daar nou bij?'

Ik schurkte me tegen hem aan en begon te huilen. Hartverscheurend, mijn hele lijf schokte. 'Ik voel me vreselijk, echt vreselijk. Dit hele Frankrijk-gedoe is een grote fout, Eric. Ik kan hier niet wennen, ik wíl hier niet eens wennen. Ik wil alleen nog maar terug, ik mis iedereen, ik mis mijn eigen taal, de winkels, ik mis zelfs de oude búren... Ik heb me nog nooit zo ellendig gevoeld.'

Eric bleef me vasthouden terwijl hij me onderzoekend aankeek. 'Lieve schat, we zijn hier pas vier maanden. Wat wil je nou? Alles heeft zijn tijd nodig. Je wist toch dat het zeker een jaar ging duren voor we een beetje gesetteld zouden zijn? Dat wíst je toch?'

'Er is een verschil tussen weten en voelen,' snikte ik. De woorden struikelden uit mijn mond. 'Ik... ik kan er gewoon niet tegen. Ik heb medelijden met Isabelle en Bastian, ik koop me scheel aan cadeautjes voor ze, en ik weet van gekkigheid niet wat ik allemaal voor ze moet doen om het leed te verzachten... Ze hébben geen cadeautjes nodig, Eric. Ze hebben vriendjes nodig. Andere kinderen om mee te spelen, ze vereenzamen hier.'

Eric ademde zachtjes fluitend uit. 'Isabelle en Bastian komen er wel. Je hebt gezien hoe goed ze het deden op de uitvoering. Vriendjes volgen vanzelf, als ze de taal eenmaal goed spreken. Je zult het zien, heus.' Hij stopte een pluk haar achter mijn oor. 'Betty van Theo heeft zich een jaar lang zorgen gemaakt, en hun kinderen zijn nu toch ook volledig verfranst? Die van ons komen er ook wel. En dan zijn ze tweetalig en kunnen ze opgroeien in een prachtige omgeving, in alle vrijheid, zonder stress en drukte. Je maakt je zorgen, dat begrijp ik, maar geef het meer tijd. Je kunt dit soort dingen niet forceren.'

'Ik verpieter hier,' ging ik door. 'Jij bent steeds aan het werk, ik voel me verschrikkelijk alleen, en ik wil hier helemaal niet zíjn. Mijn dagen zijn gevuld met koken, poetsen, me bezighouden met de kinderen. Het enige sociale contact dat ik heb is met de werklui tussen de middag. Ik heb hier helemaal niets. Vrijdagavonden naar de supermarkt, dat zijn mijn uitjes, en ook dan ben ik alleen.'

Dat was vals. Maar ik wilde nu doorzetten. Misschien was de situatie zoals ik die in opperste wanhoop schetste niet helemaal waarheidsgetrouw, het gevoel was er wel degelijk. En hoe.

'We hebben nu geen mogelijkheid om sociale contacten op te bouwen, dat snap je toch wel? We kunnen geen mensen bij ons thuis uitnodigen, dat gaat nog niet. Nóg niet, snap je?' Hij zuchtte. 'Ik heb het ook te druk met de bouw, mijn hoofd staat er niet naar. Maar over een halfjaar is alles anders, dat zul je zien. Vertrouw me.' Hij veegde een traan uit mijn ooghoek en keek me indringend aan. 'Weet je wat, als het huis klaar is, dan houden we een groot feest voor iedereen uit de verre omtrek, een housewarmingparty, en dan gaan we actief werken aan nieuwe vrienden. Misschien kun je bij een sportclub gaan, of...'

Actief werken...

Eric zag vrienden maken als een project. Hij zag verdomme álles als een project. Ik trok me abrupt los uit zijn omhelzing en keek hem scherp aan. 'Eric, het maakt me niet uit, ik wil geen feest, ik wil niet naar een sportclub, ik wil hier gewoon niet blijven. Ik wil naar huis. Naar Nederland. Jij denkt alleen maar aan dit... dit... klótehuis!' Mijn stem sloeg over en ik stond in het luchtledige te zwaaien met mijn armen van nijd en frustratie. Het maakte me allemaal niet meer uit. Een beerput van onderdrukte emoties was opengetrokken en Eric kreeg de volle, razende lading over zich heen.

Hij greep mijn polsen vast. Ik trok ze woest los.

'Sst, je maakt Isabelle wakker.'

'Dan wórdt ze maar wakker! Dat interesseert me helemaal niets! Jij ziet alles als een project, álles, vrienden maken, het huis bouwen, ons hele huwelijk, verdómme!'

Eric straalde een en al bezorgdheid uit. Hij trok me naar zich toe en wreef snel en nerveus door mijn haar. 'Hé, hé, hé, rustig, kom, rustig even, Simoon. Dit heeft geen zin. Even rustig nu. Ik zie je niet als een project. Hoe kom je daar nu bij? Ik hou van je.'

'Je hóúdt van me? Waaruit moet ik dat opmaken? Je bent de hele dag met het huis bezig, dat kúthuis betekent alles voor je. Wij hangen er alleen maar een beetje bij, als ballast. Je stapt er gewoon overheen dat wij hier verpieteren, je sleurt je hele gezin mee naar deze bouwval in niemandsland en het interesseert je geen zák hoe wij ons daaronder voelen. Als jij...'

'Ik wil dit huis bouwen voor ons. Voor jou, voor Isabelle, voor Bastian. Dat is de reden, Simone, ik wil die bouw van mijn nek hebben, ook ik ben het meer dan beu, geloof me. Net als jij. Dat stof, de rotzooi, de herrie, mijn handen zitten vol splinters, ik voel me elke avond gebroken. Ik ben dit ook niet gewend, maar ik werk toch mee, want hoe sneller het klaar is, hoe eerder we een normaal leven kunnen gaan opbouwen. Een béter leven.'

Mijn stem daalde een octaaf. 'En wat... wat als er straks... geen gezin meer over is dat in dat huis kan wonen? Je neemt alle tijd voor Peter en voor de jongens. Met hen praat je alles door, je hebt het alleen nog maar over de bouw. Je bent niet bereikbaar, niet voor mij, niet voor Isabelle en Bastian. Nooit.'

Hij keek me aan met een mengeling van verbazing en bezorgdheid. 'Geen tijd voor jullie? Jezus, Simone...'

'Je hebt...'

Mijn woorden werden gesmoord door een warme kus die me overviel. Intens en liefdevol, begeleid door een zachte streling van zijn vingertoppen in mijn hals.

Toen onze lippen elkaar loslieten keek ik in Erics ogen, waarin ik bezorgdheid las. Er sprak een overweldigende liefde uit. Deze blik, daar was ik verliefd op geworden zoveel jaar geleden. Hiermee had Eric me het hoofd op hol gejaagd, toen we nog jong en onbezorgd waren en hij nog niet in beslag werd genomen door zijn werk en zijn drukke agenda en ik door de opvoeding van Isabelle en Bastian. Het was ruim voor onze levens op onverklaarbare wijze, onaangekondigd, van de ene op de andere dag, zomaar parallel naast elkaar verder liepen, voortkabbelden, met amper nog raakpunten van betekenis.

'Ik hou van je,' zei hij, heel zacht. 'Jij bent mijn meisje, altijd al geweest. Jij en de kinderen zijn het allerbelangrijkste in mijn leven. Het állerbelangrijkste. Peter en de jongens kunnen me gestolen worden.' Zijn stem stokte even. 'En... en als het echt zo erg is, als je hier echt niet kunt wennen, dan is het heel simpel, dan gaan we terug. Klaar. Dan verkopen we de boel en gaan we gewoon terug.'

Ik keek hem door een waas van tranen aan. Zei hij dat nou echt? 'Meen je dat?'

'Dat meen ik.'

Eric begon me uit te kleden. Heel voorzichtig, alsof ik een tere paspop was die elk moment in duizend stukjes uiteen kon vallen. Hij legde mijn kleren op de rieten stoel naast het bad. Kuste elk ontbloot stukje huid en mompelde: 'Ik hou van je, meisje, ik hou zo verschrikkelijk veel van je.'

Mijn boosheid verdween.

Snel ontdeed hij zich van zijn kleding en nam me aan de hand. Hij leidde me naar het bad alsof ik blind was, en ik liet me leiden, zette een voet in het warme water, dat een tinteling veroorzaakte op mijn koude huid. Hij liet zich tegenover me in het water glijden, nam een spons van een plank en begon me in te zepen, liefdevol, met ronddraaiende bewegingen. 'Ik heb het me onvoldoende gerealiseerd. Dat je je verwaarloosd voelde. Ik heb steeds gedacht dat je het begreep, dat je net als ik je best deed om... Jij bent alles voor me, voor jou en de kinderen doe ik dit. Je hebt nooit iets gezegd... Het is voor mij ook niet altijd makkelijk te lezen wat er in je omgaat.'

'Ik heb zo vaak iets gezegd, maar je luisterde nooit.'

Hij zweeg en ging door met me in te zepen. Nam de douchekop

en begon mijn haar nat te maken en in te wrijven met shampoo. Ik liet het over me heen komen en voelde de kalmte in me neerstrijken. Het water voelde heerlijk aan, schuimig en zacht en het verwarmde mijn verkleumde ledematen tot op het bot.

'Ik hou van je,' fluisterde hij. 'En ik heb het nodig om te weten dat je ook van mij houdt.'

'Ik... ik hou ook van jou.' Ik vocht tegen de tranen.

Eric liet mijn blik niet los, nam mijn gezicht in zijn handen en keek me onderzoekend aan. 'Samen redden we het wel. We hebben het altijd samen gered. Ook nu. Het belangrijkste is, dat we als gezin bij elkaar blijven. Jij, Isabelle, Bastian, en ik. Wij vieren. De rest is niet belangrijk.'

Beneden ging de telefoon. Het schelle gerinkel snerpte en echode door de hal.

'Lekker laten gaan,' zei Eric, en hij zocht mijn mond.

Ik was nu helemaal warm geworden, mijn huid gloeide een beetje.

'We gaan geen overhaaste beslissingen nemen,' fluisterde hij. 'Het is nu winter. Het is koud, er is amper iets af. Het is niet leuk, we hebben geen vrienden, geen sociaal leven, geen moment rust. Maar het gaat over. Ik heb je nodig, meid. En ik beloof je: als je volgend jaar, als het huis klaar is en de zon schijnt, nog steeds terug wilt, dan gaan we terug. Zonder enige vorm van discussie. Dat beloof ik je.'

33

Maandagochtend, kwart voor elf. Peter kon elk moment komen, maar zenuwachtig was ik nauwelijks.

Het gesprek dat ik gisteravond met Eric had gehad, de liefde die we voor elkaar voelden en de band die we hadden, alles bij elkaar had het me enorm gesterkt. In elk geval voldoende om de wankele toekomst met meer vertrouwen tegemoet te zien.

Ik stond er niet meer alleen voor.

Als alles hoog op zou lopen, dan werd het Peters woord tegen het mijne, en het was me nu wel duidelijk dat mijn woord zou worden geloofd. Dertien jaar huwelijk kon je niet zomaar wegvagen.

Om dat te vieren had ik een kwarktaart gemaakt, met bramen, blauwe bessen en frambozen. Die had ik gevonden in het vriesvak van de supermarkt. Ik was zo'n beetje de hele ochtend in de keuken bezig geweest. Op het menu stonden verder een ovenschotel met pasta en verschillende kaassoorten en een salade met Italiaanse ham.

Peter kwam klokslag elf uur de hal in gelopen.

Ik draaide me naar hem om en ondanks mijn hervonden kracht voelde ik mijn maag zich heel even dichtknijpen. Peter liep naar de keuken met een houding alsof hij heer en meester was, alsof mijn huis, óns huis, van hem was, en hij alle recht had hier te zijn.

Ik wilde hem niet meer in mijn huis, niet meer in mijn leven.

In de deuropening bleef hij staan. Begroetingen bleven achterwege. Hij keek me geamuseerd aan, met een grijns die groeven aan weerskanten van zijn gezicht trok tot aan zijn wenkbrauwen. Zijn bruine ogen fonkelden.

Hij bukte om in de oven te kunnen kijken. 'Ga je me vergiftigen vandaag?' mompelde hij. 'Pasta di cyaankali?'

Ik sloeg mijn armen over elkaar. Haalde diep adem en zei: 'Ik ga je niet betalen.'

Hij rechtte zijn rug. De pupillen in zijn ogen vernauwden en hij kneep zijn oogleden toe. 'Nee?'

'Nee.'

'Want...?'

'Het is jouw woord tegen het mijne. Eric gelooft jou niet.'

Zo. Daar kon hij het mee doen. Peter kon doodvallen, letterlijk en figuurlijk. Ik draaide me naar de spoelbak, deed de kraan open en maakte een sopje.

Peter kwam vlak achter me staan. Ik rook het. Zijn aftershave ging hem vooruit, als een uitdijend aura, zwaar en vooral afstotelijk. Toen hij zijn gezicht naar me toe boog, trok ik mijn hoofd abrupt weg.

'Geen spelletjes meer, Peter,' zei ik. 'Het is voorbij.'

'Wees daar maar niet zo zeker van, moeder Teresa,' lispelde hij. 'We zullen zien, straks, hoe stoer je dan nog bent.'

Ik had allerlei soorten reacties verwacht, maar niet deze. Ongelovig draaide ik me om, maar hij was al verdwenen.

De pastaschotel was helemaal op gegaan. Van de taart had ik net op tijd nog wat stukken veilig weten te stellen voor Isabelle en Bastian, vanavond. Ze stonden in de koelkast. Zelf had ik amper iets gegeten. In het afgelopen uur hield Peter oogcontact met me. Pure bangmakerij en het werkte, want het voelde alsof er een zwaard boven deze tafel hing, dat elk moment kon vallen.

Ik drukte die gedachte zo goed en zo kwaad als het ging weg. Peter kon me niets maken, dat bleef ik mezelf voorhouden.

Nog een minuut of tien, vijftien, dan zouden Peter en Eric de financiële zaken van de afgelopen week afwerken, en daarna zou Peter vertrekken.

Hoopte ik.

Ik keek naar Eric, die mijn blikken beantwoordde met een knipoog. Dat sterkte.

Aan tafel was een discussie losgebarsten tussen de twee Antoines, die het blijkbaar niet eens waren over iets wat met auto's te maken had. Eric zat aandachtig te luisteren, Louis draaide zijn derde shagje. Peter speelde met zijn mobiele telefoon.

'Wat weet jij nou van techniek?' hoorde ik Antoine zeggen. 'Ik heb verdorie drie jaar in een garage gewerkt, ik heb meer motoren gezien dan jij in je hele leven.'

'Dat kan wel zo zijn,' reageerde Pierre-Antoine, 'maar je hebt er gewoon geen verstand van. Een Peugeot is een betere auto dan een Renault. Klaar. Dat weet een kind van twaalf nog wel.'

Ik nam de laatste slok van mijn koffie en schonk iedereen nog eens in.

Nog een minuut of vijf.

Antoine hief zijn handen alsof hij zich overgaf. 'Oké, jij je zin, ik heb geen trek om hier een hele discussie over te houden.'

Peter zocht mijn blik. Ik sloeg mijn ogen neer.

Peters aanwezigheid was alomtegenwoordig. Het was alsof we de enige twee mensen aan tafel waren. Er ging een zuigende werking uit van zijn ogen, hij fixeerde me.

Ik huiverde onwillekeurig, en maakte aanstalten om de tafel op te ruimen.

'Ah, hier heb je hem... Simone, wacht even, dat wilde ik je nog laten zien.' Peter drukte nog een keer op een toets van zijn mobiele telefoon.

Ik klemde mijn kaken op elkaar en keek hem gespannen aan. Van mijn zelfverzekerdheid was ineens niet veel meer over. 'Ik heb laatst nog een paar leuke foto's gemaakt,' ging hij verder. 'Vooral deze is erg leuk.'

Hij reikte me zijn mobieltje over tafel aan, met gestrekte arm, en bleef het vasthouden.

De foto was schuin van de zijkant genomen maar liet geen enkele twijfel bestaan. Geen enkele. Ik herkende de muur van Peters huis, de kleding, de welving van Michels rug. Mijn bloes hing open en liet mijn borsten vrij. Michels hand onder mijn rok, zijn hoofd in mijn hals. De foto was zo scherp dat je kon zien dat ik mijn ogen dicht had.

■

'We hebben eerst wat gegevens van u nodig,' zegt de Vlaamse tolk.

Ik ben zijn naam nu al kwijt, mijn hersenen registreren alles maar ze houden niets meer vast.

Hij somt mijn geboortedatum en geboorteplaats op, vraagt me naar de gezinssamenstelling, beroepen van Eric en mij, wanneer we naar Frankrijk zijn gekomen en waarom.

Ik geef zo goed als het gaat antwoord. De nervositeit klinkt door in elk woord dat ik uitspreek.

De rechercheur brabbelt iets in het Frans tegen de Vlaming. De tolk richt zich weer tot me. 'Kunt u ons vertellen waar u vrijdagavond jongstleden was?'

Ik staar naar de ouderwetse bandrecorder op tafel. De spoelbanden draaien, alles wordt geregistreerd. 'Ik deed boodschappen.'

De tolk buigt zich naar de rechercheur. Ze praten in rap Frans. 'Waar deed u die?' vraagt de tolk ineens.

'LeClerc.'

'Hoe laat was dat?'

Ik voel gal opkomen. Het bijtende vocht kruipt op, sijpelt door mijn maag naar boven, mijn slokdarm in. Ik slik. En nog eens.

'Ik weet het niet meer precies. Ik denk...'

'Hoe laat bent u thuis weggegaan?'

Ik sluit mijn ogen. Ik weet het niet meer. Hoezeer ik het me ook probeer te herinneren. 'Ik weet het niet meer,' zeg ik, mat.

'Hoe laat kwam u weer thuis?'

'Ik kan het me niet meer herinneren... Sorry.' De gebeurtenissen van vrijdag flitsen door me heen. Ik wil er niet aan terugdenken. Nu niet. Nooit meer.

Twee paar ogen haken zich in me en laten me niet los. 'Zo,' zegt de Vlaming. 'Dus u weet wel dat u afgelopen vrijdagavond bij Le-Clerc boodschappen heeft gedaan, maar niet hoe laat u thuis weg bent gegaan en weer terug bent gekomen.'

Ik schud mijn hoofd, verward.

De gal heeft mijn keel bereikt. Ik trek een gezicht en probeer het weg te slikken.

'Heeft u ergens last van?'

'Ja,' zeg ik, de tranen springen in mijn ogen. 'De koffiegeur. Die maakt me misselijk.'

Ze kijken me onbewogen aan en maken geen aanstalten de koffiekopjes weg te halen. 'Als u boodschappen heeft gedaan, zoals u zegt, heeft u dan een bonnetje om dat te bewijzen? Of heeft u iemand gesproken, in of bij die supermarkt? Iemand die dat kan bevestigen?'

Ik probeer na te denken. Heb ik de bon in een van de tassen gedaan? Soms doe ik het wel, soms niet. Ik vind ze overal. Je neemt zo vaak bonnen mee, achteloos, en soms blijven ze achter in het karretje. Zouden er nu rechercheurs door ons huis lopen, op zoek naar bonnen, naar bewijzen? Of de auto doorzoeken? Op elke kassabon staat de datum en de tijd.

Misschien kan ik nu beter niets meer zeggen.

■

34

De huisarts was een gedrongen, donkere kerel van een jaar of vijftig met een gebruinde huid en armen als een bootwerker. Op zijn bureau stond een driehoekig bordje met zijn naam, Alain Rodez. In onze regio woonden zeshonderd mensen en deze man was een van de maar liefst drie huisartsen die hier praktijk hielden en die Eric in het telefoonboek had kunnen vinden. Het spreekuur was elke werkdag, van twee tot zeven. Een afspraak was niet nodig, het was een kwestie van binnenlopen. Het contrast met het huisartsensysteem in Nederland was groot. Deze man had en nam alle tijd.

Hij zat achter zijn moderne bureau en voerde eerst allerlei gegevens in zijn computer in. Naam, geboortedatum, eventuele allergieën, adres, telefoonnummer.

'Ze is vaker ziek geweest, de afgelopen weken,' hoorde ik Eric zeggen. 'En dat is ze eigenlijk nooit. Ik kan me ook niet herinneren dat ze ooit flauwgevallen is.' Eric zocht mijn blik en kneep in mijn hand. 'Nee toch?'

Ik knikte bevestigend.

De man keek me aan. 'Waar heeft u precies last van?'

Ik haalde mijn schouders op. 'Het valt wel mee, ik denk zelf dat ik gewoon oververmoeid ben.'

'Dat is heel goed mogelijk. U bent uw huis aan het renoveren?'

Eric knikte. 'Ja, we zijn nu bijna vier maanden bezig.'

De huisarts tikte weer wat in zijn computer. '*Bon.* Wilt u op de behandeltafel plaatsnemen zodat ik u even kan onderzoeken?'

Eric hielp me overeind. Ik ging op het harde, verstelbare bed zitten dat aan de linkerzijde van de kamer stond, een laag wit papier eroverheen.

De huisarts schoof mijn haar een beetje opzij. Ik siste.

'Het valt mee,' hoorde ik hem zeggen. 'Oppervlakkige wond. Ik zal het desondanks desinfecteren, want het is vuil.'

De vloeistof was koud en prikte.

'Verder niets meer aan doen,' hoorde ik hem zeggen. 'Het geneest vanzelf. Wilt u even uw trui omhoog doen? Diep inademen. Ja, en weer uitademen. Iets krachtiger. Ja, zo. Prima.'

Daarna pakte hij een lampje en controleerde mijn ogen. Ik moest mijn mond opendoen en mijn tong uitsteken. Hij testte mijn kniereflexen. Keek in mijn oren.

'Wilt u nu even gaan liggen? Ja, goed zo. Wilt u het me zeggen als het zeer doet?'

Niets deed zeer. Alleen mijn hoofd, maar het werd al minder.

'Gaat u maar weer rechtop zitten. Wilt u uw mouw even omhoog doen? Ja, goed zo.'

Mijn bloeddruk was hoog, veel hoger dan normaal, en dat verbaasde me niets.

'Ik stuur morgen iemand bij u thuis langs om bloed af te nemen. Het bloed wordt naar het lab gebracht en u krijgt binnen enkele dagen de uitslag thuis. Wilt u die meenemen bij uw volgende bezoek?'

Hij nam plaats achter zijn bureau. 'U heeft mogelijk een lichte hersenschudding. Houd uzelf een beetje in acht, neem wat rust. Als u het niet vertrouwt, duizelig blijft, of opnieuw flauwvalt, belt u dan meteen.'

Vervolgens begon hij wederom dingen in zijn computer te zetten. De printer spuugde twee A4'tjes uit.

Met een pen als aanwijsstok nam hij de tekst op de papieren met ons door. Recepten voor medicijnen tegen hoge bloeddruk, iets tegen diarree, een soort kalmeringsmiddel en pillen tegen duizeligheid – als ik me niet vergiste. Ik keek er verbaasd naar. Kreeg ik dit allemaal mee op basis van een keer flauwvallen en een tikje hoge bloeddruk? In Nederland moest ik bij de huisarts op mijn knieën smeken om een flesje oordruppels voor Isabelle. En dan nog kreeg ik ze niet mee. Dit was de omgekeerde wereld.

We bedankten hem voor zijn zorg en reden naar de apotheek. Ik bleef in de auto zitten terwijl Eric de recepten ging verzilveren.

Binnen tien minuten was hij terug met een plastic zakje vol doosjes. 'Nu begrijp ik waarom ze huisartsen *médecin* noemen, hier,' grapte hij, terwijl hij de auto startte. 'Het zijn verdorie je reinste medicijnmannen. Zouden ze betaald worden per recept of zo? Jezus, hier kunnen we een complete medicijnkast mee vullen.'

Ik keek verdwaasd de doosjes door en vouwde de gebruiksaanwijzingen open, meer om mezelf een houding te geven dan dat ik er daadwerkelijk iets mee wilde doen. Ik wist nu al dat ik niets hiervan zou slikken.

Wat mij mankeerde, kon niet worden verholpen met medicijnen.

Ik nam mezelf voor om, zodra ik me weer wat beter voelde, een internetcafé te zoeken. Die zouden er vast wel zijn, in de stad.

Al die poedertjes en pillen hadden me op een idee gebracht.

35

Het simpelweg intikken van het woord 'vergiftigen' in de zoekmachine op internet leverde me twintigduizend hits op. Terwijl ik de pagina's doorkeek, begon het me te duizelen. Er was te veel informatie om in een uurtje te verwerken. In elk geval was het me duidelijk geworden dat we leefden in een wereld vol gif. Als Peter rondliep met een mond vol amalgaamvullingen, dan was het een kwestie van tijd tot hij het loodje legde, bezweken aan een keur van geestelijke en lichamelijke ziekten die aan het bestanddeel kwik werden toegeschreven. Misschien zat er wel botuline in de melk die hij dronk, of werd hij op een dag gevloerd door een legionellabacterie die in zijn fontein leefde, of gebruikte hij zoveel aspartaam in zijn koffie en frisdrank dat een fikse depressie niet kon uitblijven en hij besloot dat zijn leven waardeloos was en er een einde aan maakte. Zelfs door het drinken van volledig onschuldig water (maar dan wel met liters tegelijk) kon je hyponatremia oplopen, en dus ernstig verward raken en vervolgens doodgaan.

Geschreeuw en krachttermen haalden me uit mijn concentratie.

Ik keek op. Waarschijnlijk was ik de oudste klant van het internetcafé en al zeker de enige vrouw. Om me heen, in de schemerige en naar elektronica ruikende ruimte, met zwarte muren vol posters, zaten vooral jongens in de middelbareschoolleeftijd games te spelen en elkaar verwensingen naar het hoofd te schreeuwen.

Ik sloeg mijn benen over elkaar en tikte het Engelse woord 'poison' in. Op het Franse toetsenbord stonden de letters op andere plaatsen dan op het mij bekende qwertytoetsenbord, maar ik raakte er langzaam aan gewend en maakte steeds minder fouten. Bijna tien miljoen hits. Ik surfte langs een paar websites. Ze waren vrijwel allemaal van Amerikaanse instellingen die zich bezighielden met de preventie van vergiftiging van kinderen in en om het huis.

Ik keerde terug naar de Nederlandstalige websites en kwam uit bij een online-encyclopedie die een handige lijst had gepubliceerd met verschillende soorten gif, inclusief uitleg.

Ik ging verzitten. De bladeren van vingerhoedskruid, *Digitalis purpurea*, bevatten digoxine, en een eenmalige inname van meer dan 0,25 milligram van dat goedje kon ervoor zorgen dat het hart stopte met kloppen. Gif dat zomaar geplukt kon worden in tuinen en volgens de encyclopedie ook voorkwam op open plekken in het bos. Honderd procent natuurlijk.

Atropine was ook een krachtig gif; het werd getrokken uit de bessen van de wolfskers en was onder meer in druppelvorm in gebruik bij oogonderzoeken, om de pupil te verwijden. Tien tot twaalf bessen waren voldoende om iemand te vermoorden, of anders een halve gram blad van deze plant. Dat kon ik best door de salade mengen. Het zou waarschijnlijk bitter smaken, maar dat was te maskeren met een zware, zoete dressing.

Vingerhoedskruid en wolfskers waren lang niet de enige dodelijke plantjes en bloemetjes. Er ging een wereld voor me open. Bepaalde papaversoorten werden gebruikt om opium en heroïne van te maken, en de ricine in de castorbonen van de wonderboom was zelfs in minieme hoeveelheden al dodelijk.

Ik keek naar buiten. November. Weinig kans dat ik nu nog bessen of bloemen tegenkwam.

Natuurlijk ontbrak cyaankali niet, de enige gifstof die ik kende van naam. Het was geur- en kleurloos, snel en doeltreffend. Cyaankali werkte in op je ademhaling en als je er een beetje van binnen had gekregen was het snel met je gebeurd. Er stond niet bij hoe je aan cyaankali kon komen en op een vreemde manier stelde me dat enigszins gerust. Het idee dat gifmengers in spe in alle stilte thuis achter hun computer dodelijke informatie konden inwinnen, had een licht verontrustend effect.

Ik tikte 'cyaankali' in en liet de zoekmachine haar werk doen. Zeshonderd hits, het werd steeds overzichtelijker.

Ineens bleek het niet zo heel moeilijk om te achterhalen hoe cyaankali gemaakt werd. Je had ammoniak nodig, dat moest inwerken op een verhit mengsel van potas en houtskool, stond op de ene website. Dan verkreeg je iets wat leek op suiker, berichtte een andere. En dat was cyaankali. Terroristen hadden er vaten vol van, zo viel te lezen op een derde website.

Het was oneerlijk verdeeld in de wereld.

Potas? Ik tikte het woord in. Het bleek kaliumcarbonaat te zijn dat glasmakers gebruikten als grondstof. Het werd verkregen uit de as van beuken en eiken en je moest duizend kubieke meter platbranden om driekwart kubieke meter potas te kunnen winnen.

Wat ik nog niet was tegengekomen, was slaapmiddel. Je hoefde er geen doctoraal in de chemie voor te hebben gehaald, en het was niet seizoensgebonden. Mijn Franse huisarts schreef het me waarschijnlijk zonder me vragen te stellen voor. Na mijn bezoek aan hem was het me duidelijk geworden dat hij me karrenvrachten mee zou geven als ik erom vroeg.

Ik logde uit, betaalde de jongen met het honkbalpetje achter de balie vier euro en liep naar buiten. Het regende en stormde en de wind voerde bladeren en lege verpakkingen mee door de straat. De Volvo stond vlakbij, langs de stoeprand, en ik stapte in.

Even bleef ik zitten kijken hoe de regen op de voorruit neerkwam, druppels in elkaar overvloeiden en lange, vloeibare strepen trokken.

Daarna haalde ik mijn gsm uit mijn jaszak. Het was eerder uit gewoonte dan dat ik echt wist wat ik tegen Michel wilde zeggen, of aan hem wilde vragen. Eigenlijk was ik alleen maar kwaad. Louis had me de verschrikkelijkste scheldwoorden geleerd. De kans was groot dat ik ze allemaal zou gebruiken als ik Michel daadwerkelijk aan de telefoon kreeg.

De tirade bleef hem bespaard. Ik raakte al aardig bekend met de geautomatiseerde stem van de dame die me op monotone wijze vertelde dat het nummer dat ik gekozen had, niet bereikbaar was.

Ik startte de auto en reed weg.

Het was pas kwart voor elf in de ochtend, en Michel zou waarschijnlijk niet thuis zijn. Toch parkeerde ik de auto recht tegenover het appartementencomplex en stapte uit. De wind trok aan mijn jas en haar. Ik stak de straat over, liep naar binnen en nam de trap naar zijn verdieping. In de gang bleef ik staan voor zijn kamer en klopte op de deur. Daarna nog eens.

Stilte.

Ik leunde met mijn rug tegen de muur en bleef zeker een halfuur staan, niet in staat om enige actie te ondernemen. Wat deed ik hier? Welke kronkels hadden zich in mijn hoofd genesteld? Wat had ik vanochtend in dat internetcafé gedaan?

Nog helemaal niets.

Ik haalde mijn vingers door mijn vochtige haar en verlangde naar een sigaret. Acht jaar geleden was ik gestopt, maar als iemand me nu een sigaret aanbood, zou ik hem zonder twijfel aannemen.

Ik schrok toen ik iemand naar boven hoorde komen. Zware, klossende voetstappen in het trappenhuis.

De jongen die de gang in gelopen kwam, had een hoekig gezicht, donkerbruin rastahaar dat achter op zijn hoofd in een slordige knot bijeengehouden werd. Hij droeg een veel te grote legerjas en afgetrapte kistjes aan zijn voeten, en keek me doordringend, bijna vijandig aan toen hij mij passeerde. Ik herkende hem. Michel had hem eens een hand gegeven.

'*Bonjour*,' zei ik.

Hij hield zijn pas in en keek over zijn schouder. Lichtgroene, iets uitpuilende ogen die wel opgemaakt leken door de donkere huid van zijn gezicht.

'Ik zoek Michel.'

Hij knipperde niet eens met zijn ogen, stopte zijn handen in zijn zakken en maakte aanstalten om weer door te lopen.

Ik zette een paar passen in zijn richting. 'Ik kan hem niet bereiken,' stamelde ik. 'Zijn gsm staat uit. Al ruim twee weken. Normaal kan ik hem altijd bereiken. Ik ben bang dat hij ziek is of dat er iets is gebeurd.'

Op het moment dat ik begon te twijfelen of deze jongen wel kon praten, antwoordde hij: 'Ik heb hem ook al een poos niet meer gezien.'

Mijn ogen lichtten op. 'Is hij misschien verhuisd? Of op vakantie?'

'Niet dat ik weet.'

Ik voelde me ongemakkelijk worden onder zijn starende blik. Die maakte me ervan bewust dat ik in een stadsdeel was dat op zijn zachtst gezegd niet goed bekendstond, in een volstrekt verlaten gang zonder ramen, samen met een jongen die me voorkwam als een contactgestoorde drugsverslaafde.

Zijn gezichtsuitdrukking veranderde. Hij glimlachte en dat maakte hem niet sympathieker. 'Maar ík ben wel thuis. Wil je wat drinken... of zo?'

Ik deinsde achteruit. 'Nee, dank je. Ik moet ervandoor.'

Alsof de duivel me op de hielen zat liep ik de lange gang uit, de trap af en naar buiten.

In de auto drukte ik de vergrendelknop in. Mijn hart bonkte in mijn keel. Ik wist niet of mijn overspannen gemoedstoestand een sinister filter had gelegd over mijn toch al vertroebelde perceptie, of dat ik daadwerkelijk was ontkomen aan iets vreselijks. Eén ding was zeker: ik ging hier nooit meer naartoe.

36

Het tv-scherm flikkerde en vuurde commercials op ons af. Parfums, best-of-verzamel-cd's en drank. De kerst stond voor de deur.

Isabelle en Bastian lagen voor de televisie, op kussens die ze van de bank hadden gehaald. Isabelle speelde gedachteloos met de gehavende oren van Kanijn.

'Vind je het erg als ik vanavond even wegga?' vroeg Eric.

Het was geen vraag, maar een beleefde mededeling.

'Waarheen?'

'Naar Peter.'

Peter? 's Avonds?

'Wat wil je daar doen?'

'Peter vroeg gisteren of ik langs wilde komen om te praten over een bepaald project.'

'Jij alleen?'

'Had je mee gewild, dan? Ik had niet het idee dat jij staat te trappelen om een avond te praten over huizen bouwen en bouwvergunningen.'

'Nee. Maar wat wil Peter van je?'

'Hij heeft plannen met een stuk grond, die misschien ook wel interessant voor ons kunnen zijn.'

Ik keek Eric onderzoekend aan. 'Ik heb er niet zo'n goed gevoel bij, Eric. Ik bedoel, ik ga liever geen zakelijke band aan met Peter.'

'Ik doe nog helemaal niets. Ik wil alleen horen wat hij te zeggen heeft. In elk geval word ik er wijzer van. Hij heeft contacten, kent de weg hier.'

Ik moest iets verzinnen. Deze nieuwe wending beviel me helemaal niet.

Er schoot me niets te binnen.

Eric stond op. 'Nou, dan kan ik beter meteen maar gaan. Dan ben ik in elk geval voor twaalven nog thuis.'

Hij kuste me op mijn voorhoofd, streek de kinderen over hun haar en liep de gang in, waarbij hij een koude luchtstroom de kamer in liet.

Drie uur later lagen Isabelle en Bastian rustig te slapen en bladerde ik in afwachting van Erics thuiskomst door de bankafschriften. De gele ordner balanceerde op mijn schoot. Ik had in de afgelopen vier weken twaalfhonderd euro contant opgenomen en er daarvan duizend aan Peter overgedragen.

Eric had niets in de gaten, nog steeds niet. Het was moeilijk te begrijpen, want voor mij knalden de cijfers en data eruit, alsof ze pulseerden op het lichtgroene bankpapier.

Ik vroeg me af waar de meter zou stilhouden. Waar dit zou eindigen.

Of dit zou eindigen.

Dat Eric nu bij Peter was, beviel me allerminst. Ik kon alleen maar raden waar hij op uit was.

Ik keek op van de ordner die op mijn schoot lag en staarde lange tijd naar het tv-scherm. De Engelsman en de sikh die een bouwval in de Ardèche hadden gekocht, hadden ruzie gekregen. De sikh was teruggegaan naar Londen. Hij vond dat de Engelsman elke greep op de realiteit had verloren.

Misschien was dat bij mij ook wel het geval.

In het kastje in de badkamer lagen twee doosjes slaapmiddel. Het was niet moeilijk geweest om eraan te komen. Mijn bloed had geen afwijkingen vertoond en dus was de conclusie van huisarts Rodez simpelweg geweest: oververmoeidheid. Heel normaal voor mensen die onder Spartaanse omstandigheden in een ander land een nieuw leven moesten zien op te bouwen. Mijn halfslachtige verklaring dat ik moeilijk in slaap kon komen, leidde zoals verwacht tot het voorschrijven van slaapmiddelen die een paard nog onder zeil konden brengen.

Ik had ze van de apotheek met me meegedragen alsof het zware munitie betrof; met een woest bonkend hart. De doosjes hadden in mijn jaszak gebrand. Thuis aangekomen wist ik niet hoe snel ik ze weg moest leggen, verstopt voor de kinderen op de bovenste plank van het hangkastje in de badkamer, in een plastic zakje achter de flacons zonnebrand en tubes scrubcrème en kleimaskers.

Over anderhalve week hadden de kinderen schoolvakantie. Die liep van 18 december tot 3 januari. Ik wilde met de kinderen naar Nederland gaan. Isabelle en Bastian konden waarschijnlijk logeren bij Erics ouders en ik misschien bij Erica. Ik had hen nog niet gebeld, maar ik was er zeker van dat ze ons met open armen zouden ontvangen. Mogelijk kreeg ik Eric mee. In zijn belevingswereld kon hij zich geen twee weken vrijaf veroorloven. Het huis moest af zijn voor hij alleen al de gedachte aan een vakantie in zijn hoofd kon toelaten. Aan de andere kant was hij waarschijnlijk niet graag alleen met de kerst.

Ik zou het morgen opperen. Maar wat hij ook zou zeggen, ik ging hoe dan ook. Het idee dat ik twee weken zou kunnen doorbrengen met vrienden en familie, in mijn eigen land, weg uit deze ellende, weg van Peter, weerhield me ervan om volledig door te draaien.

Eigenlijk was het nog een wonder dat ik het voor elkaar kreeg te functioneren.

Blijkbaar was ik sterker dan ik dacht.

Bleu piepte en blafte. Zijn nagels tikten en schuurden over de houten vloer. Aan de reactie van Bleu te horen was Eric thuisgekomen. Ik streek mijn haar uit mijn gezicht en tilde mijn hoofd van het kussen. Twee uur in de nacht.

Twéé uur?

Gestommel op de trap. Even sloeg de schrik me om het hart.

Ze hebben samen zitten drinken, veel te veel, en Peter heeft het verteld. Vandaar dat het zo laat is geworden... Eric is woedend op me.

De deur van de badkamer ging open. Het geluid van stromend water. Eric stond zijn tanden te poetsen.

Ik liet mijn hoofd weer op het kussen zakken.

Peter heeft niets gezegd. Eric zou nooit rustig zijn tanden gaan poetsen als hij te horen had gekregen dat zijn vrouw vreemdgaat.

Weer gestommel. De wc werd doorgetrokken. Voetstappen op de gang.

Ik bleef doodstil liggen.

Hij deed zijn best de deur zachtjes open en weer dicht te doen. De planken kraakten onder zijn voeten. Hij deed zijn kleren uit en schoof naast me in bed.

Ik had nog steeds niet bewogen.

Het volgende moment gleed zijn hand onder mijn T-shirt, en voelde ik een niet al te overtuigende erectie tegen mijn rug.

Ik reageerde niet.

Zijn hand volgde de glooiing van mijn ribben naar mijn middel en bleef liggen op mijn heup. Ik rook de pepermuntgeur in zijn adem, vermengd met alcohol. Whisky.

'Welterusten,' mompelde hij, en hij draaide zich van me weg.

37

Runderen zijn kleurenblind. Het gras is voor ons groen, maar voor een koe is het grijs en als een koe in discussie kon gaan zou ze ons laatdunkend vertellen dat we ons al dat groen alleen maar inbeelden.

De verschillen in waarneming zijn niet altijd anatomisch verklaarbaar. Bij de reconstructie van een gebeurtenis is geen ooggetuigenverslag gelijk. De waargenomen kleuren wijken af, de gezichtsuitdrukkingen, wat er gezegd is, de intonatie, de plaatsen, de afstanden, de tijd en het geluid. Alle ooggetuigen verdedigen met stelligheid hun tegenstrijdige beweringen – net als de koe (als ze kon praten).

'Wat had Peter gisteren?' vroeg ik.

De jongens waren weg, we hadden gegeten en de kinderen lagen op bed. Een dag als alle andere, met het verschil dat deze vraag continu op mijn lippen had gebrand. We waren vrijwel de hele dag samen in hetzelfde huis geweest en pas nu, om tien uur 's avonds, hadden we de gelegenheid om rustig samen te praten.

Eric zat naast me in de woonkamer en speelde met een calculator. 'Peter heeft een stuk bosgrond, drie hectare. Hij is jarenlang bezig geweest om er een CU op te krijgen en...'

'CU?'

'Huppeldepup *Urbanisation*... Een bouwvergunning, zeg maar. En dat is er nu door. Dus hij kan gaan bouwen. Hij wil twaalf huisjes gaan zetten, houten chalets, her en der in dat bos. De eerste tien jaar wil hij ze gaan verhuren, en ze dan los gaan verkopen als tweede huisje aan buitenlanders of Parijzenaren.'

'Waarom eerst verhuren?'

'Omdat je bij onmiddellijke verkoop een groot deel van de winst moet afdragen aan de belasting. Dat percentage daalt na een aantal jaren. Dus als je de huisjes eerst een poos verhuurt, sla je twee vliegen in één klap: het brengt meteen geld op dat niet of nauwelijks is belast, en je hoeft minder belasting te betalen als je ze verkoopt. Peter ziet de chalets als een pensioenvoorziening. Om ze te bouwen zou volgens zijn calculatie niet veel meer kosten dan twintig mille per huisje, mogelijk nog minder. De grond heeft hij al en de tekeningen zijn ook al gemaakt. Hij heeft me alles laten zien, de tekeningen, een situatieplan en de berekeningen, en het ziet er gewoon goed uit. Het is een kwestie van beginnen. Hij schat dat die huisjes over een jaar of tien een ton of anderhalf per stuk zouden doen. Behoorlijke winst dus, en in de tussentijd strijk je de huuropbrengsten op. Dan kosten die huisjes dus uiteindelijk praktisch niets tot aan de verkoop.'

'En wat moest hij dan van jou?'

'Twee dingen. Hij vroeg zich af of jij en ik een deel van de verhuur op ons konden nemen. Dat leek me geen probleem. En hij heeft geld nodig.'

Ik ging verzitten. Mijn gezichtsuitdrukking verstrakte. 'Geld?'

'Ja. Ik stond er ook van te kijken, ik heb steeds gedacht dat Peter behoorlijk bemiddeld was, maar dat schijnt dus niet zo te zijn. Zo zie je maar weer hoe je je kunt vergissen als je alleen maar afgaat op de buitenkant. Duur huis, mooie auto... Dat feest van hem, dat moet toch ook wat gekost hebben, lijkt me. Maar je kunt Peter op zijn kop zetten, er komt geen cent uitgerold. Dus wil hij het met mij samen gaan doen.'

Ik deed mijn uiterste best rustig te blijven. Dat Peter geen geld had, ging er bij mij niet in.

'Maar...' probeerde ik, 'Peter heeft veertig mensen in dienst. Hij heeft steeds werk genoeg zegt hij altijd. Hoe betaalt hij zijn mensen dan, en zijn materiaal?'

'Hij pakt alleen maar een percentage van de uren dat die jongens werken, zegt-ie. Hij draagt veel geld af voor de verzekering en loonbelasting. Wat er overblijft, daar kan hij van rondkomen, maar daar is dan ook alles mee gezegd. Hij werkt niet voor niets zelf mee. En voor hem zit het werk er niet eens op, als hij 's avonds thuiskomt.'

Ik begon nerveus te worden. 'Peter heeft dus hetzelfde plan als jij had toen we hiernaartoe gingen... Draai je de rollen nu niet om? Je kunt ook zonder hem huisjes bouwen. Je hebt Peter toch helemaal niet nodig?'

'Toch wel. Ik heb veel bijgeleerd over bouwen en zo, in de afgelopen maanden, maar de kennis die Peter heeft, daar kan ik niet aan tippen. Hij heeft ervaring, machines, contacten met leveranciers die hem goedkoper leveren én hij heeft niet te duur personeel. Dus ik vind het nog niet zo'n slecht idee om het samen te gaan doen, eigenlijk...' Eric zag waarschijnlijk de onrust toenemen, want hij zei er sussend achteraan: 'Maar maak je voorlopig nog niet druk, ik wil eerst dit huis af hebben. Tegen die tijd zien we wel weer.'

Hij had waarschijnlijk al toegezegd, alles wees erop.

Dat maakte me boos. Boos en bang tegelijkertijd.

Ik schudde mijn hoofd. 'Ik wil het niet hebben. Eric, ik wil het gewoon niet hebben.'

Eric nam mijn hand vast. 'Luister even, Simone. Dit is een geweldige regeling. Peter zorgt voor mensen, arbeid zeg maar, hij heeft de grond en de tekeningen en de CU, ik hoef alleen maar de bouw te betalen en in ruil daarvoor strijk ik de helft van de huur op en over tien jaar de helft van de opbrengst van de huisjes. We hebben het over vierentwintigduizend tot dertigduizend euro per jaar aan huuropbrengsten, en over tien jaar komt er elk jaar vijfenzeventigduizend euro of nog meer vrij, twaalf jaar lang. Ik geloof niet dat we dat moeten laten schieten. Het is veel geld, Simone, echt heel veel geld. En het enige wat ik daarvoor moet doen is ongeveer twee ton inleggen zodat die dingen gebouwd kunnen worden.'

Het was besloten. Een uitgemaakte zaak. Alles wees erop, zijn hele houding en manier van praten. Ik kon er niet over uit dat hij zoiets belangrijks, zoiets allesomvattends, niet met mij had besproken.

Ik had het gevoel alsof mijn maag en darmen zich om elkaar heen wrongen en steeds vaster in elkaar draaiden. Mijn stembanden leken verlamd. Uiteindelijk bracht ik uit: 'We hébben helemaal geen twee ton, Eric. Als we de rest van ons spaargeld erin stoppen, dan moeten we nog bijlenen. En dan hebben we geen geld meer om van te leven. Geen buffer, niets, alleen maar schulden.'

Met moeite kon ik een paniekaanval wegdrukken. Mijn ademhaling ging snel en ik begon te trillen. Dit was een nachtmerrie, een regelrechte nachtmerrie.

'Daarom wilde ik dit ook pas doen als het huis klaar is en de *chambres d'hôtes* draaien,' zei Eric, kalmerend. 'Dan hebben we daar inkomsten van. Als we, zeg maar, in mei instappen dan kunnen de eerste huisjes in het najaar al staan en pikken we in het naseizoen meteen al de verhuur mee. Ik zou bijvoorbeeld een website kunnen maken waarop we zowel de *chambres d'hôtes* als de chaletjes te huur aanbieden, twee vliegen in één klap dus. En in de wintermaanden wilde Peter sowieso de huisjes verhuren aan jongens zoals Louis, die zitten in de winter niet graag in een caravan. Het brengt dan niet zoveel op, een paar honderd euro per maand, maar het is beter dan dat ze leegstaan... Ik vind het een verschrikkelijk goed idee, om eerlijk te zijn.'

Zwijgend keek ik Eric aan. Wat moest ik hier in 's hemelsnaam op antwoorden? Ik geloofde niet dat het zo zou gaan als Peter Eric had geschetst. Ik kon het niet geloven.

Niet met Peter.

Peter had mij in zijn zak, maar het ging nu nog over tweehonderdvijftig euro per week. Die konden we nog missen – goddank.

Maar als ik dit door liet gaan, dan waren we over een klein halfjaar failliet. Dat wist ik gewoon. Dan had die rat niet alleen mij in de tang, maar mijn hele gezin. Dan had hij ons helemaal leeggezogen, alles eruit gehaald wat er financieel te plukken was, en meer nog, omdat Eric bereid was zich in de schulden te steken voor die vette, niet-bestaande worst die Peter hem had voorgehouden.

Eric kende Peter niet zoals ik hem kende.

En Peter begreep maar al te goed dat ik de dingen die ik wist nooit aan Eric zou kunnen vertellen.

Peter was nog veel gevaarlijker dan ik kon vermoeden.

'Wat ben je stil?'

Ik keek op. Haalde diep adem. En nog eens. Het trillen bleef. 'Ik... ik zie het gewoon niet zitten, Eric. Natuurlijk, ik snap wel dat we er goed mee kunnen verdienen, maar ik vertrouw Peter niet.'

Erics wenkbrauwen kropen naar elkaar toe. 'Hoe kom je daar nu bij?'

Ik slikte. 'Peter is nu misschien wel aardig en zo, maar je weet toch hoe het werkt. Je ziet het overal met mensen die samen een bedrijf beginnen. Over een jaar kun je ruzie krijgen, of hij krijgt de kolder in zijn kop en dan zit al ons geld erin. Het maakt ons van Peter afhankelijk. En dat wil ik niet.'

'Hé, Simone, dit gaat niet op basis van goed vertrouwen, dat begrijp je hopelijk toch wel? Ik ben niet uit een ei gekropen, of zo. Peter en ik richten hier een aparte s.a.r.l. voor op, een Franse BV. We laten alles vastleggen door een notaris.'

Die Peter waarschijnlijk ook in zijn zak heeft.

Ik schudde mijn hoofd. 'Ik wil het gewoon niet. Klaar. Niet met iemand anders, niet met zoveel geld. Waarom koop je niet zelf een stuk grond, dan kunnen de jongens daar huizen op bouwen en dan betalen we ze per uur, net zoals nu. We hoeven helemaal niet met Peter in zee te gaan.'

Er gleed een schaduw over Erics gezicht. 'Dan kosten die huisjes het dubbele. Dit valt me echt van je tegen, Simone. Dat meen ik. Je ziet spoken, je bent niet reëel. Peter...'

Ik sprong op en verhief mijn stem. 'Péter, Péter, Péter! Nog niet zo lang geleden zei je tegen me dat ik en de kinderen voor jou het allerbelangrijkste zijn, en dat Peter en de jongens je gestolen konden worden. Gísteren zei je voor je wegging nog dat je voor twaalven thuis zou zijn, je komt midden in de nacht binnen, strááłbezopen, en nu zit je me hier te vertellen dat je samen met diezelfde Peter die je gestolen kan worden een bedrijf gaat oprichten en hem twee ton gaat geven. Terwijl de vrouw die álles voor je betekent, dat helemaal niet wíl!'

Eric kneep zijn ogen tot spleetjes. 'Dus je was wel wakker, vannacht? Toen ik thuiskwam? Waarom hou je je dan slapende? Waar slaat dat op?'

'Ik wilde slapen, ik was hartstikke moe en ik was boos op je.'

'En dat ga je nu op me afreageren? Daar lijkt het wel op.'

Eric stond nijdig op uit de fauteuil en liep de gang in. De deur werd met een klap dichtgeslagen.

Verdomme!

Ik sprong naar de deur en rende achter hem aan naar de trap. Mijn stem galmde door de hal. 'Je doet het niet. Als je het doet, ga ik alleen terug naar Nederland, mét de kinderen. Hoor je gódverdomme wat ik zeg? Ik wíl het niet, hoor je me, ik wíl het niet.'

Halverwege de trap draaide hij zich naar me om. 'Heb ik ooit een verkeerde inschatting gemaakt? Nooit... En nu wil ik even weg voordat ik dingen zeg waar ik spijt van krijg.'

Eric liep naar de voordeur. Bleu trippelde nerveus om hem heen en glipte tussen zijn benen door mee naar buiten. Eric sloot de deur achter zich.

Ik zakte neer op de trap.

Dit was een nachtmerrie, het kon gewoonweg niet anders.

Dit kon niet echt gebeuren.

Straks kwam Eric terug en dan zou hij zeggen dat hij spijt had, dat hij zich had laten gaan. Ik staarde naar de gesloten voordeur en bleef als verdwaasd zitten. Volledig verlamd.

Terwijl de tijd verstreek en de kou in mijn kleding kroop, door mijn huid drong, zich in mijn vlees nestelde en uiteindelijk mijn botten bereikte, zag ik Eric en ik, ons huwelijk, ons gezin, als een zeepbel, rondcirkelend in de lucht, dwarrelend in de wind, totdat het onvermijdelijke einde volgde. *Plop.*

De telefoon ging. Het geluid snerpte doordringend en schudde me wakker uit mijn lethargische toestand.

Ik zat nog steeds op de trap, mijn ledematen waren verkleumd en ik rilde onbedaarlijk. Ik stond op. Mijn been sliep. Ik sleepte me zo'n beetje de trap af naar de keuken. Als het Peter was – en daarvan was ik overtuigd – dan kon hij de volle laag krijgen. Ik ging me niet meer inhouden, ik zou hem de huid vol schelden.

In de keuken bleef mijn hand boven de hoorn hangen.

Moest ik hem in deze gemoedstoestand wel te woord staan? Was dat wel verstandig? Ik was te emotioneel nu, niet helder. Ik zou...

Trrring.

Wat moest ik zeggen? Ik dacht aan de slaappillen, aan mijn bezoek aan het internetcafé. Als ik iets... daadwerkelijk iets wilde doen tegen Peter, dan kon het niet met open vizier. Nooit. Dat zou hij altijd winnen. Dus...

Trrring.

Peter moest zelf ook wel weten dat deze nieuwe zet van hem me furieus zou maken. Hij móést weten dat ik alles zou doen wat in mijn macht lag om Eric hiervan af te brengen.

Trrring.

'Simone.'

Gekraak aan de andere kant van de lijn. Een mannenstem, gejaagd en Franstalig. Ik kon het niet goed verstaan.

'*Comment?*' vroeg ik.

'Met mij.'

Mij?

Peter, die Frans sprak?

Ik fronste mijn wenkbrauwen. Wie was dit? Ik wierp een snelle blik op mijn horloge, half elf.

'Ben je alleen?'

Mijn god... die stem... Michel!

Mijn hartslag versnelde en joeg als een op hol geslagen filterpomp mijn bloed door mijn aderen.

Ik greep de hoorn met twee handen vast.

Mijn stem trilde. 'Eh... ja.'

Mijn emoties waren in een achtbaan terechtgekomen, ze zwiepten van apathisch naar verdwaasd naar kwaad, naar... naar wat?

Ik wist niet meer wat ik voelde, wat ik dacht en wat ik moest doen.

Michel.

Allerlei gedachten knalden door mijn hoofd. Ik moest boos op hem zijn, vragen waar hij was, zeggen dat ik... of...? Tranen prikten achter mijn ogen.

'Simone? Ben je er nog?'

'J-ja.'

'Ik ben in...'

Hij zei iets wat ik niet goed verstond. Het klonk als *Pays-Bas*, Nederland. De woordenstroom aan de andere kant van de lijn bleef maar doorgaan. Waarom praatte hij zo snel? Mijn hersenen werkten niet mee, ik probeerde me te concentreren op wat hij zei, maar zonder beeld lukte het minder goed.

Het lukte helemaal niet. Ik kreeg er geen woord van mee.

'*Arrête de* – Hou op met...' begon ik. Ik kreeg niet de kans om de zin af te maken.

De voordeur ging open. Eric. Bleu liep voor hem uit de hal in. Wolkjes condens ontsnapten uit zijn bek terwijl hij opgewekt in mijn richting drentelde.

In een reflex gooide ik de hoorn erop, nog voor Eric me kon zien.

Verwilderd staarde ik Eric aan. En ik begon te huilen. Niet ingehouden, maar met gierende uithalen, volledig ongecontroleerd.

Als in slowmotion zag ik Eric op me af komen lopen. Zijn gezicht was rozig van de kou. Hij sloeg zijn armen om me heen en trok me dicht tegen zich aan.

'Sorry,' hoorde ik hem zeggen. 'Dat had ik niet moeten doen. Ik... We hebben te veel dingen aan ons hoofd nu. Veel te veel. Sorry, lieverd. We hebben het er niet meer over, oké? We gaan dit eerst afmaken, samen. Oké? Ik ga te snel.'

Hij kuste mijn voorhoofd en wreef met zijn duim mijn tranen weg, maar ze bleven komen. 'Kom, we gaan naar boven, je bent helemaal verkleumd.'

38

'Jij belt ook nooit!'

Miranda. De laatste keer dat ze me belde, was een paar maanden geleden. De ploeg was toen net bij ons begonnen. De zon had geschenen en het was warm geweest.

Het leek wel lichtjaren geleden, scènes uit een vorig leven.

Nu stond ik te koken met een winterjas aan. 'Ik kom niet aan bellen toe.'

'Uit het oog, uit het hart? Simone, ik baal ervan, weet je dat? We missen je allemaal. Hannah vroeg nog naar je, gisteren. Ze is weer terug bij Fred. En we hebben het plan opgevat om in het voorjaar naar jullie toe te komen. Zijn de gastenkamers dan klaar?'

'Ik denk het niet.' Miranda was de laatste die ik wilde spreken, ze was een stem uit een vorig leven. Een leven waarin Miranda een vanzelfsprekende plaats had gehad.

'O. Nou, ja, dan zien we wel. Misschien dat we dan komende zomer bij jullie langskomen... Lukt het allemaal een beetje, daar? Hoe ver zijn jullie eigenlijk?'

'De slaapkamers zijn klaar en de badkamer ook, maar dat is het gastengedeelte. Ze zijn nu bezig aan het huis zelf.'

'Jézus, wordt dat een tienjarenplan bij jullie? Net als bij *Het roer om*, of zo? Ken je dat programma? Of kijken jullie nu alleen nog maar Franse tv?'

'Nee, we hebben een schotel en ik heb nog geen tijd gehad om uit te zoeken hoe het met die Franse zenders zit. We kijken sowieso weinig tv.'

'Hoe doen de kinderen het eigenlijk? Hebben ze het niet verschrikkelijk moeilijk op zo'n school? Ze vallen zeker wel op, met dat blonde haar, tussen al die donkere kindjes?'

'Er zijn hier op school evenveel blonde kindjes als in Nederland,' reageerde ik. 'Isabelles juffrouw is nog lichter dan Eric.' Daar wilde ik het bij laten.

Ik zag in gedachten Miranda en de club moeders bij school staan, hoofdschuddend over dat onverantwoordelijke stel dat hun kinderen zomaar aan de beschaafde wereld had onttrokken om hen in het diepe, achterlijke zuiden van Frankrijk tussen de ongeletterden te dumpen.

Dat idee beviel me niet.

Het maakte niet uit hoe ontheemd en klote ik me voelde, ik kon er niet tegen als iemand negatief reageerde op onze beslissing om naar Frankrijk te gaan. Hoe meer Miranda volhardde in haar irreële vooroordelen, hoe meer ik de aandrang voelde om haar te vertellen hoe gewéldig het hier wel niet was.

'Kun je daar alles kopen? Kun je bijvoorbeeld aan pindakaas komen en zo? Of zijn er vooral streekproducten?'

Stréékproducten.

Ik moest dit gesprek zo snel mogelijk beëindigen, anders zou ik alleen nog maar meer in de verdediging schieten.

Afgezien daarvan had ik Isabelle en Bastian beloofd om naar de stad te gaan om een cadeautje uit te zoeken. Dan kon ik meteen geld gaan pinnen. Voor Peter.

'O, Miranda, ik moet de kinderen van school halen zie ik.'

Ik wachtte haar reactie niet af en legde de hoorn op de haak.

Het was heel vreemd, maar op dit moment realiseerde ik me pas echt dat mijn vriendschap met Miranda voorbij was, alleen maar omdat we nu in twee verschillende werelden leefden. Ik had niet gezegd dat ik binnenkort naar Nederland kwam. Mijn vriendschap met Erica was gebleven. Ik wilde Erica graag zien, en Erics familie, maar Miranda niet.

Eric ging mee naar Nederland. Dat had hij me beloofd, nadat we de ruzie van gisteravond hadden bijgelegd. Onze eerste echte ruzie in jaren. Het was eigenlijk een wonder dat de bom niet eerder was gebarsten.

Terwijl ik een parkeerplaats zocht op het terrein voor LeClerc drong het tot me door dat ik vrijwel de hele ochtend aan Michel had gedacht. Niet alleen vanochtend. Ik had tot vier uur vannacht in het volslagen donker wakker gelegen. Met Erics diepe, rustige ademhaling vlak naast me had ik geprobeerd om me te herinneren wat Michel precies had gezegd tijdens dat verwarrende telefoontje. Het enige wat me bij was gebleven was dat hij gevraagd had of ik alleen was. Voor de rest had hij zo snel gesproken dat ik er werkelijk niets van had meegekregen. Ik twijfelde of hij had gezegd dat hij in Nederland was, maar hoe langer ik erover nadacht, hoe rommeliger het in mijn hoofd werd. Ik wist het echt niet meer. Waarschijnlijk was de miscommunicatie niet alleen te wijten aan de taalbarrière. Gisteren zat ik tegen het hysterische aan. Ik wist niet eens meer hoe lang ik op de trap had gezeten en hoe ik naar de keuken was gekomen.

Nu voelde ik me rustiger, maar dat had alles te maken met Eric, die me had verzekerd dat hij niet in zee ging met Peter. Niet als ik dat niet wilde. Dat gaf me adempauze.

'Jongens, we zijn er.'

Ik stapte uit en maakte het achterportier voor de kinderen open. We liepen het winkelcentrum in, dat gonsde van de bedrijvigheid. Er stonden kraampjes met taarten en snoep, en keramieken vazen en schalen, en ik hoorde een stem uit een luidspreker komen. Muziek. Er was een modeshow aan de gang. Bij de pinautomaat van de bank stond een lange rij mensen te wachten, dus besloot ik eerst maar de cadeautjes te gaan kopen.

In de speelgoedwinkel was het zo mogelijk nog drukker. De kerstinkopen waren in volle gang.

'Bastian, we gaan eerst een cadeautje uitzoeken voor Isabelle, en daarna voor jou. Je moet wel bij ons blijven, want het is hier hartstikke druk en ik wil je niet kwijtraken.'

'Ik kan al Frans, hoor,' was zijn laconieke reactie. 'Als ik jou kwijtraak dan kan ik gewoon zeggen wie ik ben en waar ik woon. En hoe jij eruitziet, en zo.'

Ik trok zijn weerbarstige lijfje tegen me aan en knuffelde hem. 'Dat weet ik wel, lieverd, maar er zijn ook mensen die je niet naar je moeder terug willen brengen, dat weet je toch? Dat heeft mama vaak genoeg verteld.'

Bastian keek provocerend om zich heen. 'Er zijn hier alleen maar ouders, geen enge mannen. En ik ben geen baby meer.'

'Blijf toch maar bij me.'

Ik dirigeerde hen naar een pad waar de kleur roze dominant aanwezig was en waar Isabelle ogen te kort kwam. Bastian bleef bij me staan, nog steeds weerspannig.

De jongens zouden moeten weten waar Michel was. De enige reden dat ik ze dat niet had durven vragen, was omdat ik bang was door de mand te vallen: als iemand ook maar een grappig bedoelde insinuatie zou maken, dan zou mijn gezichtsuitdrukking me verraden. Maar misschien, vroeg ik me nu af, viel het juist op als ik er niets over vroeg. Per slot van rekening misten er werklui. Als ik zou vragen waar ze nu werkten, dan zou dat volstrekt acceptabel zijn.

Ik zou mijn vragen kunnen inpakken, net zoals mensen in een videotheek een erotische film tussen twee familiefilms sandwichen. Onopvallend weggestopt tussen allerlei andere, nietszeggende vragen.

Die tactiek zou ik ook kunnen toepassen op zowel Rita als Betty. Rita leek me van iedereen nog het meest bereid om vragen te beantwoorden over Peter en zijn drijfveren, en Betty zou mogelijk spraakzamer zijn als Theo niet in de buurt was.

Betty en Rita. Ik ging hen straks bellen, om te proberen deze week nog oer-Nederlands bij hen op de koffie te gaan.

■

'Ik heb niemand gesproken,' zeg ik.

De rechercheur en de Belgische tolk kijken me onbewogen aan.

'En… en ik weet niet of ik een bonnetje heb meegenomen.'

De tolk buigt zich over het tafelblad. 'Ik wil u vragen nog eens goed na te denken over hoe laat u de supermarkt hebt verlaten, en hoe laat u thuis bent gekomen.'

Ik schud mijn hoofd. 'Ik weet het niet, echt niet.'

'Tien uur?'

Ik kijk verward op. 'Misschien. 'Tien uur… Ja, tien uur denk ik.'

'Wie waren er nog meer bij u in huis, op dat tijdstip?'

'Eric, mijn man, en Bastian en Isabelle.'

'Wat heeft u die avond gedaan, na thuiskomst?'

Ik weet het nog precies. Tegen Eric had ik gezegd dat ik ziek was, ik ben meteen naar boven gevlucht. Ik heb voor me uit zitten staren op bed, volledig lamgeslagen, angstig, dodelijk ongerust.

'Ik ben gaan slapen.'

'Gaat u wel vaker zo vroeg slapen?'

'Ja.'

De tolk trekt een gezicht en speelt met zijn koffiebeker. Hij kijkt me doordringend aan.

Ik voel me misselijker worden, alsmaar misselijker. In deze ruimte zit geen raam. Het tl-licht danst voor mijn ogen en die stroperige, misselijkmakende geur van koffie sluit mijn luchtpijp af.

'Wanneer heeft u uw portemonnee voor het laatst gezien?'

Een ijzeren klauw knelt mijn slokdarm af.

■

39

Louis en de Antoines wisten niet waar Bruno en Michel uithingen en het interesseerde hun ook niet. Ik had ernaar gevraagd, terwijl Louis zijn handen stond te wassen en ik voor het eerst echt goed naar zijn verminkte hand keek, en me vervolgens beschaamd op de finishing touch van de salade wierp, omdat ik dacht dat mijn gestaar onbeleefd kon overkomen.

Niet alleen hadden ze geen idee waar Bruno en Michel waren, onze gedecimeerde werkploeg refereerde aan Bruno en Michel als een stel arrogante snotneuzen, met wie ze bij voorkeur niet samenwerkten en met wie ze privé niet of nauwelijks omgingen. Ze zeiden het niet met zoveel woorden, maar hun gezichtsuitdrukkingen en het gesnuif maakten nadere toelichting overbodig.

'Ze zullen wel op een ander karwei zijn,' had Louis nog gemompeld.

'Of ze zitten vast,' had Antoine eraan toegevoegd.

Het lag op het puntje van mijn tong om te vragen waarom, toen Eric binnenkwam en mijn onuitgesproken vraag in een nerveuze kuch uiteenspatte.

We zaten in Betty's keuken, tussen ons in een schaal met kleine zoete hapjes en twee kopjes koffie met likeur en slagroom. Het gespreksonderwerp was tot dusverre de *chambres d'hôtes* geweest. Haar bril was vervangen door een exemplaar met zwarte, rode en bruine accenten, die op het bleke gezicht van Betty niet minder opviel dan zijn knalblauwe voorganger. Ze droeg een trui met tijgerprint en achter op haar hoofd piekte dun bruin haar uit een brede speld met tijgermotief.

'Ik zal je de nummers van die mensen geven.' Ze stond op om in een dressoir een pen en blocnote te pakken. 'Ze adverteren voor je op hun website. Van alles wat via hen geboekt wordt, willen ze vijftien procent.'

'Regelen ze ook de betalingen, en zo?'

'Nee, dat moet je zelf doen. Ze brengen alleen vraag en aanbod bij elkaar. Het voordeel van dat bedrijf is dat ze meer dan tienduizend *chambres d'hôtes* aanbieden en dat veel vakantiegangers logischerwijs daar dus beginnen met zoeken. Ze geven heel summiere informatie, maar je kunt ook een link maken naar je eigen website.'

Ze legde het briefje voor me neer. Ik stopte het weg in mijn tas, wetende dat ik het niet nodig zou hebben. Zodra het huis klaar was, zou ik alles in het werk stellen om terug te gaan naar Nederland.

Alles.

Betty nam tegenover me plaats en duwde de schaal zoetigheid over het grenen tafelblad naar me toe. 'Neem nog wat van deze. Theo is aan het lijnen, ik kan ze aan hem niet meer slijten. Hoe gaat het met de bouw, trouwens? Alles op schema?'

Een huis verbouwen heeft opmerkelijke overeenkomsten met zwanger zijn. Op de een of andere manier drong die vergelijking zich aan me op. Als je zwanger bent vraagt iedereen naar de status – hoe voel je je, weet je al wat *het* is, is de babykamer al klaar? Met een verbouwing is het al niet anders.

Ik begon te klinken als een kapotte grammofoonplaat. 'Het gaat prima. Peter werkt alleen nog op maandag en de rest van de week zijn Louis, Antoine en Pierre-Antoine bij ons.' Ik haalde mijn hand door mijn haar. Nu moest ik doorzetten, voor Betty het gesprek weer overnam. 'Nu ik hier toch ben... De laatste keer dat we bij jullie waren zei jij dat ze een strafblad hadden. Ik heb het er later met Eric over gehad, want ik schrok er eerlijk gezegd wel van. Ik bedoel... de jongens zijn de hele dag bij ons, ze eten mee, we hebben twee jonge kinderen... Begrijp je? Voordat jij dat vertelde wist ik het niet, ik dacht dat het een normaal bouwbedrijf was.'

Betty nam een slok van haar koffie en keek me taxerend aan. 'Peter heeft je niets verteld?'

Ik schudde mijn hoofd.

Betty pakte een bonbon van de schaal, keek ernaar en legde hem weer terug. 'Theo heeft niet graag dat ik dit doorvertel. Het voelt niet goed om kwaad te spreken over Peter en de ploeg na alles wat hij voor ons heeft gedaan. En ze doen niets verkeerds meer, nu.' Ze nam tergend traag een slok van haar koffie.

'Eric en ik mogen Peter ook erg graag,' loog ik, om Betty op haar gemak te stellen. 'Maar het is toch niet zo vreemd dat ik graag wil weten wat er speelt?'

'Heb je problemen met Peter?'

'Nee.' Ik maakte een handbeweging alsof ik een vervelend insect wegjoeg. 'Laat maar, joh. Ik wil je niet in de problemen brengen. Het is alleen dat sinds jij dat hebt verteld, ik me ben blijven afvragen wat die jongens zoal uitgespookt hebben, en dat werkt door in de manier waarop ik ze benader. Daar baal ik van, eigenlijk. Want we zijn zo blij met ze. En ze komen zo aardig over.'

Betty ging verzitten en draaide een losgekomen piek haar tussen haar duim- en wijsvinger. 'Weet je... dit gebied is uitgestrekt, er wonen mensen van over de hele wereld. Sommigen, zoals jij en ik, zijn hiernaartoe gekomen om hun droom te verwezenlijken. Anderen om hun nachtmerrie te ontvluchten.'

Ik keek haar strak aan. Het lukte niet om wat te zeggen, niet eens om haar aan te moedigen. Maar dat was blijkbaar niet nodig.

'Peter heeft in België een internationaal transportbedrijf gehad. Hij had een heleboel reguliere klanten, maar er zaten er ook tussen voor wie hij spullen moest vervoeren die... nou ja, zeg maar illegaal waren. Dat heeft hij op een avond in vertrouwen aan Theo verteld. Die transporten, die waren heel lucratief.'

'Heeft Peter ook verteld wat voor spullen dat waren?'

'Hij reed veel op Baskenland en Noord-Spanje, voor mensen die banden hebben met de ETA, dus... nou, ja. Drugs en wapens, denkt Theo.'

'Dus Peter deed drugs- en wapentransporten voor de ETA?' Ik kreeg het amper mijn mond uit. De ETA kende ik alleen van het televisiejournaal en uit de kranten. Bomaanslagen, ellende, onschuldige slachtoffers, terrorisme. Wat was Peter voor man? Het was nog veel erger dan ik dacht.

Betty bleef opvallend rustig. Voor haar was dit duidelijk oud nieuws. 'Min of meer wel. Peter heeft er verschrikkelijk veel geld mee verdiend, maar het ging ook wel eens fout. Dan waren mensen erachter gekomen in welke vrachtwagen die spullen zaten, en werd zo'n vrachtwagen midden in de nacht overvallen... Dus gingen er op een gegeven moment ook eigen mensen mee, van de ETA of zo, op die tochten. Voor de beveiliging, zeg maar. Peter kreeg ook mensen op zijn bedrijf, die kwamen daar "werken". Want ze dachten dat een van Peters werknemers tips gaf aan de tegenpartij. Toen is een personeelslid op een dag verdwenen... Een halfjaar later zijn de stoffelijke resten gevonden. In Duitsland.'

Ik wist dat mijn mond een stukje openstond maar het maakte me niets meer uit. 'En Peter heeft dat geweten?'

'Natuurlijk wist hij dat. En hij was bang geworden. Want die mannen die bij hem op het bedrijf rondliepen, die gingen dus niet weg. Ze snuffelden in zijn computerbestanden, wisten alles over zijn klanten, de routes et cetera. En hij kon er niets tegen doen.'

'Dit klinkt... heel heftig.' Meer wist ik niet uit te brengen.

Betty pakte mijn hand over de tafel vast. 'Peter wilde niets liever dan zijn bedrijf verkopen. Maar hij kon er niet vanaf, want die Basken, die wilden dat Peter eigenaar bleef. Ze hadden zich op die manier mooi ingewerkt in zijn bedrijf. Eigenlijk hadden ze zijn bedrijf min of meer overgenomen.'

'Hoe... hoe is Peter dan hier terechtgekomen?'

'Op een gegeven moment is een van die vrachtwagens overvallen en zijn er mensen doodgeschoten. Peter was bang dat hij op een dag ook aan de beurt zou zijn. Hij is halsoverkop op de vlucht geslagen en heeft alles achtergelaten. Zijn bedrijf, maar ook zijn vrouw en kinderen.'

'Jezus...'

'Na een jaar of wat is hij Claudia hier tegen het lijf gelopen en begonnen met dat bouwbedrijf.'

'Waarom is hij niet naar de politie gegaan? Ik bedoel... je vrouw en kinderen achterlaten?'

Betty keek me bijna streng aan. Ze trok haar blauwe wenkbrauwboogjes op. Misschien waren ze getatoeëerd. 'Dan zou hij de politie ook hebben moeten vertellen waarom hij op de vlucht was geslagen.'

'Medeplichtig aan terrorisme,' dacht ik hardop.

Betty stond op. 'Simone, jeetje. Ik meen het, het voelt echt niet goed om dit te vertellen. Het is roddelen. Ik snap ook niet waarom ik dit aan je vertel. Peter doet niets verkeerds meer, hij doet vreselijk zijn best een nieuw leven op te bouwen. Eigenlijk is hij ook een soort slachtoffer... Iedereen heeft wel eens wat gedaan in het verleden. Echt. Zeker in deze omgeving heeft vrijwel iedereen een verhaal. Daar kom je wel achter als je de mensen beter leert kennen. Niet allemaal zo heftig als dat van Peter, maar toch... Mensen hebben recht op een tweede kans, dat vind ik echt. Peter net zo goed.'

'Dus Peter is eigenlijk op de vlucht, nog steeds? En die... die mensen die achter hem aan zaten, die zoeken hem nog steeds?'

'Dat weet ik niet. Ik neem aan van niet. Anders hadden ze hem allang gevonden. En dan zouden we het denk ik wel merken.'

Er viel een stilte. Betty stond op en ging weer zitten. Dat was al de tweede keer dat ze schijnbewegingen maakte. Alsof ze hier niet wilde zijn, alsof haar lichaam haar aanspoorde om van me weg te rennen, maar iets weerhield haar. Ze voelde zich enorm ongemakkelijk. Ik was bang dat ze niets meer zou willen zeggen, dat ze stil zou vallen en me de deur zou wijzen.

En ik had nog meer vragen. 'Wat hebben de jongens dan gedaan?'

'Daar wil ik echt niet over uitweiden.'

'Erge dingen?'

Ze keek op. Haar bleke ogen stonden wazig. 'Dat ligt eraan wat je erg vindt.'

Ik legde mijn hand in mijn hals. 'Ik weet niet wat ik erg vind... Geweld, denk ik.'

Betty zei nog steeds niets. Mijn mond werd droog.

'Ik weet het ook niet allemaal precies,' zei ze zacht. 'Maar ik weet wel dat ze op het rechte pad zijn, nu. Ze werken hard. Ze konden bij geen enkele andere baas terecht. Er is hier niet veel werk, in deze regio, dus iemand met een strafblad wordt niet aangenomen. Peter heeft dat wel gedaan, om ze een nieuwe kans te geven. Dat vind ik eigenlijk alleen maar toe te juichen.'

'Maar wat hebben ze dan gedaan?'

Betty hief haar handen op. 'Autodiefstal, roofovervallen, drugs, dat soort dingen.'

Roofovervallen… Ik voelde alle bloed uit mijn gezicht wegtrekken. Zou Michel…? Nee.

'Roofovervallen… dat klinkt behoorlijk zwaar.' Mijn stem was vreemd vervormd. 'Werkt… of heeft er iemand bij ons gewerkt die zoiets heeft gedaan? Dat je weet?'

Ze schudde haar hoofd. 'Het enige wat ik weet is dat de jongens bijna allemaal hebben gezeten, en ik weet dus niet precies wie wat gedaan heeft. Peter heeft ze op het rechte spoor gezet. Ze werken keihard nu, eerlijk werk. Snap je nu dat ik er moeite mee heb om dit aan je te vertellen? Ik kan mijn tong wel afbijten dat ik erover begonnen ben, helemaal nou ik zie hoe je erop reageert. Peter zet een beetje recht waar hij eerder in zijn leven in de fout is gegaan… dat is toch… alleen maar geweldig?' Spijt brak door in haar stem. 'Nu je dit weet ga je anders naar hen kijken, ja toch?'

'Dit… Nou ja… Ja.'

Ze sloeg haar ogen neer. 'Ik had mijn mond moeten houden.'

'Ik ben blij dat je dit verteld hebt. Nu weet ik een beetje waar ik aan toe ben.' Ik deed een poging haar zo oprecht mogelijk aan te kijken. 'Ik maak er echt geen misbruik van, Betty. Maak je geen zorgen.'

Peter als slachtoffer, dat beeld ging er bij mij niet in. En Peter als een soort heilige – een eenmans rehabilitatiecentrum – al helemaal niet.

Een crimineel die banden had gehad met de onderwereld. *Terroristen.* Hij had meegewerkt aan wapenleveranties en drugssmokkel. Wie weet hoeveel mensen mede door toedoen van Peters zucht naar dat stomme geld gestorven waren. *Vermoord.*

Ik had een nieuwe troef in handen. Als Eric zou horen dat hij vrienden aan het maken was met een zware crimineel, dan zou dat het einde betekenen van de ontluikende vriendschap.

40

Cognitieve dissonantie is een term die vooral bekend is uit de wereld van de marketing. Het houdt in dat consumenten hun eigen aankoop als beste keus (willen) zien, vaak tegen beter weten in.

Ook al blijkt achteraf onomstotelijk dat er een verkeerde koop is gedaan (bijvoorbeeld omdat de dure breedbeeldtelevisie in de Consumentengids *wordt afgekraakt), dan nog wordt de aankoop in innerlijke dialoog vergoelijkt ('het maakt mij niet uit dat hij zoveel stroom verbruikt, het beeld is in elk geval veel scherper dan bij die andere toestellen') – en niet zelden fel verdedigd naar de buitenwacht toe.*

Cognitieve dissonantie hoeft niet per definitie van toepassing te zijn op een consumentenartikel, maar kan evengoed worden waargenomen bij keuzes en beslissingen in het dagelijkse leven.

Niemand geeft graag toe dat zijn beslissing verkeerd was.

'Peter is een crimineel.'

Eric keek me aan over de rand van zijn wijnglas. 'Een crimineel?'

'Ik ben vandaag bij Betty op de koffie geweest, en ze vertelde me hoe Peter hier terecht is gekomen.'

'Wat moet jij bij Betty? Ik had niet de indruk dat het zo goed klikte tussen jullie.'

'Ik heb niet veel keuze hier, hè. Zoveel mensen kennen we niet. Ik ben bij haar langs geweest om te vragen hoe zij dat aanpakt, die *chambres d'hôtes*. Ze heeft me het nummer en adres gegeven van een bedrijf dat bemiddelt tussen individuele *chambres d'hôtes* en vakantiegangers. Het richt zich voornamelijk op Engelsen. Zij heeft vrijwel al haar gasten via dat bedrijf.'

'Wat heeft Peter daarmee te maken?'

'Betty vroeg me in vertrouwen of Peter over zijn verleden had verteld. Ik zei van niet en toen vertelde zij het. Ik ben me rot geschrokken.'

Eric zette zijn wijn op het tafeltje naast de bank, maar hij maakte niet echt een verontruste indruk. 'Wat zei ze dan?'

'Dat Peter gevlucht is uit België. Hij heeft drugs- en wapentransporten gedaan voor de ETA.'

Eric keek me nog steeds onbewogen aan.

Ik besloot er nog een schepje bovenop te doen. 'Toen is iemand op zijn bedrijf, een transportbedrijf, vermoord door die mensen omdat ze dachten dat die tips gaf aan andere criminelen. En dat was niet de enige die werd vermoord. Peter is op de vlucht.'

'Zei Betty dat?'

Ik knikte.

'Betty moet niet zoveel lullen.' Eric pakte zijn wijnglas en nam een slok.

Ik verschoof op mijn stoel. Erics onbewogen houding verwarde me. 'Eric! Hij wordt gezocht door de ETA! De man die ons huis doet, wordt gezocht door een terroristische organisatie en de jongens die voor ons werken hebben allemaal een strafblad. Vind je dat normaal, of zo?'

'Ik denk dat Betty het allemaal een beetje heeft aangedikt.'

'Ik denk het niet. Zoiets verzin je toch niet?'

Er viel een stilte. Eric leek na te denken. Uiteindelijk begon hij te praten. 'Peter heeft me het een en ander verteld over zijn verleden... Maar Betty maakt het spannender dan het is.'

Ik schoot rechtop. 'Je wíst het, en je zegt niets tegen mij?'

'Nee.'

'Waarom dan niet?'

'Omdat je je dan alleen maar druk zou gaan maken. Peter heeft een verleden, maar dat ligt achter hem.'

'Wist je dat er jongens bij hem werken die roofovervallen hebben gepleegd?'

'Zei Betty dat?'

Ik knikte.

Eric snoof. 'Een paar van hen hebben dat inderdaad gedaan.

Lang geleden, onder invloed van drugs, losgeslagen, weg van thuis, uitzichtloze toekomst. Jeugdzonden.'

'Jéúgdzonden? Jezus, Eric...' Het leek wel of ik hier met een vreemde zat te praten. Ik had Eric niet eerder zo meegemaakt. Hij scheen er zich niet in het minst druk om te maken. 'Weet je ook wie die roofovervallen gepleegd hebben? Mensen die bij ons gewerkt hebben?'

Hij schudde zijn hoofd. 'Nee, weet ik niet. En het maakt me ook niet uit, eerlijk gezegd.'

'Maakt je niet úít?'

'Weet je, Simone, ik denk dat je het ruimer moet zien. Sinds we hier wonen, zie ik dat er mensen zijn die op een heel andere manier leven dan wij altijd gedaan hebben. Ze zijn allemaal uit die ratrace gestapt, ze hebben andere keuzes gemaakt dan de meesten onder ons zouden doen. Ze leven anders. Vrijer. Ze maken zich niet druk over hypotheken, ze wassen hun auto's niet op zaterdag, ze leven met de dag, en ze hebben misschien dingen gedaan die niet mogen. Maar is het je opgevallen dat ze, ondanks dat ze hard moeten werken, een gelukkige indruk maken? De saamhorigheid is hier vele malen groter dan ik in al die werkzame jaren in Nederland heb ervaren. Als iemand geen geld heeft voor stookolie is er altijd wel iemand die dat voor hem regelt. Als iemand niets te eten in huis heeft kan hij altijd wel ergens aanschuiven. Het is *down to earth*. Menselijker. Die houding bevalt me wel...'

Mijn mond viel nu open. Ik slikte. Was dit Eric? 'Dus je zit er niet mee dat Peter crimineel is en dat we hier een groep criminelen in huis hebben gehaald om het op te knappen?'

'Ze waren crimineel. Nu niet meer. En da's ook maar een woord, een term. Peter zat aan de grond toen hij op het aanbod van die gasten inging. En of het de ETA was, valt nog te betwijfelen. Denk je nou echt dat als dat zo was, Peter hier, op twee uur rijden van Baskenland, nog rustig rondwandelt en een heel bedrijf draaiende kan houden? Welnee. Betty heeft schromelijk overdreven. Ik ben hartstikke blij dat Peter en de jongens ons uit de brand helpen voor relatief weinig geld. Je hebt tijdens het eten veel Frans geleerd van Antoine, en nog... Ze hebben ons de weg gewezen naar allerlei instanties. Je vergeet even, Simoon, dat we zonder hen nu nog in de caravan hadden gezeten. Die jongens zullen misschien fouten hebben gemaakt in hun leven, maar wat het ook was, het is verleden tijd.'

'Ben je niet bang dat ze het weer zullen doen? Dat ze… in herhaling vallen?'

Hij schudde zijn hoofd. 'Ik zie niet in waarom. In de criminaliteit is veel meer geld te verdienen met minder inspanning. Dus het feit dat ze dit werk doen, zegt mij al genoeg. En dat zou voor jou ook zo moeten zijn.'

'Ik snap het niet, Eric. Je bent… Je zou er in Nederland heel anders op hebben gereageerd. Jij zei altijd dat ze hogere straffen moesten geven, dat ze mensen langer moesten opsluiten en zo.'

'Ik kende in Nederland geen mensen zoals Peter en de jongens. Het is makkelijker oordelen als je langs de zijlijn staat. Ik ben er nu anders naar gaan kijken, misschien ook omdat ik Peter graag mag, en de jongens idem dito. Je kunt mensen niet blijven veroordelen om iets wat ze in een vroeger stadium hebben gedaan, in een andere situatie. Ik zie het zoals het nu is. Een stel hardwerkende jongens, die onderling veel lol hebben, elkaar helpen, zonder geroddel en jaloezie. De een hoeft geen mooiere auto te hebben dan de ander, ze zitten niet aan elkaars vrouwen. Mensen worden niet op hun bezittingen afgerekend. Is het je opgevallen hoe iedereen Louis respecteert? Die jongen ziet er niet uit, hij woont in een lekke caravan die ergens bij Peter achter op het land staat, maar hij telt gewoon mee. Kom daar maar eens om in onze oude sociale omgeving. Daar tellen alleen je baan, je huis en je auto. Als we een auto zoals die van Pierre-Antoine bij ons op de oprit hadden gezet, dan had de buurt er schande van gesproken en was de gemeente hem komen wegslepen. Mensen zijn meer dan hun bezittingen of hun baan. Om alleen maar daarop af te gaan is zo hypocriet als de neten. Hier zijn de mensen eerlijker. Meer zichzelf. Iedereen is uniek, of hij nou geld heeft of niet. Ze maken fouten, zoals iedereen, en ze proberen er het beste van te maken. Ik ga er Peter in elk geval niet op aankijken. En ik hoop dat jij dat ook niet doet.'

41

Het was zo koud dat ik vanochtend de autoruit had moeten krabben en ik tijdens het koken mijn handen regelmatig warmde in het afwaswater in de gootsteen. De jongens droegen een paar lagen bovenkleding met dikke jacks erover. Tijdens het werk hadden ze handschoenen en bivakmutsen aan. Er werd weinig gelachen en er werden nauwelijks meer grapjes gemaakt. Ze zagen er grimmig uit, met hun van kou vertrokken gezichten. Al met al maakte het een plaatje alsof we een stel bankovervallers voor ons hadden werken.

Misschien was dat ook wel zo.

Tijdens het eten had iedereen zijn jas aangehouden. Eric had een elektrisch kacheltje bij de tafel gezet, maar het maakte weinig verschil.

Ik had ieder een apart schaaltje met salade gegeven. Stukjes tomaat en komkommer, gedroogde pruimen en zeezout in een dressing van olijfolie met citroen en diepvriespeterselie. Gisteren was ik ermee opgehouden één grote schaal te bereiden waar iedereen naar believen uit kon nemen.

Een eigen schaaltje voor iedereen.

Peter had het zijne volledig leeggegeten. Ik had naar hem zitten staren, en hij had me even, een fractie van een seconde, verdwaasd aangekeken. Heel even was ik bang dat ik mezelf had verraden. Dat hij gedachten kon lezen.

Er zat niets verkeerds in de salade.

Nog niet.

Nadat iedereen weer aan het werk was gegaan, had ik Peter betaald. Hij was nog even in de keuken blijven hangen en wekte de indruk dat hij met me wilde praten. Mijn veranderde houding moest hem zijn opgevallen. Ik had me van hem afgewend en was aan de vaat begonnen. Daarna was hij de rechtervleugel ingedoken om de jongens te helpen.

Peter kon denken dat hij alles onder controle had, zolang hij mijn salades braaf naar binnen werkte, kon elke maandagmiddag zijn laatste zijn. Het gaf me een gevoel dat niet hij, maar ik de touwtjes in handen had. Dat sterkte me.

En beangstigde me nog meer.

Ik wist niet of ik daadwerkelijk de kracht had, de moed. Of ik wanhopig genoeg was om onbewogen toe te kunnen kijken hoe Peter een salade at die hem fataal zou worden. En of ik naderhand, als zijn maaginhoud in een laboratorium was onderzocht, wel de vermoorde onschuld kon spelen als er vraagtekens werden gezet bij zijn laatste maaltijd, genuttigd bij Simone Jansen.

Dat hield me steeds meer bezig. Ik keek nu vrijwel dagelijks naar de *FBI-files* op Discovery, en aanverwante documentaires. Ik zoog ze in me op als was het een cursus. De onderzoeken, de autopsies, de verhoren. En hoe meer ik ermee bezig was, en ik de stappen een voor een in gedachten naliep, hoe angstiger ik werd. Ik vroeg me af of ik mezelf voor de gek hield. Of de gedachten die door mijn hoofd maalden en die mijn dagen beheersten, nog wel werden ondersteund door de realiteit van alledag. Ik dacht waarschijnlijk niet meer helder, maar ik wist ook niet wat ik kon doen om de grip te hervinden. Ik leefde vooral nog in mijn binnenwereld. En daar was geen klankbord, iemand die me op de vingers tikte of een discussie met me aanging. Het was er alleen maar verschrikkelijk stil en eenzaam.

En er zwierf angst rond.

Ik bleef in rondjes draaien, en er leek geen uitweg te zijn.

Daardoor voelde ik meer dan eens de neiging om alles aan Eric op te biechten. Wat me weerhield was dat mijn confessie Eric kapot zou maken. Hij had een blind vertrouwen in mij, in ons. Ik mocht hem geen pijn doen. En ik wilde hem niet kwijt. Ik wilde mijn leven met de kinderen en Eric niet kwijt.

En ik zou hen kwijtraken.

De wetenschap dat ik hem had bedrogen, in zijn eigen auto, in zijn eigen bed, zou een gat in zijn vertrouwen slaan, en alles verwoesten waar hij in geloofde en waar hij waarde aan hechtte. Mijn woorden zouden als een ontstoken wond aan ons gezin vreten, steeds verder en dieper, tot er na een lang, pijnlijk proces helemaal niets meer zou overblijven.

De telefoon ging. Het geluid sneed dwars door mijn vertroebelde hoofd en activeerde de automatische beweging om de hoorn van de haak te pakken.

Het duurde even voor het tot me doordrong dat ik een Franse man aan de lijn had van een of ander bedrijf, die om Eric vroeg.

'Moment,' zei ik, en ik liep naar de rechtervleugel. In dit gedeelte van het huis kwam ik het minst. Een gang met verschillende kamers. Aan het einde was de smalle draaitrap naar de toren. Zacht licht viel van het raampje in de toren op de donkerhouten vloer. Stof wervelde traag rond in de bundel licht. De grond lag bezaaid met isolatiemateriaal, zaagsel, krimpfolie en lege plastic waterflessen die er waarschijnlijk nog lagen van de afgelopen zomer. Het was er schemerig.

Verderop was iemand aan het timmeren. Iets dichterbij hoorde ik Eric praten. Ik hield mijn pas in.

'Ik weet niet of het doorgaat. Simone heeft zich in d'r hoofd gehaald dat ze hier niet wil blijven. Misschien dat ze van gedachten verandert als de winter voorbij is, maar ik heb er mijn handen vol aan, momenteel. Ik moet er serieus rekening mee houden dat ze inderdaad terug wil. En als we terug moeten, dan heb ik elke cent keihard nodig om in Nederland iets te kunnen kopen. Want ik maak me geen illusies over de verkoop van dit huis. Dat kan een jaar of langer in beslag gaan nemen.'

Stilte.

Ik bleef op de gang staan. Mijn hart klopte in mijn keel.

'Zal ik met haar praten?'

Peters stem.

'Dat heeft totaal geen zin,' hoorde ik Eric antwoorden. 'Maar bedankt dat je het aanbiedt.'

Ik wachtte, maar hoorde alleen nog maar getimmer en gezaag.

Het gesprek was beëindigd. Ik kuchte voordat ik de kamer in liep en keek van Eric naar Peter en weer terug. Ze deden beiden alsof er niets aan de hand was. Peter glimlachte vriendelijk.

Ze sloten me buiten.

'Er is iemand voor je aan de telefoon. Monsieur Gaudon, of zo.'

'Ah, die had ik net nodig. De kachelman.'

Eric glipte de kamer uit en ik volgde hem op de hielen.

■

'Wanneer heeft u uw portemonnee voor het laatst gezien?' herhaalt de tolk.

Ik hou mijn armen voor mijn maag en trek een pijnlijk gezicht.

Mijn portemonnee... dat is het. Het bewijs. De link. Een futiel moment van onachtzaamheid.

Ik kon toen toch niet weten dat...

'Ik weet het niet,' reageer ik. 'Ik denk... Ik denk vrijdag.'

'Met boodschappen doen, vrijdagavond, bij LeClerc?'

Ik weet het weer. Ik betaalde met Erics pas, omdat de mijne beschadigd is geraakt en het niet altijd doet. Ik had haast, vrijdag, grote haast om weg te komen bij de winkels. Ik wilde niet afwachten of mijn pas wel of niet werkte en daardoor tijd verspelen. Daarom had ik meteen Erics pas aan de kassajuffrouw gegeven. Ik had hem gekregen van Eric voor ik boodschappen ging doen. Thuis had ik hem op de keukentafel gelegd, voor ik naar bed ging.

'Nee,' zeg ik. 'Ik heb met mijn mans pas betaald.'

'Die zat niet in uw portemonnee?'

'Nee. In mijn jaszak. Mijn eigen pas doet het soms niet. Ik heb mijn mans pas meegenomen en daarmee betaald.'

'En uw portemonnee?'

'Ik denk... Ik weet het niet.' Het zweet breekt me uit. 'Ik... ik had hem geloof ik niet bij me.'

'Omdat u hem kwijt was?'

'Ik weet het niet meer. Ik heb hem denk ik niet meegenomen.'

'Het is voor ons belangrijk om te weten wanneer u uw portemonnee voor het laatst heeft gezien.'

Ik slik. Er trekt een huivering langs mijn ruggengraat. 'Vrijdag, denk ik. Of donderdag.'

'Waar laat u uw portemonnee als u thuis bent? In een kast, la?'

'Overal en nergens,' zeg ik. 'Meestal leg ik hem gewoon op het aanrecht, soms op tafel, ik stop hem ook wel eens in mijn jaszak. Of ik laat hem in de auto liggen.'

'Kan iemand uw portemonnee hebben meegenomen uit uw huis?'

Een sprankje hoop gloeit op in mijn binnenste. 'Ja, dat kan.'

'Zegt de naam Peter Vandamme u iets?'

Ik sluit mijn ogen. 'Ik ben erg misselijk,' piep ik. 'Ik moet overgeven.'

Ineens klap ik naar voren. De gal stroomt uit mijn mond op de vloer.

Niemand reageert.

'Is het inderdaad zo dat de heer Peter Vandamme uw huis heeft verbouwd?'

Ik hou mijn hoofd tussen mijn knieën en staar naar het plasje slijm op het laminaat. 'Ja,' zeg ik, en er trekt weer een rilling door me heen. 'Dat klopt.'

De toon in zijn stem verandert plotseling. 'U weet dat deze man, uw aannemer, is vermoord, op vrijdagavond jongstleden, omstreeks half elf?'

Ik kijk op. 'Ja. Dat zeiden de agenten die me gisteren arresteerden.'

■

42

Slaapmiddel was geen goed middel om mensen te vergiftigen. Antidepressiva wel. Ze waren er zelfs bij uitstek voor geschikt. Ook die zouden vrij makkelijk verkrijgbaar zijn bij dorpsmedicijnman Rodez, maar als resten daarvan in Peters lichaam gevonden zouden worden, kwam ik boven aan het lijstje van verdachten te staan. Ik nam aan dat Rodez bijhield wat hij zijn patiënten voorschreef en dat het werd geregistreerd bij de apotheek.

Natuurlijk, internet was een prachtig medium, ik kon vast wel een doosje of wat uit Amerika laten komen, via zo'n semi-legaal of misschien wel illegaal laboratorium, maar waar moest ik die tabletten of pillen naartoe laten sturen en hoe moest ik ze betalen zonder een spoor achter te laten? Ik liet het plan om Peter te vergiftigen met medicijnen varen.

Plantjes leken me nog de beste optie. Wonderboom, vingerhoedskruid, dat soort dodelijk groen. Na drie kwartier surfen in het internetcafé, mezelf op de hoogte brengend van alle giftige planten en onderdelen ervan, tikte ik Peters naam in bij een zoekmachine. Er kwam maar één Peter Vandamme uit rollen, wereldwijd. En het was niet onze Peter. Maar mocht hij inderdaad op de vlucht zijn, dan was hij wel erg dom om dat onder zijn eigen naam te doen.

Dom was Peter niet.

Dus wat ik nu deed, was zinloos. Dat wist ik echt wel. Misschien was ik hier om alleen maar het idee te hebben dat ik een beetje de controle over mijn eigen leven kon terugkrijgen.

Ik logde uit, betaalde de man achter de balie en liep naar buiten. Ik trok de revers van mijn jas dicht en liep met gebogen hoofd en half toegeknepen oogleden door de regen naar de auto. Vanuit mijn ooghoeken zag ik achter onze Volvo een terreinwagen staan. Donkere kleur. Er zat iemand in.

Mijn hart sprong op en bleef steken in mijn keel. Peter.

Hij stapte uit en kwam haastig op me af gelopen. Regendruppels kwamen neer op zijn haar en gleden langs zijn grauwe gezicht naar beneden. 'Ik moet met je praten.'

Ik keek hem aan. Water drong langs mijn revers, tot onder mijn kleding. Ik huiverde. 'Waarom?'

'Kom mee naar de auto, dat praat wat comfortabeler.'

Ik schudde mijn hoofd. Geen sprake van dat ik bij Peter in zou stappen. Mijn hand klemde zich om mijn sleutelbos.

Op hetzelfde moment greep hij mijn arm en trok me mee. Ik verzette me en kwam bijna ten val.

'Simone, ik doe je niets. Ik...'

Ik stond hem hijgend aan te kijken.

'Wacht...' zei hij.

Terwijl hij me aan mijn arm vast bleef houden, greep hij in zijn broekzak en trok er briefjes van vijftig en honderd uit. Een heel pak geld bij elkaar. Hij stopte ze in mijn vochtige hand en vouwde mijn vingers eromheen, zoals een suikeroom dat doet als hij zijn lievelingskind stiekem geld toestopt.

Ik keek er beduusd naar. Dit was erg veel geld.

'Stop het weg,' zei hij. 'Het is jouw geld... Jullie geld. Ik wil... Ik moet even met je praten. Alsjeblieft.'

Ik keek hem stomverbaasd aan en probeerde te slikken, maar mijn hart blokkeerde nog steeds mijn keel. Het zette uit en kromp weer in, zette uit en kromp in. Mijn oren suisden. 'Ik snap... ik snap het niet.'

Peter keek me aan met een blik die ik onder normale omstandigheden als wanhopig zou beschrijven, maar ik wist niets meer zeker, nu.

Wat ik wel wist was dat ik niet in zijn auto wilde stappen. Het was te risicovol. Straks zou hij me meenemen, me wurgen en mijn ontzielde lichaam ergens in een van de talrijke, onbewoonde hectares bos in de directe omgeving dumpen. In een ravijn werpen. In een van de duizenden grotten verstoppen.

Hij had me afgeperst. Hij was een crimineel die banden had gehad met terroristen. Hij had me aangerand, nog niet zo heel lang geleden. En hij was me gevolgd, vanochtend. Hij moest al minstens een uur hier buiten hebben staan wachten.

Of had hij toevallig onze auto zien staan? Nee. Hij had me mijn geld teruggegeven. Deze ontmoeting was gepland.

Ik voelde me een prooi, niet in staat om te vluchten of te vechten, verlamd en met grote ogen, wachtend op wat er komen ging.

Peter perste zijn lippen op elkaar en sloeg zijn ogen neer. Hij sprak hard om boven het natuurgeweld uit te komen dat om ons heen raasde. 'Simone, meisje… Sorry. Ik ben te ver gegaan. Dat besefte ik gisteren, toen ik terugreed naar huis. Ik wil je mijn excuses aanbieden.'

Een windvlaag trok aan mijn jas en mijn haar.

Zijn ogen flitsten alle kanten op. 'Daar, een café. Durf je dat aan? Durf je met mij naar een café te gaan? Ik doe je niets. Echt niet.'

Ik volgde zijn blik. Er was een klein café aan de overkant van de weg. Een vitrage van regen kletterde van de uitstaande rode luifel op de geasfalteerde stoep.

'Oké,' zei ik, weifelend.

Hij liet mijn arm los. We liepen naar de overkant. Peter opende de deur voor me.

Het was er warm en droog, er lag parket op de grond en er stond een tiental rechthoekige tafeltjes. Glanzende donkerrode asbakken en vaasjes met kunstbloemen op de donkere fineerbladen. Aan de muur bij de bar hing een elektronisch dartbord. We waren de enige gasten. Peter dirigeerde me naar een tafeltje ver van het raam, alsof hij niet wilde dat we samen gezien werden.

Terwijl ik ongemakkelijk plaatsnam op een houten stoeltje, drong het pas echt tot me door dat Peter me net al het geld had teruggegeven dat ik hem in de afgelopen weken had betaald.

Er verscheen een man van een jaar of vijftig met een wit overhemd en gebreide spencer.

'Thee, koffie, iets sterkers?' vroeg Peter.

'Doe maar thee.'

Ik hoorde hem thee bestellen, en voor zichzelf een kop koffie en een whisky. Even keek ik op mijn horloge. Het was tien voor twaalf.

De jongens zouden zo aan tafel gaan. Er stond een schotel gegratineerde aardappels met kaas, broccoli en gehakt klaar in de oven. Eric hoefde hem alleen maar op te warmen.

'Tel het maar na.' Peter knikte naar de bundel geld die in mijn jaszak zat. 'Het is alles wat je me gegeven hebt.'

Ik schudde mijn hoofd en propte de bankbiljetten dieper weg in de gevoerde zak. Ik geloofde hem wel. Ik deed mijn jas uit en hing hem over de stoel te drogen. Peter legde zijn bruin leren jack op de stoel naast hem.

Hij zuchtte diep. 'Sorry,' zei hij, zacht. 'Wat ik gedaan heb... dat had ik niet moeten doen. Ik wil dat je weet dat ik er spijt van heb. Ik ben te ver gegaan. Ik was kwaad op je. Dat dacht ik tenminste, maar eigenlijk was ik kwaad op iemand anders.'

Op Michel?

'Vóór Claudia had ik een vriendin. Ik heb haar hier leren kennen, toen ik hier pas woonde. Ik was alleen, zij ook, en ik trok bij haar in. Ze was mijn alles.' Hij wreef over zijn gezicht. 'Ik kocht het huis waar ik nog woon. We knapten het samen op...'

De man kwam terug met onze bestelling en legde twee beduimelde menukaarten op tafel.

'Wil je iets eten?'

'Nee.'

Peter keek even op de kaart en bestelde een omelet met salade. Daarna keek hij mij weer aan. 'En op een dag kwam ik erachter dat ze een verhouding had met een kerel die voor me was komen werken. Een jonge vent. Zeker tien jaar jonger dan ik. Het stak. En niet zo'n beetje ook. Ik heb me halfdood gezopen toen ze met hem vertrok om een café in Spanje te openen. Ik zat van de ene op de andere dag alleen. Ik was er kapot van. Ik heb het zwaar gehad. Het had niet veel gescheeld of ik had er een einde aan gemaakt. Ik had al het een en ander achter de rug en dit kon ik er niet bij hebben.'

Ik durfde niets te zeggen.

'Je lijkt veel op d'r. Toen ik je voor het eerst zag, schrok ik ervan. Ik wilde graag zelf bij jullie werken, de eerste tijd, bij jullie zijn. Daar kun jij niets aan doen. Jij bent haar niet, het zat in mijn hoofd. Ik dacht veel aan je. Toen ik jou en Michel zag, die ochtend, bracht het herinneringen boven. Niet meteen, eigenlijk. Het kwam later en het bleef maar broeien en malen. Ik werd opnieuw pissig. Dingen die ik al zo lang had weggestopt, kwamen naar boven en ik werd steeds nijdiger. Op Michel. Op jou. En op mezelf... Maar daar ging het niet om. Niet echt. Ik wil dat je dat weet, dat het niet over jou ging. Ik wilde je straffen, maar in werkelijkheid wilde ik Véronique straffen.'

Warme damp steeg op uit het theeglas. Ik dacht er niet aan het theezakje erin te hangen. Ik had geen dorst.

'Weet je,' ging Peter verder. De woorden kwamen met horten en stoten uit zijn mond en ik moest moeite doen om hem te kunnen volgen. 'Eric is een fijne vent. Ik ben op hem gesteld geraakt. Zijn gezin is alles voor hem. Die jongen doet ook alleen maar zijn best. Toen ik zag dat jij en Michel...' Peter keek van me weg. 'Hoe dan ook, het moet een keer over zijn. In principe steel ik op deze manier ook van Eric en dat wil ik niet. Mijn geld is op. Zo simpel is het. Ik heb het niet makkelijk momenteel. Maar dat is mijn probleem. Helemaal mijn probleem.'

Er viel een stilte. Ik wist niet wat ik moest zeggen.

Toen hij over de tafel mijn hand zocht trok ik hem terug. Er gleed een schaduw over zijn gezicht. 'Je hoeft niet meer bang voor me te zijn. Ik laat je met rust. Het is goed leven hier, echt. Ik heb het misschien voor je verknald... Ik hoop dat je erover wilt nadenken. Mijn kant van het verhaal wilt zien. Het spijt me. Het spijt me echt.' Peter keek me zo oprecht aan dat het bijna pijn deed. 'Ik hoorde van Eric dat je terugwilt naar Nederland. Dat is mijn schuld, ben ik bang. Ik denk dat als je hier wat langer bent, en je kunt gaan genieten van het weer en van je nieuwe huis, dat je... Denk er nog eens over.' Hij nam een flinke slok van zijn whisky. 'Toe, drink wat.'

Ik keek naar het theeglas en deed er het zakje in. 'Heb je het alleen gedaan vanwege je oude vriendin?'

Hij knikte. 'Ja... Het had niets met jou of met Michel of Eric te maken. Nou ja... een beetje dan. Ik was ook wel jaloers. Ik heb die jongen verdomme uit de goot getrokken. Hij deugde van geen kant. Hij heeft in jeugdinrichtingen gezeten, gesnoven, geblowd, hij sloeg alles kort en klein wat hij tegenkwam... was verschrikkelijk zelfdestructief bezig. Niks interesseerde hem nog. Ik gaf om hem, maar ik had hem nooit gezien als een rivaal.' Peter grinnikte schaapachtig en haalde nerveus een hand door zijn haar. 'Dat slaat natuurlijk nergens op.'

Ik voelde me al wat rustiger worden.

'Ik ben echt een lul. Het spijt me. Ik had ook geld nodig. Ik weet niet wat me bezield heeft. Ik hoop dat je het achter je kunt laten. Kun je dat?'

'Ik weet niet meer wat ik moet denken,' zei ik, naar waarheid. 'Sorry.'

Waarom verontschuldigde ik me? Kreeg ik nu ineens medelijden met Peter?

Zijn verhaal klonk plausibel. Het maakte hem menselijker. Het strookte ook met zijn houding. Hij leek verward, beschaamd, nerveus.

'Dus Michel heeft er niets mee te maken?'

'Waarmee?'

'Met dat... zwijggeld van je. Ik dacht dat Michel en jij...'

'Sorry dat ik die indruk gewekt heb. Hij weet van niks.'

'Waar is Michel?'

'Ik heb hem weggepromoveerd. Hij is in de buurt van Arnéguy, in Baskenland. Bij de Spaanse grens. Het ligt er erg afgelegen, hooggebergte. Hij is daar met een ploeg een zomerhuis aan het bouwen voor vrienden van me. Ik heb hem gewoon weggestuurd, de sneeuw in. Hij wist het zelf niet eens van tevoren. Ik heb hem op een zaterdagochtend gebeld, toen de bus al onderweg was naar zijn huis.'

Bij het horen van het woord Baskenland begon alles op zijn plek te vallen.

In afgelegen berggebieden werkten gsm's niet. Dus daarom had ik Michel niet kunnen bereiken. Ik had op een zondag met hem afgesproken, in dat parkje met die caravans. Michel was niet op komen dagen, simpelweg omdat hij de dag ervoor was opgehaald om te gaan werken. Ik had me vergist toen Michel me gebeld had; ik dacht dat hij zei dat hij in *Pays-Bas*, Nederland, was. Hij had *Pays basque* gezegd. Baskenland.

Had Rita het daar ook niet over gehad? Dat Peter met twee nieuwe projecten bezig was, waarvan één in Baskenland?

Waarom had ik daar niet eerder bij stilgestaan?

Ik nam een slok van de thee. Die was lauw geworden. Daarna keek ik naar Peter. Hij prikte in zijn omelet en nam grote happen. Zijn glas whisky was leeg.

'Heb je me wel eens gebeld?' vroeg ik. 'Ik bedoel, 's avonds laat?'

Hij keek verbaasd op van zijn bord. Er hing een stukje sla aan zijn mondhoek. 'Gebeld? Waarom?'

Ik beet op mijn onderlip. Het was Michel geweest. Michel had geprobeerd me te bellen. 'Wanneer komt Michel terug?'

Peter keek me ineens strak aan. Zo intens dat ik ervan schrok. 'Hij is voorlopig nog uit beeld. Maar... vind je dat belangrijk?'

Ik knikte.

Hij schudde zijn hoofd. Zijn uitdrukking verzachtte weer. 'Simone, meisje... Ik vind het rot om het te zeggen maar... je kunt beter bij hem uit de buurt blijven. Hij – *excusez le mot* – neukt alles wat los- en vastzit. Jij bent niet de eerste. En al zeker niet de laatste. Dat ik jou met Michel heb aangetroffen, verbaasde me ergens niet. Begrijp je? Hij heeft een reputatie. Het is niet de eerste keer dat hij een getrouwde vrouw een veeg geeft. Het is een trofee voor zo'n jongen. Een kick. Een uitdaging.'

Ik voelde alle bloed uit mijn gezicht wegtrekken.

'Sorry voor mijn taalgebruik,' ging Peter verder, 'maar mooier kan ik het niet maken. Ik geef om die jongen, maar hij kan zijn lul niet in zijn broek houden.' Peter kuchte. 'Hij is het niet waard. Blijf bij je gezin. Dat is het enige wat ik je kan adviseren. Jij hebt iets wat heel veel mensen willen hebben en niet kunnen krijgen. Een lieve man, twee geweldige kinderen. Een stabiele basis. Eric is echt een goede kerel, hij wil zijn gezin een betere toekomst geven, hij werkt er hard voor. En hij heeft gelijk, hij doet het juiste. Het leven is hier ook beter dan in Noord-Europa. Er is meer ruimte, mensen leven nog niet langs elkaar heen. Geen files, geen gejaag, geen stress en geen overregulering. Je hebt het verschrikkelijk goed, Simone. Heel wat mensen zouden in jouw schoenen willen staan. Zet dat allemaal niet op de tocht voor een jongen als Michel. Dan sta je op een dag alleen. Dat meen ik echt, uit de grond van mijn hart. Zie het als een vaderlijke tip.'

DEEL II

43

De zwaluwen waren weer terug.

Enkele probeerden naar binnen te vliegen. Ze klapten tegen het dubbelglas, lagen versuft op de binnenplaats bij te komen en fladderden gedesoriënteerd verder.

'Ze zijn gewend om hier te broeden,' zei Eric. 'Ik heb afgelopen herfst zeker vijf nesten van de balken af staan bikken. Dit huis staat al zo lang leeg. Ze weten niet beter.'

De arme beestjes. Ze kwamen helemaal uit Afrika hierheen gevlogen, ze waren hier geboren en getogen, net zoals hun voorouders, en nu hadden wij hun nestelplek onbereikbaar gemaakt. Misschien weken ze uit naar de schuren. Er waren er genoeg en we gingen ze voorlopig toch niet opknappen. Ik nam me meteen voor Eric te vragen ten minste een ervan onaangeroerd te laten, zodat de vogels in elk geval één nestelplaats konden behouden.

Een zwaluw dook door de deuropening, maakte sierlijke duikvluchten in onze hal, landde op de balustrade en vloog toen snel en gracieus weer naar buiten.

'Zal ik kranten of zo tegen de ramen plakken?' vroeg ik Eric. 'Straks gaat er eentje dood.'

'Doe ik wel even.'

Ik liep naar buiten, in de richting van het meertje. De bomen stonden in bloei. Hier en daar staken klaprozen hun tere rode blaadjes boven het gras uit.

Bleu liep naast me. Dikke plukken onderhaar lagen als stukken vilt op zijn grijze vacht. Ik trok er een paar uit, maar het was onbegonnen werk. Hij hijgde luidruchtig. Onze poolhondkruising was duidelijk niet gebouwd op wandelingen in de hete zon. De winter was hem beter bevallen.

Halverwege mijn tocht naar het meertje keek ik om naar ons huis. Het was prachtig geworden. De lelijke grijze stuclaag was verdwenen. De authentieke geelrode stenen waren nu zichtbaar. De voegen tussen de grillige brokken waren ondiep opgevoegd met geel cement. Bloembakken met geraniums stonden in de vensters en hun kleuren deden bijna zeer aan het blote oog, zo fel weerkaatsten de bloemen het licht van de zon.

Het huis was klaar.

Het enige wat er nog moest gebeuren was de buitenboel. Het erf egaliseren, sleuven graven voor elektriciteit en water, zodat we de buitenverlichting, fonteinen en buitenkranen konden aansluiten.

In de afgelopen acht maanden waren bergen verzet.

Vreemd genoeg was ik me hier steeds meer thuis gaan voelen. Het bezoek aan Nederland, in december, was niet uitgevallen zoals ik had verwacht. Of gehoopt. Ik was er bijna zonder nadenken van uitgegaan dat ik in huilen zou uitbarsten bij het zien van de molens, de vlakke weilanden met zwartbonte koeien, de slootjes, ons oude dorp. De rivieren.

Het was er koud geweest, koud en guur, de ruitenwissers zwiepten onafgebroken heen en weer om de voorruit van de Volvo doorzichtig te houden. Overal stoplichten, eenrichtingsstraten, files waar geen einde aan leek te komen, duizenden lichten, reclameborden, geroezemoes, geronk van motoren. Straten in buitenwijken die me verstikten en die allemaal op elkaar leken. Een bezoek aan een oud-collega van Eric in Amsterdam werd afgestraft met een wielklem, zodat we een vol uur in de stromende regen, onwillige kinderen met ons meezeulend, tussen de krioelende mensenmassa, toeterende auto's en zigzaggende scooters moesten zoeken naar het kantoor van parkeerbeheer waar Eric een paar honderd euro moest betalen aan een ongeïnteresseerde en ronduit onvriendelijke beambte. Erica – ik had me er enorm op verheugd om haar weer te zien – zat ziek thuis en ze zag er grauw en uitgeblust uit. Ze wilde graag naar Frankrijk komen, had ze me gezegd, in het voorjaar.

Eerder kon ze geen vrij krijgen. Het werk op kantoor stapelde zich op en ze kon het zich niet veroorloven om er eerder een week tussenuit te gaan. Een paar collega's waren al ontslagen vanwege tegenvallende bedrijfsresultaten.

Ik kon niet slapen, in het huis van Erics ouders. Bij elk geluid schoot ik rechtop in bed. De buren die de wc doortrokken. Iemand die toeterde, een eind verderop in de wijk. Een sirene in de verte, die dichterbij leek te komen en toen weer wegstierf. Een bonk bracht me verontrust naar het raam, waar ik in het schemerdonker iemand ontwaarde die voorovergebogen een kliko aan de straat zette.

Al die geluiden, mensen, huizen, auto's, het gebrek aan daglicht in de donkere dagen voor kerst, het uren zoeken naar een parkeerplaats: het greep me naar de keel.

Erics ouders hadden verschrikkelijk hun best gedaan het gezellig te maken. Er stond een kerstboom met witte en zilveren ballen en er hingen chocolaatjes in voor de kinderen. We aten kalkoen, die iets te droog was. Salade badend in vette slasaus, de sla veel te fijn gesneden zodat de randen waren verlept.

Ik miste de olijfolie. De azijn. Basilicum. Louis, de Antoines. De rust en de ruimte, de slingerweggetjes waar nooit iemand kwam. De limousinrunderen in het heuvelachtige landschap. Mijn uitzicht.

Ik miste Frankrijk.

Die week in Nederland besefte ik ten volle dat ik liever nog in een half-af huis in *the middle of nowhere* zat, gebrekkig Frans sprekend, dan in deze overbevolkte heksenketel, te midden van alle mensen die me zo na aan het hart lagen. Of hadden gelegen. Toch was dit vierendertig jaar lang mijn thuis geweest. Ik had me er gelukkig gevoeld. Een halfjaar Frankrijk had me voor altijd beroofd van mijn wortels.

Ik ging zitten bij het meer en keek naar de insecten die net boven het wateroppervlak om elkaar heen gonsden. Ik legde mijn hoofd in het gras en richtte mijn blik naar de hemel. De lucht was helderblauw, met hier en daar wat flarden wolken. Een glinsterende stip doorkliefde het luchtruim en liet een kaarsrechte witte streep achter, die langzaam verbreedde en vervolgens vervaagde in het oneindige blauw naarmate het vliegtuig vorderde in zijn tocht. Ik hoorde de krekels tsjirpen, nog wat onzeker, maar ze waren er weer.

En ik voelde de rust over me neerdalen.

Het was goed zo.

Peter had zich aan zijn woord gehouden. In de afgelopen maanden waren er voorzichtige toenaderingspogingen geweest. We waren een paar keer uitgenodigd bij hem en Claudia, en we hadden steeds een prima avond gehad. Ik was Peter meer gaan zien als een mens. Hij had fouten gemaakt en hij probeerde ze recht te zetten. Hoewel ik hem nooit helemaal meer kon en zou vertrouwen, was mijn angst voor hem naar de achtergrond verdrongen.

Eric had met geen woord meer gerept over het huisjesproject en had zich in plaats daarvan gestort op het maken van een website voor de *chambres d'hôtes*. Hij had een digitale camera gekocht waarmee ik foto's van de kamers en toeristische dorpjes in de omgeving had gemaakt. We hadden contact gelegd met verschillende internetbedrijven die vakantiesites beheerden en bemiddelden tussen vraag en aanbod. Over een week of twee zou de binnenplaats ook klaar zijn en konden de laatste foto's worden gemaakt. Hopelijk konden we in het hoofdseizoen enkele gasten ontvangen en ons eerste geld gaan verdienen.

Misschien was het goed geweest, mijn uitstapje met Michel. Ik wist nu weer hoe goed ik het had. Eric was betrouwbaar, lief en zorgzaam. Onderhoudend. Ons Frankrijk-avontuur had ons eerst uit elkaar gejaagd en vervolgens nog veel dichter bij elkaar gebracht. Was het niet zo dat alle goede relaties een keer door een diep dal gingen? Ik kon me herinneren zoiets ooit eens gelezen te hebben. Elke relatie wordt een keer op de proef gesteld. Als het in de basis niet goed zit, dan is zo'n crisis het punt waarop mensen gaan scheiden. Anderen komen er sterker en hechter dan ooit uit.

Ik achtte me bevoorrecht dat Eric en ik behoorden tot de laatste groep.

De seks ontbrandde nog steeds niet in wild uiteenspattend vuurwerk, maar na alle heftige emoties die ik had doorgemaakt kon ik daar niet eens rouwig om zijn. Er was meer in het leven dan seks alleen. In Erics armen liggen voelde veilig en vertrouwd.

De kinderen deden het erg goed op school. Na de eerste moeilijke maanden vol protest hadden Bastian en Isabelle zich verbazingwekkend goed aangepast. De juf had me gisteren verteld dat ze een positief advies wilde geven om hen naar de volgende klas over te laten gaan. Hun Frans was nog niet zo goed als dat van de Franse kindjes, maar hun inzet en de vooruitgang die ze boekten waren ruim voldoende. Bastian en Isabelle hadden vrienden gemaakt en Bastian was nog een stapje verder gegaan. Hij was tot over zijn oren verliefd geworden op een meisje uit zijn klas, een grappig kind met sproeten dat Laura heette. Als ik de kinderen van school ging halen, zaten ze hand in hand te wachten op het muurtje.

Ik had Michel sinds november niet meer gezien, maar hij was geen moment uit mijn gedachten geweest. Warme herinneringen die me overspoelden werden ongenadig afgewisseld met intense gevoelens van schaamte. Hoe had ik zo stom kunnen zijn?

Ik kon de woorden van Peter niet vergeten.

Ik was een trofee geweest. Een uitdaging.

Bleef staan dat ik niet begreep waarom Michel dan zoveel moeite had gedaan zijn *trofee* te bellen. Als hij ergens in een onherbergzaam gebied aan de Spaanse grens bivakkeerde, moest dat niet makkelijk zijn geweest. Ik stelde me voor dat hij keer op keer in een café had gestaan, vruchteloos ons nummer draaiend op een vooroorlogse telefoon, om daarna weer veertig kilometer slingerweg terug naar de bouwput te moeten rijden.

Maar misschien zag ik het verkeerd en had hij wel een Baskische schone aan de haak geslagen. Of een hele kudde. Alle inwoonsters van het dorp tussen de veertien en veertig bijvoorbeeld.

Het zou me niet meer moeten interesseren. De schaamte was te groot, evenals de opluchting dat alles voorbij was. Michel was verleden tijd, wat mij betrof. Dat geloofde ik heel sterk.

Of dat echt zo was, daar zou ik heel snel achter komen. Michel, Bruno en Arnaud waren klaar met hun bergavontuur. Ze kwamen met ingang van morgen onze binnenplaats doen.

44

Michel sprong uit een van Peters gehavende busjes.

Ik klemde mijn kaken op elkaar en bleef op het erf staan, een lege gieter in mijn armen als barrière.

Hij zag er onweerstaanbaar uit. Nog veel beter dan in mijn herinnering.

Mijn hart bonkte achter mijn ribben.

Zijn soepele manier van bewegen. Gebruinde armen uit een mouwloos T-shirt.

Bleu stoof op hem af en sprong kwispelend tegen hem op. Michel stoeide met hem alsof er niets aan de hand was. Alsof er niets was gebeurd. Alsof hij niet bijna vijf maanden geleden, maar gisteren nog voor het laatst hier was geweest.

Hij keek in mijn richting en onze blikken kruisten elkaar. Een verzengende oogopslag, die zelfs op afstand kortsluiting veroorzaakte in mijn systeem. Alles vervaagde tot onzuiver achtergrondgeruis. De koude wintermaanden, de pijn, de verwarring, de eenzaamheid vielen weg. Alles viel weg.

Ik klemde de gieter dicht tegen me aan.

Ik zou hem moeten haten. Maar de verraadster die mijn lichaam was, juichte hem toe en alle hormonen in mijn lichaam scandeerden zijn naam.

Met alle wilskracht die ik in me had, draaide ik iedereen de rug toe en liep naar binnen. De Franse omgangsvormen konden mijn rug op. Michel kussen, dat ging ik niet doen. Ik kon het gewoonweg niet.

Ik rende de trap op en sloot me laf op in de gastenbadkamer. Zeker een halfuur bleef ik tegen de muur zitten, met mijn ogen dicht. Onbeheerst trillend en mezelf verwensend.

Het eten was een ramp. Ik was zo van slag dat de uitjes die de gebakken aardappels extra smaak moesten geven, zwart verbrand waren. De groenten waren te gaar. Het vlees te hard gebakken.

Michel zat schuin tegenover me, ongegeneerd met ontbloot bovenlichaam.

Ik deed mijn best hem te negeren. Mijn uiterste best.

Peter richtte zich tot Eric. 'Heb je dat verhaal gehoord van John en Patricia? Die twee Engelsen?'

Ik hoorde Eric iets ontkennends mompelen.

'Drama. Ze hebben afgelopen winter een huis gekocht, vergelijkbaar met dat van jullie. Hoewel, niet zó erg. Het dak was in elk geval goed. Ik heb er een ploegje op gezet en we hebben het vorige week af kunnen sluiten. John was gisteravond bij me. Het blijkt dat ze behoorlijk in de problemen zitten. Ze hebben dat huis met eigen geld gekocht en de verbouwing gefinancierd, en nu het klaar is, is het geld op. Patricia is naar de bank geweest om een hypotheek aan te vragen, maar kreeg nul op het rekest.'

'Waarom?' hoorde ik Eric vragen.

Ik keek voorzichtig in Michels richting. Hij schonk me een grijns die een dode nog tot leven zou wekken, en maakte in plat Frans een compliment over mijn volledig verprutste gaarkeukenmaaltijd.

'*Merci*,' zei ik zacht, en ik staarde naar mijn bord. Ik was me bewust van mijn hartslag, het bloed dat rondgepompt werd. Mijn ademhaling.

'Achteraf verstrekken ze hier geen hypotheken,' drong Peters zware stem tot mijn binnenwereld door.

'Hoezo dan? Geen tweede hypotheek, bedoel je?'

'Nee, gewoon geen. Je kunt hier alleen maar een hypotheek krijgen bij de aankoop van je huis. Als je aan het verbouwen bent kun je misschien een soort bouwhypotheek krijgen. Maar als alles al klaar is, krijg je dus geen cent meer.'

Ik keek weer op. Heel even maar. De intensiteit waarmee Michel mijn blik vasthield, sloeg zonder enige moeite gaten in de wankele defensieve muur die ik om me heen had opgetrokken.

Ik sloeg mijn ogen neer.

Tien werkdagen.

Nu leek tien minuten al te veel gevraagd.

'John heeft een huis staan dat op de vrije markt zeker vijf ton waard is,' ging Peter verder. 'Maar ze kunnen amper eten kopen. Nou hebben ze hun eigen huis kunnen verhuren en wonen ze zelf in een van de *gîtes*. John gaat volgende week naar Engeland om te werken. Ze zitten financieel aan de grond. Echt een drama.'

Ik keek naar de mensen rond de tafel. Bruno had een oortje in en knikte ritmisch met zijn hoofd. Arnaud en de Antoines zaten zwijgend te eten. Louis gaf een aardappel aan Bleu.

'Dus,' hoorde ik Eric zeggen, 'waar het op neerkomt is dat als je hier geen geld meer hebt, je je huis niet kunt verhypothekeren, maar het moet verkopen?'

Peter nam een hap van zijn aardappels en bromde instemmend. 'Daar komt het wel op neer, ja. Stomme regel. Weet je hoeveel mensen hier tegenaan lopen per jaar? Die halsoverkop verliefd worden op een huis, druk aan het verbouwen slaan en zich pas achteraf informeren, als het te laat is? Ik zeg het je, drama's.'

Onder de tafel zochten Michels voeten de mijne. Ik verslikte me in mijn jus d'orange en trok mijn voeten angstvallig onder me. Hield ze onder mijn stoel gekruist.

Waarom, schoot het door me heen, had Peter van alle veertig mensen die voor hem werkten, juist Michel uitgekozen voor deze laatste twee weken? Ik geloofde niet in toeval, en ook al niet in onnadenkendheid of een vreemd gevoel voor humor. Het moest een reden hebben... Geld? Ik had Peter na ons gesprek in het café in december niet meer gehoord over dat bouwproject van hem. Dat bevreemdde me, want ik kon me voorstellen dat als hij een geldschieter had gevonden, hij daar nu toch druk mee bezig moest zijn, in plaats van bij ons voor vijftien euro per uur sleuven in het erf te graven. Zenuwachtig wreef ik over mijn haar. Ik dacht dat het voorbij was. Dat ik verder kon met mijn leven, dat beter had uitgepakt dan ik afgelopen winter nog had kunnen vermoeden. Nu was Michel er weer, en begon Peter zomaar uit het niets een gesprek over mensen die financieel aan de grond zaten.

Ik was aan het rommelen in de keuken. Nadat ik de vaat had gedaan was ik dwangmatig de koelkast uit gaan ruimen. Ik bekeek alle houdbaarheidsdata, gooide zo nu en dan een halfleeg potje of blik met onbestemde inhoud weg en sopte de binnenzijde van de koelkast schoon. Ging daarna verder met de magnetron, de oven. Ik bleef poetsen, haalde legplanken uit de kasten. In geen geval wilde ik naar buiten, waar iedereen in de stralende zon aan het werk was. De radio stond aan maar het was niet te zeggen of er gepraat werd of dat er muziek werd gedraaid. Ik hoorde de machines ratelen en gonzen. De dieselwalmen drongen door tot hier in de keuken.

Michel leek er zomaar ineens te staan. Hij bracht de geur van zon, buitenlucht, vers zweet met zich mee. Zijn geur. Ik wist me geen houding te geven en sloeg mijn armen over elkaar.

Hij sloot de deur achter zich. 'Ik kom water halen.'

Ik knikte in de richting van de koelkast.

Hij nam twee tweeliter-flessen uit de deur, zette ze op het keukenblad en bleef staan. 'Simone, ik... ik heb je enorm gemist.'

Ik wilde zeggen 'ik jou ook' maar de woorden bleven onuitgesproken.

De stilte die tussen ons in hing werd verstoord door geschreeuw van buiten. Iemand riep zijn naam. Het klonk dwingend.

Hij wierp een korte blik naar buiten en keek me daarna donker aan, terwijl hij over zijn bovenarm wreef. 'Simone... Die keer dat ik je belde... Wat bedoelde je met "hou op"? Hou op met bellen? Is het over?'

Ik had geen idee waar hij het over had. Dankbaar knikte ik. Pas daarna ontvouwden zich vaag in mijn hoofd flarden van het korte telefoongesprek op de avond dat Eric en ik knallende ruzie hadden gehad. Ik had 'niet zo snel praten' willen zeggen, maar de zin was onafgemaakt gebleven omdat Eric de hal in was komen lopen en ik in paniek de hoorn erop had gegooid. Michel had het geïnterpreteerd als een afwijzing.

Zijn naam werd weer geroepen. Michel negeerde het. Hij bleef me aankijken, onderzoekend. Na een stilte die bijna tastbaar tussen ons hing, zei hij zacht: 'Vanwege de kinderen?'

Ik deed moeite mijn stem in bedwang te houden. 'Ook.'

'Eric?'

'Ja.'

Hij snoof. Keek daarna schichtig door het raam naar het erf. Het geluid van de zware machines buiten bleef onverminderd doorgaan.

Hij begon te knikken, beet op zijn onderlip. 'Oké. Oké.' Wreef daarna door zijn haar en mompelde: '*Putain.*'

Nog niet zo lang geleden was ik door Louis op de hoogte gebracht van de Franse uitdrukkingen die je niet in een standaard woordenboekje vond. *Putain* betekent onder andere hoer, maar is in Frankrijk in gebruik als krachtterm. Als je ergens van baalt, als je hamer op je duim terechtkomt, als je je geen raad weet met een situatie: *putain.*

'Michel!'

Michel keek op. Hij griste de flessen van het aanrecht. Ze waren zwaar, maar hij hield ze aan hun halzen, ogenschijnlijk moeiteloos, in één hand tussen zijn vingers geklemd.

In de deuropening bleef hij staan. 'Je bent er zeker van?'

Ik knikte en keek naar de grond. Hem aankijken lukte niet. 'Sorry.'

45

Michel was er niet bij, vandaag. Tijdens het eten werd me duidelijk waarom niet.

Bruno at mijn tagliatelle met spekjes met open mond en vertelde in geuren en kleuren en met veel handgebaren dat Michel gisteravond volkomen was doorgeslagen. Ze waren op zijn verzoek 's avonds nog wat gaan drinken in een café. Michel had het op een zuipen gezet en was vervolgens actief problemen gaan opzoeken. De nacht had hij in een politiecel doorgebracht.

Bruno glunderde, hij vond het ontzettend grappig allemaal.

Peter ging verzitten. 'Is er een aanklacht ingediend?'

'Nee,' zei Bruno. 'Die vent die hij op zijn bek heeft geslagen was zelf ook behoorlijk opgefokt... Lachen man.'

Eric zocht mijn blik over de tafel. Ik wist niet hoe ik moest reageren.

'Is hij nu thuis?' vroeg Peter.

'Ja. Hij belde me om zeven uur dat ie vrij was. Dus ben ik hem gaan halen en heb hem in zijn nest gelegd.'

Peter legde autoriteit in zijn stem. 'Michel belde mij om te zeggen dat hij ziek was.'

'Dat is hij ook. Hij zag helemaal grauw man, alcoholvergiftiging of zo, ik zweer het je. Lachen.'

Peter negeerde Bruno's gegiechel en nam zijn mobiele telefoon uit zijn zak. Hij drukte wat toetsen in en liep met het mobieltje aan zijn oor naar buiten.

'Hoe is het met hem?' vroeg Eric toen Peter weer aan tafel kwam.

'Het gaat wel weer. Hij komt morgen werken.'

‘Is er iets aan de hand met die jongen? Problemen?’
‘Problemen… wie heeft ze niet,’ deed Peter het af.
We aten verder in stilte.

Bastian en Isabelle zaten achter in de auto. Ze vertelden aan één stuk door over wat er allemaal op school gebeurd was. Ik deed mijn best belangstelling te tonen, maar tegen de tijd dat we thuis waren aangekomen, was niet eens de strekking blijven hangen.

Michel was doorgeslagen en had een nacht in een cel doorgebracht.

Was het om mij? Of gebeurde het wel vaker, dat Michel dronk en vervolgens agressief werd? Dat kon ik me bijna niet voorstellen. Toch had Peter me andere verhalen verteld: voor Michel bij Peter was komen werken, moest hij er een nogal losgeslagen leven op na hebben gehouden.

Wie moest ik nu geloven? Peter, of mijn vertroebelde perceptie die geen verkeerd woord over Michel wilde horen? Misschien lag de waarheid in het midden.

Bastian zette grote ogen op bij het zien van de enorme zandhopen op onze binnenplaats. Het leek wel oorlogsgebied. Er stond geen grassprietje meer overeind. Louis zat met een shagje in zijn mond in een kleine graafmachine en groef een geul dwars over het erf. De rest stond erbij met schoppen en pikhouwelen. Het was pas april, maar de zon brandde op hun bezwete huid.

‘Wauw!’ riep Bastian. ‘Mama, mag ik erbij gaan zitten? Bij Louis?’

‘Nee, ik heb liever dat jullie binnen blijven. Het is gevaarlijk.’

Bastian keek me laatdunkend aan. ‘Jij vindt altijd alles gevaarlijk. Ik ben geen kind meer, hoor.’

‘Ik wil gewoon dat jullie binnen blijven.’

Isabelle viel haar broer bij: ‘Maar má-má… het is hartstikke lekker weer! We hebben de hele dag al binnen gezeten.’

‘Ik maak wat fruit voor jullie. En je mag een lolly. Ik zet de tv aan, en straks, als de jongens weg zijn, mag je buiten spelen.’

Isabelle rolde met haar ogen en stootte een kreun uit. ‘Dat duurt nog hartstikke lang…’

Ze had alle gelijk van de wereld. Wat zou ik blij zijn als de renovatie erop zat, en de kinderen zich lekker vrij over het terrein konden bewegen. De eerste maanden van de verbouwing had ik hen steeds van het huis vandaan moeten houden, en nu brak een periode aan waarin ze juist niet buiten mochten spelen. Ik had met hen te doen. Overdag op school restricties, thuis idem dito.

'Weet je wat we dit weekend gaan doen?' zei ik, gemaakt vrolijk, terwijl ik Isabelle aan de hand pakte en de kinderen over de zandhopen naar de voordeur manoeuvreerde.

'Kachels kijken... gordijnen uitzoeken...' reageerde Bastian. 'Naar stomme winkels gaan.'

Ik hoorde de gelatenheid in zijn stem. Hij was niet brutaal, hij had het gewoon helemaal gehad. Deze twee weken waren de laatste loodjes, niet alleen voor mij en Eric.

'Nee, we gaan lekker kanoën.'

'Kanoën? Wat is dat?'

'Met een smal bootje, zoals de indianen, over een snelstromende rivier peddelen. Langs de rotsen.'

'Cool!'

46

Michel keek me niet aan.

Hij had me niet eens begroet.

Hij negeerde me volledig.

Bij zijn linkerwenkbrauw zat een opgezwollen, paarse plek die zijn oog voor een deel dichtdrukte. Een hechting van zwarte draadjes ontsierde de huid op zijn linkerwang. Er liepen diepe, donkerrode schrammen over de rug van zijn rechterhand en zijn neus was wat gezwollen. Hij stouwde zijn eten werktuiglijk naar binnen. Vragen van de jongens over zijn verblijf in de cel en het gevecht deed hij af met ja en nee. Michel wilde niet *socializen*. Hij was hier om te werken, basta.

In zijn ogen lag een doffe pijn besloten. Mijn hart ging naar hem uit en ik kon niets doen, niets laten merken.

Het was me nu wel duidelijk geworden – pijnlijk duidelijk – dat Michel boos op me was. Boos, teleurgesteld.

Het ging om mij.

Wat zou betekenen dat Peter niet de waarheid had gesproken toen hij me zo charmant had medegedeeld dat Michel 'zijn lul niet in zijn broek kon houden', en Michel dus serieus iets voor me voelde. Of misschien voelde Michel zich gewoonweg in zijn mannelijke eer aangetast, omdat hij was afgewezen.

Het rechtstreeks aan hem vragen ging niet. Het was onmogelijk om hem van de rest te isoleren. Michel meed me de hele ochtend al als de pest. Ik kon natuurlijk vrijdagavond na het boodschappen doen naar zijn kamer gaan. Dat kon ik doen.

En dan?

Praten leidde onherroepelijk tot iets heel anders. Dat zong mijn lichaam me toe. Ze was er helemaal klaar voor, ze stond in de startblokken om hem te bespringen, zijn wonden te likken en zijn pijn te verzachten.

Michel thuis opzoeken was vragen om problemen.

Ik keek naar Eric, en naar Isabelle en Bastian, die zoals altijd op woensdagmiddag thuis waren en dus met ons meeaten. Ik keek naar Peter, die gealarmeerd leek door Michels norse gedrag en hem angstvallig in de gaten hield. En ik wist wat me te doen stond: volhouden. Nog even, en ik zou hem nooit meer zien.

'Eric,' hoorde ik Peter zeggen. 'Heb je wat te doen vanavond?'

'Niets bijzonders... hoezo?'

'Er komen een paar zakenvrienden van me langs. Het gaat over die chalets. Het begint nu een beetje vorm te krijgen. De tekeningen zijn goedgekeurd... Ik vroeg me af of jij er ook bij wilde zijn.'

Ik keek strak naar Eric. Mijn blik werd niet beantwoord.

Eric nam een slok van zijn water. 'Is goed. Een uur of acht?'

'Prima.'

Ik voelde het bloed uit mijn gezicht wegtrekken. Mijn ogen schoten paniekerig naar Eric. Die negeerde me.

'Eric, ik heb liever dat je thuisblijft,' gooide ik eruit. Mijn stem klonk nog niet half zo gespannen als ik me voelde.

Eric zond me een vernietigende blik toe. 'Daar hebben we het straks wel over.'

'Maar...'

Hij spuugde het woord bijna uit: 'Stráks.'

Ik klemde mijn kaken op elkaar.

Het gesprek ging verder in het Frans. Ik hoorde Peter uitleg geven aan de jongens, hun vertellen dat hij binnenkort een groot karwei – *un boulot* – had, waarvoor hij misschien nog wat extra mensen nodig zou hebben. Dat ze vanavond een bijeenkomst hadden met een paar zakenpartners en dat Eric misschien ook mee ging doen.

Over mijn lijk. Onze hele toekomst stond op het spel. Als Peter Eric alsnog wist over te halen twee ton te investeren in dat huizenplan van hem, dan woonden we over een jaar naast Louis in het bos, in eenzelfde lekkende caravan. Eric ging vanavond niet naar Peter.

Dat zou ik hem ongelooflijk scherp duidelijk maken, zodra de jongens waren verdwenen.

'Je reactie is *over the top*, Simone,' zei Eric, onderkoeld. 'Het slaat werkelijk helemaal nergens op.'

De kinderen zaten voor de televisie in onze nieuwe woonkamer en ik ruimde de borden van tafel.

'Ik wil niet dat je naar Peter gaat,' zei ik, zo rustig mogelijk.

'Ik heb je met kerst gezegd dat we het even lieten rusten, tot het huis af was. Nou, het ís af, de website is klaar. Jij kunt beginnen met jouw afdeling, nu wordt het tijd dat ik mijn plannen ga uitvoeren.'

'Maar niet met Peter.'

'Begin nu niet weer.'

'We kunnen geen twee ton missen!'

'Wie zegt dat het over twee ton gaat?'

'Daar ging het in december toch nog over? Tweehonderdduizend euro, meer geld dan we hebben.'

Eric keek me geërgerd aan. 'Ik ga echt geen twee ton investeren, Simone. Ik ben niet achterlijk.'

'Vorig jaar wilde je dat nog maar al te graag.'

Hij maakte een geïrriteerde handbeweging.

Ik smeet de borden bijna in de vaatwasser. Het liefst had ik ze naar Erics hoofd gegooid. Ik hield me enorm in, het was een bijna onmenselijke krachtsinspanning. Mijn stem trilde. 'Waarom ga je dan naar Peter?'

'Omdat ik wil horen wat hij te zeggen heeft.'

'Het enige wat Peter van je wil, is geld. Daarvoor hoef je vanavond niet naar hem toe te gaan. Dat kan ik je zo wel vertellen.'

'Op deze manier heeft het geen zin om te praten.'

Het laatste bord sneuvelde. Het brak in mijn hand en viel in stukken in de openstaande klep van de vaatwasser. Scherven raakten de stenen vloer en schoven alle kanten op.

'Bingo!' riep Bastian vanuit de woonkamer.

Ik reageerde er niet op. Ik stond te stuiteren van de adrenaline.

'Jezus, Simone, wat is er in godsnaam met jou aan de hand?'

'Ik wil niet dat je naar Peter gaat vanavond,' zei ik bits. 'Ik wil niets met Peter te maken hebben. Hoor je nou wat ik zeg, verdomme? *Ik wil het niet!*'

Eric keek me donker aan. 'Ik laat me door jou niet vertellen wat ik wel en niet mag doen, ben je helemaal van de pot gerukt? Doe niet zo overspannen. Als ik vanavond naar Peter wil, dan doe ik dat, klaar! Wat is dat met jou? Wat heb jij tegen Peter? Maandenlang hoor ik je nergens over en nu begin je weer.' Eric sloeg zijn armen stijf over elkaar. 'Is er soms iets waar ik niets van afweet, of zo?'

Ik bleef als bevroren staan, een deel van het kapotte bord nog in mijn hand. Wat moest ik zeggen?

'Eric... ik ben het helemaal met je eens, met je idee om vakantiehuisjes te gaan bouwen. Dat weet je, dat hebben we afgesproken. Maar om dat nou samen met...'

'Moet ik het dan alléén doen? Hóé dan? Vertel me dan hóé?' Eric hief zijn handen in een hulpeloos gebaar. 'Ik heb toch mensen nodig, Simone? Jezus...' Hij draaide zijn hoofd weg en keek me met een ruk weer aan. 'Begint dat gesodemieter nu weer? Je wíl het gewoon niet, hè? Je wil gewoon niet dat ik iets onderneem.'

'Jawel, maar...'

'Nee, Simone. Het klopt niet. Het klopt gewoon niet. Is er iets wat ik moet weten?'

Ik zei niets.

Eric boog zich naar me toe. Hij was erg boos. Bozer dan ik hem ooit had gezien.

Ik probeerde me rustig te houden. 'Eric... ik vertrouw Peter niet. Het is een gevoel...'

Hij snoof. 'Een gevoel.'

'Ja.'

'Nou, ik zal je vertellen wat je kunt met je gevoel,' zei hij, agressief naar me wijzend. 'De boom in. Ik heb maandenlang op mijn tenen gelopen. Ik wist dat je het moeilijk had, we hebben het allemaal moeilijk gehad. Ik heb je zo goed als het ging ontzien. Maar het moet een keer afgelopen zijn. Ik wil verder, Simone. Ik kan goed met Peter overweg. Ik word er altijd wijzer van. Peter heeft goede ideeën, hij is een vakman, met contacten, met...' Ineens hief hij zijn handen op. Frustratie tekende zijn gezicht. 'Verdomme, dat heb ik al zo vaak gezegd. Ik heb hier geen zin meer in, Simone. Echt niet.'

Ik keek hem zwijgend aan.

'Ik doe dit voor óns,' zei hij. 'Begrijp je dat niet? Als je je laat regeren door angst, dan zul je ook nooit echt geld kunnen verdienen. Dan blijf je in de marge rommelen. Ondernemen gaat altijd gepaard met een beetje risico. En de risico's die ik neem, dek ik zoveel mogelijk af door alles notarieel vast te laten leggen.'

Ik schudde mijn hoofd. 'Maar ik wil geen enkel risico nemen.'

'Hebben jullie ruzie?'

Ik keek op. Isabelle en Bastian stonden bedremmeld in de deuropening. Isabelle had Kanijn vast aan zijn oren en keek ons met grote ogen aan.

'Een beetje,' reageerde ik, en ik probeerde zo geruststellend mogelijk te klinken. 'Ga maar weer lekker televisie kijken. Ik kom er zo aan.'

Eric keek op zijn horloge. 'Ik ga ervandoor. Ik wil die zakenpartners van hem wel eens in de ogen kijken. We hebben het er morgen wel over, als er iets concreets te bespreken valt.'

Hij liep op Isabelle en Bastian af en gaf hun beiden een kus op hun voorhoofd. 'Lief zijn voor mama. En over een halfuurtje naar bed.'

Ik had Bastian en Isabelle ingestopt. De douche die ik daarna had genomen, had me niet echt opgefrist. Met nog vochtig haar zat ik naar de tv te staren.

Ik moest iets ondernemen. Peter dreef me er gewoon toe. Ik had geen keus meer.

Werkte het zo? Werden moordenaars niet geboren, maar gemaakt door omstandigheden? Het idee alleen al joeg mijn hartslag omhoog.

Voor de tiende keer binnen een halfuur fluisterde een angstig stemmetje me in dat ik alles aan Eric op moest biechten. Ik kon details weglaten, zei het stemmetje. Dat zou het zoveel mogelijk voor hem verzachten. Ik zou niet écht met Michel naar bed zijn geweest... Gewoon een beetje gevrij, niets van betekenis. Alleen maar op die ene avond, waarop ik te veel had gedronken. Ik kon proberen het dusdanig te brengen dat ik Erics woede richting Peter kon sturen.

Nee.

Eric zou flippen. Hij zou naar Peter gaan om hem ermee te confronteren. Vervolgens Michel gaan opzoeken en hem…

Bleu blafte. Hard en schel.

Ik keek op mijn horloge. Het was half tien. Was Eric zo vroeg alweer terug? Zou de avond zijn afgelast?

Ik stond op uit de fauteuil, liep naar het raam en hield het gordijn opzij. Het duurde even tot mijn ogen gewend waren aan het donker.

Erics auto stond er niet. Ik zag niets ongewoons.

Bleu blafte weer. Er was toch iemand. Of iets.

Een kat?

Ik hield mijn handen als oogkleppen naast mijn gezicht om het licht in de kamer buiten te sluiten en tuurde het schemerduister in.

Mijn hart stopte met kloppen.

Er stond iemand onder de toog, bij de toegang van de binnenplaats.

■

'Heeft u enig idee wie Peter Vandamme kan hebben vermoord?'

De tolk kijkt me strak aan. De rechercheur naast hem verstaat geen woord van wat er gesproken wordt, maar hij loert als een kraai naar me, met donkere kraalogen.

Ik schud mijn hoofd en ontwijk hun blikken. 'Ik weet het niet,' piep ik. 'Ik... ik voel me ziek.'

'Heeft u, of uw man, misschien wel eens problemen gehad met Peter Vandamme?'

De stem van de tolk klinkt ineens heel ver weg. Ik zou willen flauwvallen om niet meer hier te hoeven zijn, om teruggebracht te worden naar mijn cel, waar ik alleen ben. Dat gaat niet gebeuren. Mijn lichaam doet nooit wat ik haar opdraag. Ze leidt haar eigen leven en trekt zich niets van me aan. Ze heeft zich nooit iets van me aangetrokken.

Misschien moet ik nu maar niets meer zeggen. Helemaal niets, totdat iemand me een advocaat toewijst.

Ik hoor de stoelen aan de andere kant van de tafel schuiven, maar ik verroer me niet.

'We hebben voor nu geen vragen meer,' zegt de tolk. 'Dank u wel voor uw medewerking. U wordt weer naar uw cel gebracht.'

Tegelijkertijd, alsof het is afgesproken, loopt een geüniformeerde agent naar binnen.

'Breng *madame* maar terug,' hoor ik de rechercheur zeggen.

■

47

Ik rende naar de hal en trok de deur open. Bleu wrong zich langs me heen en stoof het donkere erf op.

Michel kwam uit de zwarte schaduw van de toog. Hij droeg jeans, een T-shirt en een donker katoenen jack. De gespannen spieren in zijn hals verraadden zijn twijfel, de spanning. Zijn duistere oogopslag, indringender, nu een van zijn ogen deels werd dichtgedrukt door de zwelling bij zijn wenkbrauw, benam me de adem.

'Wat doe je hier?' fluisterde ik.

Hij gaf geen antwoord, maar wierp een vluchtige blik op het huis. 'Eric is weg?'

'Ja.'

'De kinderen slapen?'

Ik knikte.

Hij haalde zijn hand door zijn haar, keek me donker aan. De spanning was voelbaar als statische elektriciteit, het knetterde van hem af.

En van mij.

Het was onmogelijk te achterhalen wie de eerste stap deed. Misschien deden we die tegelijkertijd. Zijn lippen raakten de mijne, met halfopen mond, direct gevolgd door mijn tong, duwend, strelend. Een kreun ontsnapte uit zijn keel terwijl mijn handen onder zijn T-shirt verdwenen en zijn huid bevoelden, de spieren, de warmte die van hem af straalde. Die fantastische groef die zijn ruggengraat markeerde, waar zijn rugspieren in wegdoken en die doorliep tot onder zijn broekband.

In de verte hoorde ik een auto naderen.

Eric?

De gedachte werkte ontnuchterend. Ik wendde mijn hoofd af en keek angstvallig naar de oprit. 'Waar is je motor?' fluisterde ik.

'In de struiken. Niet te zien vanaf het pad.'

Ik hoorde het autogeluid wegsterven. Gewoon iemand op de doorgaande weg.

Schichtig keek ik naar het huis. Bastians kamer, schuin onder de toren, keek uit over de binnenplaats. Als Bastian wakker was geworden van Bleus geblaf, dan kon hij ons nu zien staan. Michel volgde mijn blik.

Er bewoog niets achter het raam. Alles leek in een diepe rust.

Ik voelde Michels hand om de mijne.

'Kom mee,' fluisterde hij.

Een moment bleef ik roerloos staan. 'Waarheen?'

Hij merkte mijn aarzeling niet op en trok me mee.

We liepen onder de toog door, sloegen rechtsaf en wandelden de heuvel af, door het hoge gras. Het ritselde onder mijn blote voeten. Hoog boven ons kleurde het hemelgewelf diep donkerblauw. Duizenden sterren tekenden zich af tussen de jagende wolken die bewegende, grillige schaduwen wierpen op het blauwe landschap. Alles rook naar gras, bloemen, lente. Naar Michel, die naast me liep en mijn hand nog geen seconde had losgelaten, alsof hij bang was dat ik weg zou rennen als hij dat deed.

Bij het meertje hielden we onze pas in. Hij ging zitten en trok me naast zich in het gras. We zwegen, gevangen in het duister en de nachtgeluiden. Ik was me bijna alleen nog maar bewust van zijn lichaam, zo dicht bij me; zijn geur, die me naar hem toe zoog. Ik wilde me erin wentelen en tegen dat lichaam aan kruipen. Alles vergeten. Alleen leven voor het moment, alsof er geen morgen meer was.

Nee.

Hij draaide zijn hoofd naar me toe en bleef mijn hand vasthouden. 'Ik heb je vreselijk gemist in *Basque.* Ik heb elke avond aan je gedacht. Nadat ik je uiteindelijk kon bereiken en je de hoorn erop gooide, dacht ik dat ik gek werd.'

Ik durfde hem niet meer aan te kijken. Als ik dat deed, was het verloren, dan kon ik niet meer denken, alleen nog maar voelen.

Dan zou ik achterover zakken en hem smeken me alles te geven wat hij in zich had.

Hij zou het me geven.

Ik sloot mijn ogen om mezelf tot rust te manen, tot nadenken. Michel was nu hier, ik moest met hem praten, er waren nog zoveel dingen onuitgesproken gebleven. Het lukte me niet. Er zat iets in mijn keel dat spreken verhinderde. Toen ik mijn ogen opendeed, staarde ik over het wateroppervlak, dat het licht van de halve maan weerspiegelde.

'Kijk me aan.'

Ik schudde mijn hoofd.

Hij greep mijn gezicht vast en dwong me hem aan te kijken.

Ik voelde me zwak worden, alsof mijn botten geen kalk meer herbergden, maar rubber. Elastiek.

'Ga weg bij Eric,' zei hij, zacht.

Ik trok mijn hoofd los. 'Nee, Michel.' Ik schrok van de trieste, maar zekere toon die mijn stem had aangenomen.

'Waarom niet?'

Ik kneep mijn ogen dicht om opkomende tranen weg te persen. 'Omdat ik het niet wil.'

'Je wil het wel,' zei hij, defensief nu. 'Ik zie het toch!'

'Ik wil mijn gezin niet kwijt.' Het klonk zo zwak en zo ongelooflijk pathetisch, maar het was waar. Eerlijker kon ik het niet zeggen. Eric kon ik misschien nog opgeven. Isabelle en Bastian niet. Nooit.

Zijn hand liet de mijne los en gleed in mijn nek. Zijn vingers streelden en masseerden mijn huid.

'Ik vóél het toch,' fluisterde hij, en hij drukte een lichte kus op mijn mond, daarna een op mijn neus, op beide wangen, mijn voorhoofd. 'Jij ook.'

Ik draaide mijn hoofd weg, trok mijn knieën op en sloeg mijn armen stijf om mijn benen. Het leek een zinloos gebaar. Michel kende elk stukje huid van mijn lichaam. Elke oneffenheid. Elke zenuwknoop.

Alles.

'Het spijt me,' fluisterde ik.

Abrupt ging hij staan. 'Ik geloof je niet.'

Verward keek ik op. Hij torende hoog boven me uit, draaide zich toen om en liep een paar passen van me weg. Ik zag hem dingen van de grond rapen. Kiezels. Hij nam er een uit een overvolle vuist en wierp hem met kracht in het meer. Zijn hele lichaam zwaaide mee. Jong, krachtig, alles in perfecte balans. De kiezel ketste over het wateroppervlak. Drie, vier keer. Toen zonk hij.

'Michel...' zei ik, zwak.

Hij haalde nog eens uit, en nog eens. Keurde de kiezels in zijn hand. Bewoog zijn vingers, zodat de stenen tegen elkaar aan ketsten en tikkende geluiden maakten. Hij verhuisde ze naar zijn rechterhand, maakte een vuist en gooide ze met een krachtige boog in het water. Een fontein van waterdruppels sprong op in het maanlicht. Zilveren kringen in het water, die groter werden, in elkaar opgingen. Daarna gooide hij zijn hoofd in zijn nek en wreef met zijn handen over zijn gezicht. Hij mompelde iets wat ik niet kon verstaan.

'Michel...' fluisterde ik weer.

Hij keek op me neer. Pijn en verwijt in zijn ogen.

Met een schok kwam ik tot het besef dat het meer was dan dierlijke aantrekkingskracht wat ik voelde.

Ik was volledig, maar dan ook helemaal, verliefd op Michel.

En hij op mij.

De puinhoop was compleet.

We zwegen beiden.

Het was niet uitgesproken, het hoefde niet te worden uitgesproken.

We wisten beiden hoe het ervoor stond.

Michel ging weer bij me zitten, hij boog zich over me heen. Vier vingers van zijn rechterhand gleden over de binnenkant van mijn bovenbeen naar boven. Ik sidderde.

'Nee.' Ik duwde hem van me af. 'Ik wil... praten. Ik wil meer over je weten.'

'Waarom?'

'Omdat... omdat ik je beter wil leren kennen. Ik ken je niet. Niet echt.'

'Wat moet ik hiermee? Je wilt me niet meer zien, je wilt me beter leren kennen. Wat wil je nou van me?'

Ik schudde mijn hoofd. 'Nee. Nee... ik...'

Hij had een punt. Wat wilde ik nou?

'Ik ben wie ik ben,' zei hij. 'Meer is er niet.' Zijn blik was strak gericht op het water.

'Er is altijd meer. Waar kom je vandaan, wat voor school heb je gedaan? Heb je ouders? Dat soort dingen.'

Hij keek me zijdelings aan, irritatie brak door in zijn stem. 'Natuurlijk heb ik ouders.'

'Zie je ze nog wel eens?'

'Nee.'

'Wat voor mensen zijn het?'

Hij wreef over zijn gezicht. 'Ik heb geen zin erover te praten.'

'Ik wel.'

Hij rolde zich op zijn rug en legde zijn armen achter zijn hoofd. Het bleef lang stil. Ik zag zijn borst op en neer gaan onder zijn ademhaling. 'Mijn moeder was wedstrijdzwemster. Mijn vader wetenschapper of een marketingtype of zo. Ik weet het niet. Hij werkte in Silicon Valley.'

'In Amerika?'

'Ja.'

'Is je moeder Amerikaanse?'

Hij schudde zijn hoofd. 'Nee, ze komt uit Bordeaux.'

'En je vader?'

Hij haalde een schouder op. 'Amerikaans, Canadees, Mexicaans, Frans, ik weet het niet. Alleen dat hij daar werkte. Ik weet niet eens hoe hij heet. Het boeit me ook niet.'

'Hoe hebben ze elkaar leren kennen?'

'Mijn moeder vertrok naar Amerika om voor het Amerikaanse team te zwemmen. Het bedrijf waarvoor die kerel werkte sponsorde dat team.'

Ik moest me tot het uiterste inspannen om hem te verstaan. Hij sprak onduidelijk en heel zacht.

'Je kent je vader niet?' vroeg ik.

Hij gaf antwoord maar ik verstond hem niet. Hij sprak waarschijnlijk dialect.

'Wat zei je, dat laatste?'

'Een versierder, charmeur... dat zei mijn moeder wel eens. En dat ik op hem leek. Ze haatte me erom. Ze was zwanger geworden, die kerel was getrouwd en wilde er niets van weten.'

'Waar ben je geboren?'

'In het ziekenhuis, Bordeaux. Keizersnede. Mijn moeder kreeg daarna problemen met lopen. Ze heeft lang in een rolstoel gezeten...' Hij draaide zijn hoofd met een ruk om. 'Hé, luister, ik heb hier echt geen zin in, oké?'

'Ik wil het graag weten.'

Dat wilde ik echt graag. Het was de eerste keer dat hij iets vertelde dat werkelijk ergens over ging. Over hemzelf. De eerste keer dat het uit zijn eigen mond kwam, en me niet bereikte via andere mensen.

Hij haalde zijn hand langs zijn neus en keek me nog steeds niet aan. 'Mijn moeder zat dus in een rolstoel, en dat kwam door mij. Toen ze eruit kwam had ze een baby om voor te zorgen, en was haar hele carrière naar de klote. Ze kon niet meer zwemmen. Zwemmen was haar leven, haar hele wereld. Ze had amper geld om van te leven, ze werd dik, ze vrat zich halfdood. Ze kreeg een nieuwe vriend, een of andere junk door wie ze aan heroïne verslaafd raakte. Ze wilde volgens mij gewoon dood.'

Voorzichtig schoof ik naar hem toe en draaide me op mijn zij. Het was heerlijk om hem te horen praten. Bij hem te zijn. Naar zijn stem te luisteren. Naar hem te kijken. Ik wilde tegen hem aan gaan liggen, maar deed het niet omdat ik bang was dat hij dan zou ophouden met praten.

'Ik moest het dus eigenlijk een beetje zelf uitzoeken,' ging hij verder. 'Toen ik twaalf was, werd ik weggehaald bij mijn moeder en ben ik naar een kindertehuis gebracht. Ik heb vervelende dingen gedaan, voor mij hoefde het allemaal niet meer.'

Er vloog een uil voor ons langs, in een horizontale, geruisloze vlucht.

'Wat voor dingen?'

Hij haalde een schouder op. 'Gewoon, dingen. Er is genoeg te doen in Bordeaux.'

Ik dacht terug aan het gesprek met Betty. 'Roofovervallen?'

Zijn ogen zochten de mijne. 'Nee. Het had trouwens niet veel gescheeld... Ik heb gevochten, gejat, geblowd, ingebroken, gezopen, gespoten, alles. Ik was boos op mijn moeder, de vriend van mijn moeder, ik was boos op de hele verrotte wereld... Nog wel eens.'

'Hoe ben je hier terechtgekomen? Hoe heb je Peter leren kennen?'

'Via Bruno, die ken ik van de jeugdgevangenis. Hij is daarna op kamers gegaan in Libourne. Toen ik vrijkwam, ben ik hem gaan opzoeken. Ik had niemand om naartoe te gaan. Bruno werkte toen al voor Peter. Ik ben een keer mee geweest, om te werken, ik moest toch iets. Geld verdienen. Iets nuttigs gaan doen.'

'Waar is je moeder nu?'

'Ik weet het niet, en het interesseert me ook niet. Misschien is ze dood. Dat was wat ze wilde.'

'Heb je geen andere familie?'

Hij draaide zich naar me toe. 'Hé, luister, die mensen zijn nooit in beeld geweest, oké? Toen mijn moeder in de shit zat, heeft iedereen zijn handen van haar en van mij afgetrokken. Ik heb geen familie wat mij betreft, behalve Peter en Bruno.'

Ik kon geen woord meer uitbrengen. Michels achtergrond was waarschijnlijk de meest trieste die ik ooit had gehoord. Ik dacht aan mijn moeder, die ondanks haar talrijke tekortkomingen het beste voor me had gewild. Zondagen in het park, eendjes voeren, televisie kijken op zaterdagavond. Een warm, comfortabel nest. Afgezet tegen wat Michel had meegemaakt was ik door en door verwend geweest. Ik schaamde me er bijna voor, dat ik dit uit hem had getrokken.

Michel kwam overeind, leunend op een hand. Hij wreef ongeduldig over zijn haar en keek me somber aan. 'Nou. Dat was het. Mijn geweldige afkomst. Wie ik ben. Nu weet je het. Mijn moeder een drugsverslaafde, mijn vader een overspelige eikel... Dus wat zegt dat over mij? Ik heb mijn school niet afgemaakt, doe werk waar iedereen op neerkijkt, omdat niemand me wil aannemen. Het solliciteert niet zo handig met een strafblad. Ik ben nergens goed in. Zo is het, het zal niet veranderen... *Putain*! Was dat wat je wilde weten?'

Zijn woorden sneden door me heen. Terwijl ik Michel aankeek en de pijn in zijn ogen me opnieuw trof, drong het tot me door hoe jong hij was. Michel was geen door de wol geverfde kerel van in de dertig, veertig, die de wereld wel even naar zijn hand zette en spelletjes speelde met vrouwen. Het leeftijdsverschil viel weg als we samen in bed belandden, maar op het niveau van verbale communicatie was hij niet zo sterk, en als ik eerlijk moest zijn: ik ook niet. Ik moest mijn hoofd er goed bij houden om uit te drukken wat ik bedoelde, om niet de verkeerde woorden uit te spreken. Juist nu was het belangrijk dat wat ik zei, ook overkwam zoals ik het bedoelde. 'Jij bent jij,' zei ik, omdat ik het gevoel had dat ik het moest zeggen, omdat misschien niemand anders dit tegen hem zei. Of kon zeggen. 'Je ziet er goed uit, je bent gezond, intelligent, sterk. Je hebt niets te maken met je ouders, behalve dat ze je op de wereld hebben gezet. Hun keuzes waren hun keuzes. Jij kan andere maken.'

Hij keek me zijdelings aan en snoof. 'Ik vind meisjes van mijn eigen leeftijd oppervlakkige trutten, en dus word ik verliefd op een gelukkig getrouwde vrouw met twee kinderen.' Een wrange trek tekende zich af op zijn gezicht. 'Geweldige keuzes maak ik. Net als die klote-pa van me. Nee, erger.'

Ik keek hem verward aan, voelde me dronken. Tranen stroomden over mijn gezicht. Ik kon het niet helpen, er was geen redden meer aan.

'*Putain*, Simone...' Zijn stem klonk een octaaf lager. Hij boog zich over me heen en kuste me in mijn hals.

Ik sidderde, ik wilde hem, ik wilde zijn pijn verzachten, hem strelen, liefkozen, hem alles laten vergeten.

'Ik wil niet dat het zo eindigt,' zei hij zacht. 'Niet zo.'

Mijn handen dwaalden over zijn gezicht, ik kuste hem zacht op zijn mond, likte zijn lippen, en al die tijd bleven mijn tranen stromen, zout vocht prikte op mijn wangen.

Hij trok het middenstuk van mijn string opzij, ik voelde de knokkels van zijn hand en zakte achterover. Legde mijn hoofd in mijn nek en staarde naar de boomtoppen, die zacht heen en weer wiegden. Naar de hemel, de jagende wolken hoog boven ons, in de donkerblauwe lucht. De maan, de sterren. Ik voelde zijn mond die de binnenzijde van mijn dijbeen liefkoosde, zijn handen die me langzaam helemaal gek maakten. Ik zakte weg in een gelukzalige toestand, drukte me dichter tegen hem aan, wentelde me in zijn geur, kwam tot leven onder zijn aanraking en toen ik opkeek, verdronk ik in zijn ogen.

Ze flonkerden in de schemering. 'Ik wil je neuken.'

Een zucht ontsnapte uit mijn mond. 'Kom hier.'

Ik sjorde aan zijn jeans, trok het kledingstuk over die geweldige, strakke kont van hem naar beneden. Legde mijn hand tussen zijn benen en kon alleen nog maar kreunen. Ik begon sneller adem te halen terwijl hij zich oprichtte en mijn string uittrok, mijn hemdje ongeduldig omhoogduwde. Koele wind sloeg over mijn verhitte lichaam en droogde mijn tranen. Ik kon niet ophouden te rillen en trok zijn jack uit. Terwijl hij me kuste, diep en traag, spreidde ik mijn benen en moedigde hem aan. Ik duwde mijn heupen omhoog, klauwde in zijn rug, perste mijn vingertoppen in zijn billen.

Hij fluisterde in mijn oor, half afgemaakte woorden, onverstaanbaar. 'Zeg het,' kreunde hij. 'Zeg het.'

De geilheid had het volledig overgenomen. '*Baise-moi*,' fluisterde ik. Ik zou het geschreeuwd hebben, als hij het gevraagd had.

Terwijl hij in me kwam en begon te stoten, schoten bliksemschichten door me heen en verdikte mijn bloed tot lava, die gestaag door mijn aderen stroomde. Ik sloot mijn ogen, opende ze weer, om de donkere glinstering in zijn ogen te absorberen.

'Ik heb je zo gemist,' kreunde hij, en hij begroef zijn gezicht in mijn haar, terwijl hij het tempo opvoerde en ik er naadloos op aansloot, mijn armen om hem heen sloeg en diepe striemen over zijn rug trok.

Ik had nooit geloofd in tegelijkertijd klaarkomen. Dat was een fabel, het gebeurde alleen in films en in boeken, maar het gebeurde nu toch weer, niet voor het eerst, ik was erbij, Michel was erbij, toen de ontlading ons overdonderde, en zich daverend uitstrekte tot alle zenuwuiteinden, die samentrokken en weer ontspanden, tot onze oververhitte lichamen zich versuft en bezweet aan elkaar vastklampten en we wegzakten in een troebele gedachteloosheid.

Ik nestelde mijn gezicht in de holte waar zijn hals overging in zijn schouder en waar ik zijn halsslagader voelde kloppen tegen mijn lippen. Zijn hartslag, traag en krachtig, tegen mijn borst. Langzaam kwamen mijn handen weer tot leven, ze bevoelden zijn lichaam, de spieren, zijn huid die af begon te koelen, net als de mijne, en ik wilde dat dit moment eeuwig bleef duren.

Als de wereld nu zou ophouden te bestaan, kon ik er vrede mee hebben. Michel en ik, bij het meer, met de maan als getuige, dat was het enige wat nog telde.

Ik begon te rillen. Het was echt koud geworden, het gras was vochtig van de dauw en er streek een koele wind over ons heen. Slierten nevel vormden zich boven het wateroppervlak en strekten zich naar ons uit, slokten ons op.

'Heb je het koud?' fluisterde hij.

'Ja.'

'Zal ik je weer warm maken?'

Hij begon weer te bewegen, langzaam, geleidelijk, ik voelde hem in me uitzetten, me opnieuw vullen, en ik dacht dat ik gek werd. Jezus, hij ging gewoon dóór, met een onderbreking van hooguit een paar minuten. Hij richtte zich op twee handen op en liet zijn gezicht zakken, likte over mijn lippen, terwijl hij het tempo opvoerde en mijn benen ongecontroleerd begonnen te trillen. Mijn god, wat was dit geweldig. Ik kon alleen nog maar kreunen, ondergaan, zette mijn handen tegen zijn borst.

Een grijns in het halfduister. 'Krijg je het warmer, nu?'

'Ja,' fluisterde ik, 'ga door, ga alsjeblieft door.'

Het klonk wanhopig en zo voelde ik me ook. Ik wilde dit moment rekken, zo lang mogelijk, ik wilde niet dat hij naar huis ging, dit was de laatste keer, het idee alleen al joeg me angst aan. Alsof alles na Michel ophield, alsof mijn leven hierna alleen nog maar zou bestaan uit dagelijkse routine en een doffe leegte die niemand nog kon vullen.

Het leven na Michel.

Ik wilde meer, veel meer dan dit, ik wilde hem proeven, verwennen, hem horen kreunen en zijn ogen zien sluiten.

Ik trok mezelf terug terwijl ik mijn handen op zijn borst hield en op mijn knieën voor hem ging zitten, met mijn lippen langs zijn borst streelde, langzaam naar zijn buik, die hij inhield, net als zijn adem, waarna ik met open mond verder naar beneden dook en uiteindelijk mezelf proefde tot diep in mijn keel.

Hij richtte zich op zijn knieën en greep me bij mijn haar, wreef met vlakke hand langs mijn wang, mijn mond, zodat hij voelde waar ik mee bezig was. Hij bleef in mijn haar graaien, streelde langs mijn kaak, mijn gezicht, en fluisterde dingen die ik niet kon verstaan maar prima begreep. Ik bleef doorgaan, keek naar hem op, ging in hem op, gebruikte mijn handen, mijn tong, kromde mijn rug en zocht zijn blik, maar hij was ergens anders, zijn mond geopend, zijn ogen gesloten, woordeloos, de nacht om ons heen.

'*Je jouie,*' fluisterde hij. Een waarschuwing. Beleefd.

Ik ging door, het maakte me allemaal niets meer uit.

Ik dronk hem.

Vanuit mijn ooghoeken zag ik een lichtbundel over de vallei zwaaien en uitdoven. Ik hoorde het getemperde geluid van een auto, een motor die werd afgezet. Michel hoorde en zag het ook. Hij richtte zich op en keek, met halfopen mond en net als ik nog niet helder, omhoog naar de heuveltop.

'Eric,' fluisterde ik, en mijn hart sloeg over. 'Eric is thuis. O, mijn god... Hoe laat is het?'

Michel drukte op de zijkant van zijn horloge. 'Half twaalf.'

Ik sprong op en begon mijn kleding bij elkaar te zoeken. Ik kon mijn string nergens vinden, tot Michel me die aanreikte. Ik trok mijn rok aan, mijn hemdje, haalde mijn vingers door mijn haar.

Ik stond als verlamd naar de heuveltop te kijken en hoorde Bleu piepen in de verte. Als Eric me niet binnen aantrof, dan zou hij me gaan zoeken. En hiernaartoe komen.

Hoe kan ik verklaren waarom ik om half twaalf 's avonds in het donker buiten ben?

Ik moest naar huis. Snel.

Michel kwam achter me staan en drukte zijn wang tegen mijn slaap. Kuste me.

'Succes,' fluisterde hij. 'Met alles.'

Het was niet bedoeld voor de situatie waar ik me vanavond in zou bevinden met Eric.

Het was een afscheidsgroet.

'Jij ook,' fluisterde ik, en ik begon de heuvel op te lopen.

48

Eric kwam me op een drafje tegemoet gelopen. Bleu was er eerder. Ik was bang dat de hond Michels aanwezigheid zou verraden, dus hield ik hem aan zijn band vast terwijl ik op Eric af liep.

Eigenlijk wilde ik nu alleen nog maar naar bed. Slapen, of in elk geval een poging daartoe doen.

Uithuilen en opnieuw beginnen.

Ik was kapot. Geestelijk en lichamelijk volledig uitgeput. Ik kon me niet herinneren me ooit zo leeg gevoeld te hebben. Zo hol.

Eric keek met grote ogen naar me, ongerust begon hij sneller te lopen. Hij had zijn overhemd bij de boord open, en aan zijn manier van bewegen kon ik opmaken dat hij te veel had gedronken.

Drinken en vervolgens gewoon gaan rijden, op die levensgevaarlijke slingerweggetjes langs rotswanden en afgronden. Geweldig. Peter zoop zelf alsof de wereld elk moment kon vergaan en infecteerde iedereen die met hem omging.

Ik klemde mijn kaken op elkaar.

Geen confrontaties nu, alsjeblieft niet.

'Jezus, Simone, wat doe je buiten? De voordeur stond open, en toen ik je niet in bed aantrof heb ik het hele huis doorzocht.'

Ik hield mijn pas niet in en bleef doorlopen. Ik wilde Bleu en Eric zo ver mogelijk van het meer vandaan houden.

Eric keek verbaasd terwijl ik langs hem heen naar de binnenplaats liep. Hij drentelde naast me. 'Simone? Waar slaat dit op?'

'Je hebt te veel gedronken,' zei ik.

'Wat doe je in 's hemelsnaam buiten!'

Ik reageerde niet. Toen we de hal binnenliepen en ik de deur achter Eric en Bleu dichtdeed, draaide ik me naar Eric om.

Die stond me zwijgend aan te kijken en wist zich duidelijk geen raad met de situatie.

'Ik ga slapen,' zei ik. 'Ik heb tijd voor mezelf nodig.'

Daarna liep ik langs hem heen de gang in en de wenteltrap op. Boven aangekomen liep ik naar Bastians kamer. Hij ademde rustig, was in diepe slaap. Ik deed het gordijn opzij en keek in de richting van het pad.

Geen spoor van Michel.

Ik werd wakker om vijf uur. Ik kon mijn ogen amper open krijgen. Ze waren gezwollen, terwijl ik me niet kon herinneren dat ik gisteravond nog gehuild had. Jawel, toch. Bij het meer. Meer dan één keer. Ik voelde een steek in mijn buik, een kramp, heel even.

Het bed aan Erics kant was leeg. Eric was nooit een vroege vogel geweest. Ik moest hem altijd uit bed trekken, 's ochtends.

Ik ging op de rand van het bed zitten en wreef over mijn gezicht, kneep mijn ogen dicht en sperde ze weer open. Ik zag nog steeds wazig.

Eric was beneden. Hij zat in T-shirt en onderbroek aan de keukentafel. Zijn haar zat in de war. Voor hem op het blad lagen kopieen van bouwtekeningen. Naast hem een blocnote met berekeningen. Een calculator. Een kop koffie.

Hij keek op toen hij me binnen hoorde komen. 'Voel je je al wat beter?'

Ik negeerde zijn vraag, liep naar de koelkast, nam een pak sinaasappelsap en spoelde een koffiemok om die nog in de gootsteen stond. Schonk in en dronk alles in een paar teugen op.

Daarna keek ik naar Eric en nadrukkelijk naar de bouwtekeningen. 'Nee, ik voel me niet beter.'

Eric maakte een verwarde handbeweging over de papieren en zei: 'Ik kan dit niet laten schieten, Simone. Het is echt een geweldig plan. Eenmalig investeren, de komende tien jaar een vast inkomen, en daarna met vette winst ons pensioen in één klap geregeld. Ik heb het tig keer herberekend. Het klopt helemaal. Zelfs als ik uitga van de helft van de huuropbrengsten, en de stijging van de huizenprijzen niet meereken, dan nog zitten we gebakken.'

Ik bleef roerloos staan. Dit kon er niet meer bij. Het werd te veel. Alles stond op instorten. Ik had de energie niet om tegen hem in te gaan, de zoveelste ruzie te beginnen of te sussen. Ik was volkomen leeg. Op.

'Eric,' zei ik zacht. 'De dag dat jij ons geld investeert in Peters project, is de dag dat ik vertrek.'

Ik meende het, het was geen loos argument. Misschien dat ik het daarom zo kalm zei, zo beslist. Ik meende elk woord.

Eric keek me verhit aan. 'Wát?'

Ik draaide me om en liep naar de slaapkamer, liet me op bed neervallen en begon geluidloos te huilen.

49

Het was vrijdag. De laatste werkdag. De binnenplaats was prachtig geworden. Trappen van kalksteen verbonden de twee niveaus met elkaar. Er stond een fontein, Eric had boompjes in kolossale, geglazuurde blauwe potten neergezet. De jongens legden de laatste hand aan het egaliseren van het gravel, dat beige was maar nu wel wit leek door de felle zon. Het deed bijna zeer aan mijn ogen.

Ik leunde tegen het raamkozijn van Bastiaans kamer en keek toe hoe Michel kabels opruimde, tonnen met afval wegsjouwde en ze buiten de binnenplaats op het gras bij de toog neerzette. Ik zoog elke beweging in me op. Elke gezichtsuitdrukking. Zijn glimlach als iemand een grapje maakte. Die ene schouder die hij optrok als hij het even niet wist, zichzelf geen houding wist te geven.

Die eindeloze stroom van oplopende emoties: de emigratie, Peter, Michel, geld, er leek geen einde aan te komen. Ze hadden me volledig uitgeput.

Eric had me in elk geval van een van mijn zorgen verlost. Gisteravond was hij naar Peter gegaan en rond tienen thuisgekomen. Ik had hem niet eens begroet toen hij thuiskwam. De afgelopen tijd had ik hem zoveel mogelijk ontlopen.

Eric was naast me blijven staan, terwijl hij onzeker aan de rug van de stoel had staan plukken. 'Ik zal wel nooit begrijpen wat je bezielt,' had hij gezegd. 'Maar jij en de kinderen zijn me dierbaarder dan wie of wat dan ook. Ik heb Peter gezegd dat ik niet meedoe. Niet nu, en ook niet bij een volgend project.'

Ik was opgestaan, had mijn armen om hem heen geslagen en we waren minutenlang zo blijven staan.

We konden beginnen met ons nieuwe leven. Peter was hier gisteren voor het laatst geweest. Voor de jongens was het vandaag de laatste werkdag. Onze vakantie begon morgen. Eric had aangegeven dat hij de komende tijd niets anders wilde doen dan lezen, en op zijn gemak een kleine moestuin aanleggen. De rustperiode kon weken in beslag gaan nemen, misschien maanden, net zo lang tot het stof en de cement uit zijn poriën waren verdwenen.

Mijn wonden moesten ook helen, maar die zaten niet aan de buitenzijde. Dit huis was mede gebouwd door Michel. Hij had de stenen in zijn handen gehad, het gereedschap. Alles hier deed me aan hem denken. Maar misschien was dat juist wel mooi. Ik wilde de herinnering aan hem niet wegstoppen. Die moest langzaam een plaats krijgen.

Ik liep de wenteltrap af, naar de woonkamer. De ruimte en de sfeer troffen me nog elke dag. Het was het mooiste huis dat we ooit hadden bewoond. Een paar jaar geleden had ik nooit gedacht dat een huis als dit binnen onze mogelijkheden lag. Ik voelde me trots dat ik hier mocht wonen, hier straks mensen kon gaan ontvangen.

Erica zou binnenkort langskomen. Ze bleef een week, en daar verheugde ik me op. Ik wilde voor haar en Gerard koken, hen verwennen met lekker eten en goede wijn, zodat ze zich beter zou gaan voelen en gesterkt terug aan het werk kon gaan. Als het zo warm bleef als het nu was, dan konden we op de binnenplaats eten en drinken tot diep in de nacht. Wat me eraan deed denken dat ik twee vuurkorven wilde kopen. Misschien moest ik Isabelle en Bastian meenemen naar de stad, meteen nadat ik hen van school had gehaald. Dan hoefde ik ook de jongens geen gedag meer te zeggen. Ik had hun gisteren al ten afscheid ieder een doos wijn gegeven, en Peter een kistje whisky. Als dank voor het werk, voor hun aanwezigheid, de gezelligheid, de lessen Frans, hun verhalen.

Michels houding had zich gewijzigd sinds ons afscheid. Hij deed zo normaal mogelijk, maakte het mij en zichzelf niet moeilijk. Het was merkbaar dat er in zijn hoofd een knop was omgezet.

Ik hoorde de deur opengaan en draaide me om, half en half verwachtend dat het Eric was die water kwam halen.

Het was Michel. Ondanks de hitte droeg hij een T-shirt en een spijkerbroek. Het shirt kleefde aan zijn borst. Hij bleef in de keuken staan.

'Sorry dat ik zomaar binnen kom lopen, maar...' Hij wreef aarzelend over zijn bovenarm en keek me ongemakkelijk aan vanonder zijn wimpers. 'Ik heb geld nodig.'

Ik fronste mijn wenkbrauwen. 'Geld nodig? Waarvoor?'

Hij stond van het ene op het andere been te wippen. 'Eric heeft niet betaald, afgelopen week. En ik moet echt geld hebben om de huur te betalen, anders gooit de huisbaas me eruit. Vanavond komt ie het halen. En ik heb niks. Bruno ook niet. Peter heeft ook geen cent, ik kan nergens anders terecht.' Hij maakte een hulpeloos gebaar. 'Sorry,' zei hij nog eens. 'Ik wil het helemaal niet vragen, maar... ik weet niet waar ik anders...'

Ik keek hem strak aan. 'Geen geld gehad?' Ik had met eigen ogen gezien hoe Eric, nadat de jongens waren vertrokken afgelopen maandag, briefjes van vijftig en honderd had uitgeteld op de tafel in de hal. Peter die ter plekke een factuur uitschreef, voor vorige week en meteen deze laatste werkweek erbij. Ik had Peter verdorie zelf het geld zien wegstoppen en de factuur af zien tekenen.

Ik stond Michel nog steeds aan te staren.

Hij trok een wenkbrauw op. 'Komt wel vaker voor,' zei hij. 'Dat Eric niet betaalt. Het is niet de eerste keer... Dat doen veel klanten.' Daarna iets wat ik niet verstond.

'Ik heb geen geld in huis.' Dat was helemaal waar. Misschien vijftig euro, meer was er niet.

Hij kwam dichterbij. Keek me nu aan. 'Simone, ik...'

'Ik... ik schrijf een cheque uit. Oké? Dan kun je die aan die huisbaas laten zien, en dan neem je hem vanavond mee naar de bank, of morgenvroeg, of...'

'Ik ga iets vroeger weg,' zei hij.

Hij liep met me mee naar het bureautje en ik trok de la open. Pakte het chequeboek eruit, klapte het open en nam een pen.

'Hoeveel?'

'Tweehonderd. Da's een maand huur.'

Ik schreef een bedrag van tweehonderdtwaalf euro en dertig cent uit, zette mijn handtekening, schreef zijn woonplaats op, zijn voornaam. Mijn schrijfbeweging stokte. 'Wat is je achternaam eigenlijk?'

'Martin.'

Ik schreef de naam op de cheque. Scheurde het papier uit en gaf het hem. Hij keek er verwonderd naar. 'Het is te veel.'

'Tweehonderd is een te rond bedrag, dat valt op. Dat kan ik niet verantwoorden tegenover Eric. Nu lijkt het op boodschappen, of zo. Op het bankafschrift staat alleen het nummer van de cheque en het bedrag, niet waar of aan wie je het hebt uitgegeven.'

Met dank aan Peter, bedacht ik me wrang, was ik een meesteres in gesjoemel met geld geworden.

'Je bent een engel,' zei hij, en hij liep weg.

Ik legde het chequeboek terug in het laatje. Het zat me niet lekker.

Ik draaide me om. 'Michel?'

Hij kwam uit de hal teruglopen en hield de deurpost vast.

'Michel... Eric heeft betaald. Ik heb het hem zien doen. Hij heeft je baas betaald, maandag al. Voor twee weken tegelijkertijd.'

Hij fronste zijn wenkbrauwen. 'Dat weet je zeker?'

'Ja. Honderd procent zeker.'

Michel maakte een korte knikbeweging, mompelde iets. Met een kort '*salut*' verdween hij via de gang naar buiten.

Ik bleef bij het bureautje staan. Je kon Eric van alles en nog wat verwijten, maar niet dat hij zijn afspraken niet nakwam. Het kon alleen maar betekenen dat Peter zijn mensen niet uitbetaalde. In elk geval niet altijd. En de schuld afwentelde op de klanten.

'Simone?'

Ik keek op. Eric in de deuropening. Als hij ook maar iets eerder was geweest, was hij getuige geworden van mijn uitbetaling aan Michel.

'Ik kom zeggen dat ik er even vandoor ga, die twee beelden halen en de tuinbank. Michel rijdt met me mee, hij moet langs de bank en daarna zet ik hem thuis af. Hou je de tijd in de gaten?'

Hij doelde op de kinderen. Het was half drie.

'Is goed,' zei ik.

Eric bleef staan. 'Raar idee hè, laatste werkdag.'

Ik knikte. 'Ik zal weer aan de stilte moeten wennen, denk ik. Straks ga ik ze nog missen.'

'We krijgen een paar heerlijke weken, Simone. We gaan het er echt van nemen. Misschien kunnen we dit weekend naar Arcachon gaan, met de kinderen. Het wordt achtentwintig graden, prima strandweer.'

'Ja, leuk,' zei ik, afwezig.

'Oké dan, zie je straks.'

Bastians kamer was in korte tijd getransformeerd tot een bescheiden oorlogsgebied. De bedrading van zijn PlayStation lag kriskras over de vloer, samen met de spellen, losse cd's, tientallen opengeslagen strips, soldatenpoppetjes en gedragen kleding. Ik begon de boeken op te ruimen en netjes op kleur in zijn kast te zetten, sorteerde de spellen en zette ze rechtop, naast zijn kleine televisie. Ik dook op mijn knieën om wasgoed onder het bed vandaan te halen en wierp het in de plastic wasmand. Er kwam een auto het erf opgereden. Ik hoorde hem stoppen bij de toog, maar ik sloeg er geen acht op. Waarschijnlijk was het een koerier met een pakketje en de jongens waren inmiddels gewend te tekenen voor pakjes.

Het was lekker koel, hier in huis. Er was me wel eens verteld dat de muren vroeger zo dik waren gemaakt omdat het prima isoleerde; 's zomers hielden ze de warmte buiten en 's winters juist binnen.

Ik liep met de wasmand tegen me aan de gang in, naar Isabelles kamer, toen ik iemand de trap op hoorde lopen. Het klonk niet als Erics voetstappen. Ze klonken zwaarder. En gehaast.

Ik liep naar het trapgat, de wasmand nog in mijn armen, en keek recht in Peters ogen. Hij staarde me aan als een waanzinnige. Ik schrok en deinsde onwillekeurig terug tot ik met mijn rug letterlijk tegen de muur stond.

'Wat doe jij hier?' Ik probeerde autoriteit in mijn stem te leggen, maar ik trilde te erg.

'Wat ik hier godverdomme kom *doen*?' Hij graaide naar de wasmand en trok hem met één felle beweging uit mijn armen. De mand stuiterde op de grond en de was verspreidde zich over de gang en de trap.

In blinde paniek zette ik het op een lopen, in de richting van de badkamer. Peter had me halverwege al ingehaald, zijn vuist klemde zich om mijn bovenarm en hij slingerde me tegen de muur. Ik kwam met een klap tegen het stucwerk aan en kromp in elkaar van pijn. Hij trok mijn arm bijna uit de kom.

'Jij, teef!' siste hij. 'Jij vuile teef! Je verpest het, voor iedereen. Stom wijf!'

Hij kneep zo hard in mijn arm dat hij de bloeddoorvoer stremde en ik bang was dat hij mijn botten zou breken.

'Jij mag nu even heel goed naar me luisteren,' zei hij, terwijl hij zijn gezicht bijna tegen het mijne drukte en ik zijn whiskyadem rook. 'Ik laat me door jou niet gek maken. Je speelt met de verkeerde.'

Tegelijkertijd drukte hij me tegen de muur en verplaatste zijn greep naar mijn keel. 'Ik heb die centen nodig. En als jij niet snel tegen Eric zegt dat het oké is dat hij ze me toeschuift, dan zorg ik er wel voor dat jouw leven verandert in een hel... Ik maak je helemaal kapot. Het hele zootje.'

Zijn hand lag in een ijzeren greep om mijn hals en zijn voorhoofd rustte bijna tegen dat van mij. Ik sperde mijn mond open in een wanhopige poging om lucht te krijgen. Uit mijn keel ontsnapte een raspend geluid.

'Dit had ik godverdomme veel eerder moeten doen.' Hij trok met een ruk mijn bloes open. De stof scheurde. 'Leg dit maar eens uit aan je mannetje, aan Eric, ga het hem maar vertellen, wat ik met je gedaan heb, vertel het hem maar. Ik maak alles kapot, hoor je. Jou, Eric, dat hele kutgezin van je. Je zult geen nacht meer doorslapen, geen nacht.'

Hij rukte mijn beha omhoog en keek me nadrukkelijk aan terwijl hij hard in mijn borst kneep. Ik deed mijn ogen dicht, ik wilde hem niet meer zien, ik wilde buiten mezelf treden, maar de ranzige whiskygeur golfde over mijn gezicht en ik begon te kokhalzen. Peter liet mijn hals los. Dankbaar zoog ik lucht naar binnen, maar meteen greep hij mijn haar vast en duwde me hard met mijn gezicht tegen de muur. Ik verstijfde toen ik het geluid van een rits hoorde en probeerde mezelf los te rukken, maar hij trok mijn hoofd verder omhoog zodat ik nauwelijks nog de grond raakte en ik als verlamd tegen de muur aan hing.

Peter bracht zijn gezicht naast me. Een hand trok mijn broek ruw naar beneden.

Tranen sprongen in mijn ogen. Ik probeerde mezelf voor te houden dat dit niet echt was, het was een boze droom, niet echt. Peter ging compleet door het lint, hij was gestoord, een gevaarlijke gek.

Is er dan niemand van de jongens buiten die dit hoort?

'Dit wil je toch, hè,' fluisterde hij. 'Zeg het. Teef. Is dit wat je wil?'

Ik probeerde mijn hoofd te schudden, 'nee' te zeggen, maar de muis van zijn hand drukte nu op mijn strottenhoofd en zijn vingers grepen in mijn kaak en knepen mijn wangen tegen mijn kiezen. Ik proefde bloed.

Ineens liet hij me los en duwde me van zich af. Ik kwam met een klap op de grond terecht, trok in een reflex mijn knieën op en hield mijn armen en handen beschermend voor mijn borsten.

Peter keek op me neer, ritste zijn broek dicht en grijnsde. 'Ik geef je een week. Voor volgende week vrijdag komt je mannetje me vertellen dat hij investeert. Zo niet, dan kom ik terug. Om het af te maken... met alle vormen van plezier. Aan jou de keus.'

Ik bleef bijna een uur onder de douche staan. Sponsde mijn lichaam, waste het keer op keer, met trillende handen. Zeepte mezelf in, controleerde mijn beurse plekken, stond met geopende mond onder de stralen om het bloed weg te laten spoelen.

Ik moest de kinderen gaan halen. Het was al over vieren. Ik kon hier niet blijven staan. Ik moest mezelf toonbaar maken, afdrogen, aankleden, naar buiten gaan, doen alsof er niets aan de hand was. Mijn gescheurde bloes weggooien, op een manier dat niemand er iets van zou merken. Maar ik bleef staan tot de boiler leeg was en de koude stralen me uit de douchecel dreven. Ik huilde geluidloos, omdat ik wist dat Peter zijn dreigement uit zou voeren. Als Eric niet investeerde, zou Peter terugkomen. Hij zou verder gaan waar hij net gestopt was, en vervolgens Eric alles vertellen, de foto alsnog laten zien. Peter zou de cel in gaan, maar mijn gezin zou er niet van bij elkaar blijven. Peter kon alles kapotmaken. Alles. En als Eric hem wel het geld zou geven, dan zouden we failliet gaan en berooid in een caravan ergens op een terrein moeten gaan wonen.

Ik kon niet ophouden met grienen. Tranen kwamen er niet meer.

'Ik ga boodschappen doen,' zei ik. 'Zodra ik terugben, kook ik iets lekkers.'

Eric keek me verbaasd aan. 'Gaan we niet gezellig met z'n allen? De eerste vakantieavond vieren? Misschien kunnen we uit eten gaan?'

Bastian keek verwachtingsvol naar Eric op. 'Ja, naar *McDo*!'

'Nee, niet naar McDonald's,' hoorde ik hem zeggen. 'Naar een echt restaurant.'

'O...' reageerde Bastian. 'Sáái...'

Ik schraapte mijn keel. Die deed nog steeds zeer. 'Ik... ik heb eigenlijk niet zo'n zin om naar een restaurant te gaan.'

Eric trok zijn wenkbrauwen op. 'Hoezo niet?'

'Ik denk dat ik ziek aan het worden ben of zo. Ik voel me doodmoe.'

'Zal ik dan boodschappen gaan doen met de kids? Dan kun jij lekker thuisblijven.'

'Nee, ik zit de hele dag al hier. Ik wil graag even weg... Alleen.' Ik kon Eric bijna niet in zijn ogen kijken.

'Wat is er met je?'

'Laat me maar even,' zei ik. 'Het waait wel over... Oké? Het zijn de spanningen denk ik. Al die... veranderingen.' Ik beet op mijn onderlip. 'Moet ik nog iets bijzonders meenemen?'

Eric schudde zijn hoofd. 'Voor mij niet. Koop niet te veel. We hebben geen eters meer, voorlopig.'

'Weet ik.'

■

Ik hoor de celdeur achter me dichtvallen. Ik ga op bed zitten, staar naar de spreuken op de muur en kijk naar het kleine raampje. Geen zon. Regendruppels tikken tegen het glas. Ergens verderop hoorde ik iemand schreeuwen en vloeken.

Wat doe ik hier?

Ik hoor hier niet. Wat doe ik überhaupt in Frankrijk? Erics plan. Twee kinderen? Erics plan. Alle belangrijke beslissingen, mijn hele leven lang, zijn genomen door andere mensen. Nu door Eric, en daarvoor door mijn moeder. Voor ik trouwde was zij het die de beslissingen voor me nam. Zelfs toen ik met Eric trouwde, voerde ik in wezen nauwgezet haar instructies uit. Eric was precies het type man dat ze voor mij in gedachten had, hij paste nagenoeg naadloos in de mal die ze voor mijn huwelijkskandidaten had geboetseerd. Ze begreep alleen niet dat Eric destijds nog aan het begin stond van zijn carrière. Hij keek omhoog, had de eerste sporten van de ladder al stevig te pakken, maar ze zag het niet. Ze zag alleen zijn oorbel, zijn fiets en zijn studieschuld. Pas een jaar voor ons trouwen klaarde de lucht op. Ik kan me nog zo goed herinneren dat haar goedkeuring alles voor me betekende.

Na ons trouwen nam Eric naadloos het denkwerk van mijn moeder over. Hij bedacht dingen en ik voerde ze uit. Hij ging linksaf, ik volgde; als hij stopte, ging ik naast hem staan. Ging hij volle kracht vooruit dan rende ik achter hem aan, struikelend over mijn eigen voeten in een poging hem bij te benen. Was het gebrek aan karakter? Lafheid? Ik weet het niet.

Michel was het eerste uitstapje dat ik maakte. Ik deed het voor mezelf, wetende dat niemand, maar dan ook werkelijk niemand, hier goedkeuring aan zou verlenen.

En zie waar het me heeft gebracht.

■

50

Michel deed open. De verbazing was van zijn gezicht te lezen. Bruno zat op het bankje bij de televisie. Hij maakte een schuldige indruk, als een kind dat ergens op betrapt was. En er was een meisje. Ze zat op Michels bed, een jaar of achttien, ze was prachtig, met lang donker haar en een jaloersmakend slanke taille en strakke huid.

'Het is oké,' zei Michel sussend tegen Bruno. 'Ze is wel wat gewend... als Nederlandse.'

Toen pas begreep ik waar het over ging. Bruno ging verzitten en haalde met een verontschuldigende grijns een plat wit pakje tevoorschijn uit de ruimte tussen het kussen en de rugleuning van de bank, en stopte het in zijn broekzak.

Ik keek naar Michels ogen. Geen verwijde pupillen.

'Wat kom je doen?' Michel kwam geïrriteerd over, kortaf. Blijkbaar was de knop in zijn hoofd wel heel drastisch omgezet. Ik mocht hier niet zijn, dat paste niet in het plaatje. We hadden vaarwel gezegd en nu hield ik me niet aan de afspraak.

'Ik moet... Ik wil met je praten.' Ik keek nog eens naar Bruno. 'Het is... het is belangrijk.'

Een korte knikbeweging van Michel was voldoende om Bruno de kamer uit te sturen. In het voorbijgaan grinnikte en knipoogde hij naar me. Het meisje keek me openlijk hatelijk aan en volgde hem.

Ik gleed snel naar binnen. Michel sloot de deur. Hij bestudeerde me, bleef me aankijken, donker, wreef over zijn bovenarm. 'Is Eric erachter gekomen?'

'Nee. Het heeft te maken met Peter...'

'Wat is er met Peter?'

Ik kneep mijn ogen dicht en vocht tegen de tranen.

Michel deed een stap naar voren en wilde zijn armen om me heen slaan, maar ik maakte een afwerende beweging. Ik ging op het bed zitten en probeerde de dingen op een rijtje te krijgen.

Waar moest ik beginnen? Bij de foto die Peter gemaakt had? Bij de aanranding van vanmiddag? Het was al moeilijk genoeg om het te vertellen in mijn eigen taal, laat staan in het Frans.

'Peter heeft me afgeperst.' Dat woord had ik maanden terug al opgezocht in het woordenboek. Ik keek naar hem op. 'Weet je nog, dat feest bij Peter? Dat we 's ochtends buiten stonden en Peter ons gezien heeft?'

Hij knikte. Zijn ogen flitsten onderzoekend over mijn gezicht.

Ik haalde diep adem. 'Peter is later naar mij toe gekomen. Ik moest hem geld geven. Tweehonderdvijftig euro per week. Anders zou hij het aan Eric vertellen.'

Michel stak zijn kin naar voren en blafte: 'Wát?'

'Hij... hij had een foto gemaakt, met zijn mobiele telefoon.' Ik plukte aan het dekbed. Keek hem weer aan. 'Die zou hij aan Eric laten zien als ik niet betaalde.'

'Je hebt hem dat geld gegeven?'

'Elke week.'

'*Putain, Simone... Tu déconnes!*'

'Nee, geen geintje, echt niet.' Ik schraapte mijn keel. Het bleef rauw aanvoelen. De binnenzijde van mijn wangen was kapot en gezwollen. Je zag er niets van aan mijn gezicht. Peter had goed geweten wat hij deed. 'Later gaf hij me al het geld terug. Hij zei dat hij er spijt van had. Het had te maken met zijn oude vriendin, die op mij leek, hij was jaloers. Hij had jou willen zijn.'

Michel schoot naar voren en zijn ogen flitsten over mijn lichaam, alsof hij sporen zocht. 'Heeft hij je aangeraakt?'

Ik legde mijn gezicht in mijn handen.

'Wát, wat heeft hij gedaan?'

Ik schudde mijn hoofd. 'Luister, Michel, ik...'

Michel nam mijn gezicht vast maar ik trok het sissend terug. Zijn ogen boorden zich dwars door me heen. 'Wat heeft hij gedaan?'

'Alsjeblieft, luister... Peter is bezig met een project, een bouwproject, en daarvoor heeft hij geld nodig. Veel geld. Eric wilde dat aan hem geven maar ik heb hem tegengehouden. Ik wil het niet, want ik denk dat we dat geld niet meer terugzien.'

Ik bleef praten, ik kon niet meer ophouden, ik gooide alles eruit, ook dat Peter me had betast, vorig jaar al, in de keuken, en wat hij had gezegd, hoe bang ik was geweest. Hoe eenzaam ik me had gevoeld toen Michel in Baskenland was, dat ik dacht dat het opzet was geweest, dat Michel me verleid had voor het geld, dat Peter dat min of meer geïnsinueerd had, hem zijn dekhengst – *étalon* – had genoemd, en me later had verteld dat hij dat verzonnen had maar dat Michel in elk geval 'zijn lul niet in zijn broek kon houden' en dat ik ver van hem weg moest blijven.

Ik kwam amper uit mijn woorden. Ik gooide werkwoorden door elkaar, zijn en hebben, verleden tijd, tegenwoordige tijd, ik struikelde over de vervoegingen en zocht krampachtig naar zelfstandige naamwoorden die normaal moeiteloos uit mijn mond kwamen. Michel luisterde aandachtig. Hielp me de woorden te vinden, reageerde steevast met '*putain*' en zwaardere krachttermen als hij begreep wat ik wilde zeggen, wreef over zijn neus, zijn bovenarm, ijsbeerde door de kamer. Ik vertelde dat ik Peter ervan verdacht geld achter te houden, omdat Eric hem wekelijks betaald had.

Ik eindigde mijn warrige monoloog met te vertellen dat Peter vanmiddag langs was geweest, naar boven was gekomen en me bedreigd had.

En bijna verkracht.

Michel snoof. Hij legde een hand tegen zijn mond, haalde hem daarna door zijn haar en liet hem rusten in zijn nek, keerde me de rug toe, keek uit het raam en vervolgens weer naar mij. De pezen in zijn nek waren zichtbaar, hij balde zijn handen tot vuisten. In zijn ogen lag een schittering besloten die me deed huiveren.

Stille woede.

Het volgende moment kwam Bruno binnen. Het meisje was niet bij hem.

Michel begon tegen Bruno te praten, razendsnel en deels in argot, ik kreeg maar een paar woorden mee. Krachttermen, Peter, geld. Bruno raakte meer en meer opgefokt en Michel ook.

Ik werd bang en stond op. 'Ik wilde jullie niet in de problemen brengen. Maar ik wist ook niet wat ik anders moest doen. Ik kan niet bij Eric terecht. Ik ben... Ik weet het gewoon niet meer.'

Bruno leek helemaal niet meer te luisteren. Hij zag me niet eens meer staan en stond te stuiteren van de adrenaline, misschien van de coke of wat het ook was dat hij gebruikt had, en hij uitte alleen nog maar krachttermen. Ineens, zonder waarschuwing, sprong Bruno naar de deur en schreeuwde dat hij naar Peter ging om zijn geld te halen. Hij lardeerde zijn voornemen met nog veel meer gevloek.

'Je blijft hier,' hoorde ik Michel zeggen.

Bruno was al weg.

Michel haastte zich achter Bruno aan. Ik griste mijn jack van het bed, rende mee de gang op, en zag hoe Michel Bruno inhaalde, hem niet-zachtzinnig vastgreep en op hem in begon te praten. Bruno trok zich los en begon te schreeuwen, naar mij, naar Michel.

Michel greep hem weer vast en trok hem mee terug naar de kamer. Ik verstond nog niet de helft van wat hij tegen Bruno zei. Ze spraken door elkaar heen, en ik bleef bij de deur staan, zwijgend, omdat ik niet wist wat ik kon doen om Bruno te kalmeren.

Michel zelf was ook verre van kalm.

Ik had het idee dat ik weg moest, eventjes, om hen met rust te laten, en liep de gang op, naar het toilet. Ik bleef er staan, hoorde Michel en Bruno gedempt praten terwijl ik in de spiegel keek en mezelf tot rust probeerde te manen.

Ik was bang. Bruno was in alle staten. Michel had zijn emoties veel beter onder controle, maar ook hij was ziedend. Het lukte me niet rustiger te worden en ik liep terug de gang op, waar ik bijna tegen Bruno op liep, die de trap af snelde. Tegelijkertijd kwam Michel naar buiten, die de deur achter zich in het slot trok.

'Ik ga met Bruno mee,' zei hij, terwijl hij snel naar het trappenhuis liep. 'Anders komen er ongelukken van.'

Ik haastte me achter hen aan.

'Wees alsjeblieft voorzichtig, Peter is echt gevaarlijk,' riep ik.

Michel gaf geen antwoord, maar bleef me aankijken terwijl hij naar buiten liep, de straat overstak, waar Bruno ongeduldig de auto startte en de motor liet gieren. Met mijn armen om me heen geklemd keek ik toe hoe Bruno's auto Rue Charles de Gaulle uitreed en net voor het stoplicht op het kruispunt op rood sprong, links afsloeg.

Tien minuten later stond ik nog steeds als verlamd op het trottoir naar het kruispunt te staren. De tijd was opgehouden te bestaan. De wereld, elke vorm van realiteit. Ik was als verdoofd, niet in staat om me te bewegen, alsof ik me in een andere dimensie bevond.

Langzaam begon het tot me door te dringen wat ik in gang had gezet. Het was een fout geweest om hiernaartoe te gaan. Wat ging er nu gebeuren?

Wat heb ik gedáán?

Ik liep trillend terug naar mijn auto en zocht naar mijn autosleutels. Terwijl mijn vingers in mijn jaszak graaiden, voelde die vreemd licht en leeg. Ik probeerde mijn andere jaszak. Leeg. De sleutels zaten in de binnenzak.

Maar mijn portemonnee was weg.

■

Het zonlicht dat door het raampje van mijn cel valt geeft aan dat het ochtend is geworden. Het is de derde dag dat ik hier ben. De afgelopen nacht heb ik geen oog dichtgedaan, alleen maar liggen luisteren naar mijn eigen ademhaling.

Ik voel me nog steeds ziek en zwak, maar mijn hersenen werken weer. Ik begin rustiger te worden, gelaten.

Peter is vermoord. Hij is dood. Wat is er gebeurd? Hoe? Wie? De onzekerheid vreet aan me. Bruno was opgefokt, maar Michel was... razend.

Ik had Michel niets moeten vertellen. Ik had mijn mond moeten houden. Of misschien had ik mee moeten gaan, hen niet samen moeten laten vertrekken. Dan was het misschien anders...

Had ik iets kunnen doen om het te voorkomen?

Ik ga rechtop zitten met mijn armen om mijn knieën en concentreer me op het rechthoekige raam dat grenst aan het plafond. De warmte van de zon is hier niet voelbaar, maar wel zichtbaar, een langgerekt vlak dat een deel van mijn cel en bed verlicht.

De portemonnee, míjn portemonnee, de rechercheur heeft er gisteren veel vragen over gesteld, ze bleven er maar over doorzagen, alsof het echt belangrijk was. Een bewijsstuk. Hebben ze huiszoeking gedaan bij Michel en daar mijn portemonnee gevonden? In dat geval moet Michel verdachte zijn. Denken ze dat ik mee heb geholpen? Wat weten ze, wat hebben ze allemaal gevonden?

Als ze Michels kamer hebben doorzocht, dan hebben ze Peters huis net zo goed overhoop gehaald. Zijn administratie, zijn computer, zijn mobiele telefoon...

Ik haal mijn vingers door mijn haar, dat vol klitten zit en droog en broos aanvoelt.

Ze hebben de foto gevonden. De foto van Michel en mij. Dat is hun link: mijn portemonnee bij Michel thuis en een foto van Michel en mij op Peters mobiele telefoon.

Maar waarom hebben ze niets over Michel gezegd? Helemaal niets? Heb ik me dan vergist toen ik dacht dat ik Michel hoorde schreeuwen, de eerste nacht in deze cel? *Dis rien...* Zeg niets. Ik zou gezworen hebben dat het Michels stem was. Maar ik weet het niet zeker.

Ik ben bang.

Mijn leven is voorbij. Ik ben medeplichtig aan moord.

Eric zal te weten komen dat ik een verhouding had. Of hij weet het al.

Ik sta er alleen voor. Helemaal alleen.

Het vreemde is dat ik niet eens zo over mezelf in zit. Isabelle en Bastian. Mijn kinderen, mijn alles, mijn hele wereld.

En Michel. Mijn god, alsjeblieft, laat het Bruno geweest zijn. Niet Michel.

De celdeur gaat open. Ik kijk op. Een politieagent die ik niet eerder heb gezien, staat in de deuropening. *'Madame Jansen?'*

Ik sta houterig op van het bed. Nog een ondervraging? Komt hij vertellen dat ik een advocaat mag bellen?

'U mag naar huis.'

Ik kijk hem ongelovig aan.

Eric staat in de hal van het politiebureau. Hij rent op me af, drukt me bijna plat. 'Simone, wat een toestand.' Zijn stem is doortrokken van emotie. 'Ik probeer al drie dagen bij je te komen, niemand liet me bij je...'

Hij duwt me van zich af en neemt me in zich op. 'Lieverd, hoe is het met je? Hebben ze je goed behandeld?'

'Jawel, alleen... ik was zo bang.'

'Kom, we gaan, weg hier.'

Eric blijft me vasthouden, een arm om me heen, hij knijpt in mijn zij, drukt me tegen zich aan en leidt me naar buiten. De schittering van het zonlicht tegen de zandstenen gevels doet bijna zeer aan mijn ogen.

'Hoe is het met de kinderen?' vraag ik.

'Prima. Ik heb ze verteld dat je naar Nederland was.' Hij kijkt me recht aan. 'Ik wilde ze niet...'

'Ik begrijp het.'

'Eric... Hebben ze... Wat hebben ze allemaal aan je gevraagd?'

'Wie?'

'De politie.'

'Ze zijn twee keer bij ons geweest, een kerel, hoe heet-ie... Philippe Guichard. Zo'n donkere vent, een echte Fransoos.'

'Wat wilde hij weten?'

Eric schudt zijn hoofd alsof hij het liever allemaal wil vergeten. 'Alles. Wat ik weet van Peter, hoe lang hij bij ons gewerkt heeft, hoe het liep met de betalingen...'

We zijn bij de auto aangekomen. Erics ogen staan waterig, zie ik nu, zijn oogwit is bloeddoorlopen en zijn huid ziet grauw. Hij heeft amper geslapen. Net als ik.

'Simone... het spijt me zo wat ik allemaal heb gedaan. Dat gedoe met Peter. Kijk wat het heeft gebracht...'

Terwijl ik Eric in zijn ogen kijk, zie ik dat hij niets weet.

Helemaal niets.

Hoe kan dat? De foto, mijn portemonnee.

Eric maakt het portier voor me open en ik ga zitten. Doe automatisch mijn gordel om en leg mijn hoofd tegen de hoofdsteun.

Hij schuift naast me en kijkt me aan. 'Het is zo onwerkelijk, Simone.'

Ik knik, maar ik weet niet goed welk deel van deze waanzinnige emotionele achtbaan hij als surreëel heeft ervaren. 'Wat is er gebeurd, Eric, ik bedoel...'

'Dat weet je niet?'

Ik schud mijn hoofd. 'Ze... ze hebben me niets verteld.'

Eric klemt zijn handen om het stuur en staart nietsziend voor zich uit. 'Claudia vertelde me dat toen ze thuiskwam, Bruno en Michel langs haar heen renden en ervandoor gingen in Bruno's auto. Binnen vond ze Peter. Hartstikke dood. Ze heeft de politie gebeld en die hebben Michel en Bruno nog voor Bordeaux klem kunnen rijden. Ze waren onderweg naar Spanje, naar de bergen... Die arme vrouw. Zoiets wens je niemand toe... Michel heeft hem in koelen bloede doodgeslagen.' Hij heft zijn handen om zijn woorden kracht bij te zetten. 'Doodgeslágen, Simone.'

Ik blijf als verlamd zitten en concentreer me op mijn ademhaling.

'Bruno heeft nog spullen weggehaald uit het huis,' gaat Eric verder. 'En ze hebben dingen vernield. Zijn televisie en dvd-speler, mobiele telefoon, zijn computer en laptop, volgens Claudia hadden ze zo'n beetje het halve huis kort en klein geslagen. Het was een slagveld daarbinnen. Als je zoiets leest in de krant denk je: wie dóét zoiets nou? En verdorie, die jongens die het gedaan hebben... ik kén ze. En goed ook. Dacht ik.'

Ik kan Eric niet aankijken. Alles valt op zijn plek.

Mobiele telefoon vernield. Computer, laptop: alle mogelijke back-ups.

Ik klem mijn kaken op elkaar maar ik kan me niet inhouden, ik moet het weten. 'Hoe... hoe weten ze dat Michel het gedaan heeft?'

'Hij heeft gisteren bekend.'

Ik sluit mijn ogen. 'Waarom, Eric?' Mijn stem klinkt vreemd zacht, bang.

'Geld. Wist je dat Peter die jongens de helft van de tijd niet eens uitbetaalde? De facturen die hij aan ons uitschreef, komen niet eens voor in zijn boekhouding. Die jongens zijn geen van allen verzekerd, de meesten werken gewoon zwart. Peter had schulden bij mensen in Baskenland, criminelen. Dit speelt al veel langer, schijnt het, ze hadden hem al op de korrel. Ik schaam me dood, Simone. Ik had naar je moeten luisteren toen je zei dat je geen goed gevoel bij hem had. Ik ben te ver doorgedraafd met alles.'

Eric slaat zijn armen om me heen en kust me zacht op mijn voorhoofd. 'Hopelijk kunnen we hier volgend jaar om lachen. Dat je vastgezeten hebt.' Een glimlach op zijn gezicht, die meteen verdwijnt. 'Claudia kan niet meer lachen. Ze is haar man kwijt.' Zijn hand zoekt mijn bovenbeen. 'Meid, je weet nog niet half hoe blij ik ben dat ik je weer zie, dat je er bent. Ik kan er nog steeds niet over uit dat we een stel criminelen over de vloer hebben gehad. Peter met zijn fraude. Het zet het verhaal van Betty wel in een ander daglicht, hè. En Bruno en Michel. Vooral Michel. Het was zo'n aardige jongen.'

'Hoe... hoe is het nu met hen?'

Eric neemt de autosleutels uit zijn zak en steekt ze in het contact. 'Michel en Bruno?'

Ik knik.

'Ze zijn verhoord, ze hebben hier op het bureau gezeten, net als jij, en ze zijn vanochtend weggebracht naar de gevangenis in afwachting van het proces. Het ziet er niet best uit voor ze. En terécht.'

'Wanneer komt het voor?'

Eric kijkt me fronsend aan. Haalt dan zijn schouders op en start de auto. 'Dat kan wel een halfjaar of zo duren,' zegt hij, terwijl hij in de buitenspiegel kijkt en de straat op rijdt. 'Het schijnt nogal ingewikkeld te liggen. Bruno wordt aangeklaagd wegens geweldpleging, mishandeling, vernieling, huisvredebreuk en diefstal. Dat gaat hem twee, drie jaar kosten. Michel is echt de sigaar. Hem wordt hetzelfde ten laste gelegd, plus doodslag. Vijf tot acht jaar staat hem te wachten, dacht die Guichard.'

Ik kijk Eric niet aan. Zijn woorden denderen als een sneltrein door mijn hoofd. Elk woord raakt me.

Vijf tot acht jaar...

Ik slik en wrijf met mijn handen over mijn gezicht.

'Het zou een verzachtende omstandigheid kunnen zijn,' gaat Eric verder, 'dat die jongens besodemieterd zijn door Peter. Jarenlang zijn ze aan het lijntje gehouden, schijnt het.'

De Volvo jaagt door de straten. Ik kan er nog steeds niet bij dat ik vrij ben, echt vrij. Ik kan me bewegen, ik kan uitstappen als ik wil, naar huis gaan, het licht zelf aan- en uitdoen. Televisie kijken. Met Bleu gaan wandelen.

Ik hoef niet meer bang te zijn voor Peter.

'Hebben ze hem daarom... Ik bedoel... Hoe wisten ze... Hoe zijn ze erachter gekomen dat Peter geld achterhield?'

'Weet je dat niet?'

Ik kijk hem verwonderd aan. 'Nee.'

Eric schakelt naar de vierde versnelling. De heuvels worden hoger, de bebouwing schaarser. 'Michel heeft me gebeld, vrijdagavond. Ik heb het je nog verteld toen je thuiskwam, maar je voelde je ziek, weet je nog? Misschien dat het je daarom niet is bijgebleven. Hij belde me om te vragen of ik Peter betaald had, en ik heb daar natuurlijk bevestigend op geantwoord. Hij zei dat Peter tegen de jongens had gezegd dat we geldproblemen hadden, en hij daarom niets had gebeurd.'

'Vrijdagavond?'

'Ja. Michel belde net een kwartier of zo voor jij thuiskwam van boodschappen doen. Volgens mij zat hij in een auto.'

We zijn bijna thuis. De wielen razen over het asfalt. De onwaarschijnlijk blauwe lucht steekt af tegen het groen van de bossen en de weilanden. Beige koeien staan in groepjes onder bomen in de schaduw.

'Wat hebben ze gedaan? Wat hebben ze je allemaal gevraagd?' zegt Eric ineens.

'Het ging om mijn portemonnee. Ik weet niet waarom ze daarover door bleven gaan, ik... ik begreep het niet.' Mijn adem stokt in mijn keel. Meer kan ik niet zeggen. Ik moet het horen van Eric.

'Die man, die rechercheur,' zegt Eric, 'verontschuldigde zich wel dertig keer dat hij je heeft laten arresteren en vast heeft gehouden. Ze hadden je portemonnee gevonden, vlak bij Peters lichaam, met Peters bloed erop. Bij Michels jas. Die lag daar ook.'

Ik sla mijn handen voor mijn mond. 'Wat?'

'Met Michels vingerafdrukken,' gaat hij door. 'En die etterbak heeft tijdens de verhoren toegegeven dat hij je portemonnee gejat heeft, 's middags, op de laatste werkdag. Omdat hij zonder geld zat. Geját, jouw portemonnee! En dan de brutaliteit om me 's avonds nog te bellen. Ongelooflijk! Die jongen loopt maandenlang bij ons het huis in en uit en ineens doet hij zoiets.'

Ik klap in elkaar. Michel moet mijn portemonnee bij zich gestoken hebben. Ik weet vrijwel zeker dat die bij hem op bed uit mijn zak is gevallen. Misschien was Michel bang dat ik die zou vergeten mee te nemen en thuis wat uit te leggen zou hebben...

Ik sluit mijn ogen en zie Bruno voor me, briesend, in zijn auto. Michel die me aankijkt en die zich naar de auto haast.

Hij heeft hem bij zich gestoken en er niet meer aan gedacht.

Er steekt een mes recht in mijn buik. Het draait en het poert en het snijdt en het doet meer pijn dan alle pijn die ik ooit heb gevoeld.

Michel heeft me vrijgepleit. Volledig.

Hij heeft alle schuld op zich genomen.

■

Epiloog

Eric en de kinderen zwemmen in het meer. Isabelle heeft kleurige Mickey Mouse-zwembandjes om, Bastian ligt op een knalroze luchtbed en knijpt de randen fijn. Ze slaken gilletjes. Ze lachen.

Eric speelt dat hij een haai is. Met veel omhaal zwemt hij naar hen toe, trekt enge gezichten, duikt onder en duwt het luchtbed van Bastian omhoog. Bastian gilt het uit van plezier.

'Kom je erin?' roept Eric me toe. 'Het water is heerlijk!'

Ik schud mijn hoofd. 'Ik ga wat te drinken halen.'

Ik draai me om en loop omhoog, de heuvel op.

Op het hoogste punt blijf ik staan. De heuvels rollen zich voor me uit, als golven in een oceaan, in blauw, grijs en violet. Hoog boven me doorkruisen vliegtuigen de wolkeloze lucht. Zwaluwen maken duikvluchten en stijgen weer op, ik hoor de krekels tsjirpen.

Ik adem diep in en sla mijn armen om mijn bovenlijf.

Het is zomer.

Vorig jaar kochten we het huis.

Dit gingen we doen. Alles achter ons verbranden. Een nieuw leven, in een ander land. Het schiep een verbond. Zo'n pact dat bezongen wordt in liederen.

Maar alles is zoveel mooier als het bezongen, beschreven of verfilmd wordt. Uitvergroot. De werkelijkheid is zelden zo bijzonder als de vertelling doet vermoeden. We sluiten onze ogen voor de realiteit van alledag en maken foto's van de mooiste plekken waar we komen en van de speciale momenten die we beleven, die zo spaarzaam zijn dat een camera niet misplaatst is; we laten ze zien aan vrienden en bekenden, hangen ze aan de muur en plakken ze in boeken, en creëren zo onze eigen gekleurde, gecensureerde geschiedenis.

Maar er loopt altijd een geschiedenis naast. Een die niet grijpbaar is, niet zichtbaar. Alleen voelbaar.

En soms is het een geschiedenis die nooit verteld kan worden. Hoe mooi, hoe ingrijpend, hoe overweldigend en intens die ook was.

Nooit.

Terwijl ik naar Eric en de kinderen kijk, beneden in het meertje, bewegen mijn handen als vanzelf naar mijn buik. Licht gerommel, als rondbuitelende luchtbelletjes. Ik ken dit gevoel.

Ik ben niet meer alleen in dit lichaam.

Me gustan los aviones, me gustas tú
Me gusta viajar, me gustas tú
Me gusta la mañana, me gustas tú
Me gusta el viento, me gustas tú
Me gusta soñar, me gustas tú
Me gusta la mar, me gustas tú

Que voy a hacer, je ne sais pas
Que voy a hacer, je ne sais plus
Que voy a hacer, je suis perdu
Que horas son, mi corazón

Manu Chao, *Me gustas tú*
(Proxima Estacion Esperanza)

Merci

Gedurende het schrijfproces heb ik af en toe op een aantal mensen geleund, met name op Annelies, die me onophoudelijk bleef steunen en motiveren. Dank aan Thierry, voor het praktisch oplossen van een lastig plotprobleem en het meeleven. Aan Peter, voor zijn opbeurende woorden en het opbouwende commentaar en natuurlijk aan Wanda en Renate, voor een ongeëvenaarde samenwerking. Ook veel dank aan N., die me tot in detail kon uitleggen hoe het er in een Franse gevangenis aan toe gaat. Verder dank aan iedereen die ik nu mogelijk vergeet en die heeft meegelezen en meegeleefd.

Last but not least dank aan mijn ouders, die me altijd gesteund hebben in mijn schrijfambitie en bovenal aan B., die me na twintig jaar nog dagelijks weet te verrassen en inspireren.